KB079670

김
씨
의
나
라

| 일러두기 |

* 큰 줄기는 조선왕조실록에서 가져왔다.
* 조선왕조실록에 의거했으나 소설적 개연성을 얻기 위해 재구성이 불가피했다. 학술적으로 정론화
  된 사실이 아닐지라도 오히려 그런 야사들이 정론을 설득력 있게 뒷받침하고 있다면 그대로 소설
  화했다.
* 연도는 부득이한 경우를 제외하고는 알아보기 쉽게 서력으로 표시했다.
* 왕후는 임금의 정비가 죽은 후에 추시되는 존칭이므로 왕비로 표시했다.
  예: 인현왕후-인현왕비.
* 명예를 실추시키기 위한 작업이 아님을 밝혀두면서 후손들의 혜량을 바란다.
* 소설이다.

김씨의 나라

1

백금남 장편소설

책방 고조넉이엔티

김씨의 나라 1

초판 1쇄 발행 2020년 6월 22일

지은이 백금남
펴낸이 방미정, 배선아
펴낸곳 도서출판 책방, (주)고즈넉이엔티

출판등록 2017년 3월 13일 제2020-000053호
주소 서울특별시 강남구 역삼로 221, 6층 601호
대표전화 02-6269-8166 **팩스** 02-6166-9199
이메일 gozknock@naver.com

ⓒ 백금남, 주피터필름, 2020
ISBN 979-11-6316-109-7 04810
    979-11-6316-108-0   (세트)

이 도서의 국립중앙도서관 출판예정도서목록(CIP)은 서지정보유통지원시스템
홈페이지(http://seoji.nl.go.kr)와 국가자료공동목록시스템(http://www.nl.go.kr/kolisnet)에서
이용하실 수 있습니다. (CIP제어번호: CIP2020021988)

차 례

1부

의혹 속으로

서막

거대한 학궁이 한동안 제 모습을 감추었다. 달이 검은 구름장을 벗어나서야 대성전의 장엄한 모습이 드러났다.

검은 복면을 한 사내가 명륜당 건물을 돌아가는 사이 가끔씩 풀벌레가 울었다.

유생들의 거처지인 동재, 서재에도 불빛이 없었다.

사내는 명륜당을 돌아 대성전을 받친 거대한 기둥 사이로 몸을 숨겼다.

주위를 살피다 살며시 명륜당 서쪽 계성사의 추녀 밑으로 숨어들었다. 공자, 안자, 자사, 증자, 맹자 오성의 아버지를 모셔놓은 사당이었다.

그가 숨은 계성사는 다른 건물로부터 멀리 떨어져 있었다.

사내가 때를 기다리기라도 한 듯 소리 나지 않게 문고리를 잡았다.

마침 구름장을 빠져나온 달빛이 희미하게 계성사 안으로 비쳐들었다.

사당 구석에 늙은이 하나가 책상다리를 하고 석벽을 뒤로한 채 앉아 있었다.

긴 장검이 스르릉, 쇳소리를 내며 늙은이 앞에서 그 날을 드러내었다.

그제야 늙은이가 눈을 떴다.

— 네가 올 줄 알았다.

늙은이의 음성은 갈대처럼 메말라 물기라고는 느낄 수 없었다.

— 그럼 내가 원하는 것이 무엇인지도 알고 있겠군요?

사내가 음울한 목소리로 물었다.

— 네놈이 그것을 얻는다고 해서 그가 온전할 것 같으냐?

— 김씨의 나라를 위해!

— 허울 좋은 소리! 너는 결코 그것을 얻을 수 없을 것이다.

— 그럼 목숨을 부지하기는 힘들 것입니다. 차라리 그대가 사라진다면 그것 역시 영원히 사라질 테지요.

— 내가 죽어 지켜질 수만 있다면 목숨이야 하찮은 것.

사내의 미간이 꿈틀거렸다. 이마에 혈관이 드러났다. 손에 든 칼이 일직선으로 늙은이의 목을 향해 나아갔다. 칼끝은 늙은이의 목젖을 뚫고 오성의 위패가 안치된 단벽에 부딪쳤다. 금속성이 주위로 퍼져나갔다.

　이내 칼을 뽑으려 했으나 살이 칼날을 물어버린 뒤였다. 칼날과 살 사이로 피가 가늘게 터져 나왔다. 사내의 발길이 늙은이의 가슴팍을 걷어찼다. 그 바람에 몸이 단벽으로 밀리면서 그제야 칼날이 뽑혔다. 단벽이 힘없이 무너져 내렸다.

　칼날이 뽑힌 곳에서 피가 분수처럼 쏟아졌다. 사내는 천천히 칼을 칼집으로 넣었다.

　그는 잠시 벽에 기댄 늙은이를 내려다보다 주위를 한 번 살펴본 뒤 그대로 문을 밀고 밖으로 나가버렸다.

두 개의 금등

1

피맛골에서 어울려 마신 술이 아무래도 과했다. 일행은 계속 술잔을 권했고 그걸 사양하지 않았던 게 잘못이었다.

그때까지도 이의충은 몰랐다. 시시덕거리며 늙은 초랭이의 창에 미쳐 있는 사이, 성균관의 사예 이한조가 누군가의 칼날에 살해되고 있었다는 것을.

충신은 만조종이요
효자열녀 가가재라
공자님 심으신 낭게
맹자로 꽃을 피워

주자로 열매 맺으니

어허 좋다

칠팔월 청명일에 얽은 선비 글 읽는 소리

……

쏴아, 하고 소나기가 쏟아졌다. 진 길바닥을 주정뱅이 둘이 비틀거리며 지나갔다. 뚝뚝 낙수가 떨어진다. 문득 양손에 칼을 잡고 춤을 추던 여인의 모습이 눈앞을 스쳤다.

어젯밤 꿈자리였나?

낙숫물이 떨어지는 그 어디쯤 서 있던 여자.

왜 술만 취하면 엉킨 실타래처럼 뒤죽박죽이던 꿈자리의 기억이 때로 선명해지는 것일까. 술자리에서 돌아오자 궁에서 나온 내관이 기다리고 있다가 일어났다.

거뭇거뭇한 어둠을 뒤로하고 내관은 의충을 향해 눈을 가늘게 치떴다. 그의 음성이 꼭 귀신의 호곡소리 같았다. 때마침 달려온 미친 샛바람 소리가 그의 말끝을 물고 늘어졌다. 그 바람에 음성은 지긋이 내려감은 검고 가는 눈길만큼이나 섬뜩했다.

하기야 싫었다. 새벽 비바람을 뚫고 여기까지 왔는데 정작 당사자는 그때까지 코가 비뚤어지게 술이나 퍼마시다 들어서고 있었으니 심사가 뒤틀리지 않는다면 거짓이었다.

— 새벽부터 어인 일이시오?

— 사관 이의충은 즉시 입궁하라는 세손마마의 명을 받잡았소.

이 새벽에?

눈치를 챈 내관이 입을 열어 이유를 설명하기 시작했다.

그의 말을 들으며 의충은 처음에는 자신의 귀를 의심했다. 가까스로 마음을 다잡은 후에야 되물었다.

— 방금 뭐라 하시었소?

— 사예 이한조가 일을 당하였다고 했소이다.

내관이 심기가 사나운지 미간을 모았다가 말을 받았다.

— 이한조 어른이 죽었다고?

멍하니 되묻는 의충을 내관은 냉랭한 표정으로 쳐다보았다.

— 분명하오.

대답은 간단했다. 의충은 고개를 갸웃했다.

학궁 내에는 총 2인의 사예가 있다. 학궁 내 향학 조직의 모든 것을 총괄하는 이가 사예다. 예술 전반의 행정실무를 실질적으로 떠맡고 있는 사람.

— 그분이 죽었다고? 왜?

의충은 믿을 수가 없어 내관을 멍하니 쳐다보았다.

— 그걸 내가 어이 알겠소. 밤사이 당했다는데……. 어도 한 자루가 현장에서 발견되었다고 하오.

— 어도라니?

의충은 믿을 수가 없어 내관에게 되물었다.

— 가보시면 알 게 아니오.

내관이 눈을 치떴다. 그걸 내가 어떻게 아느냐는 표정이었다.

14

2

세손은 밤사이 잠을 이루지 못했는지 퀭한 눈을 하고 기다리고 있었다.

— 어서 오라.

세손의 음성에 피곤함이 절절히 배어 있었다.

— 마마, 어제도 주무시지 못한 게 아니옵니까?

— 벌써 사흘째다. 이러다 미쳐버릴지도 모르겠구나.

— 어의를 부르겠사옵니다.

— 그만두라. 약에 의존하고 싶지 않다. 맨정신으로 견디고 싶구나.

지금의 상황을 똑똑히 예의주시하겠다는 말 같아 의충은 부르르 몸이 떨렸다. 곧 피바람이 일 것 같은 이 긴박한 느낌.

영조의 건강이 악화되어 대리청정의 명이 내려진 것은 지난 12월이다. 해가 바뀌어 올해로 접어들면서 영조는 덜컥 병상에 누웠다. 이제 그 누구도 세손에게 대보가 내려질 것을 의심하는 사람은 없었다. 세손에게 대보가 내려지기만 하면 그는 이제 명실공히 이 나라의 주인이다.

하지만 사방이 적이었다. 심지어 어머니(나중의 혜경궁 홍씨)나 외조부 홍봉한도 세손의 편이 아니었다. 어제도 어머니 친정 쪽 홍씨 집안의 사람들이 '동궁은 조정의 일을 알 필요가 없다'고 겁박 지르기까지 했다. 대리청정 자체를 인정하지 못하겠다는 말이었다.

아버지 사도세자를 죽인 장본인들이 바로 그들이라는 것을 세손이 모를 리 없다. 만약 세손에게 오늘이라도 주상의 대보가 내려진다면 그의 결심이 어떻게 설지 의충은 생각만 해도 끔찍했다.

— 밤사이 학궁에 무슨 일이 있었는지 아느냐?

세손이 문득 물었다.

— 내관에게 들어 이리 달려온 것이옵니다.

세손이 고개를 내저었다. 그는 잠시 사이를 두었다가 허탈한 음성으로 말을 이었다.

— 그래, 사예 이한조가 죽임을 당했다고 한다.

의충은 눈을 감았다. 그의 모습이 손에 잡힐 듯 다가왔다.

이한조가 누군가. 약관의 나이에 스승인 파모자라는 의성을 만나 의술에 뜻을 가지게 되었고, 스승이 죽자 시료청에 들어가기 위해 상경하다 도중에 생명이 위급한 사도세자를 살리면서 시료청 첨사가 되었다. 그러다 무슨 이유에선지 시료청에서 나와 성균관 사예로 재수된 사람이다. 그는 정4품의 벼슬아치로 학궁 내 향학 조직을 총괄하고 있었다. 그런데 그가 죽었다?

— 그대, 평소 그와 가까이 지냈다고 하던데 사실인가?

세손이 물었다.

— 내금위 검시관으로 있을 때…….

세손이 고개를 끄덕였다. 알고 있다는 표정이었다.

의충이 내금위 검시관으로 막 직책을 맡았을 때였다. 사도세자의 죽음으로 소론은 기가 죽을 대로 죽은 상황이었다. 노론 역시 사도세자를 죽이기는 하였지만 그 전에 이미 삼정승이 자결한 마당이었다. 그 충격에 마냥 기뻐하고 있을 수만은 없는 상황이었다.

소론 인사들은 그들대로 세자를 지켜주지 못했다는 자괴감에 휩싸여 모여 앉기만 하면 노론의 수장 홍봉한과 세자의 비 혜빈 홍씨를 향해 입에 게거품을 물었다.

— 피도 눈물도 없는 종자들. 아무리 노선을 달리한다 하더라도 사위 아닌가. 사위도 자식인데 장인이 앞장서서 뒤주 속에 넣어 죽이다니. 무도한 놈!

— 그놈의 딸은 또 어떻고? 세자와 살을 섞고 살면서도 내내 친정 쪽 편만 들었지 않은가. 그 여자가 막고 나섰다면 제 아비인들 어쩔 것인가. 마음대로 하라는 듯이 오히려 아비 편을 들고 나섰으니.

— 세자가 그것도 모르고 속엣말을 하면 그 사실을 아랫것들 시켜 죄 제 아비에게 알린 년이 바로 그년이오. 그런 간악한 년이 어디 있소이까.

— 세자가 술이라도 취해 홍씨 집안 흉이라도 보면 열흘 내내 찬 바람이 쌩쌩 불고, 그 사실을 낱낱이 기록해 남긴다니 말이오.

그 와중에 홍씨가 갑자기 식중독을 일으켰다. 오전 내내 먹은 것을 다 토하고 피까지 토하자 어의에 의해 음식에 독극물이 주입되었다는 진단이 나왔다. 수라간의 수라상궁 이하 수라를 담당했던 궁인들이 모조리 소집되었고, 홍씨에게 오른 수라가 어의 앞에 놓였다.

어의가 음식물을 조사해보니 의심할 만한 것이 발견되지 않았다. 뒤늦게 홍씨가 마음이 편치 않다며 수라상궁이 올린 화주(花酒)를 반주 삼아 마셨다는 사실이 드러났다.

화주 맛을 본 어의가 고개를 갸웃했다.

— 화주가 독하기는 하지만 독기가 느껴지지는 않는데…….

어의의 말에 홍봉한이 눈을 크게 떴다.

— 음식도 아니고 물도 아니고 그럼 무엇 때문이란 말인가? 세자 빈이 피를 토하지 않았는가.

— 술에 독을 탄 것은 아닌 듯합니다.

그때 내금위 검시관으로 있던 의충이 오작인을 데리고 수라상궁 들을 조사했다. 한편으로는 수라간 곳곳을 뒤졌으나 도저히 단서를 잡아낼 수 없었다.

홍봉한은 제정신이 아니었다.

— 어떻게 된 것이야? 원인이 무엇이야?

— 금부에서 면밀히 조사하고 있습니다. 조금 기다리시지요. 곧 결과가 나올 것입니다.

— 초초(일차 검안서)를 빨리 올리라. 자세하게 기록해 빨리 올리라.

이차 검안까지 마치고 갱초(이차 검안서)를 작성해 올렸는데 임금 이나 홍봉한은 계속 고개를 갸웃거렸다.

— 필시 세자의 죽음에 불만을 품은 무리들의 짓이 분명하다.

궁을 나오며 홍봉한이 의충에게 말했다.

— 노릴 사람이 없어 세자빈을 노리겠습니까?

의충은 말이 안 되는 것 같아 그렇게 되받았다.

— 응?

의충의 반응에 홍봉한은 말을 해놓고 아차, 하는 것 같았다.

다음 날 금부에서 갱초에 미혹한 점이 보인다며 장화사가 나왔다. 그의 곁에 보니 학궁의 사예 한 사람이 서 있었다. 검시의 초초가 아무래도 이상하다는 것이었다.

그가 무엇을 찾는지 방안은 물론 홍씨의 방에서 나온 증거물이란 증거물은 모조리 뒤졌다.

접힌 종이 하나를 찾아낸 것은 그날 오후 무렵이었다. 두 손바닥 넓이 정도의 흰 종이였다. 심하게 구겨져 있었는데 냄새를 킁킁 맡아보기도 하고 종이에 묻은 가루 같은 것을 손가락에 묻혀 맛을 보기도 했다. 그는 그것을 증거물로 소집한 금부 나졸에게 물었다.

— 이 종이 어디서 나온 것인가?

금부의 나졸이 살펴보고는 홍씨의 방에서 나온 것이라 했다.

— 어디서 발견되었나?

— 서상 밑에 있었습니다.

— 이 그릇은 뭔가?

— 발견될 때 물이 조금 담겨 있었습니다.

흐흠. 하면서 그가 눈을 가늘게 떴다.

— 왜, 짚이는 거라도 있나?

홍봉한이 눈을 빛내고 있다가 물었다.

세자빈 앞으로 간 그가 물었다.

— 수라 후 왜 이 약을 드셨는지요?

사태를 파악한 세자빈의 얼굴이 백지장처럼 변했다.

— 내가 무슨 약을 먹었다는 것이오?

— 마마, 이 종이는 약을 쌌던 종이이옵니다.

— 뭐라?

— 아니옵니까?

— 이, 이런 놈을 보았나? 지금 무슨 말을 하고 있는 것이야?

세자빈이 후르르 떨며 그를 노려보다 앙칼지게 내뱉었다.

사예는 의외로 강직했다. 키가 자그마하고 비쩍 말랐지만 관골이 발달해서인지 고집깨나 있어 보였다. 사예가 종이를 크게 금간 대로 접었다. 한의가 약첩을 쌀 때 그대로의 모양이 그의 손에서 일어났다.

— 이 종이가 약첩임을 이제 아시겠지요? 이 종이가 왜 마마의 서상 밑에서 나왔느냐는 것입니다. 거기 물그릇과 함께?

— 네 이놈!

세자빈이 눈을 시퍼렇게 치뜨고 부라렸다.

— 이 종이는 부자를 싼 종이올습니다. 아직도 종이에 부자 냄새가 배어 있고 가루가 여기저기 묻어 있습니다. 이 약재는 대국에서 들어오는 것으로 바꽃의 어린뿌리입니다. 중풍이나 신경통 그리고 관절염에 효험이 있으나 늙은이들이 돼지고기와 함께 달여 원기를 돋우는 데 쓰기도 합니다. 원기가 왕성한 젊은이들에게는 절대 삼가야 하는 약재이지요. 만약 혈기왕성한 젊은이가 취할 시 혀가 굳고 복통을 일으키며 객혈을 초래합니다. 더욱이 열이 많은 이들이 이 약재를 취하면 과민반응을 일으켜 즉사할 수도 있습니다. 그 부자를 싼 종이가 서상 밑에서 발견되었다는 게 무엇을 의미하는 것이겠습니까? 그러니 수라간에서 나온 것은 아닙니다.

순간 홍봉한이 부르르 떨었다. 그 말은 곧 소론 무리들이 수라간을 장악하고 있어 마음대로 통제할 수 없게 되자 딸과 아비가 짜고 스스로 죽지 않을 정도의 독을 마셨다는 뜻이기 때문이다.

— 지금 무슨 말을 하는 겐가?

홍봉한의 물음에 사예가 희미하게 웃었다.

— 모르시겠다는 말씀이옵…….

듣고 있던 홍봉한이 그를 발길로 내질렀다.

— 이런 놈을 보았나? 이놈, 네놈이 아주 모략질로 우릴 죽이려고 온 놈이 아니냐. 여봐라, 이놈이 수라간 제조와 짜고 온 놈이 분명하다. 이놈을 체포하라.

금부의 나졸들이 우르르 달려들어 그를 데려나갔다.

나중에야 영조는 사예가 홍봉한에게 당해 형옥에 있다는 보고를 받았다. 저간의 사정을 알아본 즉 사예의 말에 일리가 없는 게 아니었다. 그렇다고 사돈이며 노론의 수장인 홍봉한의 심기를 건드릴 수는 없었다. 그래 영조는 은근히 그를 회유했다.

— 형옥에 넣을 것까지야 없지 않소이까. 조사를 하다 보면 그럴 수도 있는 것을.

— 전하, 설령 세자빈이 스스로 독극물을 마셨다고 해도 그렇사옵니다. 오죽하면 그랬겠사옵니까. 부군을 잃은 상심이 오죽했으면 말이옵니다. 그걸 이용해 저희가 모략질을 한다 하오니 대명천지에 이런 일이 어디 있겠사옵니까.

— 내 신의 심정을 모르는 바 아니나 저쪽(소론)의 기미도 심상치

않소이다. 또 상소니 뭐니……. 해결해야 할 문제도 산더민데 그 문제로 다시 정국이 어지러워지는 건 짐도 원치 않소.

영조의 강경함에 홍봉한이 눈치를 보다가 사례를 풀어주었다.

영조는 그를 학궁의 사례직에서 파면하지 않았다. 홍봉한의 반대가 있었으나 그대로 관직에 있게 했다. 그가 소론의 앞잡이임에는 분명했으나 사건을 풀어내는 식견에 탄복했기 때문이다. 하늘 높은 줄 모르고 기어오르는 노론의 세력을 견제하기 위해서라도 그런 인재가 필요하다고 판단했던 것이다. 그가 바로 사례 이한조였다.

의충이 생각에 잠긴 사이 세손이 비로소 고개를 끄덕였다.

— 그랬군! 그런데 아무래도 이상해. 보고를 받긴 했는데 뭔가 이해 못 할 점이 한두 가지가 아니야.

의충은 세손이 심기 사나울 때마다 사도세자의 묘를 참배한다는 걸 아는 무리가 저지른 짓이 아닐까, 하는 생각을 했다. 그렇다면 반대 세력의 거병이 앞당겨졌다?

어함인가? 그들이 어함을 찾은 것인가? 영조의 모든 비밀이 담긴 그 어함이 그들의 손에 들어갔다면?

그렇다면 분명 영조가 붕어하기 전에 노론의 무리들이 일어설 것이다. 어함 속의 비밀을 빌미 삼아 자신들이 추대하는 인물을 임금으로 앉히려 들 것이다.

세손이 대보를 물려받는다면 아비를 죽인 무리들을 그냥 두고 보지 않으리라는 걸 그들은 본능적으로 알고 있다. 왜 모르겠는가. 주상이

건재할 때 그들은 한통속이었지만 그 보위가 세손에게 넘어가면 양상은 달라진다. 아니, 달라질 정도가 아니라 뒤집어진다. 그럼 그들은 죽은 목숨들이다. 그들이 원하는 이를 대보에 앉히지 않는 이상.

의충이 그런 생각을 하는데 세손이 무슨 말을 하려다 입을 다물었다. 입을 다무는 그의 얼굴에서 뭔가 긴박함이 느껴졌다. 그라고 모를 리 없을 것이다. 노론이 살기 위해 영조의 비밀이 숨겨진 어함을 찾아내는 데 혈안이 되어 있다는 것을.

만약 찾아내었다면 그것으로 임금을 회유하려 들 것이다. 어떤 일이 있어도 세손을 보위에 앉혀서는 안 된다고.

영조가 몸져누우면서 세손은 대리청정을 시작했지만 아직도 모든 권력 이양이 완전히 이루어진 건 아니었다. 무엇보다 영조가 잃어버렸다는 어함이 문제였다. 영조는 재위 기간 동안 자신의 가장 비밀스런 문건들을 그 속에 넣어두었다. 만약 그 어함이 노론의 손에 넘어가기라도 한다면 노론은 그것으로 보위 문제를 뒤집을 수도 있었다. 바로 그 속에 재위 시절 내내 영조를 괴롭혀 왔던 숙종대왕의 친자 확인 문서가 들어 있다면.

영조는 몰래 자신의 비밀들을 태령전의 그 어함 속에 넣기를 좋아했다. 그는 그 어함을 '진실의 궤'라 불렀다. 자신이 가장 솔직해지는 공간이라는 것이었다. 그것은 곧 그의 일기장이나 다름없었다.

예로부터 왕가에는 '금등'이라고 하는 어함이 있었다. 금은 쇠라는 뜻이고, 등은 끈이라는 뜻이다. 쇠 끈에 묶인 상자에서 나온 주공의 글을 가리켜 금등이라고 했다.

일설에 영조가 채제공이 도승지였을 때 휘령전에서 사관을 물리치고 그만이 아는 비밀문서 한 통을 주면서 신위 아래 보관하도록 했다는 말이 있다. 하지만 말들이 많았다. 그 비밀문서는 왕권 강화를 위해 사도세자의 모함이 풀려야 한다고 생각해 남긴 것이라고도 했고, 나중 대보를 이을 손자 산(나중의 정조)이 죄인의 아들이 아니라 당당한 왕으로서의 권위를 위해 남긴 것이라는 말도 있었다. 그러나 그 내용은 아무도 알 수 없었다. 그리고 그것은 그저 설이라고 모두가 생각했다. 채제공이 제 패거리들에게도 비밀에 부쳤기 때문이다.

그런데 영조는 손자 산에게 나중 휘령전이 아니라 태령전에 가면 궤가 있을 것이라 한다. 그렇다면 또 하나의 어함, 즉 금등이 거기 있다는 말이 된다. 아니면 휘령전의 금등이 태령전으로 옮겨졌거나.

태령전 역시 아무나 접근할 수 있는 곳이 아니었다. 함부로 열 수 없는 무거운 쇠통이 달린 비밀스런 곳이었다. 휘령전이 정성왕후의 위패가 모셔진 곳이라면 태령전은 영조의 전용곳간이나 마찬가지였다. 신하들은 그 어함 가까이에 다가갈 수 없었다. 그리고 그 함이 무엇인지조차도 몰랐다.

이인좌의 난이 일어나고 세상이 아무리 들끓어도, 사도세자가 죽고 삼정승이 죽어나가도, 그 함은 열리지 않았다. 아니 그 존재조차 드러나지 않았다. 영조가 자신의 죽음을 예감하고 세손을 부른 것은 7월 어느 날이었다.

세손이 침소에 들자 영조는 다음과 같이 유언했다.

— 경희궁 태령전에 가면 오른쪽 시렁 위에 궤짝이 하나 있을 것

이다.

영조는 숨이 가빠 말을 끊었다. 그사이에 다음 말을 기다리던 세손이 물었다.

— 할바마마, 그것이 무엇이옵니까?

— 말할 수 없다. 너 또한 어떤 일이 있어도 그것을 열어서는 안 된다. 그대로 가져와 짐의 재궁에 넣어 묻으라.

그 길로 세손은 도승지와 충호사에게 명했다.

— 태령전으로 가 궤를 찾아 가져오라.

도승지와 충호사가 태령전으로 가보니 궤는 없고 그 자리에 자명종 하나가 놓여 있었다. 바늘 하나 제대로 만들지 못하는 나라에 자명종이라니? 대국과 왜국에서 들어왔다고 해도 그렇다. 도저히 믿을 수 없는 물건이 거기 있었다.

세손이 자명종을 가져가자 영조가 '궤는?' 하고 물었다.

— 궤는 보이지 않았사옵니다. 대신 그 자리에 이것이…….

영조가 소리쳐 불렀다.

— 시임대신을 부르라.

시임대신은 현재 그곳을 관리하는 벼슬아치였다. 그가 와 읍하고 자신이 태령전을 관리한 지는 얼마 되지 않았다고 했다. 영조가 다시 소리쳤다.

— 원임대신을 부르라.

현재의 대신이 오기 전에 그곳을 관리하던 원임대신이 달려와 읍했다. 그는 이렇게 아뢰었다.

— 태령전 열쇠는 전하만이 가지고 있지 않나이까. 누가 감히 그곳을 전하의 허락 없이 들어갈 수 있겠나이까. 최천약이 어느 날 자경전과 숭정전을 돌아 태령문으로 들어와 물었나이다. 이 전각의 용도가 무엇이냐고. 임금의 소중한 공간이라고 대답했더니 고개를 끄덕였사옵니다. 그는 이렇게 말했나이다. 역대 임금들의 어진이 모셔져 있는가? 그걸 어떻게 알 수 있겠느냐고 대답했더니 그냥 돌아갔나이다. 전하, 그곳에 누가 함부로 출입할 수 있겠나이까.

— 아하, 그러고 보니 최천약에게 맡긴 적이 있었구나. 여봐라, 최천약을 부르라.

최천약은 자명종을 만든 사람이다. 천문기계 제작이나 무기, 자와 악기를 비롯해 온갖 조각품을 만드는 장인이었다.

최천약이 바람처럼 달려와 입궁했다. 세손은 눈부신 듯 그를 바라보았다. 사농공상이라는 엄격한 위계질서로 백성들의 직업을 줄 세우는 세상에 굽히지 않고 자신의 세상을 열어온 사내가 수염을 바람에 휘날리며 당당하게 영조 앞에 읍했다.

바늘조차 자급하지 못하는 나라. 만약 외교 문제가 발생해 무역 거래가 어려워질 경우, 바늘조차 자급하지 못한다면 나라의 전 백성이 옷을 입지 못하는 일이 연출될 터인데 사대부들이 기술자를 천시한다면 이 나라가 어떻게 되겠느냐며 상소를 올렸던 이가 최천약이다.

— 그대를 의심해서가 아니다. 궤가 놓였던 장소에 네가 고친 장명종이 놓여 있었다고 하니 어찌된 것이냐?

최천약의 재주를 아끼던 이가 영조였다. 그답게 음성에 애정이 담겼다.

— 전하, 전하 앞에서 자명종을 고치다 전하께서 용면에 드시어 신이 태령전에 가져다 놓은 것은 사실이옵니다. 두 번째까지 자명종 옆에 어함이 있었사옵고, 세 번째는 보이지 않았나이다.

— 두 번째까지?

영조가 확인하듯 물었다.

— 그렇사옵니다.

— 그 날짜가 언제냐?

— 경인년 음 4월 계사일이옵니다.

— 어찌 날짜가 그리 정확한 것이냐?

— 전하, 마침 그날이 제가 태어난 날이옵고 측우 제도 재건에 대하여 신에게 처음으로 하문하신 날이기 때문이옵니다.

— 흐흠. 그렇구나. 그래, 그랬지. 그 후 5월 초하루에 측우기를 만들어 창덕궁과 경희궁에 설치하라고 명(命)했었으니. 그럼 세 번째는 언제냐?

— 제 기억에는 채 한 달도 되지 않았을 때이옵니다.

— 그럼 한 달 사이에 궤가 없어졌다 그 말이 아니냐?

— 그렇사옵니다.

영조가 잠시 생각에 잠겼다가 입을 열었다.

— 태령전은 아무나 드나들 수 있는 곳이 아니다. 짐과 그대 그리고 용파……

용파까지 말하고 영조가 다시 용파, 하고 뇌까렸다.

— 두 번째 네가 들어간 시일이 계사일이라고 했느냐?

— 그러하옵니다, 전하.

— 그렇구나! 용파가 그 한 달 사이에 들어갔을 것이다. 그렇다면 도력으로 궤 속을 들여다보았다? 허나 그 사람은 이미 이 세상 사람이 아니지 않은가.

영조의 밀령을 받은 금부가 파계사로 떴다.

절을 뒤지고 용파가 머물던 주위를 수색해 어함을 찾아다녔으나 궤는 보이지 않았다. 소란을 피우니 그 어함에 대한 소문이 나지 않을 리 없었다. 그렇게 되자 세손의 아비 사도세자를 죽인 무리들이 옳다구나 했다. 그 어함을 찾아야 한다고 나선 것이다.

그들은 용하게도 갑오년(숙종 40년) 그리고 정유년(숙종 43년)의 호적단자 2장, 한성부 호구단자를 궤 속에 넣은 것을 기억해내고 있었다. 그들은 그 어함 속에 영조의 진실이 들어 있다고 판단했다.

그곳에 진실이 들어 있지 않다면 세손에게 그 어함을 열어보지 말고 재궁에 넣어 묻으라고 명령할 이유가 없었다. 사실 그렇게 특별히 명령하지 않아도 그런 것은 왕실 내부에 소중히 보관되어 재궁 옆에 두는 것이 원칙이었다. 그런데 특별히 명령한 것이다. 절대로 열어보지 말라고.

그래서 어함을 찾기만 한다면 일이 쉽게 풀릴 것이라 그들은 믿었다. 왕조의 정통성을 부정하며 난을 일으켰던 이인좌를 영웅으로 둔 갑시키고, 영조의 친자설을 부정해 자신들이 점찍은 이에게 보위를 이양하면 그만이었다.

더욱이 그 궤 속에는 영조가 평생을 아끼는 보석이 하나 있는데 그걸 거기에 넣어두었다는 말이 돌면서 사람들의 욕심을 부채질했다. 궤만 찾으면 일확천금을 얻을 수 있다는 사행심까지 조장하는 마당이었다.

세손은 타는 갈증을 넘기듯 읍하고 있는 의충을 넌지시 내려다보았다.

— 이한조 사예가 있던 학궁으로 나가 조사를 해보라고 그대를 부른 것이다. 포도장이 조사를 해보겠다 하지만…… 아직은 의금부에 송치할 일도 아니고. 그곳에 머물며 사건을 조사해보도록 하라. 아무래도 그의 죽음이 심상치 않아. 포도장에게는 내 일러놓겠다. 그리고 그곳 사예가 이르기를 이한조가 죽기 전에 그대에게 무엇인가 남겼다고 하는데, 내가 상관할 바가 아니나 지위고하를 막론하고 조사해 알리라.

— 알겠사옵니다. 평소 데리고 다니던 아랫것이 있사옵니다. 바로 학궁으로 들어가겠나이다.

대답은 그렇게 했지만 의충은 순간 이상한 위기감이 뒷머리를 바짝 당기는 것 같은 느낌을 받았다. 사예 어른이 내게 남긴 게 있다고?

무엇을 남겼다는 것일까? 이한조 사예와 가깝게 지내기는 했지만 그곳에 머물면서 조사하라니.

의충은 궁을 나서면서 몇 번이고 무엇인가 있다는 말을 되씹었다. 그러면서도 한편으로는 이한조의 죽음과 어함에 대해 생각했다. 세손은 지금에 와 태령전에서 없어진 어함과 이한조의 죽음에 어떤 연관이 있다고 보는 것일까.

3

오길은 입이 찢어지게 하품을 하며 일어나 앉았다. 요즘 들어 왜 이렇게 잠이 쏟아지는지 모를 일이었다. 계절 탓인지 기회만 있다 하면 눈이 감겼다. 새벽에 궁에서 누군가 나온 것 같더니 집을 나간 삼촌은 아직 돌아오지 않은 것 같았다.

낙숫물 소리가 예사롭지 않다. 다시 비가 오려나, 추녀 끝에 맺힌 빗물 떨어지는 소리가 들려왔다.

시선을 드는데 의충이 삐그덕 대문을 열고 들어섰다.

— 어디 갔다 와요?

필시 궁에서 돌아온다는 생각을 하면서도 그렇게 물었다.

— 어쩐 일이냐? 툭하면 코를 박던 놈이?

— 몇 점이나 되었는지 모르겠네.

간밤에 사예가 죽었다는 말에 오길은 하품을 하다 말고 눈을 뎅그러니 떴다.

— 뭔 소리래요?

의충은 대꾸하면 말이 길어질 것 같아 조사를 명받았다는 말을 남기고 안방으로 들어가 버렸다.

간단히 보따리를 챙겨 다시 집을 나서자 오길이 그때까지도 얼떨떨한 표정을 짓고 있었다.

— 뭔 말인지 정말 모르겠네. 멀쩡하던 사람이 왜 죽어요?

— 이놈아, 그걸 내가 어떻게 알아. 따라나 와.

— 정말 얼측없네.

또 그놈의 의심병에 시달릴 것 같아 의충은 대답을 않았다. 그러자 오길이 느물거리기 시작했다.

— 참 어이가 없네. 자다가 봉창 뚜드리는 소리도 아니고, 아니 설령 그렇다고 해도 그렇지. 그렇게도 사람이 없나? 검험이나 하던 엉터리 사관을 불러 수사를 맡기게. 시체를 살피는 일이라믄 몰라도.

참 엉뚱한 놈이었다. 일단 의심이 들면 그 의심을 풀어줄 때까지 꼭 시비조로 나왔다. 지금도 '엉터리 사관' 하고 느물거릴 상황이 아닌데도 속을 뒤집고 있었다.

— 혹시…… 저번 사건으로 인해 포청 사람들 믿을 수 없다는 말인가?

— 그래도 머리는 돌아가네.

대꾸를 않으려다가 의충이 그렇게 꼬았더니 또 고약한 속을 드러냈다.

— 그럼 암행……?

의충은 그를 노려보았다.

— 너, 매번, 그 버릇 못 고치겠냐? 뭔 사내자식이 그렇게 입이 가벼워?

오길이 그제야 눈을 껌벅이며 시선을 내리깔았다.

— 아이고, 멍청한 놈. 확 잘라버려야 하는 건데. 핏줄이 뭔지. 말 못 하다 죽은 귀신이 붙은 것도 아니고.

— 알겠다니까요. 꼭 그래. 무시나 하고. 내가 뭐, 데려온 자식인가. 울 어매 하늘에서 통곡하겠다.

의충은 한마디 더하려다가 입을 다물었다. 망할 자식, 안 되면 꼭 엄마 타령이었다. 그럼 의충은 그만 마음이 짠해 언제나 두 손을 들고 만다. 그걸 알고 있는 것이다. 누구처럼 공부도 열심히 시키지 못했고 오작인으로 데리고 다니다 사관이 된 후로는 그나마 놀리고 있는 형편이었다.

외진 지방에서 검험을 하면서 견디던 세월이 있었다. 그때 수족처럼 데리고 다니던 오작인이 바로 오길이었다. 검험이 시키는 대로 시신을 뒤집으라 하면 뒤집고 엎으라 하면 엎던 오작인이 바로 그였다.

외사촌 누이가 하나 있었다. 스물도 못 된 어린 나이에 아들 하나 남기고 죽었다. 두 부부가 염병에 걸려 어이없이 죽은 것이다. 갈 곳 없는 핏덩이를 거뒀는데 이제는 수족이나 다름없는 사이가 되어버렸다.

세손은 어질었다. 비록 어린 나이에 아비를 잃었지만 어질고 지혜로웠다. 세손은 속을 감추려는 듯 잠행을 일과처럼 즐겼다. 밤이 되면 몇 사람의 신하를 데리고 이 집 저 집을 기웃거렸다. 백성들의 고단한 삶을 직접 느끼고 싶었기 때문이다. 그는 삼전도 비가 있는 강화도를 자주 찾았다. 그때마다 그의 손에는 아버지 사도세자가 대리청정 시절 편찬한 무예신보가 들려 있었다. 선조 때 지었다는 무예제보에다 12가지 무예를 추가로 넣어 무예신보를 편찬한 것이었다.

사도세자에게는 뜻이 맞는 동무가 두 사람 있었다. 무예신보를 편찬할 때 함께 뜻을 모았던 인물들이었다. 한 사람은 노론의 영수 영중추부사 이천보의 아들 이문원이었고, 한 사람은 좌의정 민백흥의 아들 민홍섭이었다. 사도세자는 그들과 함께 강화도로 내려가 삼전도비 앞에서 효종이 쓰던 청룡도와 철퇴를 휘두르며 언젠가는 저 비를 무너뜨리고 옛 영토를 되찾자며 호기를 다지곤 하였는데, 이제 그 아들 세손이 삼전도 앞에서 그런 아버지를 추억하고 있었다.

세손도 그런 날이면 사도세자가 그랬듯이 외딴 마을에서 천숙을 감행하기도 했다.

하필이면 그날 세손이 삼전도 앞에 머물다 간 곳은 강화도의 어촌이었다. 고기잡이 나간 남편들이 바다에서 돌아오지 않자 어쩔 수 없이 과부가 된 여인들이 많이 모여 사는 곳이었다.

세손이 오던 날도 풍랑으로 배가 뒤집어져 남편을 잃은 여인들이 서럽게 울고 있었다.

세손은 그들을 위로하였다. 과부들은 황송하여 몸 둘 바를 몰랐다. 그녀들은 나라님이 우리들에게 이런 은혜를 베푸는데 그대로 있을 수 없다며 세손의 침실을 만들고 하룻밤 묵기를 청하였다. 청이 하도 간곡한지라 세손은 방으로 들었다.

자정이나 되었을까. 한 처자가 세손이 자는 방으로 숨어들었다.

과부들이 자식들 중에서 가장 인물이 빼어난 여식을 골라 들여보낸 것이다. 세손의 은혜에 보답할 수 있는 길이란 그 길밖에 없다고 생각한 것이다.

고단했던 세손은 자신의 잠자리로 숨어든 처자를 안았다. 제정신이 아니었다. 꿈속인지 현실인지 알 수가 없었다. 내침을 당한다면 끝이라고 생각한 처자는 부드럽게 세손을 안았다. 세손은 오감을 자극하는 황홀함에 빠져 허우적거렸다.

그때였다. 밖을 지키던 호위무사가 뒤가 마려워 잠시 방심한 사이 방문이 벌컥 열렸다. 바다에 나가 죽었으리라 생각한 그 집 남편이 돌아온 것이다. 방안의 광경에 주인사내는 얼어붙었다.

그제야 잠에서 깬 세손은 할 말을 잃었다. 과부들이 달려와 주인사내를 끌어내려 했으나 이미 그의 손에 든 쇠갈고리가 세손의 이마로 향한 뒤였다.

그때 갈고리 앞으로 몸을 날린 사람이 바로 이의충이었다. 그곳 어촌에서 검원으로 재직하던 그는 길을 가다 과부들이 모여 웅성거리는 것을 보았고 갈고리를 세손에게 날리는 사내를 보고 달려든 것이었다.

세손이 겨우 목숨을 건지고서야 모든 사실을 안 처자의 아비는 세손 앞에 무릎을 꿇었고, 변방에서 검시나 하던 의충은 한양으로 올라오게 되었다.

세손은 의충의 학문과 인품을 한눈에 알아보았다. 그가 높은 학문을 지니고도 과거에서 세 번이나 낙방했다는 사실을 알고 그가 써낸 시를 가져다 읽어보았을 정도였다. 그리고 왜 이런 시가 낙방되었는지 모르겠다고 시험을 주관한 이에게 농을 걸 정도였다.

다음 해 이의충은 당당히 급제했다. 세손의 도움이 있었던 것도 아니었다. 그는 의충의 학문이 그렇게 빛나리라 이미 알고 있었다.

세손은 의충을 내금위 검시관으로 제수하고 언제나 곁에 두었다. 내금위는 임금을 호위하는 군대다. 궁궐을 지키는 금군이다. 사건이 생기면 금부에서 검시관이 나오기 마련인데 호위군이 3백 명이 넘어가자 검시관까지 두게 된 것이다.

그러다 세손은 의충을 사관으로 제수했다. 임금의 언행과 정치, 백관의 행정 등 시정을 기록하는 예문관 사관으로 제수한 것은 순전히 영조의 동태를 살피기 위한 수작이었다.

영조가 사관을 우습게 여기기는 했다. 언제 어디서나 따라붙는 사관의 존재를 매우 귀찮아했기 때문이다. 사관이 직필을 휘둘러대는 것을 영조는 본능적으로 싫어했다. 자신의 흉허물이 후손에 알려지는 걸 좋아할 사람이 어디 있을까만 그는 정도가 심했다. 사관이 써놓은 사초를 없애버리기가 예사였고, 중요한 말은 사관이 없는 틈을 타 지워버리는 것도 서슴지 않았다.

그래도 안 되자 사초를 불태우기 위해 예문관에 불을 지른 적도 있었다. 세손은 그런 영조를 걱정해 그의 일거수일투족을 의충에게 지켜보게 한 것이다.

겨울연꽃

칼날이 흔들릴 때마다 햇살이 베어졌다.

길이가 세 척이나 되는 장검이 허공에서 춤을 추었다. 검을 잡은 여인의 붉은 옷소매 속으로 달빛이 몸을 숨겼다. 또 하나의 검이 허공에서 춤을 추었다. 쌍검이 허공을 갈랐다.

주막에서 술을 먹던 사람들이 넋을 놓았다. 검무를 추는 기녀 운심의 칼춤은 차라리 눈부실 지경이었다.

누군가 중얼거렸다.

— 거참 이상하다 말이시. 사또가 춤을 추라고 해도 추지 않았다는데 저년이 저 꼽추 앞에서 춤을 춘다니께.

— 사연이 있어도 기막힌 사연이 있는 모양이네.

검무를 추는 그녀의 서늘한 눈빛이 번쩍 빛났다. 갑사 치마에 분홍색 전복, 남색 전대, 트레머리를 한 위에 쓴 삭모가 달린 전립. 그 모습은 무관의 위엄 있는 모습만큼이나 아름다웠다. 누군가 곁에 있다가 나지막이 창을 하기 시작했다.

석양 무렵 피어난 한 송이 꽃이로다
결 좋은 바람에 흔들리는 가을 연꽃 같구나
일만 개의 눈들이 지켜보는데
청루에 말들이 몰려들어 젊은 귀족 쉴 새가 없다더라

호서 상인의 모시는 눈처럼 새하얀데
송도 객주 운라 비단은 값이 그 얼만가
술에 취해 화대로 주어도 아깝지 않은 것은
운심의 검무와 옥랑의 거문고뿐이로다

노래 부른 사내의 눈이 붉어졌다.
검무를 멈추자 사람들이 할 말을 잃고 그녀만 지켜보았다. 노래를 부르던 선비가 일어나 다가갔다. 그녀가 한순간 놀라다가 슬픈 미소를 물었다.
— 오랜만이구려.
사내가 말했다.
— 이곳까지 으쩐 일이시오?

─ 백하 윤손 공이 세상을 버렸다기에 너를 찾았느니라.

그녀가 대답 대신 꼽추에게로 고개를 돌리자, 그의 눈길이 자연스럽게 같은 곳을 향했다.

등이 굽은 꼽추 사내가 그녀를 마주 바라보았다. 이제 서른이나 되었을까, 머리가 봉두난발이고 코가 우뚝하고 광대가 나왔다. 입술이 칼날처럼 가늘다. 눈 한쪽에 칼을 맞아 애꾸눈이다. 남은 왼쪽 눈이 뱀눈처럼 사악하다. 애꾸눈에다 오른쪽 어깨와 턱관절 쪽으로 목이 비틀어져 모습이 기괴했다.

잠시 후 그녀가 선비를 방으로 이끌었다. 사람들의 눈과 꼽추의 매섭찬 눈이 두 사람을 따라붙었다.

선비가 방으로 들어서자 그녀가 물었다.

─ 그동안 강녕하시었소?

─ 어찌 그대는 하나도 변하지 않았는가?

─ 어인 일이시오?

─ 이리 그대를 보고자 해서 온 것이 아닌가.

─ 나를 찾아 무엇하시게요?

─ 그대의 검무를 어찌 잊을 수 있겠는가. 그리고 백하 윤손 공이 누구던가. 천하의 가객이요, 당대 제일의 서예가가 아니던가. 그분이 평안도 관찰사로 부임하실 때 내 아비의 비문을 지어주신다고 약조를 하셨는데 말없이 가셨으니 말일세.

그녀가 스르르 고개를 떨구었다. 어느 사이에 눈가가 붉게 물들었다.

─ 내 아비 비문도 짓지 못하고 가시었소.

― 그 비문 한 장 받으려고 그대는 청춘을 바쳤던가?

― 인연이었다오. 어쩌겠소. 그렇게 아비 잃고 천둥벌거숭이가 되었으니.

― 그대 성은을 입었다가 궁을 나왔다는 말은 들었네. 말을 들으니 그때 함께 당한 이직수의 아들을 찾는다면서? 왜?

― 소문 한 번 빠르오. 이직수의 아들이 이의충이 아니오.

― 그가 무슨 죄가 있어서?

― 이 모든 것이 그자로 인한 것임을 모른단 말이오.

― 그러니까 그놈이 발고해 일이 그 모양이 되었다?

그녀는 말이 없었다.

― 한때 그대가 장대장 아래로 들어갔다는 말은 들었네.

― 조현명의 상소로 장대장이 한성판윤에서 물러나 돈의동에서 죽었소.

― 그럼 조현명은?

― 그는 사도세자 사람 아니오. 그러나 그 역시 사도세자를 앞세우고 가고 말았소.

― 그럼 그 길로 황해도로 가신 것인가?

― 그러하오. 선왕(경종)이 그리 죽어 정치적 입지가 말이 아니었다오. 황해도 관찰사로 부임하게 되자 나도 그리로 갔었는데 그곳에서 병을 얻어 황망히 가시어 이 몸 또한 이리 되었소. 그렇지 않아도 나리가 오시리라 가시는 길에 마음 아파하시더이다. 그러나 이미 몸이 쇠해 붓 잡을 힘도 없었으니 말이오.

꼽추가 일어나 방 앞으로 다가가 안의 기척을 살폈다. 말을 나누는 두 사람의 음성이 흘러나왔다.

― 보았네, 밖의 꼽추. 백하 선생을 따르다가 꼽추와 함께 한다는 말을 들었네.

― 그렇소. 그 사람 선왕을 시해하려 한 연잉군(훗날 영조)에게 독을 전해주던 남태중의 아들이오. 나중 연잉군이 정권을 잡고 권력을 잡았소만 사도세자의 평양 밀행 때 그와 역모를 꾀했다고 하여 연잉군에게 참살당하고 말았지요.

― 어허, 그 사람 이조참의 하다 목이 베인 사람 아닌가.

― 맞소. 나도 뒤주 사건이 일어난 뒤에야 알았소. 우리들의 아비가, 우리들을 이렇게 만든 그자의 꾐에 빠져 결국 사람구실 못 하다 죽었다는 것을.

― 연잉군 시절 경종 임금이 수사망을 좁혀왔을 때니 몇 명이나 목숨 부지할 수 있었겠나. 서덕수의 꾐에 빠져 헤어날 수 없었는데 거기서도 살아남아서는 그런 욕을 당하다니.

― 서덕수 그자 연잉군의 처조카가 아니오?

― 맞아.

여인이 주먹을 쥐고 부르르 떨었다. 그녀는 잠시 숨을 돌렸다가 말을 이었다.

― 그보다 더 기가 막힌 것은 그들 자제의 행보요.

― 행보?

― 그대도 그렇지 않소. 사도제자의 뒤주에 돌을 얹으라고 하자

도망가 버린 사람이니 잘 알게 아니오. 허나 그날의 아들들이 뒤주를 빼돌려 쫓기다 남태중의 아들은 저렇게 등이 굽었소.

사내가 고개를 홰홰 내저었다.

— 그나저나 어떻게 된 것인가. 아직도 이직수의 아들을 찾고 있는 것인가?

— 맞소이다.

— 어허, 무슨 말인지 이제야 알겠네. 사도세자의 뒤주에 걸렸다? 그 자식들이? 그럼 이의충은?

— 제 어미가 형틀에 묶이자 우리가 있는 곳을 불어버린 놈이 그놈이오.

— 그자는 지금 어디 있는가?

— 그걸 어이 알겠소.

— 이의충…… 그의 아비 역시 사지가 찢겨 죽었다고 알고 있는데?

— 발고한 아들놈은 살아 있다 그 말이오. 살아 있다믄 이제 서른이 넘었을 것이오. 지방 검시관으로 있다가 세손의 눈에 들어 사관이 되었다는 말이 있긴 하오. 조만간에 드러날 거요. 어디 죽일 놈이 그놈 하나겠소.

— 이의충 하나로도 모자란단 말인가?

놀라 묻는 사내의 물음에 여인의 눈이 시퍼렇게 빛났다. 독기에 찬 눈빛이었다.

— 이의충이 떠받드는, 우리들 아비를 죽이고 면류관을 쓴 자!

— 어허, 지금 무슨 소릴 하고 있는가! 죽으려고 환장을 했는가?

이제 그는 그대의 손이 미칠 수 없는 곳에 있다는 걸 모르는가?

— 그놈은 인간 아니오?

— 어허, 내 말은 그 말이 아니지 않은가.

방안에서 흘러나오는 말을 듣고 있던 꼽추의 눈빛이 사납게 빛났다.

— 말조심하시오. 그대도 같은 처지가 아니오. 한 번 죽지 두 번 죽겠소.

여인이 눈을 시퍼렇게 치뜨고 못을 박았다.

기에 질린 사내가 말을 얼버무렸다.

— 이 사람아, 누가 그대의 솜씨를 의심하겠는가. 그래, 그때 내 아비도 죽었지. 나야 뒤주에 돌박 하나 얹지도 못하고 도망쳤지만 넘볼 걸 넘봐야지. 그가 어디 보통 사람인가. 이 나라의 주인일세.

— 이제 모든 것을 잊은 듯 말하시는구려. 하긴 세월이 그렇게 흘러버렸소만.

— 이 사람아, 그럼 어쩌겠나.

— 그러니 더는 그냥 둘 수 없는 게 아니오.

— 어허, 범의 아가리에 깃을 풀었다는 말이로다.

무섭다는 듯 사내가 고개를 홰홰 내저었다.

꼽추가 그제야 주먹을 불끈 쥐고 돌아섰다.

의혹의 모서리

아지랑이 속으로 희미하게 학궁 성균관의 모습이 드러나기 시작했다. 올 때마다 느끼는 거지만 그것은 흔들리는 호수 속 건물처럼 흐느적거리며 일어서고 있었다. 강렬한 햇살 때문일 것이다. 일렁이던 아지랑이가 벗겨지고 건물이 점차 가까워지기 시작했다.

학궁으로 들어선 의충은 동재와 서재 가운데 서 있는 은행나무 두 그루를 멍하니 바라보았다. 학궁과 그 역사를 같이하는 유교의 상징목인 은행나무는 예전 그대로 푸르렀다. '큰 도를 밝힌다'는 주자의 말에서 유래한 비천당. 뜰에서 과거를 보던 때가 그림처럼 떠올랐다.

학궁에 심부름 가던 사헌부 소속의 하급 관리가 있어 그에게 미리 언질을 해두었다. 록청(正綠廳)에 들러 그곳 사예에게 오시에 가겠다 전하라고.

대사성이나 사성을 놔두고 사예에게 알리라 한 것은 이한조가 학궁의 두 사예 중 한 사람이었기 때문이다. 아무래도 둘이 학궁의 예를 관리하고 있었을 터이니 서로 잘 알 것이라는 판단에서였다.

학궁에 다녀온 관리가 사예의 말을 전했다.

— 그렇잖아도 사예인가 뭔가 하는 양반이 내관으로부터 소식을 받고 기다리고 있다고 합디다. 머물 곳이 마땅찮아 록청에 거처할 곳까지 마련한다고…….

세손의 배려가 틀림없다. 내관을 시켜 자신이 나갈 것이라 미리 일렀다는 것은 학궁으로 들어가 쭈뼛대지 않고 자세히 조사할 수 있게끔 신경을 썼다는 말이었다. 이한조의 죽음에서 무엇인가 보고 있음이 분명했다. 아침에 세손이 하던 말이 떠올랐다.

학궁에 머물면서 조사하라…….

그냥 아무렇지도 않게 받아 넘겼는데 갑자기 이상하다는 생각이 들었다. 의충은 뭔가 예사롭지 않다는 생각을 하며 좀 더 나아갔다. 대성전의 장엄한 모습이 눈에 들어왔다. 학궁의 하급 관리로 보이는 사내 하나가 은행나무 밑에서 어슬렁거리는 게 보였다. 이내 의충 일행을 발견하고 다가왔다.

— 어서 오십시오. 기다리고 있었습니다.

그가 두 손을 모으고 허리를 완전히 굽혔다. 대단히 공손한 표정이었다. 쓰고 있는 갓이 벗겨질 것 같다는 생각을 하며 의충과 오길이 인사를 받았다.

─ 가시지요. 사예께서 기다리고 계십니다.

사예의 거처로 가면서 사내가 자기소개를 대충했다. 관직이 과거
응시자들의 예비 심사를 하는 학정이라고 했다. 이한조 사예가 죽
은 후 박필조 사예를 모시고 있다 하였다. 아마 기다리고 있는 사예
의 이름이 박필조인 모양이었다.

─ 함자를 물어도 되겠습니까?

오길이 점잖게 물었다.

─ 성은 정가이옵고, 화목할 목에 어질 인자를 쓰는 정목인이라고
합니다.

록청은 뜰을 가로질러 여인네들이 업무를 보는 비복청 위에 있었다.
입구에서 오길이 떨어졌다.

─ 저는 이곳에서 기다리겠습니다.

그들은 사예의 거처지 앞에 섰다.

─ 사예 나리, 뵙자고 하옵니다.

─ 들어오너라.

차고 메마른 음성이 달려 나왔다. 학정 정목인이 사예실의 문을
조심스럽게 열었다. 문을 열기가 무섭게 거대한 공자상이 의충의
눈을 향해 뛰어들었다. 바로 그 앞에 척추를 꼿꼿이 세운 자세로 앉
아 있던 사람이 일어났다. 사십 중반이나 되었을까. 이한조와 품이
같았지만 나이가 그리 들어 보이지 않았다. 망건을 쓰고 베잠방을
걸치고 있다 화들짝 적삼을 걸친 것 같았다.

몸집이 큰 반면에 눈매가 가늘고 눈가에 주름이 많았다. 살결이

검어서인지 목소리답지 않게 위엄이라고는 느껴지지 않았다.

— 어서 오십시오. 그렇지 않아도 명을 받고 기다리고 있었습니다.

맞절을 하고 통성명을 나누고서야 마주앉았다. 각별히 예를 차리는 것 같았다. 세손을 의식하고 있는 것이 분명했다.

— 자자, 편히 앉으십시다. 나가 있거라.

의충이 자세를 편하게 잡자 사예는 손을 들어 길 안내를 맡았던 정목인을 문 밖으로 내쳤다.

— 날이 덥지요?

의충의 옷이 두꺼워보였는지 부채를 찾아 앞으로 밀며 그렇게 물었다. 조잡한 참새 그림이 그려진 쥘부채였다.

— 견딜 만합니다.

사예가 일어나더니 열린 봉창문을 좀 더 크게 열었다. 유생들의 모습이 보였다.

— 잘 오셨습니다. 그러잖아도 이한조 사예께서 살아 계실 때 말을 자주 하더구면요. 무슨 인연인지 모르겠다며…….

사예가 학정 정목인이 나간 문까지 열어놓고 돌아와 앉으며 말했다.

— 은인이지요. 과거에 응시했을 때 제 글을 어떻게 보셨는지 각별한 관심을 가져주셔서……. 그 후로 자주 뵌 것 같은데 사예 나리를 뵌 기억은 없는 것 같군요?

그가 말뜻을 알아채고는 그러네요, 하는 표정을 지었다.

— 사실 얼마 전부터 사예께서 몸이 좋지 않았습니다. 그래 자주 계성사로 나가 명상을 한 모양인데 병환이 깊어지면서 업무를 보지

못하게 되자 내가 부임을 했지요. 한 서너 달 됩니다. 공과 만난 적은 없지만 이한조 사예와는 동문이지요. 둘도 없는 도반이었습니다.

— 그런데 어떻게 갑자기?

의충이 눈치를 살피며 물었다. 그가 한숨을 쉬며 눈을 감았다. 갑자기 치밀어 오르는 어떤 기운을 참아내고 있음이 분명했다. 의충은 그런 그를 이해할 수 있을 것 같았다.

— 처음에는 그저 열병인 줄 알았는데 큰병이더구먼요. 저도 맡은 직책이 있어 잘 들여다보지 못했는데 어느 날 심각하다길래 와보았더니 하향할 것을 이미 전하께 아뢴 뒤였고 계성사에서 살다시피 하고 있었습니다. 아마도 록청에 머물지 않았던 것은 다른 관원들에게 병이나 옮기지 않을까 해서 그랬는지……. 생각해보면 자신의 죽음을 이미 예견했던 것 같기도 하고……. 내가 사건 현장을 찾았을 때 이미 그분은 돌아가신 뒤였습니다.

— 누군가요, 범인이? 대충은 들었습니다만.

의충의 물음에 사예가 머리를 내저었다.

— 우리도 놀랐죠. 전하께서 하사하신 어도가 곁에 떨어져 있었으니.

— 어도?

의충이 알고 있으면서도 속을 숨기고 약간 놀란 음성으로 그의 말을 되받았다.

— 그렇습니다. 그 칼에 의한 것이었습니다.

— 전하께서 하사하신 칼이라니요? 언제 어도를 받으셨던가요?

— 아하, 그게 아니고 이한조 사예의 형님 되시는 분이 한 분 계신

데 용파대사라고.

— 용파대사라면…… 혹 파계사에 계셨던?

— 맞습니다. 그분이 바로 형님 되십니다.

그래서 세손이? 하는 생각이 드는데 그의 음성이 들려왔다.

— 그분이 숙종대왕께 하사받은 칼이 바로 그 어도지요. 대사가
돌아가시고 그 어도를 이한조 사예가 보관했던 모양입니다.

— 그럼 자진을…….

의충이 재빠르게 넘겨짚자 사예가 고개를 저었다.

— 아닙니다.

— 그 칼에 죽은 것은 분명한가요?

— 글쎄요, 그렇다고도 하고…….

— 이상하군요?

— 아무튼 상처가 깊었습니다. 포청에서 즉시 나와 조사를 하고
있습니다만…….

그렇게 말하고 그는 용파대사에 대해 말하기 시작했다. 용파대사
에 대해서는 의충도 어느 정도 알고 있는 바였다.

— 어처구니없이 그렇게 그분을 보내고 이곳으로 돌아와 새벽에
유품을 정리하다가…….

그가 주춤거리며 일어나 방 한쪽에 세워진 장롱 밑에서 상자 하나
를 꺼냈다. 의충이 언뜻 곁눈질을 해보니 평범한 검은 상자였다. 문
양은 없었다.

— 문득 상자 생각이 나더구면요. 그분이 시해를 당하기 전에 내

게 맡긴 것이었는데 사건이 나는 바람에 경황이 없어 그대로 밀어놓았던 것입니다.

의충은 상자를 멀거니 내려다보았다. 팔각으로 된 나무상자였다. 아주 낡아 보이기는 했지만 오래된 것 같지는 않았다. 길이는 두어 뼘 정도, 넓이와 높이는 한 뼘 정도. 앞면에 자그마한 자물쇠가 달렸다.

— 사실 제가 대사성을 통해 그분의 시해 소식을 세손께 먼저 알릴 수밖에 없었던 것도 바로 이 상자 때문이었습니다. 그 양반이 시해 당하기 전 이 상자를 공에게 꼭 전해달라는 말을 했거든요.

— 저에게요?

— 그런데 이상한 것은 누구에게도 이 상자에 관해 말해서는 안 된다는 것이었습니다. 심지어 세손에게도.

— 그런데 어떻게 저에게?

— 그래서 열어보지도 못하고 기다렸던 겁니다. 열쇠를 함께 주지도 않았고 또 혹 이 상자를 받을 분이 가지고 있을지 모른다는 생각에. 혹 그분이 살았을 때 열쇠 같은 것을 준 적이 없습니까?

— 아뇨.

— 그래요?

사예가 고개를 갸웃하며 반문했다.

— 좀 열어봐도 될지…….

의충의 말에 사예가 그러라는 표정을 지었다.

— 마음대로 하십시오. 공에게 남기신 것이니까요.

사예가 밖을 향해 시선을 들었다.

― 목인아, 거기 있느냐?

이내 예, 하는 대답 소리와 함께 정목인이 들어왔다.

― 가서 장도리 좀 가져오너라.

밖으로 나간 정목인이 장도리를 가져오는 사이 침묵이 흘렀다. 유생들이 지나가는지 밖이 소란스럽다가 조용해졌다.

의충은 이한조 사예가 남겼다는 나무 상자를 요리조리 살펴보았다. 도대체 내게 남길 것이 뭐가 있단 말인가. 그런 생각을 하고 있는데 정목인이 장도리를 가지고 들어왔다.

의충이 장도리를 받아 탁탁 치자 자물쇠가 입을 벌렸다.

열쇠를 풀어내고 뚜껑을 열었다. 순간 그 속에서 이상한 냄새가 흘러나왔다. 아니 이상한 냄새가 아니라 진한 향냄새였다.

안의 내용물을 본 의충은 깜짝 놀랐다. 검은 피리 하나가 달랑 놓여 있었기 때문이다. 손바닥 길이만 했다. 구멍이 여섯 개 뚫려 있었고 속은 검었다. 의충은 천천히 피리를 집어 들었다. 피리는 검은빛을 띠고 손에 들어왔다. 손끝에 닿는 순간 사기그릇을 만졌을 때처럼 찬기가 느껴졌다. 들어 올리자 이상야릇한 냄새가 코끝을 더욱 진하게 자극했다. 좀 전에 나던 향기와는 조금 달랐다. 귀기스런 냄새 같다는 생각이 문득 들었다.

― 사기로 만들어진 것 같은데요.

사예의 눈빛이 시퍼렇게 빛났다.

의충은 내심 당황했다. 마치 숨겨오던 무언가를 순간적으로 들키고 만 것 같은 느낌이 한동안 그를 사로잡았다.

사예가 여전히 피리에 넋을 빼앗긴 표정으로 잠시 후 손을 내밀었다.

— 좀 볼까요?

피리를 받아드는 그의 손길과 눈길이 떨리고 있었다.

— 사기가 맞군요. 이것이 사람의 뼈로 만든 그 인적(人笛)······.

사예가 그렇게 말하면서 엄지와 검지로 동그랗게 원을 그려 피리를 퉁겼다. 사기그릇을 퉁겼을 때와 같은 소리가 일어났다.

— 틀림없군요! 규장각에 있을 때 이런 피리가 있다는 말은 들었습니다. 어디까지나 전설일 뿐이었는데······.

사예가 피리를 요리조리 살펴보다가 말했다.

— 인적이라면 왜 이렇게 검을까요?

의충이 물었다. 언젠가 화장터 불가마에서 나온 뼈를 본 적이 있었다. 그 뼈는 회색빛을 띠고 있었다. 사람의 뼈로 피리를 만들었다면 마땅히 그런 빛을 띠어야 하지 않을까 생각한 것이다.

— 사람의 뼈만 가지고는 피리를 만들 수 없으니까 다른 물질이 들어갈 수도 있겠고, 오래되면 이런 빛깔을 띠게 된다는 말도 들은 것 같습니다.

의충의 물음에 사예가 대답했다.

— 그런데 이상하군요. 사예께서 왜 이런 것을 내게 남기셨는지?

비로소 기이한 사건 속으로 빠져들어 가는 자신을 의식하듯이 의충이 물었다.

사예가 그제야 피리를 바닥으로 내려놓았다.

— 그 말씀을 안 드린 것 같군요. 이한조 사예가 돌아가시던 그날

종복, 아니 종복이라고 하기엔 그렇고 학록 직책을 가진 김이상이
란 자도 함께 다쳤습니다.

— 그럼 혹시 그분도 범인에게?

— 그런 것 같습니다.

— 그분도 죽었습니까?

사예가 고개를 내저었다.

— 아닙니다. 이상하게 학궁 입구에 엎어져 있었어요. 왜 그곳에
엎어져 있었느냐 했더니 범인을 따라 뛰다가 당했다는 겁니다. 아마
뒤따라오는 줄 알고 숨어 기다리다 공격한 것 같습니다. 그때까지
만 해도 의식이 희미하게 있었습니다. 그래 물었더니 이한조 사예가
이 상자를 공에게 꼭 전하라고 했다는 것입니다.

— 저에게요?

— 네, 그러니까 그 말은 내게 남긴 것이었습니다. 이미 이 상자를
이한조 사예가 내게 맡겨놓았으니 말입니다. 그걸 공에게 전하라 했
던 겁니다.

— 지금 함께 다쳤다는 그 사람은 어디 있습니까?

— 의식을 잃었는데 아직도 깨어나지 못하고 있습니다.

— 어디 있습니까?

사예가 잠시 생각하다가 일어났다.

— 저를 따라 오시지요.

밖으로 나서자 문 옆에 정목인이 서 있다가 두 사람을 맞았다.

— 삼일간으로 가자.

의혹 속으로

학정 정목인이 앞장서서 복도 끝을 향해 나아갔다. 사예는 말이 없었다.

대여섯 개의 방을 스쳐 마지막 방 앞에서 정목인이 걸음을 멈추었다. 방문 위에 걸린 '삼일간'이란 현판이 보였다.

방문은 열려 있었다. 사예가 성큼 방으로 들어섰다.

뒤따라 들어서던 의충이 흑, 하고 숨을 들이쉬었다. 방 구조는 사예의 방과 다를 바 없었다. 구석자리에 베잠방이 걸치고 입을 벌린 채 쪼그리고 앉은 사내의 모습이 섬뜩했다. 그는 벽에 머리를 기대고 입을 벌린 채 허공을 응시하고 있었다.

사예가 걸음을 멈추고 그를 가만히 내려다보았다. 의충이 다가서

자 그제야 입을 열었다.

— 바로 이 사람입니다.

의충이 사내를 살폈다. 이제 서른 중반이나 되었을까. 상투가 풀어져 봉두난발인데 얼굴에 핏기가 없었다. 긴 얼굴에 광대뼈가 유달리 도드라져 더 창백해 보였다.

— 의식이 없는 것 같군요?

초점 없는 눈과 벌린 입을 살펴보며 말하자 사예가 고개를 끄덕였다.

— 아마 이한조 사예가 당하는 광경을 목격한 것인지도 모르겠습니다.

사내가 쪼그리고 앉은 맞은편 벽이 눈에 들어왔다. 분명히 피였다. 피로 쓴 글이었다.

金春澤

의충은 비뚤배뚤 쓰인 글자를 한자 한자 읽었다.

김춘택?

— 저 이름······.

사예가 벽면의 이름을 보다가 고개를 홰홰 내저었다.

— 왜 그러는지 모르겠어요. 제 손가락을 물어뜯어 저 이름을 썼으니 말입니다.

— 김춘택이라면?

— 맞습니다. 소문을 들어 아시려는지 모르겠습니다만.

54

— 이인좌의 난…… 그 김춘택?

짚이는 게 있어 의충이 그렇게 물었다.

— 맞아요, 대제학까지 지낸 김진구의 아들. 서인의 대표적인 명문 가문 자제지요.

— 하도 유명한 사람이라 대충은 알고 있는데 그 사람의 이름을 왜? 무슨 관계가 있나 보지요?

— 글쎄, 그걸 모르겠습니다. 같은 김씨이긴 한데 아무리 뒤져봐도 그가 김춘택과 관련이 있다는 단서는 없거든요. 그리고 김춘택이라고 해서 그 김춘택인지도 모르겠고 말입니다.

이상하다는 생각이 들면서도 그것도 그렇다 싶어 의충이 뒤늦게 고개를 끄덕였다.

그들은 사예의 방으로 돌아왔다.

— 의원은 뭐라 하던가요?

마주앉으며 의충이 물었다.

— 지켜보자고 하는데, 글쎄요……. 저러다가 간혹 제정신이 돌아오는 수도 있다고 하지만 한번 정신이 저렇게 가버리면 충격이 잊히지 않는 이상 정상으로 돌아오기는 힘들다고 하더군요.

— 사건 현장에 있었다면 분명 뭔가를 알고 있을 텐데요?

— 그렇겠지요. 하지만 그나마 붙어 있던 넋이 갈수록 완전히 나가버렸으니…….

— 그 외 특별히 이상한 건 없었습니까?

— 아직 모르고 계시군요?

— 네?

말이 좀 이상하다는 생각을 하면서 의충이 되물었다.

— 간단히 말하지요. 이한조 사예가 살았을 때 어쩌다 한 번씩 하던 말이었는데, 그렇습니다, 이 나라는 지금은 억불 정책으로 유교국이 되었지만 불교가 완전히 물러간 것은 아니지요. 아직도 여전히 불교로 인한 폐해가 드러나고 있고 사대부나 왕실에서조차 그 연을 끊지 못하고 있는 실정이니까요.

— 알고 있습니다.

— 더욱이 신돈이 서장에서 밀법을 들여온 이후 불교는 이상한 형태로 변질되기 시작했습니다. 세상과의 인연을 끊고 오욕칠정에서 헤어나기 위해 노력하다가 최고의 깨달음에 이르고 나면 해탈의 경지에 들어, 여자를 안아도 여자를 안은 것이 아니라는 절대자유에 들 수 있다고 하면서 자신들의 타락한 행태를 호도하고 있으니 말입니다.

— 말은 들어본 것 같습니다. 요승 신돈이 그랬다지요?

— 우리가 왜 그렇게 불교를 밀어내었겠습니까? 부처를 믿고, 종을 치고, 복을 빌고 그렇게 기복신앙에 물들기에 밀어낸 것이겠습니까?

목의 땀 때문인지 속에 입은 베잠방이의 깃이 사예의 목덜미로 비쭉이 얼굴을 내밀고 있는 걸 보며 의충은 그의 말을 들었다.

— 아닙니다. 그 정도는 어디에나 들어와 있는 실정이지요. 유교도 그 정도는 허락하고 있습니다. 아니, 더 철저하게 지키는 편이지요. 의례나 제례, 예법에 이르기까지 그게 불교의 산물이니까요.

웬 사설이 이리 길까 생각하는데, 사예가 사이를 두었다가 말을 이었다.

— 혹시 이런 이야기를 알고 있는지 모르겠군요. 선대 임금에 대해서 말입니다.

— 경종 임금요? 어느 정도는 알고 있습니다만…….

— 그분이 희빈 장씨의 소생이라는 것도?

— 그걸 모르는 사람이 어디 있겠습니까.

— 하하하, 그래서 드리는 말씀입니다. 워낙 조심스런 말이 돼놔서…….

그렇게 말하고 사예가 힐끗 의충의 눈치를 살폈다.

— 하십시오. 괜찮습니다.

— 뭐 다 아는 사실이긴 합니다만, 사실 그분에게 후사가 없었지 않습니까.

— 그렇지요.

— 그럼 그 이유도 알고 계시겠군요?

이 사람이 무슨 말을 하려고 이러나 하는데 그가 제풀에 겨워 눈을 감았다.

그가 눈을 감고 말이 없는 사이 의충은 잠시 장옥정에 대해 생각해보았다. 경종에게 후사가 없었던 건 그의 어미 장옥정 때문이라고 알고 있었다. 장옥정이 사약을 받으면서 내가 이렇게 되려고 이씨의 새끼를 낳은 줄 아느냐며 아들의 하초를 훑어버렸다는 말이 있었다. 그래 고자가 되어버렸다는 것이다.

김춘택이란 자가 있었다. 그는 서인의 거두 지평 김광직의 외손이었다. 서포 김만중의 조카. 숙종의 첫째 왕비 인경왕후가 그의 고모였다. 그는 서인의 대표적인 명문 가문의 자제였다. 잘생기고 가문 좋고, 바람둥이 중의 바람둥이였다.

소문으로 듣기에 장옥정이 아들의 하초를 훑고 죽게 된 것은 바로 그 김춘택 때문이라는 말이 있었다. 김춘택은 그때 서인의 지주나 다름없었고, 그가 꾸리고 있던 서인이 무너져가자 그 원인이 장희빈 때문이라 간파해 그녀를 제거하기 위해 나섰다. 의충은 그렇게 알고 있었다.

— 희빈 장씨와 경종의 후사 문제가 이 사건과 무슨 문제가 있다는 겁니까?

의충이 대충 생각해보다가 사예에게 물었다.

— 문제는 그래서 사예가 죽은 것이 아닐까 하는 소문이 돌고 있다는 겁니다.

— 그게 무슨 말입니까?

사예가 그런 질문이 있을 줄 알았다는 표정을 짓다가 웃었다. 입가의 팔자 주름이 선명히 드러났다. 그러고 보니 흰 수염이 제법 검은 수염 속에 뒤섞여 있었다.

— 경종의 아바마마 되는 숙종이 그래서 절망했다는 겁니다. 희빈 장씨 때문에 심약해진 태자. 보위는 이어야 할 텐데 이미 남성을 상실했으니 말입니다. 그래서 그 유명한 용파대사에게 부탁을 했다는 겁니다.

— 부탁을요?

— 장희빈이 죽고 난 후 숙종이 용파대사를 만났답니다. 용파대사가 무수리에게서 아들을 안겨주자 숙종은 그를 절대적으로 신임하

게 된 것이지요.

— 전하 말입니까?

— 맞습니다. 그때 무수리였던 숙빈 최씨가 낳은 아이가 바로 지금의 전하시지요. 그러니 당시로서는 숙종의 기쁨이 얼마나 컸겠습니까. 숙종은 용파대사에게 이렇게 또 부탁을 했다고 해요. '대사, 내 소원 하나만 더 들어주오. 희빈에게서 본 세자 말이오. 제 어미에게 그 일을 당한 후로는 전혀 아랫것을 쓰지 못하니 이 일을 어떡하면 좋겠소?' 의학의 힘으로는 도저히 고칠 수가 없으니 어떻게 불법의 힘으로 힘이 없는 남근을 세울 수 없겠느냐고 했다는 겁니다.

— 그래서 용파대사가 그렇게 하기로 했다?

의충이 넘겨짚었다.

— 맞습니다. 용파대사가 밀법으로 고칠 수 있다고 했다는 겁니다. 그때 용파대사는 밀법에 밝은 이를 데려왔다고 하는데…….

사예가 말을 끊었다. 그가 입술에 침을 바르는 사이, '그가 누군 가요?' 하고 의충이 물었다.

사예가 갑자기 웃었다. 왜 그러느냐는 표정으로 의충이 시선을 들었다.

— 그런데 그가 여자라고 합니다. 용파대사가 최후의 수단으로 자신이 데리고 있던 여자를 경종에게 보냈다고 해요.

사예가 잠시 침묵하다 갑자기 말을 툭 내뱉었다.

고자가 된 사람에게 여자가 무슨 소용일까 싶어 의충이 고개를 기울였다.

— 그 여자가 보통 여자가 아니었던 모양이에요. 좀 전에 말했다시피 우리는 밀교 그러면 사이비 불교, 여자가 등장하는 이상한 불교 그러는데 사실 불법의 최상승에 이르면 그렇지 않답니다.

— 난 도대체 무슨 말인지 이해가 안 되는데요?

사예가 허허, 하고 웃었다.

— 그렇지요? 나도 그랬으니까요. 한마디로 말해 이렇게 생각할 수 있더구먼요. 여기 도를 닦는 불도가 한 사람 있다. 이 사람이 불도를 열심히 닦아 도를 통했다. 그럼 자신을 얽매던 구속으로 풀려난 것이 아니겠습니까?

— 그렇겠지요. 그들의 말대로 하자면, 그걸 해탈이라고 하나요?

— 맞습니다. 일체의 구속에서 떠난 경지. 그 경지에 들면 너와 나라는 분별심이 없어져 심신은 금강견고신이 된다는 겁니다. 어떤 바람에도 흔들리지 않게 된다는 거지요. 쉽게 말해 어떤 유혹에도 흔들리지 않는 경지에 이른다는 말입니다. 그럼 어떻게 되겠습니까?

— 어떻게 되다니요?

— 그가 여자를 안아도 흔들리겠습니까? 결코 흔들리지 않는다는 겁니다. 바로 그 경지가 불교의 최상승법인 밀법의 경지라는군요.

— 그러니까 용파대사는 도가 터져 그 경지에 이르렀다 그 말 같은데, 아닌가요?

말을 뒤늦게 알아들은 의충이 그렇게 물었다.

— 맞습니다, 맞아요. 이렇게 육체를 통해 도의 근본을 보려는 밀교 단체에는 성을 이끄는 성의 선생이 있답니다. 그들 말로는 구루

라고 하더군요. 천축에서 온 말이랍니다. 천축에서는 성의 선생을 구루라 한다더군요.

— 그러니까 밀교사원에서 성의 선생이 용파대사의 밀령으로 경종에게 급파되었다 뭐 그런 말 같군요? 그 성의 선생에 의해 경종은 성의 교육을 받았다, 그 말인가요?

— 그렇지요. 말을 듣지 않는 남성을 일으키기 위해서 그랬다는 겁니다.

— 하하하, 그래 그 여자로 인해 남성을 회복했는가요? 제가 알기로 후사가 없었을 텐데요?

사예의 입꼬리에 웃음기가 물렸다가 사라졌다.

— 그렇겠지요. 경종 임금이 남성을 회복했다면 지금 전하께서 보위에 오를 수 있었겠습니까. 저도 들은 말입니다만 경종은 그 여인을 통해 남성을 회복시키기 위해 무던히도 노력했지만 결국 실패하고 말았다 하더군요. 그 후 여자는 궁을 떠났다는 말이 있습니다. 경종께서 그 여자의 정성을 가상히 여겨 빈으로 삼으려고 했으나 신하들이 적극 반대했다는 후문이 있습니다. 궁을 나간 그녀는 한동안 절에 숨어 살다가 전하께서 등극하고 세상에 나왔다고 해요.

— 그래요?

— 떠도는 소문에 의하면 기방을 차려 그곳의 주인이 되었다는 말도 있더군요.

— 기생이 되었다는 말인가요?

— 경종을 치료하면서 진심으로 그분을 사랑한 것이 아니냐는 말

이 있습니다. 그렇다면 되돌아가 승이 될 처지가 아니기는 하지요.

— 용파대사가 경종에게 보낸 여자가 비구니란 말입니까?

— 맞습니다. 밀법 교육을 받은 비구니였다고 하더군요.

— 여승이 밀법 교육을 받아 성의 선생이 되었다? 거 개가 들어도 웃을 소리군요. 아무튼 그렇다고 해도 그렇지요, 육체를 통해 성을 치료하던 여자에게 계율이라니요?

— 승에게 속가에 미련이 생겼다면 그게 바로 파계가 되지 않겠습니까.

의충이 말을 들어보니 하긴 그렇겠다 싶었다.

— 그 바람에 경종께서 더 일찍 돌아가시지 않았느냐 하는 말이 있습니다.

사예가 말을 이었다.

이건 또 무슨 말인가 하고 의충이 시선을 들었다.

— 글쎄요, 저도 그 말뜻을 모르겠더라고요. 아무튼 그래서 경종께서 잘못되셨다는 겁니다.

— 그 바람에 잘못되셨다? 그게 무슨 말입니까?

의충의 되물음에 사예가 눈치를 살피며 얼른 입을 열지 않았다. 할 말 다해 놓고 뒤늦게야 매우 조심스러워하는 표정이었다.

의충은 갑자기 답답하다는 생각이 들었다. 숙종이 세자 대리청정을 명한 것은 숙종 43년이다. 세자의 성 불구 사실을 알게 된 숙종이 일단의 조치를 취했다는 말을 들은 적이 있다. 노론의 영수 좌의정 이지명과 정유독대를 실시했다는. 일체의 사관을 두지 않았다고 했다. 혹 사예는 바로 이 말을 하려고 했던 것이 아닐까? 그렇지 않고는 갑자기 말을 머뭇거릴 이유가 없었다.

지금 이 사람의 말대로 하자면 그녀가 파계를 했다는 것은 그들 법으로 따져보면 경종에게 사사로운 정이 생겼다는 말이 된다. 그런데 경종은 여전히 남자 구실을 못했고 비구니와 정분이 났다? 실망한 숙종은 그래서 이지명과 독대를 했고? 그런 계산이 나온다. 그럼 나중 영조가 되는 연잉군을 부탁했다는 말이다. 그것은 건강한 연잉군을 임금으로 추대하라는 영이었을 것이다.

그것을 안 소론이 크게 반발했다는 것은 세상이 다 아는 사실이다. 이때부터 세자 윤(경종)을 지지하는 소론과 연잉군(영조)를 지지하는 노론이 피 터지게 싸우기 시작했으니 말이다.

그런데?

갑자기 헷갈린다는 생각에 눈을 감았다.

아, 아니 잠깐. 그게 아니다. 얼마 후 숙종은 예상과 달리 연잉군을 배제하고 왕위를 경종에게 물려주지 않았는가. 자신이 직접 사약을 먹여 죽인 여인의 아들에게.

왜? 세자에게 실망하지 않았다? 세자가 남성성을 회복해서? 그래 숙종의 마음이 바뀌었다?

그렇지 않고서는 숙빈 최씨의 아들 연잉군에게 줄 것 같던 왕위를 허약한 경종에게 주었을 리 없다. 그럼 어떻게 되나. 이지명과 숙종의 정유독대는? 숙빈 최씨의 아들 연잉군에게 왕위를 물려주겠다던 그것은 속임수……

의충은 제풀에 지쳐 머리를 내저었다.

아이고, 모르겠다. 뭐가 뭔지.

아무튼 세자 윤은 연잉군을 떨쳐내고 숙종 승하 33세의 나이로 즉위했다. 그로 인해 수많은 서인이 축출되고 남인이 정권을 잡았지만 그는 왕위에 올랐다.

사예의 말을 들어보면 왕위에 올랐다고 해서 밀법을 멀리하지는 않았다는 말 같은데.

미로 속을 헤매다 원점으로 돌아온 사람처럼 의충은 답답하다는 생각에 모든 것 떨쳐버리고 개울가라도 나가 옷을 활활 벗어부치고 멱이라도 감았으면 싶었다.

으이구, 망할 놈의 더위. 정말 왜 이렇게 덥담.

사예의 좁은 미간이 더 답답해 보이고 성질 급해 보였다. 사예 앞에 놓인 부채라도 집어 활활 부치고 싶다는 생각을 하는데 그가 먼저 부채를 주워들어 부쳐댔다.

그는 팔락팔락 소리를 내며 부채질을 해대다가 성에 차지 않는지 툭 하고 놓아버렸다.

의충은 사예가 놓은 부채를 내려다보았다. 어느 저자바닥에서 막 그림이나 그려 파는 환쟁이가 그려놓았을 새 두 마리가 엉성한 대나무 가지 위에서 짹짹거리고 있었다.

—그 바람에 더 일찍 돌아가셨다니 그게 무슨 말입니까?

의충이 눈치를 살피다가 기어이 물었다. 잠시 후에야 사예가 고개를 들었다.

─그렇게 소문이 돌고 있는데 저도 그게 무슨 말인지 모르겠더군요.
이 사람 왜 이러나? 밑밥만 던져 놓고 갑자기…….
　─이상하군요, 그럼 용파대사가 그 답을 알고 있었다는 말 아닙
니까?
　물러서서는 안 된다는 생각을 하며 그렇게 말했는데 사예가, '용
파대사도 그 대답은 않고 돌아가셨다고 합니다' 하고 말했다.
　─용파대사가 보낸 여자라면 그도 직접 밀법을 가르치는 데 참여
했지 싶은데요?
　의충은 한 발 더 나섰다.
　사예가 생각하다가 시선을 들었다.
　─그랬던 모양이더군요. 두 분이 번갈아가며 가르쳤다고 했으니
까요. 하지만 용파대사는 이미 돌아가셨다고 하니…….
　역시 사예가 말끝을 얼버무렸다.
　─그럼 경종과 이번 일이 무슨 관계가 있다는 것인지?
　의충이 좀체 물러날 것 같지 않자 사예가 시선을 떨구고 생각하는
것 같았다. 그러고는 결심을 굳혔는지 말을 이었다.
　─그러니까…… 전하께서 사도세자를 죽이시고 난 얼마 후, 용파
대사에게서 전하께서 하사하신 어도와 궤 한 개가 사예에게 배달되
었다는 겝니다. 소문은 그 궤 때문에 사예가 죽은 것이다 그렇게 나
고 있으니 말입니다.
　─예?
　─사람들이 그러더군요. 그 궤 속에 피리가 들어 있었다고.

피리? 되묻는 의충의 음성이 튀었다.

— 네, 그렇다는 소문이 있었습니다.

의충은 눈앞의 상자를 내려다보았다.

— 맞습니다. 바로 그것입니다. 궤가 전해질 때 뭘 적은 종이가 하나 함께 전해졌다는데 종이에 글이 적혀 있었답니다.

— 종이요?

— 피리가 가리키는 곳에 찾아야 할 또 하나의 궤가 있다, 뭐 그런 글이 적혀 있었다고 하더군요.

영조가 잃어버렸다는 어함이 떠올랐다.

— 그런데 그 궤 말입니다…….

— 왕실에서 나온 것인데 전하의 비밀이 들어 있을지도 모른다고 하더군요. 이렇게 말해서 어떨지 모르지만 전하께서는 비밀이 많은 편 아닙니까. 친자설도 그렇고, 이인좌의 난도 그렇고, 삼정승 자결 사건도 그렇고, 사도세자의 죽음도 그렇고……. 뭐 여러 가지 의혹에 대한 증거들을 그 속에 넣어두었다는 거지요. 이런 소문도 있습니다. 전하께서 사도세자를 죽이겠다고 결심하자 용파대사가 말렸다고 해요. 그러지 말라고. 아무리 말려도 안 듣고 아들을 죽이고는 몹시 상심하던 전하께서는 그런 일이 있을 때마다 증거가 되는 자료를 넣어둔 어함을 가지고 사라져버렸다는 겁니다.

— 그러니까 용파대사가 죽기 직전에 그 궤, 즉 어함을 숨기고 그곳을 이한조 사례에게 적어 보냈는데 그로 인해 죽었다 그 말인 것 같군요?

— 마, 맞습니다.

비로소 사예가 속을 보였다.

— 그럼 이한조 사예도 그 어함을 찾고 있었다는 말이 아닙니까?

— 그랬을지도 모르지요.

— 그 종이를 보신 적이 있습니까?

사예가 고개를 내저었다.

— 그걸 누가 보여주겠습니까.

— 말 되네요. 그래서 이한조 사예가 살해당했다?

— 그렇습니다. 그럴 확률이 있습니다. 이한조 사예를 죽인 범인
이 오해를 했을 수도 있으니까 말입니다. 그가 궤를 찾아 가지고 있
다고 생각했을지도 모르니까요.

— 그렇군요. 그래서 그런 소문이 났군요. 전하께서 지금의 세손
에게 그 어함을 찾아 열어보지 말고 자신의 관에 넣어 그대로 묻으
라고 했다는…….

— 맞습니다. 확실하지는 않지만…….

새벽에 보았던 세손의 모습이 갑자기 눈앞에 떠올랐다.

그렇다면 왜 세손은 사예가 죽었다면서 궤에 대해서는 아무 말이
없었을까?

의충은 고개를 갸웃했다. 그러고 보니 그동안 한 번도 세손에게서
궤에 대한 언급이 없었던 것 같았다. 아니, 없었다.

너무나 소중한 임무이기에 말 없음의 말 있음? 그래서 이곳에 거
처하게 하고 이렇게 그 어함을 찾게 하고 있다?

지나가던 바람이 문을 흔들었다.

바람의 얼굴

1

― 이 더러운 놈의 꼽추새끼!

이평전의 손에 든 채찍이 사정없이 꼽추의 등을 휘감았다. 치이익, 등에 감기는 채찍 소리가 꼭 뱀이 내는 울음소리 같았다.

상체가 드러난 꼽추의 몸은 기괴했다. 칼 맞은 눈. 목과 붙어버린 턱, 한쪽이 불쑥 올라간 어깨. 산봉우리처럼 툭 불거진 등의 혹.

― 이 독사 같은 놈. 내가 그년을 죽이라고 했지, 범하라고 했더냐!

― 어찌나 고운지 그만.

― 이런 개자식!

다시 이평전의 손에 든 긴 채찍이 그의 등을 휘어 감았다. 이평전의 얼굴을 가린 검은 복면 위로 피가 튀었다. 이평전은 그것을 닦아낼 생각도 없이 계속해서 휘둘렀다.

— 창피한 일이다. 창피한 일이야.

채찍을 휘두르는 그의 눈이 시퍼렇게 뒤집어졌다.

치익 치익.

매질은 꼽추가 넋을 놓고 늘어져서야 끝났다.

— 치워버려라. 물도 주지 말아.

대원들이 꼽추의 사지를 들고 밖으로 나갔다.

2

이평전은 손을 씻고 자리에 앉았다. 복면을 벗고 다른 복면으로 갈아 쓰고 나서야 피 냄새가 가셨다.

복면으로 피가 튈 때의 느낌 그리고 꼽추를 매질하던 채찍의 느낌이 아직도 손바닥에 남아 있었다.

오전에 내린 비 때문인지 습기가 채 가시지 않은 대자리가 눅진거렸다. 소나기가 한 번씩 지나갈 때마다 지붕을 좀 고쳐야겠다고 생각하지만 대원들은 지붕을 고치려 하지 않았다. 그들은 여유가 되면 거처를 옮겨야 한다고 한목소리를 내었다. 그때마다 이평전은 고개를 내저었다. 그들이 뭐라 해도 반촌의 이 숲속을 떠날 수는 없었다.

향도계는 이제 이평전 혼자로는 통제할 수 없을 정도로 강성해졌다. 따르는 무리들이 많아질수록 행동에 각별히 조심해야 할 것이다. 그는 늘 그렇게 스스로 다독였다. 자신이 나서지 않고는 노론의 앞잡이인 불교도들을 소탕할 길은 없다고 해도 과언이 아니었다. 요즘 들어 영조를 싸고도는 노론의 무리들을 굳이 제거할 이유가 없어 보이긴 했다. 문제는 그들의 의식이었다. 그들은 영조가 김춘택의 씨가 분명하다는 걸 알면서도 결코 인정하지 않으려 했다.

왕조의 씨앗이 잘못되었으면 바로잡는 게 상식이다. 하지만 영조 자체를 숙종의 친자로 보고 있다는 데 문제점이 있었다. 더욱이 노론, 소론의 실세들이 언젠가부터 노골적으로 영조를 압박하고 있었다. 그 바람에 영조는 노론에게서 받은 은을 도로 돌려줄 정도였다.

그렇기에 은밀히 그들을 제거하기로 한 것이다. 계속해서 영조를 압박한다면 언젠가는 제거해야 할 인물들이었다. 그래서 먼저 노론부터 손보기로 했다. 노론의 실세 중 먼저 제거해야겠다고 생각해 민진상의 딸을 죽이라고 했더니 그 명을 받은 꼽추는 그녀를 죽이지 않고 겁간을 하고 돌아왔다. 참으로 창피한 일이었다. 생긴 것만큼이나 사악해 일을 맡겨놓으면 꼭 일을 그르쳐놓았다. 남들은 꼽추의 머리가 비상해서 그렇다고 했다.

비상하다니?

이상하기는 이상했다. 꼽추가 일을 그르치고 얼마 안 있어 일이 묘하게 돌아가기 시작한다. 오히려 꼽추의 실수가 득이 되어 돌아오는 것이다. 소론의 실세 중 하나인 이상제를 죽일 때도 마찬가지였다. 죽이라고 했더니 그 집으로 숨어 들어가 황소만 한 개를 잡아 대들보에 걸어놓고 왔다. 그뿐이었다. 왜 그랬냐고 했더니 그가 이틀 후면 스스로 죽을 테니 걱정하지 말라고 했다. 이상제가 이틀 후에 죽었다.

어떻게 된 것이냐 물으니 대답이 그럴싸했다. 평소 여색을 밝히는 이상제가 죽은 개의 낭심을 그냥 둘 리 없어 가마솥에 넣고 끓여 먹을 거라 예상했다는 것이다.

그럴 줄 알고 개의 낭심, 그 깊은 골에다 투구꽃 씨앗을 박아놓았다고 했다. 투구꽃 씨앗은 심장마비를 일으키는 독을 가지고 있다. 그렇기에 그 독이 밖으로 나타나지 않는다. 감쪽같이 이상제를 제거한 것이다. 꼽추는 매양 그런 식으로 일을 처리했다.

아무리 생각해도 이해 못할 사람은 운심이었다. 뒷골목 검계 생활을 할 때부터 소문난 독종이었지만 꼽추 곁에 붙어살고 있으니 희한한 일이었다. 여자의 인물이 그만하면 꼽추 같은 놈이야 거들떠도 안 볼 터인데, 아예 떠날 생각을 않고 정성을 있는 대로 쏟았다.

아무튼 이왕 빼든 칼이었다. 왕권 강화를 위해 김재로가 송인명을 꾀어 궁 안에서 노력하고 있는 판이다. 요즘 들어 소론은 영수 이광좌를 잃고 불교도들을 이용하여 영조 임금의 어함을 찾으려 혈안이 되어 있다. 불교계 중에서도 현교 쪽 무리보다는 밀법을 숭상하는 밀교의 무리들이 더 설쳐대고 있는 상황이다.

3

운심이 꼽추를 안았다.

— 왜 거짓말을 했소?

— 그 처자가 무슨 죄가 있는가?

— 그렇다고 이리 당하고 있소.

— 업보다.

— 이리 몸을 돌려보오. 아이고, 이 피 봐.

꼽추가 그녀의 손을 잡았다. 갑자기 사납게 그녀를 안았다. 꼽추의 한쪽 눈에 광기가 어른거렸다.

— 생각나느냐? 그 어두웠던 골목.

그녀가 고개를 끄덕였다.

— 네가 내게 물었지. 구름더미 속에 박힌 저 달이 초승달이 맞느냐고. 내가 보았더니 초승달이 거꾸로 하늘가에 달려 있었다. 구름에 가린 달 모습이 초승달을 엎어놓고 있었던 것이야.

— 하지만 그 달은 초승달이었어요. 당신은 언제나 내게 말했지요. 저놈의 달이라도 엎어버려야겠다고.

— 그래, 그게 세상살이지.

꼽추가 그녀를 사납게 안았다.

— 왜 또 이러오?

— 내가 이만한 일로 너를 안지 못할 것 같으냐?

꼽추가 그렇게 말하고 적삼을 벗었다. 기괴한 상체가 드러났다.

이평전이 내리쳤던 채찍의 상흔이 아직도 피를 문 채 번들거렸다.

　그녀가 사내를 마주 안았다. 그러고는 불쑥 솟아오른 등의 혹을 쓰다듬었다.

　그녀의 눈에서 천천히 눈물이 흘러내렸다. 꼽추의 숨소리가 점차 높아져갔다.

전설의 길목

소나기라도 한줄기 쏟아지면 시원할 것 같다는 생각을 하며 의충은 사예를 쳐다보았다.

벌써 이곳으로 온 지 한 시진이 넘어갔다.

— 마지막으로 한마디만 더 묻지요. 이제 사예 나리의 의사를 물어보고 싶은데 말입니다. 어떻게 생각하십니까? 사예께서도 이한조 사예가 그 어함 때문에 돌아가셨다고 생각하십니까?

웬일인지 사예는 얼른 대답하지 않았다. 그는 무엇인가를 생각하는 표정이었다. 생각하기조차 골치 아픈 문제라는 걸 그가 처음 말을 꺼낼 때부터 알아보긴 했다.

사예가 시선을 들었다.

― 사실 전하의 어함에 대한 얘기는 확실한 게 아닙니다. 그렇다는 말이지요. 그게 어떻게 해서 용파대사에게 들어갔고 동생 이한조 사예에게 전해졌는지는 아무도 모릅니다. 그래서 사예가 죽은 게 아니냐 하는 것도 제 추측일 뿐이고요.

사예의 이마에 땀이 송글거리는 게 보였다. 그것을 의식해서인지 부채를 당겨 신경질적으로 몇 번 바람을 내다가 말을 이었다.

― 문제는 소문에서 끝날 것 같지 않다는 데 있지요. 이 나라의 형편 말입니다. 갈려 있는 당들이.

― 노론이나 소론?

확인하려는 듯한 의충의 되물음에 사예가 그렇다는 듯이 고개를 끄덕였다.

― 그들이 나섰다는 겁니다. 소문이 그렇게 도니까요. 그들이 그 어함을 찾으려다 보니 그렇게 되었다는 겁니다. 전하의 비밀은 곧 전하를 싸고 돈 그들의 비밀이기도 할 테니까요. 거기다 이평전이라는 인물은 그것을 노골적으로 찾고 있지요.

― 이평전이 누굽니까?

사예가 고개를 절레절레 내저었다.

― 무서운 인물이지요. 향도계를 실질적으로 이끄는 사람입니다. 향도계는 아시죠? 일종의 폭력집단, 아니 압력단체라고 해야겠군요. 뒷골목 부랑배들을 모아 자신들이 지지하는 세력을 옹호하는 무리들이지요. 한때는 뒷골목을 휘어잡는 검계의 집주름이었다는 말도 있습니다. 그런데 그 아래 수장이 꼽추예요.

— 꼽추요? 대단하군요. 꼽추가 단체의 수장이라니.

의외라는 어투로 의충이 말했다.

— 꼽추이긴 한데 아주 잘 배운 사람이라는 말이 있습니다.

사예의 목주름이 유난히 돋보였다. 그러고 보니 나이보다 참 주름이 많은 사람이었다. 그 주름마다 그만의 엄청난 역사가 숨어 있을 것 같다는 생각을 하는데 그의 말이 들려왔다.

— 일설에는 이평전이 김씨 종자인데 남씨 성을 쓴다는 말도 있고, 아무튼 그가 이끄는 향도계는 급부상했지요.

사예는 말을 마치기가 무섭게 조심스럽다는 얼굴로 흘끔 의충의 눈치를 보았다.

— 그런데 자꾸 이상하게 생각되는 것은 왜 사예 어른께서 이 궤를 제게 남겼나 하는 것입니다.

의충이 잠시 생각하다가 말머리를 돌렸다.

— 글쎄요, 저도 그게 의문인데 그래서 용기를 내어 말씀드린 것입니다.

— 참 알다가도 모르겠군요.

— 그래서 하나 같이 그 어함을 찾으려는 건지도 모릅니다. 이 모든 의문이 그 속에 있다는 생각에. 사실 다른 의혹들은 차지하고라도 사도세자 문제만 생각해보아도 여간 이상한 것이 아니거든요.

— 사도세자?

— 영조께서 아드님을 죽이고 나서 이상한 소문이 계속 돌았거든요. 왜 하필이면 세자를 뒤주 속에 넣어 죽였냐 하는. 귀향이나 유배

를 보낼 수도 있었고 사사할 수도 있었고 효수할 수도 있었고…….
여러 방법이 있었을 텐데 왜 뒤주였느냐는 것입니다. 거기에는 분
명히 밝힐 수 없는 비밀이 있다는 겁니다. 세상에 알려서는 안 되
는…….

의충은 자신도 모르게 눈을 감았다. 그러고 보니 그렇다는 생각이
들었다.

— 하지만 그걸 아는 사람이 없습니다. 겨우 나도는 소문에는 부
모에게 물려받은 육체이니까 손상하는 건 죄이므로 그 육체를 손상
시키지 않고 죽이기 위해 그랬다더라. 감옥에 가둘 경우에는 누군
가 몰래 음식을 갖다줄 수도 있으니까 그래 뒤주에 가두어 눈에 보
이는 장소에 두었다고 하더라, 그 정도이니까요.

— 그래서 그에 대한 비밀이 그 어함 속에 있을지 모른다?

— 그렇습니다.

그때 두웅, 하고 징소리가 들려왔다. 유생들이 대성전에 모여 성
현에게 예를 올릴 시각이 된 모양이었다.

예전 학궁에 다닐 때도 그랬다. 의충이 그때의 징소리를 기억하며
시선을 문밖으로 던지는데 사예도 그걸 느꼈는지 눈길이 같은 곳에
머물렀다.

콧속으로 향 내음이 흘러들었다. 예상했던 대로 유생들이 성현들
께 예를 올리는 모양이었다. 사예는 예에 참석하지 않을 생각인지
그대로 앉아 있었다.

계속해서 코끝으로 향 내음이 느껴졌다. 유생들이 대성전에서 예

를 올리는 동안 각 방에 향이 피워지고 있는 것이 분명했다. 잠시 후 면 예를 올리기 위해 사예도 일어날지 모르겠다는 생각을 하는데 그 의 음성이 이어졌다.

— 이런 말을 해서 어떨지는 모르겠습니다만 아무튼 이평전이란 인물이 이한조 사예가 전하의 어함을 숨겨놓은 곳을 알고 있었을 것 이란 말이 있습니다. 누구에게서 먼저 나온 말인지 모르겠지만.

— 그럼 먼저 이평전 일파를 체포해 취조해보면?

의충의 말에 사예가 고개를 내저었다.

— 하지만 지금 단계에는……. 증거도 없고 또 무엇보다 소문만으 로 그가 범인이라 단정할 수도 없는 형편이지요. 그리고 꼭 그 사람 만 의심할 것도 아닌 게, 불교도들도 있고…… 더욱이 이평전의 근 거지가 반촌이라 섣불리 손을 댈 수도 없는 상황이고 보면…….

— 방금 반촌이라고 했나요?

— 그렇습니다.

반촌이라면 유생들 때문에 관군도 섣불리 뒤지기 어려운 곳이다.

— 결국 유림도 그렇고 불교도도 그렇고, 하나 같이 그 문제에 있 어서는 자유롭지 못하다는 말씀이신데…….

막연하다는 생각을 하며 의충이 넌지시 묻자 사예가 고개를 돌리 며 말했다.

— 그렇습니다. 이평전 일파가 원체 거칠고 위협적인 존재들이라 위기감을 느끼고 살인을 저질렀을 것이라 하지만 어디까지나 추측 이고 보면 말입니다.

갑자기 어색한 기운이 둘 사이에 떠돌았다.

의충은 검시관을 만나봐야겠다고 생각했다. 그때 그의 속마음을 읽은 듯 사예의 음성이 들려왔다. 생긴 것과는 달리 눈치가 빠른 사람이었다.

— 오늘은 이만하지요. 아랫사람에게 말해두었습니다. 거처할 곳도 마련했고요. 이제 그가 도와줄 것입니다. 이곳으로 선생을 인도한 사람이 바로 그 사람입니다. 오랫동안 포청에서 근무한 경력이 있습니다. 그래서 그쪽 계통에 밝지요. 이곳으로 와서는 날 돕고 있습니다. 요즘은 학보 일을 맡아 합니다. 중요한 관공서나 여기 유생들에게 소식을 알리는 판각원입니다. 비록 목판 단면이고 보름에 한 번 발간되지만, 판각원의 원주가 어떻게 보았는지 다른 곳으로 보내지 않고 학보실로 데려왔습니다. 그래서 포청 출입이 자유로운 편입니다. 내가 그에게 의지를 많이 하는 편이지요. 도움이 많이 될 겝니다.

뭔가 이해할 수 없는 의혹 속으로 들어서는 것 같은 느낌을 어쩌지 못하며 의충은 상자를 들고 사예의 방을 나왔다.

잠시 걸어 나오다가 문득 경종에게 밀법을 가르쳤다는 여인을 떠올렸다. 몸을 돌려 사예의 방으로 다시 들어갔다. 사예가 들어서는 그를 멍하니 쳐다보았다.

— 좀 전에 말입니다. 용파대사가 돌아가셨다고 하셨지요?

— 그런데요?

— 그 여인 말입니다. 경종께 밀법을 가르쳤다는. 그 여인 산을 내

려와 기방을 한다고 하셨던 것 같은데요?

　— 그런 소문이 있더군요.

　— 그곳이 어딥니까? 그녀가 뭔가를 알고 있을 것 같은데…….

　사예가 고개를 갸웃했다. 그러다 겨우 기억을 더듬은 듯 입을 열었다.

　— 한성부 청내동이라고 하던가?

　— 한성부 청내동? 그곳 청내골 아닙니까?

　— 맞습니다. 그곳 어디라고 했습니다. 유명하다니까 가면 알 수 있겠지요.

초초

1

사예의 거처를 나온 의충과 오길은 학정 정목인의 도움으로 시해 현장을 먼저 돌아보았다.

이한조가 죽었다는 계성사는 비천당 뒤에 있었다. 그 서북쪽에 우물이 하나 있었는데, 계성사 안으로 들어서자 오성의 아버지를 모신 위패들이 보이지 않고 단이 한쪽으로 기울어져 피로 얼룩져 있었다. 그 아래 제단은 말끔하게 청소된 채.

이한조는 위패를 모신 그 단을 뒤로하고 앉아 명상에 잠겼다가 변을 당했던 모양이었다. 그가 앉았던 자리로부터 단 위까지 피가 얼룩져 있었다. 점점이 핏방울들이 주위에 뿌려졌고 그 외 보이는 게 없는 것으로 보아 피에 젖었을 위패들과 제기들은 치운 것 같았다.

한동안 제례가 없었는지 특유의 곰팡이 냄새와 비릿한 피 냄새가 세 사람을 사로잡았다.

시선을 들자 학궁을 돌아내려 앞을 흐르는 반수의 모습이 보였다. 학궁 동쪽과 서쪽을 감싸고 흘러내리는 물줄기다. 동반수, 서반수 두 물줄기가 만나는 곳, 그 위에 놓인 다리가 반수교다. 아치형의 다리가 아름답다. 그 위로 벼슬아치가 지나가는지 읍한 행인들의 모습이 보였다.

의충은 시선을 돌려 실내를 다시 둘러보았다. 오길이 보이지 않는다는 생각이 그제야 들었다. 노파심에 젖은 음성으로 오길을 불렀다.

오길이 몸을 흔들며 달려왔다.

— 기록하고 있지?

— 그럼요.

— 시체는 치워졌지만 위치까지 꼼꼼히 확인해 기록하라고.

— 물론입니다.

— 뭐 느껴지는 게 없어?

오길이 계면쩍게 웃으며 뒷목을 긁었다.

검원이 사건현장에 도착하면 제일 먼저 살피는 것이 시체의 위치다. 시체 주변의 상황이다. 동서남북 방향을 모두 기록해야 할 터인데 올라온 대부분의 초초를 보면 엉망이다. 문이나 벽, 담장, 그런 것들로부터 거리가 몇 보 혹은 몇 촌인지를 정확하게 기록하지 않고 대충대충이다. 그래가지고는 위에 올라가도 통과가 되지 않는다. 그리고 나중 수사상 헷갈리는 수가 있다.

― 시신이 놓인 곳의 사방과 고저, 원근의 거리를 자세히 살펴 기록해야 할 게야. 그리고 도화에게 피해자의 초상과 현장의 상황을 자세히 그리게 하고, 무엇보다 저 발자국들을 크기에 맞춰 정교하게 그리도록 해.

― 측량까지 정확히 한 후 갱초를 쓰겠습니다.

― 서두르지는 말고.

― 알겠어요.

의충은 잠시 더 둘러보다가 안 되겠다는 생각에 '옥안 시체실로 가자' 하고 오길에게 말했다.

오길이 뜨악한 표정을 지었다.

― 시신을 살펴봐야겠어.

― 지금요?

― 포청으로 들어가야 하겠습니다.

정목인에게 말하자 그가 앞장을 섰다.

포청에 닿아 시체 안치소 담당자에게 신분을 밝히고 안으로 들어갔다.

밤사이에 들어온 시체와 미해결의 시체가 가마니를 뒤집어쓰고 맨바닥에서 그대로 썩어가고 있었다. 협소한 공간에 가마니를 뒤집어쓰고 널브러진 모습들이 섬뜩했다. 가마니 밖으로 비죽이 나와 있는 발들. 봉두난발의 머리가 보이기도 했다.

이곳저곳 더듬던 의충이 조심스레 다가가 가마니를 들췄다. 고약한 냄새가 울컥 올라챘다. 오길이 코를 막았다. 의충도 순간적으로 욕지기를 느꼈지만 눈이 저절로 휘둥그레졌다.

사예 이한조가 맞았다. 예순을 바라보는 나이. 둥근 얼굴, 콧등의 점. 백지장 같은 얼굴. 두발과 상투는 흐트러졌고, 목의 상처로 보아 칼에 의해 사망한 것이 분명했다.

코와 귀에서 피가 흘러나와 엉겨 있었다. 피가 아래로 쏠려 배, 엉덩이의 살빛이 누렇게 변했다. 살도 굳을 대로 굳었다가 이제 흐물흐물 썩어 흘러내리고 있었다. 그 무엇 하나 제 모습이 아니었다.

어쩌다가…….

말이 나오지 않았다. 멍하니 내려다보던 의충은 정신이 나간 듯, '사후에 손본 시신은 분명히 아니야' 하고 뇌까렸다.

—그러네요.

오길이 입술을 잘근잘근 씹다가 맞장구를 쳤다.

—초를 철저히 쓰도록!

의충은 일어나려다가 주춤했다. 시신의 목에 걸려 있는 은색 목걸이에 눈길이 멎었기 때문이었다. 의충이 정목인을 보았다.

—이 사건 담당 검원을 좀 불러주십시오.

잠시 후 정목인이 비대한 사십대의 검원을 데리고 나타났다.

—윗사람들은 어디 있기에 혼자 오는 건가?

—모두 사건 현장에 나가고 없습니다.

—이 사체 그대가 검안했는가?

사체를 내려다보던 검안이 허둥거렸다.

—그, 그렇습니다만…….

— 그런데 이 목걸이?

검원이 어쩔 흔들렸다.

— 뭐 값나가지도 않을 것 같고…… 증거물로도 그렇고 해서…….

그냥 두었다는 말이었다. 목걸이가 느슨하게 걸려 옷깃에 파묻혀 있으니 초짜답게 대수롭잖게 생각했던 모양이었다. 그렇다면 시체를 벗기지도 않고 대충 검안서를 작성했다는 말이었다.

— 그게 말이 되나?

그러면서 의충은 손으로 목걸이를 꺼내보았다. 피에 범벅이 된 목걸이는 은이었다. 그대로 일어나려다 줄 끝에 매어 달린 엄지손가락만 한 본체 위에 그려진 이상한 문양을 발견했다.

그때 정목인이 가까이 다가왔다. 그의 곁에 언제 왔는지 사내 셋이 서 있었다. 그의 바로 곁에 선 사내는 포도청 종사관이 분명했고 그 뒤의 사내들은 부장들인 것 같았다.

— 이곳 종사관이 오셨구면요.

그제야 의충이 일어섰다. 종사관이란 자를 보았더니 이제 삼십대 중반이나 되었을까. 매부리코다. 눈은 가늘고 입술이 칼날처럼 얇었다. 고집깨나 있어 보였다. 그 뒤의 사내들은 덩치가 컸다.

— 상부로부터 전갈을 받았습니다. 하일성이올습니다.

뒤이어 부장급들이 허리를 굽혔다. 무료부장 노중근, 가설부장 이종근이라고 각자 소개를 했다.

— 이의충이올시다. 초초가 나올 때가 됐을 텐데 왜 증거물이 아직도 피해자의 목에 걸려 있는 것인지 모르겠소?

의충의 말에 종사관의 눈길이 매섭게 검원의 얼굴로 달려들었다. 검원이 어쩔 줄 몰라 고개를 숙였다.

그제야 종사관이 나섰다.

— 아랫사람이 실수를 한 모양입니다. 검안할 때 별스럽지 않아 그냥 둔 것 같습니다.

— 그래도 그렇지.

종사관이 시선을 떨구었다. 잠시 팽팽한 긴장감이 돌았다.

— 이 문양! 이 문양 뭐 같소?

의충의 물음에 문양을 확인하고 난 종사관이, '어디서 본 것 같기도 하고……. 집 같이 생겼는데요. 궁전 모습 같기도 한데……' 하고 얼버무렸다.

그러고 보니 궁전처럼 생겼다.

— 문양 옆을 보시죠?

검원이 곁에 서 있다가 사각의 확대경을 내밀었다. 검원 나름대로 목걸이를 살펴보긴 했던 모양이었다. 자세히 보니 궁전이 아니라 글자였다.

棒子(봉자)

잠시 내려다보다가 의충은 다시 검원을 올려다보았다.

— 무슨 소리야 이게?

— 글쎄요. 저도 잘 모르겠더군요.

86

검원이 딴전을 피우려다 말고 대답했다.

— 사람 이름은 아닌 것 같습니다.

— 봉자라면 지팡이라는 말 아닙니까?

종사관이 짚이는 게 있어 의충에게 물었다.

— 지팡이? 으흠. 몽둥이, 방망이? 그러고 보니 어디선가 본 글자 같은데…….

— 그 아래 글자를 보십시오.

검원이 쭈뼛대다가 말했다.

흘러 들어오는 바람에 갑자기 피비린내가 콧속으로 스며들었다. 의충은 욕지기를 느끼며 시선을 아래쪽으로 옮겼다. 바로 그 글자 아래 '枝棍'이라는 글자가 선명하게 보였다.

— 지혼? 이거 곤자야, 혼자야?

의충은 중얼거리면서 검원과 부장들을 올려다보았다. 검원이나 부장들도 비린내에 욕지기를 느끼고 손으로 코를 막고 있다 무슨 글자인지 모르겠다는 듯 어깨를 으쓱했다.

— 지혼이라면 나무 몽둥이? 이거 막대기라는 말 아냐?

종사관이 뇌까리듯 말했다.

의충은 목걸이 뒷면을 뒤져보았다. 다시 글자가 보였다.

— 여기 또 글이 있네. 뭐야, 지팡이에서 싹이 돋고, 막대기에 꽃이 피리니. 비화밀경 제17장 15절?

의충이 이번에는 검원을 의아스런 얼굴로 올려다보았다.

— 비화밀경은 불교에서 쓰는 말 아냐?

무료부장이 그럴 리 있느냐는 얼굴로 돋보기를 받아들어 목걸이를 살폈다.

— 그, 그런데요.

노중근이 살피다가 뇌까렸다.

— 왜 선비의 목에 이런 목걸이가 달려 있어?

종사관이나 두 부장도 멍한 표정이었다.

그 길로 의충은 자리를 떴다. 뒤에서 종사관의 투덜거리는 소리가 들려왔다.

— 에이, 제기랄. 잘 배운 것들은 정말 알다가도 모를 인간들이라니까. 아무튼 골치 아픈 종자들이야. 현장 수거 제일 원칙도 몰라? 제발 대충대충 하지 말고 철저히 좀 하자. 이런 중요한 증거물을 지금까지 수거하지 않고 초초를 썼다니. 도대체 정신이 있는 거야, 없는 거야!

의충은 앞서 걸으면서 목걸이 생각을 했다.

지팡이에서 싹이 돋고 막대기에서 꽃이 핀다?

문득 목걸이를 만든 이들의 상표일 수도 있겠다는 생각이 들었다. 아니 제품을 만든 사람이 상품을 위해 넣은 글일 수도 있었다. 하지만 상표의 글 치고는 이상했다. 그리고 선비가, 그것도 지체 높은 사대부가 어떻게 해서 배척시하는 불교의 문자를 목에 걸고 있단 말인가.

호양기가 있는 명문가 안방마님들이나 노리는 젊은 한량도 아니고, 그렇다고 거리의 부랑배도 아니고, 다 늙은 사대부가 채신머리 없게 목걸이를 은밀히?

더욱이 좀 전부터 그의 의식 한곳을 물고 놓아주지 않는 그 무엇. 목걸이를 보는 순간 그를 사로잡았던 이상한 느낌. 노련한 금속인이 세공한 게 아니었다. 목걸이 자체가 너무 조잡했다. 목줄도 그렇고 글자가 박힌 엄지손톱만 한 조각도 요즘 것이 아니었다. 목걸이를 보는 순간 한눈에도 세월의 연륜이 느껴졌고 많이 닳고 닳은 것이었다.

― 자료실로 갑시다.

정목인을 앞세우고 자료실로 가 증거물들을 확인했다. 별것은 없었다. 사건 현장에 떨어져 있었다는 어도가 피를 문 채 그대로 있었고 사예 이한조의 소지품이 전부였다.

어도는 임금이 하사한 보검답게 예사스럽지 않았다. 장도다. 길이가 석 자쯤 될까. 칼날이 서슬 푸른데 피가 얼룩지듯 엉겨 있었다.

2

저녁을 먹고 방으로 돌아오니 이한조 사건의 초초가 올라와 있었다.

세손이 특별히 내보낸 인물이 있다는 걸 의식해서인지 꽤 신경을 쓴 흔적이 역력해 보이는 기록이었다.

을미년 음력 5월 스무날.

우포청 복검관 유상수는 사리 구점시와 직함을 갖추고 신고자 지석

용(46세 학궁 학록)의 신고 내용에 의거하여 학궁 내 계성사 건물 사건 현장에 15일 묘시 6각에 도착하여 조사한 바, 시신은 한 구였으며 오작인과 대중의 입회하에 현장을 먼저 조사하였다.

시신은 학궁 계성사 건물 내 위패를 봉안한 제단으로부터 정확히 7자 6치였으며 입구로부터 3자 3치 떨어진 곳에 위치해 있었다.

시신은 두 손을 안으로 구부리고 오른손은 옆구리에 왼손은 심장 부위에 놓고 있었으며 두 다리를 편 상태로 넘어진 상태였다. 곧 검안을 시행하였다. 사건의 성격상 위장 여부를 가려내기 위해 다각도로 조사하였다. 추론 결과 사망 원인은 장도에 의해 사망한 것으로 추정되었다. 시체는 입과 눈을 모두 벌리고 있었으며 두발과 상투는 흐트러져 있었다. 양손은 약간 쥐어져 있어 칼에 의해 사망한 것이 분명했다……

목이 베인 상흔의 깊이를 자세히 관찰하였다. 만약 하루가 지났다면 상흔의 깊이는 1촌 5푼이 되어야 했다. 상흔의 깊이를 재어보니 정확히 1촌 5푼이었다……

본 검시는 계절을 감안한 1차 결안 결과로써 계절과 시간의 경과에 따라 사망 후 경과 시각을 감안하여 사망일자와 시각을 추급한 것이다. 추후 나타나는 현상에 대해 면밀히 조사하고 기록하여 2차 복검안을 작성해 올릴 것이다.

의충은 포청 검시관을 불러 시신을 처음 본 새벽 진시 무렵에 이미 체온이 없었다는 걸 확인했다. 체온이 싸늘해지기까지 적어도 한 시진이 걸린다. 그럼 한 시진 전에 죽었다는 말이다.

의충과 오길이 밖으로 나왔을 때 뜻밖에도 정목인이 멍하니 꽃이 핀 학궁의 정원을 내려다보고 있었다.

— 이곳에 계실 것 같아서요.

정목인이 웃으며 말했다.

록청으로 들어서기 무섭게 학정 정목인은 곧바로 고위 관리들이 머무는 방으로 그들을 안내했다. 록청의 방 하나를 개조해 손님 방으로 쓰고 있는 것 같았다. 주위는 온통 서책들과 집기들로 가득 차 있었다. 정목인은 잠시 기다리라 하고는 방을 나갔다.

갑자기 비가 쏟아지는지 후두두거리는 소리가 들려왔다.

비안개가 학궁을 휘감고 숲이 무성한 맞은편 산등성이 밀림 쪽으로 몰려가고 있었다.

의충은 박필조 사예에게서 가져온 상자를 꺼내들었다. 멍하니 내려다보았다.

검은 피리. 왜 이한조 사예는 이것을 내게 남기려 했던 것일까.

그런 생각을 하고 있는데 정목인이 들어왔다.

— 기다리게 해서 죄송합니다.

의충은 그냥 웃기만 했다.

넝쿨

그들이 어울려 포청으로 오는 사이 하일성 종사관은 노중근 부장이 잡아온 두 팔 없는 부랑배 하나를 옥안에 처넣고 실랑이를 벌이고 있었다. 노부장의 말에 의하면 술만 취하면 지랄을 떨며 돌아다니는 놈인데, 조정을 비방하다가 두 팔이 잘렸다고 했다. 그것도 포청 앞으로 영조의 어가가 지나갈 때 두 손으로 욕을 하다가 그 자리에서 금군대장에게 두 팔이 잘렸다는 것이다.

그래도 정신을 못 차리고 술만 취하면 임금 욕을 하고 돌아다닌단다. 왜 임금 욕을 하느냐고 물었더니 제 아비 이름이 김복택인데 임금이 몽둥이로 패 죽였다는 것이다.

— 임금이 몽둥이로 패 죽여? 왜?

노부장이 고개를 내저었다.

— 그야 모르지요.

— 저놈 이름이 뭐야?

— 김택조라고 하던가? 내놓은 놈이라고 합니다. 한동안 안 보이다가 요즘 또 나타났다고 하는군요. 예전부터 포도대장이 아주 골머리를 앓는 종자라고 해요.

— 뭔 사정이 있길래 목숨 내놓고 조정 비방을 해? 거 재밌네. 좀 깨워 봐.

술이 덜 깬 배를 내놓고 코를 골고 자는 사내를 노부장이 발로 툭툭 찼다. 두 팔이 없다더니 빈 소매가 걸레짝처럼 바닥에 떨어졌다.

— 일어나, 이놈아.

그가 부스스 눈을 떴다.

일으켜 앉혔는데 거의 의식이 없다. 이제 서른이나 되었을까, 머리가 봉두난발이고 거렁뱅이가 따로 없다.

— 정신없는 종자로군.

종사관이 중얼거렸다.

— 아비가 죽고 나서 이렇게 되었다지 않습니까.

소매를 늘어뜨리고 앉아 고개를 떨군 채 졸고 있던 사내가 눈을 치뜨고 종사관을 노려보았다. 그가 히끗 웃었다.

— 뭐야, 왜 저래?

— 종사관님이 좋은 모양입니다.

— 뭐? 이런 개자식!

그러자 그가 삿대질을 하듯 빈 소매를 펄럭이며 종사관에게 버럭 고함을 질렀다.

— 개자식? 이놈아, 개는 임금이야!

갑작스런 사내의 말에 종사관이 기가 막혀 멍하니 쳐다보다가, 그 자리에 쪼그리고 앉았다. 장난기가 발동한 탓도 있었다.

— 야, 이놈아. 뭐가 그리 억울하냐? 뭐가 그렇게 억울하기에 임금 욕을 하고 다녀?

그가 눈을 치뜨고 날카롭게 종사관을 노려보았다.

— 몰라서 묻는 거야?

— 뭘?

— 이놈아, 이 나라가 이가의 나라냐, 김가의 나라냐?

종사관이 흐르르 떨었다. 정말 죽으려고 작정한 놈이었다.

— 네놈이 정말 죽으려고…….

그가 입 끝을 칼날처럼 찢으며 웃었다.

— 너희들 모르지? 김춘택이.

— 김춘택이? 그가 누군데?

그가 빈 소매를 펄럭이며 그것 보라는 듯이 헤헤거렸다.

— 내 작은아버지야.

— 그러니까 김춘택이 누구냐니까?

— 내 작은아버지라고 하잖아. 그 작은아버지 때문에 영조가 내 아버지를 고신으로 죽였다 이 말이야.

— 이놈 정말 미친놈입니다.

노부장이 발길질을 하려는데 종사관이 말렸다.

— 미친놈이 분명하네.

옥을 나오면서 종사관이 노부장을 쳐다보며 말했다.

— 그러게 말입니다. 전하께서 김춘택인지 뭔지 때문에 제 형까지 죽이고 형수까지 죽이고 제 아버지까지 죽였다고 그러지 않습니까.

— 좀 전에 그놈이 제 아비 이름을 김복택이라고 했지?

— 그런 것 같은데요.

— 저 미친 자식 뒷조사 좀 해 봐. 영 감이 잡히지 않네.

— 알겠습니다.

인간 같지 않다고 생각하면서도 그냥 둘 문제가 아닐 것 같아 부장에게 일러두고 종사관은 종사관실로 들어갔다.

정목인을 앞장세운 의충과 오길도 막 들어섰다. 그때 그들은 몰랐다. 노중근이 그들을 먼저 발견하고는 재빨리 몸을 피해버리는 것을.

성을 통한 성

1

의충이 경종을 모셨다는 기방의 여인을 찾아 청내골에 당도한 것은 오후의 잔광이 스러져갈 무렵이었다.

신작로에서 이곳저곳을 기웃거리다 힘들어 길섶에 앉아 땀을 닦으며 쉬고 있는데 오길이 팔을 들어 손가락으로 골목 끝 집을 가리켰다.

— 저 집이랍니다.

— 젊은 놈이 틀리긴 하네.

— 어이고, 나이를 얼매나 잡수셨다고.

— 저 골목 끝 집?

의충이 오길이 가리키는 곳을 바라보며 물었다. 빈 등이 두 개 걸렸고 담 쪽에 붉은 천이 대나무에 걸려 있었다.

─ 붉은 천이 걸린 저 집 맞답니다.

─ 왜 붉은 천이 걸렸대?

─ 처음에는 무당집이었답니다. 지금은 술을 팔고 있다더군요. 집 꼴은 저래도 이 바닥에서는 알아주는 인물이랍니다. 이름이 자목이라고 하던가? 난잡한 년이랍니다. 그놈의 성깔머리에 사내 몇 명이 요장 났을 것이라고.

의충은 문득 사예의 말을 떠올렸다. 그래도 설마 싶었다.

─ 절에 있다가 기방에 들었다면 보통은 아니겠지.

─ 아무튼 난 여자인가 봅니다. 무당질이나 하다가 신이 가버리니까 잘 됐다 하고 기방을 열었다고 하거든요.

집 앞으로 다가간 오길이 이리 오너라 하고 불렀다. 대문이 열리고 이제 스무나문 되어 보이는 기녀 하나가 나타났다.

─ 어서 오이소, 서방님들. 술 마실라고예?

경상도 억양이 진하게 묻어나는 기녀였다. 입술을 발갛게 바르고 남색 치마저고리를 걸친 모습이 천해 보였다.

─ 왜, 일찍인가?

오길이 엉큼을 떨었다.

─ 들어오시와요.

안으로 들어가 보니 ㄷ자 기와집이었다. 본채를 중앙으로 별채가 붙었고 특이하게 마당 중앙에 화단을 만들어놓았다. 거기 우물이 있었다. 할멈들이 안주거리를 장만하는지 분주했고 대낮인데도 술 손님들이 들었는지 시끌벅적했다.

―홍실로 드이소.

앞서가던 여인이 긴 섬돌 앞에서 말했다.

그제야 오길이 본색을 드러냈다.

―술 마시러 온 건 아니고 누굴 좀 만나러 왔는데⋯⋯. 이 집 주인을 좀. 우린 포청에서 나왔네만⋯⋯.

포청이라는 말에 기녀가 놀란 표정을 지었다.

―포청에서 와요?

―주인 없어?

기녀가 시건방지게 말을 계속 물고 늘어지자 오길이 말투에 신경질을 담았다.

―언니이!

기녀가 안방을 향해 목을 뽑았다.

잠시 후 안방 문이 열렸다. 문을 열고 나오는 주인여자를 보다가 오길과 의충은 흠칫 놀랐다. 일흔은 족히 되었을 노파가 흰머리를 곱게 빗어 넘기고 가채를 얹었는데 남색 치마저고리가 서늘했다. 눈빛 때문일까.

거기에다 얼굴이 백반처럼 희고 쪼글쪼글한데 오른 눈 안쪽으로 꼭 피가 튄 것처럼 붉은 점이 있었다. 코는 오뚝하고 키가 훌쩍했다. 눈의 붉은 점을 보는 순간 의충은 이상한 환상에 사로잡혔다. 그녀의 몸이 갑자기 엄청나게 큰 뱀으로 변하더니 혀를 날름거리며 달려들었다. 이상한 일이었다.

흠칫 놀라며 몸을 움츠렸는데 그런 의충을 쏘아보던 주인여자가 몸을 돌리더니 안방 문을 열고 안으로 들어갔다.

— 들어오시오.

두 사람이 방으로 들어서다가 얼어붙었다. 천장과 사방 벽으로부터 실오라기 하나 걸치지 않은 여인들이 갑자기 달려 나왔기 때문이었다.

의충이 자신도 모르게 소매로 눈을 가리며 움찔 놀라자 눈을 휘둥그렇게 뜨고 사방을 살피던 오길이 돌아보았다.

그제야 의충은 눈을 가렸던 손목을 내리고 사방을 둘러보았다. 그림이었다. 그것도 입체적으로 그려 붙인 그림. 분명히 나신이었다. 풍만한 남녀의 나신들이 서로 얽혀 있었다. 여인의 성기를 혀로 핥고 있는 사내. 남성의 성기를 핥고 있는 여자. 그 여자 뒤에 가슴에 털이 부숭부숭 난 남자가 흡사 말처럼 여자의 엉덩이 위에 올라타 있었다. 그 모습이 그렇게 자연스러울 수가 없었다. 형상은 분명히 짐승이 교미할 때의 모습 그대로였다.

의충은 천장과 양 벽을 살펴보았다. 역시 그런 그림이었다. 벽면은 그런 그림으로 빈틈없이 메워져 있었다. 한마디로 성의 집합소였다. 남녀의 합환상이 숲을 이루었다. 그렇다고 남자와 여자가 부둥켜안고 있는 장면만 있는 게 아니었다. 사람이 짐승과 그 짓을 하는 장면도 있었다. 여자가 말의 성기를 혀로 핥는 장면도 있었고, 바로 곁에서 원숭이의 성기를 자신의 샅에 집어넣는 장면도 있었다. 건장한 남자가 개를 타고 있는 장면도 있었고, 악마가 여인의 목을 짓밟고 치마를 들추는 장면도 있었다.

그 아래 이런 글이 갈겨져 있었다.

성(性)을 통해 성(聖)으로 간다

시선을 돌리니 또 한쪽 벽에 이런 글이 보인다.

활을 쏘아본 적이 있는가. 화살이 날아가 꽂히는 것이 적(的)이다. 표적. 성(性)은 적이 아니다. 적이 된다면 그것이 성적(性的)이다. 성은 아니다. 오마사회(五摩社會)를 즐겨라. 그럼 이제 술은 진리의 정액이 된다.

의충과 오길이 넋을 놓고 바라보자 여인의 날카로운 눈매가 그들을 쏘아보았다.

— 포청서 나오셨다고?

여인의 음성이 그 얼굴만큼이나 메말랐다.

그제야 의충이 정신을 차리고 여인을 향해 시선을 돌렸다. 오른쪽 눈의 붉은 점이 다시 눈가에 매달렸다.

— 이 집 주인 되는가?

의충의 하대를 당연히 받아들일 줄 알았는데 여인이 눈을 치떴다.

— 그렇소만…….

다분히 시비조였다.

— 혹 용파스님을 아시는가?

— 그분은 왜 묻소?

— 학궁에서 사람이 죽었기 때문이다. 용파스님이 관련 있어 이리 온 것이다.

여인이 그제야 입꼬리를 꼬고 웃었다.

— 용파스님이 사람이라도 죽였단 말이오?

냉소가 가득한 무엄한 어투였다.

— 아직 확실치 않지만……

오길이 주제넘게 되받았다.

여인이 어이없다는 듯 웃었다. 그러고는 '죽은 사람이 어떻게 사람을 죽일 수 있단 말이오?' 하고 물었다.

— 용파스님을 알고는 있다?

의충이 놓치지 않고 물었다.

— 알다 뿐이겠소. 사제간이오. 내 스승이었소.

여인이 거침없이 대답했다.

— 그럼 비구니였다는 말이 아닌가?

알고 있으면서도 의충이 묻자 여인이 말뜻을 알아채고 의충을 노려보았다.

— 왜, 비구니가 기방을 하면 안 되오?

의충이 할 말을 잃고 머뭇대자 여인의 눈가에 경멸의 그림자가 스치고 지나갔다.

— 혹 학궁에 있는 사예 이한조라는 사람도 아시는가?

오길이 그 그림자를 쥐어박듯 물었다.

— 그분 용파스님의 동생 아니오?

— 동생?

되받는 오길의 음성이 튀었다. 이미 죽은 사예가 용파대사의 동생

임을 알고 있으면서도 오길이 음성을 높이는 것을 보면 속을 보이지
않겠다는 수작이었다.

— 그대의 스승인 용파스님이 이한조 사예의 형님이다?

이번엔 의충이 맞장구 치듯 말을 받았다.

— 맞소.

— 그럼 이한조 사예가 어제 살해당했다는 것을 알고 있었나?

속을 숨긴 의충의 물음에 여인의 미간이 푸르르 떨렸다. 그녀는
고개를 갸웃하며 자신의 귀를 의심하는 눈치였다.

— 방금 뭐라 그랬소?

— 이한조 사예가 죽었다고 했다.

오길이 의충 대신 말했다.

— 그게 무슨…….

되묻는 여인의 음성이 떨렸다. 그녀의 얼굴이 굳어졌다. 눈이 커
지고 입술이 파르르 떨리는 것으로 보아 충격을 받은 게 분명했다.

— 그와는 어떤 사인가? 용파대사의 동생이라면 이곳에 자주 들렀
을 터인데.

오길이 추궁하듯 묻자 여인이 시선을 내리깔려다가 들었다.

— 사대부가 기방 출입하는 것이 죄가 되오?

날카로운 어조였다.

— 그런 의미가 아니지 않은가!

오길이 소리쳤다.

— 이곳에 자주 드나들었다는 말이 있던데 그 양반 마지막으로 본

것이 언제인가?

의충이 묻자 여인이 기억을 더듬다가 똑바로 돌아섰다.

— 어제. 신시까지 있었소.

그럼 이곳에 있다가 학궁으로 들어가 살해당했다는 말이었다.

— 이곳에 온 것은 언제인가?

— 오시(정오)에 오셨소.

오시와 신시에 갔다면 여섯 점을 지체하다 갔다는 말이다.

— 누구와 왔는가?

— 그분은 누구와 함께 다니는 분이 아니오.

— 그럼 언제나 이곳에서 홀로 술을 마셨다?

— 그렇소.

— 어제도?

— 나와 마셨소.

— 대낮부터 줄곧 술을 마셨다는 말인가?

여인의 얼굴에 다시 경멸의 그림자가 스쳤다.

— 왜 기방을 술만 마시는 곳이라 생각하시오?

— 무슨 소리야?

오길이 다시 끼어들었다. 기방이 술을 마시는 곳이지 뭐하는 곳이
라는 말이냐 하는 대꾸가 그대로 묻어나는 말투였다.

— 이곳은 술을 파는 곳이기도 하지만 인생의 도장이기도 하다오.

오길이 풀썩 웃었다.

— 도장? 여기서 무술이라도 가르쳐줘?

— 바로 보았소. 신외무물이라, 성을 가르치기도 하지요. 성도 무술이라고 하면 무술이 되기 때문이오.

— 그러니까 이곳에서 이한조 사예에게 성의 무술을 가르쳤다?

의충이 느껴지는 것이 있어 그렇게 물었다.

— 마음대로 생각하시구려.

— 이 방을 둘러보니 이해가 가기는 하는데……. 그러니까 이 방에서 그 긴 시간 사예와 함께 있었다면 그에게 성을 가르쳤다 그 말 아닌가?

확인하듯 되묻는 의충을 여인이 매섭게 쏘아보았다. 여인이 밀법을 배운 여자라는 말은 들었다. 그리하여 용파대사의 주선으로 경종을 위해 궁으로 들어가 있었다는 말도. 그러다가 경종이 죽자 산으로 들어갔고 그 후 속가로 내려와 기방을 차렸다고 했다. 그럼 이곳은 기방을 빙자한 성의 강습소? 이곳이 바로 밀법이라나 뭐라나 그곳의 본거지?

그렇다고 해도 그렇다. 저 여자. 아무리 안 되어 보여도 일흔은 되어 보인다. 노기가 아니라 백여우다. 경종이 임금이었을 때 그녀는 한창 때였으리라. 하지만 이한조 사예는? 저 나이 많고 비쩍 마른 몸에서 무슨 성적인 감흥을 느꼈다는 말인가?

의충은 눈을 뜨고 주위를 둘러보았다.

좀 전에 본 글귀가 다시 보였다.

돌아라, 둥글게 돌아라. 파정하지 말라.

바로 그대가 신이다. 누구나 신이 될 힘을 갖추고 있다. 기적이 아니다. 수행에 의해 얼마든지 가능한 일이다. 수행함으로써 인간은 무엇이든 초월할 수 있다. 육신을 가다듬고 잡념을 버리고 전신의 기를 하나로 모아라. 그리고 상대를 진실로 사랑해보아라. 동물적인 욕구가 한순간이라도 찾아들면 그 욕구에 의해 전신의 힘은 감각의 벽을 통해 파정되어버릴 것이다. 그때 씨는 심어지는 것이다. 그러면 어쩔 수 없는 생로병사의 윤회가 반복된다. 절대로 파정해서는 안 된다. 전신의 기를 머리끝으로 모으고 둥글게 돌아라. 계속 둥글게 돌다 보면 분명 육신성불 할 수 있을 것이다. 한 가지 명심할 것은 이 법을 진실로 사랑할 때 행하라는 것이다.

그럼 성을 통해 성이 이루어질 것이다.

거기까지 읽다 의충은 에라 모르겠다 하고 본심을 드러냈다.

— 들으니 그대 구루라고 하던데 사실인 모양이군?

여자가 그제야 고개를 주억거리다가 턱을 꼿꼿이 들었다.

— 제법이오. 구루라는 말도 알고. 그렇다면 이제 더 물을 것도 없지 않소?

— 사실 궁금한 것이 한두 가지가 아니다. 용파스님 말이다. 그 용파스님의 추천으로 경종 임금이 살았을 때 궁으로 들어가 그분을 치료한 적이 있다고 하던데 사실인가?

여인이 의충의 말이 떨어지기가 무섭게 고개를 내저었다.

— 그것과 이번 사건이 무슨 상관이 있다는 것이오?

의충은 그만 시선을 떨구고 말았다. 여인이 결코 경종 임금에 대해서 입을 열 것 같지 않다는 생각이 들었기 때문이다.

오길을 데리고 막 방에서 나오는데 지나가던 기녀 하나가 걸음을 멈추었다. 순간 등 굽은 사내 하나가 재빠르게 대문을 빠져나갔다. 방금 걸음을 멈춘 기녀와 무슨 말인가를 나누던 꼽추 사내였다.

— 의충 오라버니?

돌아보는 순간 의충은 가슴이 쿵 하고 무너지는 소리를 들었다. 정신을 차리고 앞을 쳐다보다가, '허불이?' 하고 자신도 모르게 뇌까렸다. 기녀의 눈이 환하게 열렸다.

— 엄마야, 맞네. 의충 오라버니!

의충의 뇌리 속으로 어릴 때 보았던 허불이의 모습이 스치고 지나갔다. 뒤이어 시커먼 얼굴 하나가 눈 속으로 뛰어들었다. 경희궁 집경당, 거기 덩그러니 놓여 있던 뒤주. 그 뒤주를 향해 다가가는 사내들. 그 위로 지는 유성들.

— 너 허불이 아니냐!

환영을 지우듯 의충이 물었다.

— 오라버니!

순간 가슴이 벼락을 맞은 듯이 다시 쿵 하고 무너졌다. 그녀가 들고 있던 술병을 엉거주춤 놓고 덥석 의충의 손을 잡았다.

— 의충 오라버니 맞소?

106

역적의 누명을 쓰고 금부의 오랏줄에 묶여 가는 중늙은이. 그를 바라보며 몸부림치던 계집아이. 그래, 남성하의 여동생. 바름막골에 살 때 옆집에 살던 계집아이. 그의 아비가 아들을 바랐는데 아내가 또 딸을 낳자 허 불면 날아가 버릴 딸이 태어났다며 허불이라 불리던 그 계집아이.

2

잘 차려진 술상이 들어왔다. 오길이 이게 웬 횡재냐는 듯이 덥석 안주부터 챙겼다.

— 자, 한 잔 받으시오.

허불이에게 끌려 방으로 들 때 쏘아보던 주인여자를 생각하던 의충은 그제야 술잔을 받았다.

— 많이 변했구나.

한 사내의 모습이 눈앞을 스쳤다. 양손에 칼을 잡고 춤을 추던 여인과 여인 뒤로 슬며시 나타나던 흰 가면 하나. 칼날 같던 그 미소. 그 사내가 이 여자의 오라비였던가.

— 나만 변했겠어요. 오라버니도 참 많이 변했네.

허불이가 말했다.

— 어쩌다 이런 곳으로?

의충이 속을 숨기고 물었다.

─ 별 볼일 있수. 아버지 그렇게 되고 문중이 풍비박산 난 판에. 이만해도 다행이지요.

─ 오라비는?

─ 죽었소. 그놈의 뒤주가 뭔지. 그때 잡혀간 사람들 모두 죽었지 않소. 의충 오라버니가 살아남았다는 소문이 있기는 했지만 설마 했는데······.

─ 그랬구나.

의충은 시선을 떨구었다. 갑자기 심장이 벌떡거렸다. 아아, 염치 없이 일어나는 이놈의 죄의식. 허불이는 그날의 상황을 자세히 모르고 있는 것 같았다.

─ 그럼 오라비가 잡혀가고 난 후 아무것도 모르고 있었느냐?

─ 오라비가 끌려가고 나 역시 끌려가 기방에 들었으니 말이오.

─ 그리되었구나. 미안타.

─ 그 후 소식을 들으니 고문에 못 이겨 죽었다는 말만 들었소. 아이고, 오라버니. 이렇게 살아 있으니 만나는가 보오.

허불이의 눈매가 갑자기 붉어졌다. 의충이 입술을 씹으며 고개를 숙였다.

─ 면목이 없구나.

─ 오라버니가 면목 없을 게 뭐 있다고. 살아있는 것도 죄요? 얼마나 다행스럽소.

허불이의 음성에 물기가 묻어났다. 그녀는 눈 밑을 후딱 닦고 오길이를 돌아보았다.

— 어따 제사 지내요? 쭉 한 잔하고 나도 한 잔 주우.

오길이 두 사람의 눈치를 살피고 있다가 술잔을 비우고 허불이에게 한 잔 따르자 그녀가 간드러지게 웃었다.

— 이 몸, 명월이야요. 잘 부탁드립니다.

오길이 헤헤헤, 웃었다. 의충이 그녀를 멀거니 건너다보다 코가 찡해 시선을 떨구었다.

정말 변해도 많이 변했구나. 그래, 그럴 테지. 어찌 그렇지 않을까. 그 순진하던 아이가…….

3

그때가 열여섯 살 무렵일 것이다. 옆집에 살다 한양으로 이사를 간 허불이는 열세 살. 그때만 해도 허불이의 가세에 비해 의충의 가세는 형편없었다. 허불이의 아버지는 누이가 금상의 총애를 받아 숙원마마가 되자 당장에 한양으로 집을 옮겼고, 지방 관아의 아전이었던 의충의 아버지는 쥐꼬리만 한 박봉으로 겨우 아들을 키우며 연명하고 있었다.

평소 의충의 재주를 아까워하던 허불이의 아버지 남태중이 고향 상두에 나타난 것은 의충이 열여섯 살 나던 무렵이었다.

연락도 없이 그가 나타나자 아버지는 펄쩍 뛸 듯이 놀랐다. 안으로 들기가 무섭게 수인사가 오가고 난 뒤 허불이의 아버지가 물었다.

— 의충이는 공부 잘하지?

— 그러믄입쇼.

— 다행일세, 다행이야. 오다가 들으니 이번에도 지방시에 1등을 했다면서?

— 염려해주신 덕분으로······.

— 아깝구먼 그래.

남태중이 참으로 아쉽다는 듯이 말했다.

— 자고로 말을 낳으면 탐라로 보내고 사람을 낳으면 한양으로 보내라고 했는데, 어떤가? 내게로 보내는 게?

— 네?

— 아무리 생각해도 그 애의 재주가 아까워서 말일세.

그때 아버지는 남태중의 심중을 모르고 있었다. 의충이 자연스럽게 그의 집으로 거처를 옮기면서 그 속내를 알았기 때문이다.

어느 날 그의 딸아이가 찻상을 들고 들어왔다. 아버지의 눈이 그녀의 얼굴에 가 꽂혔다. 딸아이가 조신스럽게 찻잔을 놓는 사이 남태중이 입을 열었다.

— 알고 있지? 우리 허불이.

아버지의 눈이 처자의 얼굴을 살폈다.

4

어디선가 올빼미가 울었다. 멀리 산 아래 불빛은 이제 하나둘 꺼져가고 있었다. 벌써 술시가 넘어가는 마당인데 그녀는 올 생각을 하지 않았다.

의충은 풀 위에 누워 별이 총총한 하늘을 올려다보았다. 길게 유성이 꼬리를 물고 흘렀다. 그것을 보고 있노라니 어젯밤에 꾼 꿈이 되살아나 눈앞으로 달려왔다. 왜 요즘 들어 꿈이 많아지는지 모를 일이었다.

처럭처럭 풀잎 밟는 소리가 들려왔다. 조심스런 발소리였다.

뒤이어 그의 앞에 처자가 나타났다. 아직도 동안이 가시지 않은 맑고 어진 얼굴이었다.

— 왜 이제 와?

의충이 물었다.

— 아브이 자리 펴드리고 오니라고. 오지 말까 하다가, 많이 기다릴 줄 알민서도……

허불이가 곁에 앉았다.

— 오라비는?

의충이 물었다.

— 불이 꺼진 걸 보믄 주무시겠지요. 이핼 하세요.

— 괜찮아. 내 잘못이지 뭐. 정말 네 오라버니는 무서워.

— 머리가 좋아도 탈인가 봐요. 아버지도 그게 걱정이라는데. 왜

공부를 안 하느냐고 하면 다 아는 걸 무엇하러 하느냐고 하니.

— 부러워.

의충의 말에 허불이 웃었다.

— 별게 다 부럽네요.

— 그 효심은 어떻고…….

허불이 고개를 끄덕끄덕 했다.

— 하기야 죽은 할아버지가 벌떡 일어났으니 말이에요. 얼마나 슬퍼했으면 죽은 양반이 일어났겠어요.

— 그러게.

— 종아리는 괜찮아요?

낮에 남태중이 경전을 가르치다 의충이 졸자 종아리를 때렸는데 그걸 두고 하는 말이었다.

— 괜찮아.

허불이 종아리를 보려고 하자 의충이 몸을 사렸다.

— 왜 자꾸 졸아요?

— 나도 모르겠다. 그런데 네 오라버니 말이다. 칼춤 솜씨가 예사스럽지 않던데 어떻게 된 것이냐?

허불이가 피식 웃었다.

— 아무튼 이상한 오라버니라니까요. 어릴 때부터 장단소리만 들리면 얼쑤 춤을 추어대었으니 말이에요. 당대의 춤꾼 이덕무 어른이 와서 보고는 이 나라 궁중 가무를 이어받을 재목이라고 칭찬했는데 아버지가 가만있었겠어요. 오라버니를 내쫓으니까 이덕무 선생을

찾아간 거예요. 아마 그곳에서 칼춤 추는 여자를 만났는가 보더라
고요. 그런데 그 여자가 성은을 입었대요.

　─ 성은?

　─ 임금의 부름을 받았다나.

　─ 그래서?

　─ 그런데 그녀의 아버지가 역적으로 몰려 갈기갈기 찢겨 죽고 난
뒤였대요.

　─ 무슨 소리야?

　─ 역적으로 몰아 죽였는데 그 역적의 딸이 절세미인이라 궁의 지
밀상궁이 나와 그녀를 데려갔는데 딱 하룻밤 임금의 성은을 입었대
요. 다음 날 쫓겨났다고 하잖아요. 그 후 아버지가 이를 부득부득 갈
았어요. 바로 자기의 자식이 그 여자의 정부였거든요.

　─ 성은을 입었다 버림 받은 여자를?

　─ 성은을 입기 전에 정이 깊었던 모양이에요. 성은을 입고 난 후
여자가 오라버니를 만나주지 않았대요. 그러다 죽는다고. 임금이
손댄 여자를 취하다가는 목숨 부지 못한다고. 그때 그 여자도 궁에
서 사라진 참이었어요. 궁에 임금에게 버림받는 후궁들이 가는 밀실
감옥이 있대요. 아버지는 반 미쳐 있었는데 오라버니가 그 임금이
취한 여자에게 미쳐 날뛰니 그 심정이 오죽했겠어요. 더욱이 여자의
배가 불러오기 시작했어요. 용종이었죠. 그런데도 두 사람이 도망
을 가 반촌에 방을 얻어 살기 시작했어요. 하루는 아버지가 반촌으
로 찾아갔죠. 아버지가 찾아가던 날이 장날이었구먼요.

— 장날?

— 애를 낳던 날이었다는 말이지요.

— 그래서?

— 애가 계집아이더래요. 산모가 정신을 잃었는데 조산 할미가 부엌으로 씻길 물을 뜨러 간 사이 갓난 핏덩이가 죽었더래요.

— 그럴 수가!

— 그 후 검무를 배우던 여자는 오라버니의 곁을 떠났고, 오라버니는 돌아와 이를 갈며 살았지요.

의충은 갑자기 몸이 후들후들 떨리면서 잔기침이 나왔다.

— 아버지는 알고 있었던가 봐요. 언니 궁으로 끌려가기 전에 숙원마마가 뭔 소용이냐고 늘 그랬거든요. 언니가 궁으로 들어가면 언제 이놈의 집안이 풍비박산 날지 모른다고. 집안이 망하려니 그 같은 요물이 나왔다고. 그런데 정말 언니가 사라져버렸잖아요. 그리고 그 여자도 용종을 배 내쳐졌으니 말이에요. 하기야 용종을 밴 것이야 내쳐진 다음에 알았을 테지만요. 그러니 아버지 심정이 어떻겠어요. 그런데 이상해요.

— 뭐가?

— 아까 낮에 찻상을 들고 들어가려다가 이상한 말을 들었어요. 왜 의충 오라버니의 아버님이 갑자기 올라왔을까 했는데 뭔가 가져온 것 같더라구요.

안 그래도 자신 역시 궁금해 물었을 때 아버지가 황급히 숨겼던 것. 남태중 어른이 부탁해서라고 얼버무리며.

— 오라버니 아버님이 아버지에게 그러더라구요. 이거 구한다고
아주 진이 빠졌습니다. 사람들의 눈도 있고 해서……

— 그게 무슨?

— 그 말을 듣고 아버지가 그러더라구요. 효과가 있어야 할 텐데, 그
렇게요. 그러니까 오라버니 아버님이 그래요. 사냥꾼들이 산짐승 덫을
칠 때 사용하는 것인데 음식물에 소량만 섞어도 급사할 것입니다……

— 뭐?

— 그런데 그때 오라버니가 정낭에 간다고 나오는 바람에……

— 그럼 그게 뭐야?

— 덫을 칠 때 사용한다고 그랬으니 뭐겠어요.

— 독?

— 심상치 않아요. 아버지가 오늘 그걸 들고 입궁한 것도 그렇고……

— 우리 아버지가 가져온 독을 들고 입궁을 해?

허불이 고개를 끄덕였다.

— 그런 것 같은데 눈치가 심상치 않아요.

의충은 고개를 갸웃했다.

— 경종 임금 죽었을 때 독극물 때문에 말들이 많았는데 왜 독이 필
요한지. 그걸 들고 입궁했으니. 심기가 불편하신가. 퇴궁하고 돌아와
서는 영……. 말없이 촛불만 쳐다보고 있는데 겁이 더럭 나더구먼요.

— 노인네가 멍하니 있으면 무서워.

— 맞아요.

아버지가 낚시를 나갔다가 강만 보고 앉은 모습을 보면 더럭 겁이

나던 걸 생각하며 허불이 그렇게 말했다.

그녀는 잠시 후 양 무릎을 껴안았다. 침묵이 흘렀다.

— 저것 봐요. 별똥별이구먼요!

허불이 하늘을 보고 있다가 갑자기 소리쳤다. 그제야 의충은 고개를 들고 하늘을 보았다. 유성이 길게 꼬리를 감추고 있었다.

— 무신 소원 빌었어요?

허불이 한결 밝은 목소리로 물었다.

— 소원은 무슨……. 없어, 그런 거.

— 피이, 소원 없는 사람이 어딨어요?

— 증말이야.

— 그럼 사람이 아니라고 하던데……. 아버지가 그라는데 그런 거 없는 종자는 사람이 아니라고, 그것으로 사람이 산다고 하면서…….

하기야 싫었다. 소원이나 꿈이 없는 인간이 그게 어디 인간일까 싶었다.

의충이 목도리를 벗어 그녀의 목에 감아주었다.

— 왜 이리 춥게 입고 나왔어. 이거 두르믄 따뜻할 것이다.

— 별로 안 추운데 그라네.

— 고개를 좀 더 들어봐. 메어줄 테니.

허불이 고개를 들었다. 목도리를 한 바퀴 두르고 양끝을 잡아매려던 의충의 입술이 허불의 볼을 스쳤다. 둘의 눈길이 순간적으로 마주쳤다.

샛바람

　─ 이제 언제 올 거예요?

　기방을 나오자 허불이 매달렸다.

　─ 말도 마라. 너의 주인 장난 아니다. 저 붉은 점이 박힌 눈 좀 봐
라. 날 죽일 것 같구나.

　허불이 대문가에 나와 있는 주인여자를 바라보았다.

　─ 정말 이상하네. 언니 왜 저러지. 유독 오라비한테 쌀쌀맞네.

　─ 들어가거라. 또 오마.

　─ 싫어.

　그러면서 허불이 와락 의충을 안았다.

　─ 왜 이래? 사람들이 보잖아.

— 흥, 보라지. 누가 겁난대.

— 얼른 갑시다.

오길이 민망한지 나섰다.

그들이 걷기 시작하자 기방 담 뒤에 붙어 서서 바라보던 등 굽은 사내의 눈빛이 시퍼렇게 빛났다. 등이 굽고 한쪽 어깨가 올라가고 그곳으로 턱이 닿은 기괴한 모습의 사내.

둘이 걸으며 오길이 고개를 연신 갸웃거렸다.

— 사람 인연이란 것이 참 묘하네요. 어릴 때 동무를 이런 곳에서 만나다니. 그런데 어쩌다 이런 곳까지?

의충은 코가 시큰하고 심장이 먹먹해 먼 산을 바라보았다. 뒤주를 향해 다가가던 사내들의 모습이 의충의 눈앞을 스쳤다. 저절로 한숨이 입가에 물렸다.

그 산등성이에서 허불이를 만날 때까지만 해도 그런 시련이 다가올 줄 누가 알았을까. 그러고 보면 운명이란 참으로 얄궂다. 자신도 모르게 슬금슬금 다가와 앉는 어둠처럼 그렇게 우리들 운명 속으로 들어와 앉을 줄 그때 어떻게 알았을까.

아아, 어이 씻을까. 그 죄를.

어머니의 눈물 어린 모습이 떠올랐다. 마지막 가는 순간까지 손을 잡고 놓지 않던 어머니. 언제나 어머니는 한숨 지며 말했다.

— 그놈의 뒤주가 뭐라고. 그놈의 뒤주가…….

의충이 말없이 고개를 숙이고 걷기만 하자 오길이 에이, 하는 표정을 짓다가 말했다.

— 그러나 저러나 요상한 집이에요. 보았죠, 그 방! 그 낙서들. 성을 통해 성으로 간다? 무서운 이야기 같은데, 원, 수도장인지, 기방인지.

의충이 먼 산을 바라보다가 일어나는 사념들을 지워버리려는 듯 오길이를 돌아보았다.

— 이상은 하지?

— 이상이 뭡니까. 난 정신이 하나도 없던데.

— 정확히 활터라는 생각이 들더라.

— 활터요?

의충은 대답대신 허공으로 얼굴을 들었다. 허불이와 어머니의 모습이 다시 매달려 왔다. 의충은 고개를 내저었다. 그러고는 딴전을 피우듯 오길을 향해, '그렇잖냐, 거기 그렇게 써 있었잖아. 활을 쏘아본 적이 있느냐? 활이 날아가 꽂히는 것을 적이라고. 표적. 그게 무슨 말이야. 좀 고상하게 말해서 우리들의 성행위가 적(的)이라는 말이잖아. 성행위가 적이 되지 않을 수만 있다면 그게 성(聖)의 경지일지도 모르지, 허허허' 의충은 웃고 싶지 않았지만 그렇게 말하고 억지로 웃었다.

— 정말 그럴듯하긴 하네요. 성적이라……. 어디서 들은 얘기인데, 자고로 스님들은 자신의 도를 시험해보기 위해 일부러 계집을 안아보는 이들이 있답니다. 여자의 자궁 속에 자기의 것을 집어넣고 흔들리지 않으면 비로소 도통했다 그런다는 겁니다. 암튼 세상 나고 그런 기방도 처음 봅니다.

학궁으로 들어서면서 의충은 허불이의 모습을 떠올렸다.

방으로 들어서자 정목인이 기다리고 있었다.

— 어디들 다녀오십니까?

— 기다리셨습니까?

오길이 되려 묻자 정목인이, '어디들 가셨나 해서요' 하고 대답했다.

그 말을 듣자 의충은 이평전 일파에 대한 말이 생각났다.

— 거 이평전이라는 자 말입니다. 혹 있는 곳을 알고 계십니까? 반촌 어디라는 말이 있던데요?

이왕 나선 김에 그자도 한 번 만나보는 것이 좋겠다 싶어 의충이 정목인에게 물었다.

정목인이 고개를 내저었다.

— 반촌 어딘가에 비밀 처소를 마련해놓고 있다는 소문은 있지만 누구도 그가 있는 곳을 아는 사람은 없습니다.

반촌의 생리가 그렇다는 것은 알고 있었다. 그렇다면 이평전이란 자가 거처를 숨기고 행동하고 있다는 말이었다. 그가 범인이든 아니든.

그렇다고 그가 있는 곳을 아는 이가 하나도 없다니.

반촌이란 말이 마음에 걸렸지만 이상하게 정목인은 더 말할 기세가 아니어서 의충은 일단 질문을 접었다.

빗발이 돋기 시작했다.

— 샛바람이 불어대더니 기어이…….

오길이 하늘을 살펴보다가 그럴 줄 알았다는 듯이 뇌까렸다.

의충은 방으로 돌아와 잠을 청했지만 허불이의 얼굴이 끈질기게 달라붙었다.

천상의 숲속

1

　― 오늘도 춤을 추러 갈 것인가?

　꼽추가 물었다.

　― 난 기녀예요.

　― 기녀라면 기녀답게 굴어야지, 그놈의 칼로 허공을 맨날 휘저어

봐야 무슨 소용이라고.

　― 상관 마오.

　꼽추가 일어나며 앞섶을 여몄다.

　― 아직도 네가 관지동 막저인 줄 아느냐. 그래, 거칠 것이 없었지.

네년의 춤을 보고 있으면 그때가 그립긴 하더라. 그 비오는 뒷골목.

그 냄새, 그 향기, 허공을 그어가던 네년의 그 칼 솜씨. 피가 치솟는

모습, 차라리 황홀했지. 아직도 네년의 검무를 보고 있으면 그때의 피 냄새가 나. 그 피 냄새를 춤사위로 녹일 수 있는 것이더냐.

─ 그러니 이리 온 것 아니오.

─ 어림도 없다. 나를 보아라. 이 몸으로 춤을 출 수 있겠느냐. 네 년의 칼끝을 보고 있으면 내 심상을 보는 것 같아. 오늘이라도 떠나거라.

─ 그리는 못 합니다.

그녀가 흘러내린 머리카락을 쓸어올리며 말했다.

─ 운심아!

─ 그리는 못 하오!

여인의 몸 위로 올라간 사내의 나신이 기괴했다. 등이 산봉우리 같았다. 그래서인지 여인의 벗은 몸 위로 올라간 꼽추의 몸은 한없이 위태로워 보였다. 등이 굽어 그의 머리가 여인의 턱 밑에 겨우 닿을까 말까 했다. 꼽추의 몸은 여인의 몸에 비해 너무 작고 짧아 보였다.

여인의 목 밑으로 집어넣은 끈. 등에 난 혹으로 인해 꼽추는 그 두 줄의 끈을 잡고 여인의 몸 위에서 헐떡거렸다.

그녀의 몸에서, 그의 몸에서 땀이 흘러내렸다.

─ 운심아!

꼽추가 격하게 부르며 목줄을 더 사납게 당겼다.

여인은 목에 힘을 주고 꼽추를 안았다. 여인의 매끄러운 다리가 사내의 연약한 다리를 감아 조였다. 사내의 얼굴에 난 상처를 쓰다듬던 그녀의 손길은 이제 그의 등을 안았다. 사내는 여인의 살 냄새에 취해 진저리를 쳤다.

이것이 행복인가. 이것이 사는 것인가.

그런 생각을 하며 그는 여인의 살 속으로 자신을 묻었다. 여인의 입에서 뜨거운 교성이 새어나왔다. 사내가 그녀의 교성을 손으로 막았다.

어디선가 닭이 울었다.

정사를 끝내고 꼽추는 잠이 들었다. 잠이 들자 어디인지도 모르는 세상이 보였다. 푸른 파도가 밀려왔다. 주위의 모든 것이 신령스러웠다. 금빛 석양이 온 세상을 뒤덮었다. 거기 아버지의 모습이 보였다.

— 성하야!

사지가 찢겨 죽어가던 아버지의 모습이 멀쩡했다. 그는 오히려 아들이 안타까운지 근심스런 표정을 짓고 있었다.

2

정목인과 오길이 포도청에서 가져온 보검을 들고 들어섰다.

의충이 일어나 그들을 맞았다. 사건 현장의 보검이 앞에 놓였다.

손잡이에 남색의 가죽을 감았다. 칼날 끝을 보니 덩굴무늬가 새겨져 있다. 칼등에는 오목하고 길게 줄이 파여 있고 손잡이는 두 손으로 잡을 수 있도록 휘어졌다.

— 자, 정학보가 누워보세요.

정목인이 초초에 그려진 대로 누웠다.

— 초초대로 하자면 사체는 이렇게 칼을 맞아 널브러져 있었고, 칼은 여기, 칼집은 이쯤 떨어져 있지?

의충은 정목인의 배와 팔 사이에 칼집을 놓으며 말했다. 오길의 눈이 칼집에 쏠렸다. 피에 절었지만 칼집 끝에 은으로 만든 장식이 눈길을 끌었다. 허리에 찰 수 있게 끈이 달려 있다. 아랫부분이 약간 닳은 것 같고, 그 위로 간격을 두고 두 개의 테가 둘러져 있다. 그 윗부분에 또 하나의 고리가 부착되어 있어 끈을 묶게 되어 있고, 아랫부분에는 꽃 모양으로 반원형의 구리 장식.

— 그런데 이것이 어째서 임금에게 하사받은 그 칼이라는 것이야?

의충이 칼날을 살펴보는 오길에게 물었다. 임금이 하사한 보검답게 칼은 예사스러워 보이지 않았지만 어도라는 어떤 징표도 찾을 수 없었다.

— 검신을 자세히 보십시오. 맨 아랫부분 말입니다.

의충이 검신의 손잡이 바로 위를 살폈다. 아주 작은 글자가 박혀 있는 것이 그제야 보였다. 그냥 쇠에다 색을 넣지 않고 긁어놓은 듯 새긴 글자였다. 임(壬)자였다.

— 저도 이상해서 그곳의 하종사관을 잡고 물었는데, 뒤집어보십시오.

정목인이 종사관도 그런 실수를 하느냐는 듯이 약간 말에다 힘을 주었다.

의충이 검신을 뒤집었다. 반대편 검신에도 깨알 같은 글자가 박혀

있는 것이 그제야 보였다. 색을 넣지 않고 검신에다 그대로 긁어놓
듯 새긴 글자.

劍鋒金(검봉금)

— 무슨 뜻인지?

정목인이 말을 하기 위해 일어나 앉았다.

— 저도 그곳에서 들은 소리입니다만 왜 있지 않습니까. 전하의
환생 이야기 말입니다.

— 환생이라니요?

의충이 뭔 엉뚱한 소리냐는 듯 몸을 정목인에게 돌리며 물었다.

— 그러니까…….

숙종 당시, 억불정책으로 유림의 손가락질을 받을 때라 절 살림은
말이 아니었다. 대구 팔공산 자락에 있는 파계사에서 수도하고 있던
용파대사라는 이가 유림들의 핍박을 피해 무인도의 한 동굴로 들어
가 수행했다.

도를 이룬 그는 파도를 타고 섬을 나왔다. 그는 불교의 사정을 시
정해야겠다는 생각에 임금을 만나려고 했다.

그날 밤 숙종은 꿈을 꾸었다. 임금이 한강 일대를 바라보고 섰노
라니 남문 밖의 셋째 집 위에 청룡과 황룡이 찬란한 빛을 일으키며
승천하고 있다.

아침에 일어난 숙종은 어전별감을 불렀다.

— 남문 밖으로 가 세 번째 집을 살펴보거라. 그곳에 용과 관계가 있는 사람이 있거든 데리고 오너라.

어전별감이 그 집으로 가 조사를 해보니 늙은 노승이 누더기를 덮고 드러누워 있다.

— 보아하니 중 같은데 어디서 수도하는 늙은인가?

— 파계사라는 절에서 올라왔소이다.

— 이곳엔 무엇 하러 올라왔는가?

— 임금을 뵙기 위해서요.

— 임금? 중이 임금을 왜 찾는가?

스님은 전후 사정을 소상히 이야기했다.

말을 듣고 난 어전별감이 스님의 이름을 물었다.

— 그대의 이름은 무엇인가?

— 내 법명은 용파외다.

— 용?

용과 관계가 있으면 데려오라는 임금의 명을 기억하고 어전별감은 용파스님을 데리고 궁으로 들었다.

— 용파의 용자가 용용자라고? 오호! 그래서 지난밤에 용을 본 것이로구나. 그래 왜 짐을 만나려고 하는가?

용파대사는 임금에게 불교계의 어려움을 알렸다.

말귀를 알아들은 숙종이,

— 짐이 듣기에 너는 무인도로 들어갈 때 배 삯을 내고 들어갔으나 나올 때는 파도를 타고 나왔다고 하여 용파라고 불린다는데 그

게 사실이냐?

하고 물었다.

— 엉뚱한 소문이옵니다.

용파대사는 숙종의 물음을 부정하고 있었지만 그의 경지를 알아본 숙종은 이렇게 말했다.

— 어허, 그렇구나. 그래서 하늘이 너를 나에게 보냈구나.

— 무슨 말씀이온지?

— 내 너의 청을 들어줄 터이니 너는 짐의 청을 들어주어야 할 것이다.

숙종은 그날로 용파대사의 청을 들어주고 자신의 어려움을 일러주었다.

— 짐에게 자식이 하나 있으나 몸이 허약하여 대를 잇기 어려울 것 같으니 이 일을 어쩌면 좋겠는가?

용파대사는 세자를 떠올렸다.

— 남자 구실을 못 하니 말일세.

— 세자 말씀이옵니까?

세자에 대해 들은 바 있어 용파대사가 그렇게 물었다.

— 그대의 도력으로 세자가 남성력을 회복하여 왕자를 생산하게 할 수 있겠는가?

— 전하, 근심 놓으시옵소서.

잠시 생각하던 용파대사가 아뢰었다.

숙종은 파계사에 왕실의 위패를 모시게 하고 모든 이가 절 경내로 들어가기 위해서는 말에서 내려야 한다는 비를 세워주었다. 그 후로는 자연히 사대부나 관리들이 행패를 부리지 못했다.

숙종은 또한 용파대사에게 현응이라는 법호를 하사하였다.

정목인의 말을 들으며 생각에 잠겼던 의충이 고개를 숙였다. 나름대로 정목인의 말을 생각해보기 위해서였다.

― 그 숙종 임금이 용파대사에게 세자의 남성을 회복시켜 달라고 했다 그 말이지요?

― 그렇지요. 용파대사가 그 후 세자의 남성력을 위해 본격적으로 나섰다는 말이 있기는 한데 모르겠어요.

― 그럼 세자는 죽은 선왕 경종이겠지요?

― 그렇겠지요.

― 그러나 저러나 이한조 사예가 왜 하필 거기서 죽었는지…….

의충이 말머리를 돌렸다.

― 아마 제례를 준비하기 위해 둘러보다 당했는지도 모르겠다고 하더군요.

이번에는 오길이 대답했다.

― 거 묘하네. 그럼 지금 상황으로 보아선 이 보검의 임자가 사람을 죽였다는 말인데 그게 말이 돼?

의충은 머리를 홰홰 내저으며 중얼거렸다.

검은 구름장 속으로 몸을 숨겼다가 터져 나온 햇살 한 줄기가 그들이 있는 곳으로 그제야 기어들어와 서성거렸다.

3

동쪽 하늘이 검었다. 그 검은 세계 속을 밤새도록 걸었다. 꼭 알수 없는 미로 속을 걷는 것 같았다. 경희궁이 점점 가까워졌다. 거기 영조가 있었다. 아들 사도를 뒤주 속에 넣어 죽인 임금이었다. 그가 뒤주를 불태우기 전에 그것을 지켜야만 했다.

뒤주가 덜컹거리자 영조가 소리쳤다.

— 돌을 가져와 뒤주를 눌러라.

신국빈이 그 말을 듣고 도망가기 시작했다.

— 저놈을 잡아라.

금부에서 그를 쫓았다.

— 잡았느냐?

— 쥐새끼 같은 놈입니다.

— 그 아비를 잡아오라.

그의 아비 별후부천총이 잡혀왔다.

— 네 아들이 내일까지 나타나지 않는다면 성치 못하리라.

철물교 네거리에 걸린 아비의 머리 아래로 신국빈이 무너졌다.

— 졸지에 아비 잡아 잡아먹은 불효자가 되었나이다.

거뭇거뭇한 어둠이 그를 삼켰다. 뒤주를 눌렀던 집채만 한 돌이 뒤주 곁에 놓여 있었다. 그 돌이 자꾸 발길에 걸렸다.

— 모진 사람!

어머니가 피를 흘리고 있었다. 아들을 어디다 숨겼느냐고 닦달했지만 죽음을 각오해버린 어머니의 모습은 사람의 모습이 아니었다.

저러다 죽고 말 것이다!

그런 생각이 들자 달렸다. 어머니를 살려야 한다는 생각에 달렸다.

그렇게 달리다 꿈을 깼을 것이다. 새벽녘이었다.

눈을 떠보니 오길이 내려다보고 앉아 있다가 입술을 달싹였다.

— 여름밤이 왜 이리 긴지 모르겠네요?

상투를 흩트리고 앉은 오길의 모습이 을씨년스러웠다. 머릿속이
꼭 헝클어진 실타래 같았다. 식당 쪽에서 북소리가 들려왔다.

— 아직 날도 밝지 않았는데 아침 먹으라는 신호인 것 같은데요?

오길이 문밖을 살피며 말하는데 누군가 쿵, 하고 헛기침하는 소리
가 들렸다. 뒤이어 정목인이 얼굴을 들이밀었다.

— 저 소리, 기침고입니다.

— 일어나라는 북소리란 말입니까?

오길이 뇌까렸다.

— 기침하셔야겠습니다. 이곳에서는 객이라 하더라도 지위고하를
막론하고 이곳 규율을 따라야 하거든요.

마음장삼마지

1

조반을 들고 나온 의충은 멀거니 맞은편 산등성이를 바라보았다.
허불이의 모습이 자꾸 눈앞으로 다가왔다.

아무래도 다함정으로 한 번 더 가봐야 할 것 같았다. 무엇인가를
알고 있을 것 같다는 생각이 끊어지지 않았다.

그래서인지 그동안 잠시 잊고 있던 참혹한 기억 조각들이 조각조
각 맞추어져 살아나는 느낌이었다. 그것은 그대로 쇠꼬챙이가 되어
심상에 와 들이박혔다.

도대체 죄의식이란 무엇일까. 인생의 풍경 위에 피어난 모순. 그
모순의 언저리 위에 피어난 풍광. 동지와 어머니. 누구를 택했든 택
했다는 건 모순이다. 동지든 어머니든.

오길에게 다함정으로 가자고 하니까 기다렸다는 듯이 느물거렸다.

— 왜 가자고 안 하나 했소.

— 그 주인이라는 여자 말이다. 만나고 싶지 않다만 이러고 있을 순 없잖아.

— 허불인가 나물인가 만나고픈 것은 아니고요?

— 시분득한 소리 그만하고 가기나 해.

휘경동을 돌아 기방 앞에 서자 때아니게 곡소리가 들려왔다.

오길이 화초담 너머로 안을 기웃거렸다.

— 불러봐.

의충이 고개를 빼고 안을 기웃거리는 오길에게 말했다.

— 이리 오너라.

두어 번을 불러서야 계집종이 문을 열었다. 박박 얼굴이 얽은 곰보였다. 키가 작달막하고 뚱뚱했다. 부엌데기인 모양이었다.

— 장사 안 해유.

음성이 퉁명스럽다. 곡소리가 들리지 않느냐는 투였다.

— 누가 죽었어?

— 알 것 없슈.

— 네 이년!

오길이 눈을 부라리고 소리쳤다.

— 오메, 이 양반이 왜 이런댜?

— 술 먹으러 온 것이 아니다. 사람을 찾으러 왔다.

— 사람요? 누구를요?

― 거 왜 있잖느냐. 허불이라고?

― 허불이?

― 아, 아니 여기선 명월이라던가.

― 아, 명월 언니요. 그럼 고향 오라버니?

그제야 그녀가 아는 체를 했다.

― 응? 어찌 아느냐?

― 기방 안에 소문이 쫘 해유. 명월이 언니 첫사랑 만났다고. 잠시만 기다리세유. 금방 명월 언니 불러올게요.

그녀가 쪼르르 안으로 들어갔다.

의충은 허불이 변해도 참 많이 변했다는 생각을 다시 하였다. 첫날도 그랬지만 변하지 않고서야 어떻게 예전의 그 얌전하고 다소곳하던 순둥이가 기녀가 된 것이 자랑스럽기라도 한 양 첫사랑 어쩌고 하며 자신을 대놓고 드러낼 수 있단 말인가.

그냥 돌아설까 하는데 흰 소복을 한 허불이가 달려 나왔다.

― 아이고 오라버니, 오는 날이 장날이네.

그녀를 보자 가슴이 먹먹했다. 의충은 속을 숨겨야 된다고 생각하며 아무렇지도 않게, '누가 죽었느냐?' 하고 물었다.

― 들기나 하시오. 술은 팔지 못하지만 차야 한 잔 대접 못 하겠소.

그녀가 앞장을 섰다. 방으로 가는 동안 주위를 살펴보니 뚱땅거릴 때와는 달리 빈 조등이 여기 저기 달렸고 불빛이 없어서인지 왠지 집 안이 괴괴하다.

안내된 곳은 바깥채 덧방인 것 같았다. 방이 협소했다. 손님을 받

던 방이 분명했다. 들어서면서 보니 병풍이 하나 윗목에 펼쳐져 있
는데 그걸 보던 오길의 입이 딱 벌어졌다.

무심코 병풍을 보던 의충도 멈칫했다.

여러 명의 여성들이 왕 주위에서 시중을 들고 있었다. 그들은 긴
귀고리를 하고 있었고 목걸이, 팔찌 등을 차고 있었다. 뾰족한 머리
장식이 특이해 눈길을 끌었다. 옷은 실오라기 하나 걸치지 않았다.
무성한 음모가 그대로 드러나 있었다. 그녀들 앞에 왕은 한 손을 무
릎 위에 놓고 편안하게 앉은 자세였다. 나체였다. 여인들은 나체의
왕을 둘러싸고 있는 형상이었다.

그 한쪽에 엄청나게 큰 말이 한 마리 그려졌는데 실오라기 하나
걸치지 않은 궁녀가 그 말의 성기를 핥고 있었다. 어떻게나 자세히
그려놓았는지 보는 이가 무안할 정도였다. 그 곁에 다음과 같은 시
한 수가 갈겨져 있었다.

爾時世尊 復入馬陰藏三摩地 一切如來 幽隱玄深 寂靜熾燃光明 勇猛
忿怒威峻 獅子吼音 震動電擊 天鼓自鳴 香象王聲 大金剛聲 大商去聲
作如是等 時金剛持等菩薩 見如是相己 齊聲讚曰   諸佛甚奇特 金剛
振吼音 欲設何法敎 願如來數演

— 시가 요상하네? 마음장삼마지? 뭐가 이렇게 어려워.

허불이 차를 가지러 자리를 비운 틈을 타 의충이 오길에게 물었
다. 낸들 아느냐는 듯이 오길이 고개를 내저었다.

아무래도 요상해 그림을 힐끗거리는데 허불이 들어왔다. 뒤에 보니 좀 전에 본 곰보가 찻상을 들고 서 있다.

의충이 그림을 흘끔거리다가 허불이에게 한마디 했다.

— 이거 아무리 기방이라지만 너무한 거 아니냐?

허불이 비시시 웃으며 두 사람의 눈치를 보았다.

— 왜 풍기문란으로 잡아 가시려우? 포도대장이나 금부도사 나리도 와 헛헛거리며 좋다고 눈을 뒤집습디다.

— 그래도 그렇지.

— 아이고, 우리 순진한 오라버니. 예전 그대로네.

— 그런데 마음장이란 게 뭐냐?

의충의 물음에 허불이 호호호 웃었다.

— 낸들 아우.

— 몰라?

— 호호호, 우리의 잘 배운 오라버니도 별수 없네. 말의 그것이라우. 자지 말이오.

오길이 햐, 하고 웃다가 의충을 보며 얼어붙었다.

— 그래도 모르겠수?

허불이 눈을 꼬며 물었다.

— 아, 아니다.

의충의 가슴이 다시 한 번 처르르 무너졌다.

의충의 심중을 눈치나 챈 듯 허불이 호호호, 웃다가 말을 내뱉었다.

— 우리 언니 입에 붙은 말들이지요. 그저 입만 열면 저놈의 시가

입에 달렸다오. 미시세존마음장삼마지일체여래······ 어쩌고저쩌고. 아이고, 귀 따가워.

아마도 병풍에 휘갈겨진 글귀를 언문으로 읊조리는 것 같았다.

— 도대체 그게 무슨 뜻이냐?

허불이 헹 웃다가 들은 것은 있는지 입을 놀렸다.

— 그때 세존은 마음장삼매에 들어가셨더라

깊디깊은 골짜기에 정적은 가득하고

가득한 정적 속으로 일어나는 한 줄기 불꽃

뒤이어 무슨 소리인가. 저 분노의 소리

······

원하옵건대 여래이시여 우리를 제도하소서

허불이 그렇게 읊고는 자신이 생각해도 모르겠다는 듯 잔에 차를 따랐다. 그러고는 멍하니 쳐다보고 있는 두 사람을 향해 헹 하고 웃었다.

— 우리 언니 하루에도 수백 번 입에 달고 다닌다오.

— 노상?

— 그러게 말이유. 아, 부처 사랑하는 이야기잖소. 둔하기는.

허불이 속의 말을 내던지듯 툭 뱉어내자 오길이 필필 웃었다.

— 그러고 보니 사이비교가 분명하네. 이곳 주문인 것 같아요.

허불이 사이비는 아니라는 듯이 오길을 향해 눈을 새초롬하게 떴다. 그 눈길이 예사롭지 않았다. 그러고 보니 두 사람 나이가 똑같지 싶었다.

— 어찌 그쪽은 말을 그렇게 한다요?

허불이 차를 마시며 오길을 향해 눈꼬리를 째고 물었다. 오길이 방심하다가 불쑥 내뱉는 허불의 힐난에 멀쑥한 표정을 지었다.

— 그럼 우리 언니가 사이비 교주란 말이오? 우리 언니 당신 같은 사람에게 그런 소리나 들을 양반은 아니라오. 그래도 왕년에 임금을 가르치던 양반인데 사이비라니……. 사이비가 저렇게 어려운 한문을 외우고 다니는 사람 봤소?

— 나는 그냥 하도 이상하여…….

오길이 그러면서 난감한 표정으로 의충을 돌아보았다.

— 뭐가 이상해? 남자들 거기가 거기지. 저 시가 틀렸나 뭐. 하나도 틀린 것이 없더라. 오라버니, 그렇잖수?

시선을 떨구고 있던 의충이 그제야 어, 하고 시선을 들었다.

— 아마 우리 언니 내력을 알면 하품을 할 거유.

— 내력이라니?

허불이 요상스럽게 웃다가 의충을 손끝으로 까닥까닥 불렀다.

의충이 귀를 붙잡힌 듯 귀를 허불의 입에 가져갔다. 허불이 입술을 의충의 귓구멍에 대고 뭐라고 했다.

— 그럼 그 고승?

말을 알아들은 의충이 되물었다.

허불이 고개를 끄덕였다.

— 그럼 임금을 가르치기 위해 주인여자가 궁으로 들어간 적이 있
다는 말은 무슨 말이냐?

무슨 영문인지 몰라 오길이 눈을 번뜩였다.

— 그 스승이 데리고 들어갔다 합디다.

— 그 임금이 숙종 임금이라고 하디?

— 맞아요, 소문이 그렇게 돌더라구요.

— 그럼 그 스님 이름이 뭐라고 해?

허불이 고개를 갸웃했다.

— 용 뭐라고 하던데…….

— 혹시 용파라고 안 하대?

— 맞아요, 용파대사.

오길이 들어보니 둘이 모를 말만 하고 있다. 그때였다. 밖에서 곰
보의 음성이 들려왔다.

— 명월 언니, 왕언니가 찾아요.

— 알았다. 곧 나가마.

그래 놓고 허불이 다시 입을 놀렸다.

— 같이 일하던 애 하나가 매음병으로 죽었다오. 그래 손님을 안
받는데 찾는 모양이오.

— 어서 가봐라. 아니, 참참.

왜요, 하는 표정으로 허불이 의충을 건너다보았다.

이래서는 안 된다고 생각하면서도, 의충은 자신도 모르게 허불이
를 잡았다.

— 수사상 그러는데 아무래도 이상해서 말이다.

허불이 무슨 말이냐는 표정을 지었다.

— 주인여자 말이다.

뭐가요, 하는 표정으로 허불이 눈을 크게 떴다.

— 네가 좀 알아봐 줄래.

— 뭘요?

— 뭐 더 아는 것 없느냐는 말이다?

— 방금 말했잖소. 나 가봐야 해요.

— 이제 또 오기는 글렀고, 내일 말이다. 나 한 번 더 만나줄래?

— 이리 오면 되잖소.

— 어이구, 주인여자 눈 못 봤냐.

하긴 하는 표정이 허불의 얼굴에 스쳤다.

— 그렇잖냐. 절의 비구니가 스승의 추천으로 궁으로 들어가 왕을 가르친 것도 그렇고. 게다가 이상하고 요상한 짓거리를 가르쳤다고 하니.

— 이상한 소문이 돌고는 있지만 그렇다고.

말을 하던 허불이의 눈이 점점 커졌다.

— 아니 그럼 오늘 날 보러 온 것이 아니고 그 때문에 온 거요?

— 널 보러 왔지. 그렇잖냐, 이상하잖냐? 만약 이 사건을 풀 열쇠라도 생기면 큰 상을 받을 거다. 지금 있는 임금이 은밀히 날 보냈거든.

허불의 눈이 더 커졌다.

— 임금이? 정말 왕언니가 죄를 지었단 말이오? 그 언니 좀 이상

해서 그렇지 그럴 언니 아니오.

— 아무래도 전 임금과 너희 주인의 관계가 이상해서 그래. 그래 이리 온 것이다. 그러니 네가 좀 나서줘야겠다. 이리저리 좀 알아봐라. 임금도 그래서 날 보낸 거다. 그런데 하늘이 도왔는지 너를 이곳에서 만나지 않았겠냐. 인연은 인연인 모양이다. 우리가!

그러게 하는 표정이 그녀의 얼굴에 스쳤다. 의충은 옳다구나 하고 말을 이었다.

— 그러니…….

— 그러다 내 목이 성치 못할 거요.

— 내가 떠벌리겠느냐. 한번 본격적으로 알아봐라. 뭐라도 나오면 내일 술시 무렵에 살짝 요 앞 주막으로 나오고.

— 모르겠소.

— 허불아, 기회다. 일만 잘 되면 네 아버지 죄도 풀릴지 몰라. 너도 이런 곳에서 헤어날 수 있을 것이고. 어디 그것뿐이냐. 가문도 복권될 것이고.

그제야 허불이 실감이 나는지 얼떨떨한 표정을 지었다.

— 그, 그게 정말이오?

— 내가 여기까지 와 왜 거짓말을 하겠냐?

— 명월 언니 뭐하오. 빨리 갑시다. 난리 나겠구만.

밖에서 곰보가 재촉했다.

— 그래, 아, 알았다.

후다닥 허불이 의충에게 눈을 껌벅이고 문을 열고 나갔다.

2

— 대단하십디다. 사람 다루는 솜씨가. 그 여자도 기방에서 산전수전 다 겪은 몸이던데 첫사랑 순정이 뭔지.

기방을 나와 난전에 둘이 앉아 술을 시켰다.

— 들었느냐?

오길이 잔에 술을 따르는 걸 보며 의충이 물었다.

— 내 귀가 천리요? 뭔 말인데 속닥거린대…….

— 그런 일이 있다.

오길이 눈을 크게 떴다.

— 이래도 되는 것인지 모르겠네. 내게 숨겨 좋을 것이 뭐 있다고……. 암튼 좋아요. 저도 듣고 싶은 마음 없습니다.

오길이 쌩하게 영 마뜩찮은 표정을 하자 의충이 생각하다가 그를 향해 얼굴을 내밀었다.

— 너 만고의 역적 김자점 알지?

— 광해군을 폐하고 무능한 능양군을 임금으로 추대한 그 김자점요?

갑자기 무슨 말이냐는 듯이 오길이 시선을 들며 물었다.

— 그래, 그 기방 주인이 그 사람 증손녀라는 말이 있단다. 김자점이 첩을 하나 얻어 딸을 낳고 아기의 눈을 보다가 기겁을 했다는 것이야. 김자점의 눈가에 붉은 점이 있었는데, 아기에게도 같은 점이 있더라는 거야. 그 애가 자라 성혼을 해 애를 낳았는데 똑같은 붉은

점을 물려받았다는 거지. 그리고 그 새끼도 커 계집아이를 낳았는데 그 애도 그렇고. 그래서 손녀 모녀를 내쫓아버렸다고 해. 그리 내쫓겨 갈 곳이 없어 절로 숨어들었는데 그곳의 고승이 그 여자를 데리고 살았다네.

─중이 여자를 데리고 살아요?

─뭐 그랬다고 해. 중이 그 여자의 어린 딸에게 붉은 점의 눈을 가졌다고 해서 이름을 자목이라 지어주었단다. 자줏빛 자, 눈 목. 그런데 이상하더라고 해.

─뭐가요?

─중이 한번 그 짓을 시작했다 하면 끝나지를 않더라는 거야.

─끝나지를 않다니? 그게 무슨 말이요?

─어이구, 싸지를 않더란 말이다.

─뭐요?

─그래서인지 어째서인지 어미는 맨날 고승에게 시달리다가 시들시들 죽는데 절간에서 여자가 죽었으니 어떻게 됐겠냐. 그 스님 쫓겨나고 말았지. 그래 딸은 그 고승을 따라갔다고 한다. 그 길로 머리를 깎고 여승이 되었다는 것이야.

─그러니까 그 사람이 지금 그 기방의 여주인이다?

말을 알아들은 오길이 넘겨짚었다.

─맞아.

오길이 한편으로 낭설이라고 생각하면서도 붉은 눈의 여자가 생각나 눈을 감았다.

계산을 어떻게 치르고 둘이 비틀거리며 말고삐를 잡고 걸었다.

의충은 자꾸 히히히, 웃음이 나왔다. 비틀거리다가 오길의 뒤통수를 주먹으로 갈겼다.

— 아, 왜 그러오?

— 이 나쁜 놈아.

그렇게 말하고 의충이 또 주먹으로 오길의 뒤통수를 쳤다.

— 정말 왜 이래요?

오길이 뒤통수를 만지며 짜증을 냈다.

갑자기 하늘이 빙빙 돌았다. 자꾸 웃음이 나왔다. 의충은 헤헤헤, 웃었다.

오길이 고개를 홰홰 내저었다.

— 삼촌, 취한 거요? 그 술 먹고? 미쳤나 봐. 아니, 그 술 먹고 취해요?

세상이 자꾸 빙빙 돌았다. 아무리 발에 힘을 줘도 자꾸만 비틀거렸다. 왜 이렇게 웃음이 나오는지 모를 일이었다. 어머니의 얼굴이 눈앞을 스쳤다.

— 어머니!

어머니의 모습이 어쩐지 분명하지 않다. 그 모습을 자세히 보기 위해 머리를 몇 번 흔들고 다리를 있는 대로 벌리고 끄덕거리며 섰다.

그래도 어머니의 모습은 확실하지 않다. 머리를 다시 흔드는데 오길의 음성이 들렸다.

— 삼촌, 정신 좀 차려요. 왜 이러신대. 그 술에 갈 사람이 아닌데…….

의충은 새초롬하게 오길을 노려보았다.

— 그래, 취했다. 으쩔래?

— 아이고, 우리 삼촌 난리났네.

의충이 홱 몸을 돌렸다.

— 가자.

의충이 돌아서다가 중심을 잃고 털버덕 엎어지고 말았다.

— 어딜 간다는 거요?

오길이 의충을 일으켜 세웠다.

— 허불이에게. 허불이에게 가자, 가.

— 삼촌, 왜 이래요?

— 난 그 아이한테 잘못했다고 빌 일이 있다. 날 죽여 달라고, 죽여 달라고. 아이고, 모르겠다. 암튼 가자.

다시 말을 향해 달려들자 오길이 꺼안았다.

— 제발 정신 좀 차려요.

— 난 사람 아니냐? 그렇지, 난 사람이 아니지. 그래, 맞아. 난 사람이 아니야.

— 아이고, 염라대왕 뭐하는지 몰라. 이런 사람 안 잡아가고. 마음도 억수로 좋으셔.

— 뭐, 임마. 너 지금 뭐라고 했냐?

— 에이, 몰라. 어이고, 목인 그 사람 또 기다리것네.

오길이 안 되자 말길을 돌렸다.

그때까지 그들을 바라보고 섰던 등 굽은 사내가 오른쪽 어깨를 턱 관절에 붙이고 삐딱하게 바라보고 있다가 눈을 감았다.

의충이 이번엔 훌훌 두루마기마저 벗어 던져버리자 오길이 고함을 꽥 질렀다.

— 왜 옷을 벗어던지고 난리래.

망건마저 벗어 냅다 던져버렸다. 머리가 봉두난발이 되어 흘어졌다.

— 넌 몰라, 임마. 넌 몰라. 넌 모른다고.

의충은 머리를 풀고 고함이라도 지르며 냅다 미친놈처럼 달리고 싶다는 생각이 들었지만 발이 말을 듣지 않았다. 끝도 없이 달리고 싶었지만 발이 이상하게 움직이지 않았다.

— 정말 왜 이래요? 허허, 첫사랑이 좋긴 하네.

오길의 고함치는 소리만이 선명하게 들려왔다.

의충은 갈지자로 다리를 벌리고 근근이 버티고 서서 오길를 노려보았다.

— 그래, 난 그런 놈이다. 그놈의 집안을 풍비박산 내고 다시 악마의 발톱을 드러냈다. 그래서? 그래서 으쩔래?

— 삼촌, 정말 왜 이래요?

— 난 악마다. 난 악마야.

— 하하, 우리 삼촌 정말 술 취했나 보네, 하하하.

— 이놈의 새끼야, 난 그런 놈이란 말이다.

그러면서 의충은 정신을 잃고 그 자리에 풀썩 쓰러졌다.

계속되는 의혹

1

꼽추가 이평전 앞에 섰다. 얼굴을 천으로 가린 이평전이 그를 노려보았다.

— 생각해보았느냐?

꼽추가 머리를 내저었다. 햇살에 불 맞은 눈이 징그럽게 씰룩거렸다.

— 아직도!

뒷골목의 검계들이 저를 위해 뭉쳤다는 걸 알면서도 일거에 제거해버린 영조. 이의충의 배신이 있었어도 그랬다. 검계의 무리들이 자신을 섬기고 있다는 걸 알면서도 영조는 소탕령을 내려 모조리 죽이다시피 했다.

어떻게 뭉쳐서는 반촌에 살림을 차렸지만 이젠 이평전의 지시를 무조건 따를 수 없다고 꼽추는 생각하고 있었다. 이평전은 세손에게 어함을 찾을 수 있는 결정적인 것이 있다고 생각하고 있는 게 분명했다. 그리고 그것이 이번에 성균관으로 나온 이의충 사관에게 있을 거라고 여기고 있었다. 그렇기에 세손과 이의충 둘 중에 하나를 쳐 그것을 알아내라고 종용하고 있었다. 그러나 모든 일은 때가 있는 법이다.

이제 세손이 나라를 맡다시피 했지만 영조를 지지하던 노론은 돌아선 마당이다. 세손이 금상에 오른다면 그의 아비 사도세자를 죽인 인물들을 그대로 두지 않을 터였다. 그렇기에 노론은 이제 영조의 비밀을 밝혀내어 왕조의 근간을 바로잡으려 하고 있다. 번연히 그걸 알면서 이인좌의 난까지 막아온 그들이 이제 이인좌를 영웅시하려 하고 있는 것이다. 그런 마당에 그 어함을 찾기 위해 무작정 세손부터 제거할 일은 아니다.

어제도 이평전이 물었다.

— 누구라고 생각되느냐? 어함을 숨긴 자가! 용파대사? 사도세자? 아니면 왕의 최측근? 지금의 상황으로는 분명 왕의 비밀을 훔쳐본 인물이라고 짚어볼 수밖에 없다. 조심해야 한다. 그 영감, 지금은 죽어가고 있지만 무엇을 준비하고 있을지 모르니까. 그의 앞에 세손이 있어. 그 역시 아비인 사도세자 못지않아. 우리들의 행동반경을 하나하나 읽고 있을지도 모르니까. 그 어함을 빨리 찾아야 한다.

— 아무래도 저는 왕이 그 어함 속에다 숙종이 내린 호적단자를 넣어두었다는 것이 믿기지 않습니다. 만약 그가 숙종의 씨가 아니라

고 한다면 그 증거물을 왜 넣어두었겠습니까. 그리고 그는 분명 김춘택의 씨가 아닙니까. 그걸 어떻게 부정하겠어요. 그런데 숙종이 내린 호적단자를 넣어둔다? 말이 되지 않습니다.

— 인간에게는 지울 수 없는 본능이 있다. 그것은 진실을 향한 접근이다. 그 본능이 살아있기에 세상의 비밀이 존재하는 것이다. 그로 인해 당사자는 살아야 할 의미를 가지게 되고 마음의 지표를 세우게 되고, 더러 그것이 채찍이 되기도 하며 그로부터 위안을 받기도 한다. 그것이 호적단자임에는 분명하다. 문제는 그것이 진짜냐 가짜냐 하는 문제다. 거기 왕의 진실이 있기 때문이다. 그래서 그 어함을 찾아야 한다는 것이다. 진실은 그때 판명날 것이다.

— 하지만 그게 어디 있느냐 하는 것입니다.

— 분명 세손은 이의충이란 자에게 그것을 찾을 수 있는 암시를 주었을 것이다.

— 그럴까요? 그런데 왜 그 어함을 숨겼느냐 하는 것입니다.

— 분명히 왕의 비밀을 알고 있는 자다.

— 그럼 왕의 비밀을 세상에 내놓지 않았겠습니까.

— 어떻게 내놓을 수 있겠는가. 그 궤 속에서 세상이 뒤집어질 비밀이 나온다 하더라도 그것은 그대로 묵살될 것이다. 지금 누구의 세상인가. 그렇다면 차라리 애나 먹이자는 거겠지.

— 모르겠군요, 정말.

— 잘 생각해보면 모를 것도 없다. 아무튼 빨리 찾아야 한다. 노론이 불교도들을 계속 탄압하면서 그들에게 어함을 찾아내라고 압박

하고 있다는 소문도 있다.

— 알겠습니다.

이평전은 더 이상 말이 없었다. 그는 호흡을 가다듬은 다음 문을 열고 나갔다.

꼽추는 숲 사이로 사라지는 이평전의 뒷모습을 멍하니 바라보았다.

2

아침에 일어나서야 의충은 오길이 지나가는 사람의 도움을 받아 자신을 말 등에 태워 데려왔고 방안에 뉘었다는 것을 알았다.

아직도 술이 덜 깬 걸 알면서도 소화도 시킬 겸 잠시 걷자 해놓고 정목인은 내내 말이 없었다. 그동안 일어났던 일들을 대충 말했는데 무엇을 생각하는지 말이 없었다.

저수지를 한 바퀴 돌아서야 운을 놓았다.

— 사실 실토할 것이 하나 있습니다.

뜻밖의 말에 의충이 시선을 돌렸다.

— 그 기방 여자의 말을 듣고 보니 생각나서요. 전 지금 유가인이 되어 있지만 사실 저의 부모님은 불교도였습니다. 강원도 시골에서 초파일이 되면 쌀이나 두어 됫박 싸가지고 절에 가 아들의 복을 비는 순박한 촌로들이었지요.

유교가 불교를 밀어낸 것은 엄밀히 말해 이씨 조선이 세워지면서다. 아직도 불교의 잔재는 그대로 남아 있다고 해야 옳다. 유교가 국교가 되면서 절은 황폐화되고 스님들은 종으로 전락했다. 그러나 불교는 유교와 함께 고려와 조선에서 나라를 이끌어가는 이념적 기반이었다.

변화란 그렇게 쉽게 이루어지는 것이 아니었다. 새 나라의 지도층이 된 공신 집단에 의해 배를 옮겨 타려 했지만 나라를 세운 태조 자체가 무학대사를 왕사로 봉한 마당이었다. 그 후 세월이 흘렀어도 백성들의 의식 속에 불교는 엄연히 그대로 존재하고 있었다.

— 그럼 그대도?

잠시 생각하다가 의충이 정목인에게 물었다.

— 솔직히 처음에는요. 불경을 읽어보지 않았다면 거짓말이지요. 어릴 때 집으로 스님들이 몰래 와 기도를 해주고 갔다는 기억이 납니다. 나중 몸이 아팠는데 절로 들어가 기도로 몸이 나았지요. 그때 불교 사상을 그곳 스님들로부터 좀 접했는데……. 나중에야 유학으로 돌아섰지요.

— 그랬군요.

— 조금 전에 들은 이야기를 가만히 생각해보니까 이상한 생각이 들어서 말입니다.

의충이 생각해보니 그와의 생활이 길지 않았지만 지내는 동안 서로 가식이 많이 없어지고 있는 것만은 사실이지 싶다. 차츰 격의가 없어져가고 있는 것은 분명한데 오늘 따라 정목인이 속을 더 내보이고 있었다.

풀숲에 앉아 서책을 보고 있는 유생들이 보였다. 이쪽으로 모여 앉아 담소를 나누고 있는 유생의 무리도 보였다. 좋을 때다 싶었다.

나도 저럴 때가 있었는데.

그런 생각을 하는데 정목인의 음성이 들려왔다.

— 스님들의 도라는 것이 그런 것이거든요. 구속으로부터의 해방이겠지요. 구속이 없어졌다면 분별이 있을 수 없겠지요. 분별이 없다면 여자가 여자로 보이겠습니까.

— 일전에 학궁의 사예도 그런 말을 하던데 역시 묘한 논리라는 생각이 드는군요.

— 그래서 스님들이 자신의 도를 시험하기 위해 여자를 취하는 경우를 보았습니다. 여자를 안고 정욕의 노예가 되지 않는다면 파정이 있을 리 없을 터이니 말입니다. 다 들어보진 못했지만 그 눈 붉은 여자, 자목이라고 했나요? 그녀가 외운다는 마음장삼마지란 염불 말입니다. 바로 그것이라는 생각이 들거든요.

— 마음장삼마지?

의충이 되뇌자 말하기가 뭔지 정목인이 훗훗, 하고 웃었다.

왜 그러냐는 표정으로 의충이 쳐다보았다.

정목인은 계속 피식피식 웃다가 말을 이었다.

— 허불이라는 기녀도 말했다면서요. 마음장이란 게 말의 음경을 말하는 것이라고.

— 네, 그러더군요.

— 말이란 놈은 본시 성이 나질 않을 때엔 장 속에 성기를 감추고

있거든요. 성욕을 느껴야 밖으로 그 거대한 모습을 드러내지요.

— 그러니까 느낌을 통해 자기를 깨달으려 할 때만 밖으로 그 모습을 나타낸다 그 말인가요?

— 그렇습니다. 부처 역시 자기를 합리화하기 위해서는 자기를 일으켜 세워야 이상의 언덕인 최상의 언덕으로 들어갈 수 있다 그 말이지요. 그래야만 이 우주와의 정사를 통해 사랑이 무엇인가를 지독한 자비로 무지한 중생들에게 알릴 수 있을 테니까요.

— 하하하, 그러니까 그 비밀처를 향해 보리심을 일으키는 부처의 몸짓이 바로 도통한 이들이 보이는 경지다 그 말이군요?

— 그렇습니다.

정목인이 대답하고 먼 산을 바라보다가 진지한 얼굴로 의충을 돌아보았다.

— 살기 위해 산을 내려와 머리를 기르고 성균관에 입학했지요. 불교 공부를 하다 보니 유가 공부가 잘 되지 않는 겁니다. 그래도 살아야겠기에 서책을 붙들고 앉아 오늘 이런 모습으로 남았지요. 이제는 유가의 사상이 골수에 배어 불교 쪽으로는 머리가 돌아가지 않지만 가만히 생각해보면 임금이라도 미칠 수밖에 없는 종교가 바로 그 종교이지요.

사행록

방으로 들어선 허불이는 발이 떨렸다. 그가 노리고 들어온 궤짝이 바로 눈앞에 있었다. 주인언니가 평소에도 애지중지하는 궤짝이었다. 몇 번인가 보았다. 기회 있을 때마다 궤짝 속에서 꺼내 보는 종이 뭉치들. 바로 거기에 그녀의 어떤 비밀이 기록되어 있을 것이었다.

주인언니와 다른 기녀들은 죽은 기녀를 묻기 위해 장지에 간 마당이다. 배가 아프다고 해 집을 지키겠다 하고는 아랫것들까지 다 장지로 내보냈다. 그래도 언제 어느 때 돌아올지 몰라 가슴이 벌렁거렸다.

그녀는 궤짝을 향해 살금살금 다가들었다. 머리가 두 개 달린 살모사가 노려보았다. 주인언니가 키우는 뱀이었다. 가마에서 특별히 맞춘 속이 보이는 흰 항아리였다. 그 속에 똬리를 튼 뱀이 방을 지키 듯 노려보고 있었다.

허불은 자신도 모르게 겁에 질린 모습으로 사방을 둘러보았다. 주인언니가 자신을 쏘아보고 있는 것 같았다.

허불은 어금니를 물고 궤짝을 향해 다가들었다.

쉬익.

뱀이 안 된다는 듯 똬리를 풀고 머리를 흔들었다.

허불은 낡은 궤짝 앞에 무릎을 꿇고 앉았다. 몸이 덜덜 떨렸다.

양문을 살며시 열었다.

궤짝 안이 드러났다. 옷가지들이 먼저 보였다. 흡사 육신 없는 귀신들이 색색가지 옷을 입고 저들끼리 모여앉아 있다가 쳐다보는 것 같다. 장 속에 향을 넣어두었는지 냄새가 향기롭다.

목화솜으로 지었을 옷들을 몇 개 뒤집다가 무엇인가 싼 보자기를 발견했다. 그것을 꺼내보았더니 목단 꽃이 보자기 가득 수놓아져 있다. 보자기를 풀자 배냇저고리와 동저고리, 동쟁이 때때옷이 나왔다.

자식이 있었나? 아니면 자기 것인가?

그것을 싸 본래의 자리에 넣고 옆을 보니 반짇고리가 보였다.

왜 궤짝 안에 반짇고리를 두었을까 싶다.

엿장수 가위보다 크지는 않았지만 잿빛으로 빛나는 가위 곁에 실패들과 골무가 보였다. 거기 염주도 있었다. 알이 까만 것이었다.

옛날 할머니가 굴리던 염주 생각이 났다. 그제야 주인언니가 염주 때문에 반짇고리를 궤짝에 넣어둔 것이 아닐까 싶었다.

옷가지들을 제치고 궤짝 밑까지 뒤졌다. 이제 바닥이다 하고 생각하는데 서책처럼 묶인 한 뭉텅이의 종이가 보였다. 언니가 한 번씩 꺼내보고는 하던 것이 분명했다.

표지가 낡긴 하였지만 표지 앞에 휘갈긴 글자가 선명하게 보였다.

蛇行錄(사행록)

사행록? 무슨 말인가 싶었다. 분명히 앞 글자는 뱀 사자였다.

뱀이 가는 길을 적어 놓은 기록?

하기야 주인언니는 뱀 이야기를 자주 하던 사람이었다. 사람의 몸 속에는 뱀이 똬리를 틀고 있다고 했다. 그것이 생명의 씨앗이라고 했다. 그 생명이 생명력을 얻으려면 우리의 국부 속에 잠자고 있는 뱀을 깨워야 한다고 했다.

도대체 무슨 말인지?

한 장을 넘겨보았다. 분명히 주인언니의 글이었다.

용파 스승에게서 궁으로 들어가라는 말을 들었을 때 나는 직감했다. 내가 파계하리라는 것을. 세상 사람들은 불도를 닦는 승이 계율을 어기면 파계했다고 한다. 그러나 밀행자는 그 계율을 어기면서 불도를 닦는 자다.

밀행자는 승이 멀리하는 술이나 고기, 이성을 가까이 함으로써 도를 함양할 수 있다. 그러나 원칙이 있다. 가까이 하되 그것에 집착해서는 안 된다. 아니, 정확히 말해 인간적으로 사랑해서는 안 된다. 오로지 사랑은 도를 위한 것이어야 하기 때문이다. 만약 인간적으로 상대를 사랑하게 될 때 그때 도심을 잃고 파계하게 되는 것이다.

임금으로 인한 나의 파계는 그때 이미 이루어진 것인지 모른다. 나는 이미 그를 사랑하고 있었기 때문이다.

임금과 나?

허불은 짧게 뇌까렸다. 그러면서 이것이다, 하고 속으로 소리쳤다.

무화과 필 무렵

1

육조거리에 햇살이 가득하다. 의충은 관리들이 바삐 오가는 모습을 의식하면서도 꼽추 사내가 스쳐가는 모습은 보지 못했다.

종로통이 가까워졌다. 그렇지 않아도 기녀 짓을 하느라 힘든 허불이에게 도움을 주지 못할망정 괜한 짓을 시킨 것이 아닐까 싶어 망설이고 망설이다 나선 참이었다. 이왕 이렇게 된 것 갈 데까지 가보자는 심정이었다. 자꾸 과거를 되돌아보기만 해서 어쩔 것이냐는 생각이 없잖아 있었다.

다함정이 멀리 보이는 장벌곳으로 의충이 가자 먼저 나와 있던 허불이 손을 흔들었다.

— 여기예요.

그녀의 얼굴을 보자 다시 가슴이 먹먹해졌다.

— 왜 이렇게 늦었어요?

— 내 딴에는 빨리 온다고 나섰는데……. 그래 뭐 좀 알아내었어?

허불이 젖가슴 사이에 꽂아 가지고 온 종이뭉치를 꺼내주었다.

의충의 눈이 번쩍했다.

— 뭐야?

— 모르겠어요. 아마 경종 임금과의 관계를 써놓은 거 같았지만.
읽을 수가 있어야지요. 언니가 무서워서.

— 사행록?

의충이 서책의 표지에 갈겨진 글을 읽으며 고개를 갸웃했다.

— 무슨 말인지 모르겠어요. 그 방에 뱀이 있긴 한데. 투명한 항아
리 속에요.

의충은 서책을 뒤졌다. 대충 살펴보니 뭔가 있을 것 같았다.

— 내일 돌려줘야 해요. 언니가 장례를 치르느라 경황이 없지만
언제 찾을지 모르니까.

학궁으로 돌아오기가 무섭게 의충은 허둥거리며 가져온 종이뭉치
를 펼쳤다.

세필로 써내려간 글이 보였다. 달필이다. 글자의 획들이 붉은 눈
의 눈빛만큼이나 날카롭다. 글씨는 그 사람의 마음을 닮는다던가.

……용파 스승을 만난 것은 입산한 지 꼭 2년째 나던 해다. 유가의 가
문에서 자랐던 나는 입산한 지 6개월 만에 머리를 깎고 비구니가 되

었다.

나는 출가할 때까지만 해도 순탄한 길을 걸어온 사람이다. 할아버지나 아버지만 그렇게 되지 않았어도 출가하여 비구니가 될 꿈을 어떻게 꿀 수 있었겠는가.

증조할아버지가 만고의 역적으로 몰려 능지처참 당하고 아버지마저 죽고 나자 내 영혼은 만신창이가 되어버렸다. 나는 종이 되어 이곳저곳을 끌려 다녔다. 할아버지나 아버지에게 있었다는 눈가의 붉은 반점. 그 저주가 언제나 나를 따라 다녔다.

내 나이 열다섯 살 때 새 주인이 나를 덮쳤다. 그것은 살을 에는 고통이었다. 저 어린 시절 오라비가 내 곁을 떠나버렸을 때처럼, 나는 가슴에 비수를 맞은 듯 피를 흘리며 비틀거렸다.

그 길로 절로 도망을 가 출가하고 말았다. 점차 맑은 영혼이 나를 잡아끌었고 이 나라 최고의 선승이며 밀승인 용파대사를 만났다.

그것이 인연이었다. 스승은 남자의 한정된 정기를 밖으로 내보내지 않는 힘의 소유자였다. 남자가 사정을 하더라도 반드시 그만큼의 정기를 되돌려주는 힘이 있는 사람이었다. 남자가 절정에 드는 순간 자신의 화심에 들게 함으로써 그곳으로부터 외계의 정기를 다시 흡수해 가도록 하여 정기를 회복시키는 능력의 소유자였다.

그는 천축의 밀법에만 정통했던 것이 아니라 이미 도교의 양생술에도 그 정점에 이르러 반야의 경지에 들어 너와 내가 없는 진정한 음양의 이치를 지닌 사람이었다. 그때까지도 몰랐다. 내가 궁으로 들어가 그를 만날 줄은.

어느 날 소문을 듣고 유가의 태두가 나타났다. 그때쯤 우리들의 주식은 뱀이 전부였는데 용파 스승의 오랜 지우인 그는 들어서기가 무섭게 입에 거품을 물었다.

— 아이고, 스님이 이래도 되는 거야? 이거 전부 뱀 아니야. 이리 살생을 하고서도 지옥에 가지 않는 것이 다행이다. 살생을 금기로 쳐야 할 땡초가 이 나라 최고의 밀승이라니 기가 막힌다.

그러자 스승이 우하하, 웃었다.

— 이 사람아, 그대의 마음이 지옥이라네.

그가 헛헛 웃었다.

— 이 나라 임금이 그대를 찾고 있네. 그대 금상과 무슨 약조를 했다면서?

— 희빈 장씨가 남긴 세자 말이로군. 고자라는.

— 이 사람 죽으려고 환장했나?

유림의 태두가 눈을 크게 떴다.

스승이 하하하 웃다가 고개를 들었다.

— 알겠네. 주상에게 일러주시게. 내 궁으로 들어갈 테니.

유림의 태두가 돌아가고 난 다음 날 행장을 차리는 스승을 보며 나는 이런 생각을 했다.

왕세자가 고자라고?

2

　의충은 글 뭉치를 놓고 막연히 밖을 내다보았다. 눈앞이 뿌옇게 보여 글을 놓긴 했지만 방금 읽었던 내용들이 어지럽게 머릿속을 떠다녔다. 밤안개가 묻어오고 있는 것을 바라보다가 의충은 글로 시선을 붙박았다.

　궁에서 돌아온 스승은 말이 없었다. 어제 유가의 도반에게 말한 대로라면 당장 궁으로 들어갈 것 같았는데 밤사이에 무슨 생각을 한 것인지 궁으로 들어갈 생각을 하지 않았다. 아침에 잠시 어디를 갔다 와서는 나를 불렀다.

　그리고는 자신이 기르고 있던 투명한 옹기 속의 뱀을 내게 내주었다. 눈빛이 붉고 몸이 색색깔로 빛나는 팔뚝 정도의 둥근 몸체가 미끈한 아름다운 화사였다.

　―왜 이것을 제게 주십니까?

　내가 물었다.

　―네가 궁으로 들어가거라.

　―스승님!

　―나는 너를 한눈에 알아보았기에 가르친 것이다. 궁으로 들어가 네가 왕세자를 건지거라.

　―왜 이러십니까, 스승님?

　―생각해보았느니라. 그 적임자가 너라는 것을. 세자의 심신이 병들

어 있으니 그를 일으켜 세울 사람은 너밖에 없다.

— 저는 아직도 이 법을 다하지 못하였습니다.

— 아니다. 배운 대로만 하여라. 그러나 주의할 점이 하나 있다. 비밀법은 파정 없는 절대의 세계다. 그러나 네가 세자마마에게 가르쳐야 할 것은 그 법의 반대임을 잊어서는 안 될 것이다. 그것을 명심해야한다. 속가의 성과 이곳의 성이 그렇게 다르다는 말이다. 너는 이제그 세계를 거꾸로 건너가야 한다. 지금까지 너는 회음부에 잠들어 있는 놈을 깨워 정수리로 끌어올렸지만 이제는 머릿속의 정기를 일으켜 맥관을 따라 신체의 여섯 망을 내려와 회음부에 다다라 그놈을 깨워야 한다. 그리고 국부를 세워 파정케 해야 한다.

— 그렇다면 그것은 밀법에 어긋나는 행위가 아닙니까?

— 그렇다.

— 그럼 왜 제게 파정 없는 세계를 가르쳤습니까?

— 어찌 파정 없는 세계를 모르고 그 세계를 제대로 일으켜 세울 수있겠느냐.

— 그건 역설입니다.

— 파계다.

— 어찌 저더러 파계하라 이르십니까?

— 불교의 세계가 역설이다. 그게 진리다.

— 저는 수긍할 수 없습니다.

— 너에게 이 나라의 존망이 달려 있다. 이 나라의 종묘사직이 달려있다. 너의 손에 만백성의 안녕이 달려 있다. 나라가 위기에 처하면

그 나라를 위해 승도 칼을 잡기 마련이다. 그 칼이 살생을 해도 살생이 아니다. 바로 활인검이기 때문이다. 그러니 파계가 아니다. 승에게 있어 성은 파정치 않는 법이요, 세속인에게 있어 성은 파정의 법이다. 승은 모든 인연을 끊어 파정 없는 세계를 지향하지만 세상의 법은 그것을 밑거름으로 파정의 세계를 이룬다. 그리하여 이 세계가 존재하는 것이다. 그 법을 수행하는 이 밀행자라 한다. 그것이 밀행자의 운명이요, 숙명이다. 그렇기에 부처는 깨달아 속세로 내려왔던 것이다. 그 길로 나는 스승이 내민 뱀이 든 옹기 하나를 안고 궁으로 들어갔다. 용파 스승의 가르침 그대로 왕세자와 하나가 되기 위해.

숨소리

사학골 초향집으로 들어서자 술내가 지독했다. 사내 하나가 문을 차고 나오더니 길가에 엎어져 토악질을 해댔다.

그 모습을 보다가 의충은 안으로 들어갔다. 방안에 술손님이 가득 했다. 취객들의 모습이 가지가지였다. 상투가 틀어진 사람도 있고, 옷섶이 풀린 사람도 있고, 얼굴이 벌겋게 취한 이들이 몸을 가누지 못하고 고래고래 고함을 질러댄다.

의충이 구석 자리에 자리를 잡고 앉자 종업원이 상을 가져다놓았다.

허리가 굽은 꼽추 사내가 부엌에서 시퍼렇게 눈을 빛내며 밖을 살피다 의충의 얼굴에 멎었다.

술 한 병이 종업원에 의해 의충에게로 옮겨졌다.

의충이 술병을 흔들어 잔에다 술을 치고 들이켰다. 고사리나물을 집어 우걱우걱 씹으며 입구를 살폈다.

부엌에서 그를 바라보고 선 꼽추의 외눈이 사나웠다. 그것도 모르고 의충은 잔에다 술을 쳤다. 잔을 비우고 이번에는 김치를 젓가락으로 집어 입에 넣다가 눈을 감았다. 전신이 붕 떴다. 상체가 앞으로 뒤로 흔들렸다.

꼽추가 술청의 사내들에게 눈짓을 했다. 술청의 사내들이 슬금슬금 의충 주위로 몰려들었다.

이미 의충은 콩나물 접시에 코를 박고 있었다.

— 왜 이렇게 많이 마셨나 그래.

주위 사람들이 돌아보자 술청의 사내들이 궁시렁거리며 인사불성인 의충을 깨웠다.

— 여보시오, 여보시오. 정신 차리시오.

반응을 보이지 않자 사내들이 달려들어 의충을 일으켜 세워 옆구리에 끼고 입구로 향했다.

꼽추가 달려 나와 문을 열었다.

그들이 몰려나가는데 오길이 그들의 발 앞에 엎어졌다. 그의 뒤통수를 친 사내가 바람처럼 그들과 함께 뛰었다.

여기가 어딜까?

사방이 캄캄했다. 숨소리조차 들리지 않는다. 비릿한 냄새가 코끝을 자극했다.

의충은 몸을 움직여 보았다. 몸이 움직이지 않았다. 천근처럼 눈꺼풀이 무겁다. 어떻게 몇 번을 끔벅여서야 눈이 떠졌다. 희미했다. 사방이 희미했다.

아!

내가 묶인 것인가?

팔을 움직여 보았다. 움직이지 않는다.

눈을 떴다. 캄캄하다. 역시 몸이 묶였다. 점차 사방이 밝아져왔다. 의충은 본능적으로 빛이 살아나는 곳을 바라보았다. 횃불을 든 사내가 보였다. 그런데 아이다. 아이가 횃불을 들고 서 있다.

— 누구야?

아이를 향해 의충이 물었다.

— 이의충!

아이라고 생각했는데 어른의 음성이 들려왔다.

— 누구요?

— 내가 누군지 알 것은 없고. 그대 세손의 명을 받았다면서?

— 누구냐니까?

— 그래서 이한조의 사건을 조사하고 있다고?

이쪽의 물음 따위에는 상관하지 않고 그가 물었다.

— 대답하시오. 누구요?

의충의 물음에 사내가 낄낄낄 웃었다.

— 세손에게서 뭘 받았나?

— 받았다니, 무얼 말이오?

— 암호!

— 암호라니? 그런 거 받은 적 없소.

— 목이 떨어진대도 그렇게 말할 수 있을까?

의충이 멈칫하자 그가 기분 나쁘게 웃었다.

— 없으니까 없다고 하지 않소.

— 그럼 목을 베어주지.

그렇게 말하고 사내의 모습이 사라져버렸다.

— 여보시오!

의충이 몸부림치며 불렀다.

잠시 후 장검을 든 사내가 의충의 눈앞으로 불쑥 나타났다. 그를 쳐다보던 의충은 깜짝 놀랐다. 아이가 아니었다. 꼽추였다.

그가 칼을 들어 올리는데 또 하나의 사내가 다가들었다. 그 사내가 꼽추의 귀에다 입을 가져다 댔다.

— 죽이는 게 능사는 아닌 것 같아. 모르고 있는 것이 분명해.

꼽추가 흐흐흐, 웃었다.

— 그러니까 살려놓고 귀추를 주목하자?

사내가 고개를 주억거렸다.

— 이놈을 치워라.

그렇게 명령하고 꼽추가 몸을 돌렸다.

그들은 이내 어둠 속으로 사라졌다.

황혼 무렵

황혼이 빛기둥이 되어 서산마루로 쏟아졌다.

노을을 앞에 하고 있던 꼽추가 곁에 앉은 운심을 돌아보았다.

— 왜 떠나지 않는 것이야?

운심이 꼽추의 말에는 대답 않고 손가락으로 서쪽 하늘을 가리켰다.

— 저 황혼을 보오.

꼽추가 황혼 속으로 시선을 던졌다.

— 당신이 한 말이 아닌가요. 저 황혼이 피 같다고. 기억나오? 내 가슴에 연꽃을 피우던 날. 그 피 말이오. 당신이 뭐라 그랬소. 흰 살 결 위에 핀 연꽃. 동연(冬蓮) 같다고 하지 않았소.

— 동연밭을 보지도 않았느냐. 그리 곱게 피던 연꽃 무리들의 마

지막을. 진흙바닥이지.

— 그러나 다시 피기 위해서가 아니오.

— 그게 희망이란 놈이다.

— 당신이 필요하오. 이 가슴에 끓고 있는 증오심을 끊어내려면. 그래야 다시 필 게요.

그녀의 음성에 물기가 묻어났다.

— 눈을 감으면 언제나 보이오. 그 큰 연병장. 무장을 한 사내. 그가 검무를 추고 있소. 이 세상에서 가장 촉망받던 어린 검군. 검군총사를 꿈꾸는 그가 춤을 추고 있소. 임금의 편전에서, 대국의 사신 앞에서, 갑옷을 벗어 던지고 단단한 몸을 빛내며 북소리에 맞추어 칼날을 휘두르오.

꼽추가 눈을 감았다.

— 서릿발 같은 칼과 눈빛, 얼마나 아름답던지. 당신은 스물도 안된 나이지만 수십, 수백, 수천 명의 무장들이 당신 뒤에 있었소. 진중의 검무. 위압적이며 보는 이의 간담을 서늘하게 하는 당신의 몸놀림.

— 그만!

꼽추가 눈을 감은 채 부르짖었다.

그녀가 꼽추를 안았다.

— 이러지 마오.

— 난 그때의 검군이 아니다. 꿈을 꾼다. 또 한 발, 또 한 발. 그렇게 다가가고만 있다. 원수와의 거리는 과거만큼이나 멀고 나의 미

래는 그자의 얼굴만큼이나 멀다.

─ 백하가 죽기 전 이런 글을 썼소. 검군총사지도. 나는 그때 그 말의 의미를 몰랐소. 나중에야 나만 모르고 있었다는 걸 알았소. 어린 검군이 아비의 원수를 갚기 위해 이름을 바꾸고 검무를 배웠다. 그의 이름이 세상에 알려지자 드디어 금상의 편전에서 검무를 추게 되었다. 그런데…….

꼽추의 동공 위로 어느 날의 풍경이 스치고 지나갔다.

칼을 등에 지고 늠름한 검군이 편전으로 들어섰다. 모두의 시선이 그에게로 쏠렸다. 잘생긴 얼굴이었다. 넓은 이마, 오뚝한 콧날, 반월형의 입술……. 어디를 보나 귀골이었다. 그는 전립 대신 꿩 깃털이 장식된 철립을 썼고 몸에는 쇠사슬로 만들어진 갑옷을 걸치고 있었다. 그래서인지 더 강인해 보였다.

검군이 선 편전 하단부에서 임금이 앉은 어좌까지의 거리는 무려 서른석 자.

거리가 너무 멀다. 임금을 죽이기에는 너무 먼 거리다. 칼 길이 겨우 석 자. 팔 길이 석 자. 몸의 기울임. 한 자 세 치. 합이 일곱 자 세 치. 검무를 추면서 임금 앞으로 다가설 수 있는 길이는 열다섯 자 안쪽. 일곱 자 세 치에다 열다섯 자를 합하면 스물두 자 세 치. 그럼 열두 자 세 치를 어떻게 줄힐 것인가.

분명 계산상으로는 검을 가지고 접근하지 못한다는 계산이 나온다. 그러나 죽여야 한다.

드디어 검무가 시작됐다. 임금을 죽이기 위한 검군의 검무. 때로 학이 나는 듯했다. 용이 승천하는 듯했다.

임금은 다가올 위기를 모른 채 미소를 흘렸다. 북소리가 점점 높아졌다. 그 북소리에 맞추어 검군은 칼을 휘둘렀다. 현란한 동작이 서릿발 같았다. 천군만마의 노도와 같았다.

북소리가 최고조에 이르렀다.

임금과 자신과의 거리. 이 거리를 어떻게 좁힐 것인가. 그는 어느 한순간 칼을 들고 일직선으로 임금을 향해 달렸다.

생각은 거기까지였다.

잠시 생각에 잠겼던 꼽추가 그녀를 돌아보았다. 그녀의 옆얼굴에 석양 한 자락이 너울거렸다.

— 이제는 네가 임금을 죽이고 싶은 것이로다?

석양을 보고 있다가 꼽추가 문득 말했다.

— 당신이 말했잖소. 검무만이 그 증오심을 끊어낼 수 있다고. 그래 이리 온 것이오.

— 허허허, 그래서? 와보니 꼽추가 된 사내가 기다리고 있더라?

— 어찌 잊을 수 있겠소. 그 아름다웠던 모습.

꼽추가 허허허, 다시 웃었다.

— 꿈이란 참으로 허망한 것이더구나. 이제 나 또한 너와 다를 바 없으니.

— 그럼 대답해주오. 왜 이평전을 돕고 있는지?

꼽추가 눈을 감았다.

— 김씨의 나라.

사내가 짧게 대답했다.

그녀의 눈시울이 붉어졌다.

— 내 아버지 김돈새. 그리고 당신 아버지 남태중. 결국은 역적으로 몰려 이리 되었어도 그들이 원하던 세계를 열겠다는 말이오?

여인의 눈에서 눈물이 흘렀다.

— 어찌 잊을 수 있겠느냐. 내 아버지와 너의 아버지. 김씨의 나라를 위해 노력한 죄밖에 없다. 그러나 그놈에게 배신을 당했고 그놈은 결국 면류관을 쓰지 않았느냐.

— 그 뒤주, 어디다 두었소?

꼽추가 희미하게 웃었다.

기다려도 사내가 대답할 것 같지 않자 그녀가 말을 이었다.

— 이제 돌아갈 곳이 없소. 칼이나 쓰던 그 골목으로 어이 돌아가겠소? 불쌍한 인간들의 목이나 따며 그렇게 또 살아갈 수는 없는 일 아니오. 생각해보오. 그곳을 벗어나려 얼마나 노력했소. 한 스승 밑에서 춤을 배우다 당신을 만나 세상이 영원할 줄 알았는데 그렇다고 계속 이렇게 살아갈 수만은 없는 게 아니오?

— 아직도 검이 너나 나를 구해줄 수 있다고 생각하느냐?

— 물론이오.

— 아서라. 운검도 없고 운심도 없다. 누가 우리들을 구할 수 있단 말이냐! 가거라, 너를 구하는 길은 나를 벗어나 너의 길로 나아가는 것이다.

그녀가 눈물을 흘리며 고개를 내저었다. 결 좋은 바람이 그녀의

머리카락을 흔들었다. 머리카락이 그녀의 이마로 쏟아졌다. 그녀가
머리카락을 쓸어 올렸다.

— 당신이 가지 않으면 나도 가지 않을 것이오.

— 미련한 것! 내 아버지를 죽인 놈, 네 아비를 죽인 그놈. 우리를
배신한 그놈, 그놈의 멱을 따지 않는 한 결코 이곳을 뜨지 않을 것이
다. 그렇다고 이제 와 당신들이 바라던 김씨의 나라가 바뀌겠느냐.

햇살이 다시 검은 구름장 속으로 몸을 숨기자 터져 나온 빛살이
빛기둥을 이루며 그들 앞에 섰다.

낙일

간밤에 정목인이 왔다 갔다는 말을 듣고 오길은 뒷목에 손을 대며 비시시 웃었다.

— 정말 정목인 학정이 그런 말을 하더란 말이에요?

— 그렇다니까. 일이 있어도 아주 큰일이 있는 줄 알았다고. 그렇잖아, 나는 한 잔 술에 정신을 놓았고 넌 술집 문 앞에서 뻐드러졌고.

— 그러게요. 꼽추였다면서요?

— 그래. 어린아이인 줄 알았다니까. 나 그렇게 무섭게 생긴 놈 처음 보았네.

— 어떻게 생겼길래요?

— 눈 한쪽은 완전히 뭉개졌더라고. 한쪽만 멀쩡하지. 거기에다

꼽추야. 목이 비틀렸더라구. 오른쪽으로 이렇게. 이 턱관절이 그 어깨에 붙었어. 그런데 음성은 어떻고. 꼭 무덤에서 나온 송장이 내지르는 소리 같았어.

— 그 집단 정말 무서운 집단이네요. 지금이 어느 세상인데…….

오길은 더 듣지 않아도 알겠다는 듯이 중얼거렸다.

— 누굴까?

— 난 누가 날 쳤는지조차 모르겠어요.

— 냅다 세손의 암호를 내놓으라고 하니……. 그 암호가 뭔지 입궁해 세손을 배알했더니 고개만 내저어.

— 이상하네요. 세손이 모르는 암호? 뭘까요? 그게…… 혹시 그 피리 말하는 거 아닙니까. 그랬다면서요, 그 피리가 가리키는 곳에 궤가 있다고.

— 글쎄…….

— 아니면 세손이 뭘 알고 있으면서도 내놓지 않는 게 아닐까요?

— 그럴 리가 있나.

— 그런데 이상한 게 또 있어요. 거 이평전 집단 말입니다. 혹시 이번 사건이 그들의 소행이 아닌가 하고 조사해보았는데, 그 단체 우두머리 말입니다. 단체 내에 있는 사람 외에는 우두머리를 본 사람이 없다고 하거든요.

말을 끝내고 오길이 정목인이 가져다 놓은 무화과 열매를 씹었다. 달았다. 단맛이 입안 가득 씹힌다.

— 정말 먹을 만하네요.

— 그렇지? 달지?

— 그러네요.

오길은 행복하게 웃었다. 열린 문으로 시원한 바람까지 들어온다.

— 그런데 무슨 말이야? 우두머리를 모른다니?

— 우연히 포청에 있는 사람을 학궁 내에서 만났는데 향도계를 이끄는 사람이 어떻게 생겼냐 했더니 얼굴 본 사람이 없다고 하더라구요. 이평전이라는 이름만 있지 언제나 복면을 하고 다닌다나 뭐라나.

— 그럼 검계가 분명하네. 검계들 중에 그런 놈들이 있거든. 뒷골목 출신들이니까 복면이 상용화되어 있지. 얼굴이 팔리면 그 짓 하기가 힘들어지니까 말이야. 이름도 몇 개씩 가지고 있고.

— 그래요? 아무튼 이상한 종자들이야. 정말 맛이 좋은데요.

오길이 무화과 하나를 반으로 잘라 입속으로 넣어 씹었다.

— 이 열매를 먹다 보니 이상한 생각이 들더구나.

의충이 바람에 몸을 맡기듯이 문 쪽으로 몸을 돌리며 말했다.

무슨 소리냐는 듯 오길이 눈을 크게 떴다.

— 그거 꽃이 피지 않고 맺는 열매잖냐. 그래서 무화과 아닌가.

— 무화과라는 것은 알고 있었지만 그러고 보니까 열매 이름이 그러네요.

— 꽃이 없는 열매, 이해가 돼?

— 에이, 설마요? 꽃이 피지 않고 어떻게 열매를 맺을 수 있어요?

— 그러게 말이야. 홀로 몰래 야밤에 피었다가라도 지겠지?

— 하, 참 신기하네. 그래서 이렇게 맛이 좋은가?

─ 그런데 이상하게 왜 이곳은 무화과 천지일까?

의충의 넋두리에 오길이 입을 오물거리며 웃었다.

─ 꽃 없는 인생들이 사는 곳이라서 그럴까요?

─ 꽃 없는 인생?

─ 그렇잖아요. 난 잘난 유생들이나 선비들만 보면 그런 생각부터 들더라. 농담조차 안 통할 것 같은 몸가짐 하며 또 뭔 예법은 그렇게 차리는지. 그렇게 점잖은 사람들이 밤일은 어떻게 하는지 몰라.

─ 그래서 꽃 없는 인생 같다? 허, 녀석 제법일세. 어린앤 줄 알았더니. 이제 시쁜듯한 소리 그만하고 잠이나 자라.

─ 이거 마저 먹고요.

─ 잘 밤에. 넌 다 좋은데 아주 바닥을 봐야지? 아꼈다 내일 먹으면 어디가 덧난대?

─ 어이구, 으떻게 저리 똑같을까. 우리 엄니 하고 하나도 틀린 게 없다니까. 성별만 바뀌었지.

─ 자라 자. 좋은 말할 때.

의충은 오길이 잠자리에 들기 무섭게 붉은 눈의 글 뭉치를 꺼내고 싶었으나 오길이 좀체 눈을 붙일 생각을 않았다.

─ 왜 안 자?

─ 어째 잠이 오지 않네요.

─ 내 알아봤다. 너무 많이 먹더라니.

오길이가 잠이 들든 말든 붉은 눈의 글을 꺼내 읽을까 하다가 조금만 조금만 하다 보니 의충이 오히려 코를 골았다.

꿈의 잔상 1

— 아직도 미련이 남았소?

이마에 떨어진 머리카락을 쓸어올리며 운심이 꼽추에게 물었다.

— 저 황혼, 잠시 후면 져버릴 것이기에 저리도 아름다운 것이겠지.

먼 산등성이에 눈을 붙박은 채 꼽추가 고개를 끄덕이며 말했다.

— 꿈이란 그런 것이란 말을 하고 싶으신 것이오?

— 그때 보았지. 현실과 꿈의 거리를.

검을 들고 임금을 향해 편전 하단부에서 중단부를 넘어섰을 때, 그는 아, 하고 탄성을 내질렀다. 왜 그때 찬바람 한 줄기가 서릿발처럼 가슴속에 와 박혔는지 모를 일이었다. 이대로 멈추어야 한다는. 보았다, 사랑하는 여자의 얼굴을. 눈물을 흘리고 있는 여자의 얼굴을. 여자는 기둥 뒤에 숨어 안 된다는 듯이 얼굴을 내젓고 있었다.
임금이 불러 궁으로 들어간 여자. 그러나 단 하룻밤. 그렇게 버려진
여자. 그 여자가 고개를 내저었다.

순간 그는 임금을 향해 겨누어진 칼날을 허공으로 솟구쳤다.

황혼이 더 짙어졌다. 구름장에 갇혔던 햇살이 드러났다.

— 그때 너를 보지 않았던들.

— 그럼 이렇게 만날 수 있었을까요?

— 너 또한 살아남지 못했겠지.

— 생각나는군요. 두 사람이 살던 그 집이.

— 생각지 말아. 생각해서 무얼 할 것인가.

— 가끔씩 그 핏덩이의 울음소릴 듣고는 해요.

꼽추의 눈에 핏덩이의 목을 밟고 넘어가던 아버지의 사나운 발길
이 다가왔다가 사라졌다.

그녀가 고개를 숙였다. 눈물이 그녀의 손등으로 뚝 하고 떨어졌다.

해가 검은 구름장에 숨어버리자 세상이 어두워졌다.

— 요즘은 가끔 어릴 때가 생각나요. 뭘 모르고 살던 세월. 한 스승
아래서 검무를 배울 때까지만 해도 우리가 이렇게 될 줄 어떻게 알
았겠어요.

— 생활이란 그런 놈이지. 아무리 도망가도 그 힘으로부터 벗어날
수는 없어.

— 늘 생각했소. 멀기로 칠 것 같으면 어제만 한 것이 없고 가깝기
로 칠 것 같으면 내일만 한 것이 있을까 하고. 어제는 아무리 가려고

해도 갈 수가 없고 내일은 내가 아무리 부정해도 다가오니 말이오.

— 인연의 이법이지. 무한한 공간, 무량한 원소, 무한한 시각, 한량없는 세계, 그 속에 우리가 있지. 힘을 가진 자들은 처자를 잡아가 궁녀로 만들어 취하고, 자신의 굴레 속으로 들어오지 않으면 역적으로 몰아 죽이고.

검은 구름장 속으로 들어가 있던 햇살이 터져 나왔다. 석양의 기둥이 산마루에 섰다.

— 아름답소.

여인이 뇌까렸다.

사내는 말이 없었다.

그는 잠시 후에야 입을 열었다.

— 내가 다시 궁으로 들어갔을 때 당신은 없었어.

여인의 눈에서 눈물이 흘러내렸다.

— 늙은 임금은 꼭 한 번 나를 취했소. 그 늙은 몸이 나를 덮쳐올 때 비녀로 심장을 찔러 죽이고 싶었소. 그러나 죽이지 못했소. 그때 내 한계를 알았으니까. 그런데 이상하였소. 임금은 그 후 나를 찾지 않았으니까. 아니, 내가 궁을 도망쳤다고 하는 말이 맞을 게요.

— 그래 백하를 만난 게로군. 그럼 그때 백하는 알고 있었나, 그 사실을?

— 백하를 만나기 전에 임대장이 이끄는 단체에 들어가 칼을 좀 썼소. 그러다 백하를 만났는데 과연 천하의 서백다웠소. 글체가 칼날 같았으니까. 어찌 더럽힌 몸으로 당신을 찾을 수 있었겠소.

─그런데?

─백하가 죽고 난 얼마 후 당신 소식을 접했소.

─잘못 왔다.

─다시 궁으로 들어가지 말아야 했소.

꼽추가 웃었다.

─무모하기는 했지. 그러나 처음 같지는 않다. 나는 칼 속에 쇠
촉으로 된 새총을 만들었으니까.

여인이 무슨 말이냐는 얼굴로 사내를 돌아보았다. 새총이라 하시
었소, 하고 그녀는 눈으로 물었다.

─원통형의 손잡이 속을 비웠지.

그랬다. 그 속에다 철사줄로 손가락을 벌린 것 같은 새총을 만들
어 넣었다. 걸개를 만들고 팽팽한 줄을 걸어 녹두알만 한 쇠탄환을
채웠다. 칼날은 보통 검보다 두껍고 넓었다. 칼날이 아닌 칼등 쪽이
두터웠다. 그 속은 둥글게 비어 있었다. 칼끝 역시 터져 있었다. 탄
환의 길이었다. 손잡이 끝의 방아를 당기면 그 길로 쇠탄환이 나갈
것이었다. 정확히 심장을 겨누거나 미간을 맞출 수만 있다면 늙은
임금은 황천행이었다. 북소리가 점점 커졌다. 그리고 빨라졌다. 사
내는 칼을 힘차게 휘두르며 춤을 추면서 임금을 향해 다가가기 시작
했다. 최소한도 가까이. 아주 가까이.

반수서설

1

어떻게 밤을 보냈는지 몰랐다. 잠자리가 설어서가 아니었다. 지난 번 꼽추에게 당한 여파가 아직도 가시지 않았다. 잠이 잘 오지 않아 뒤치락거리다가 의충은 날밤을 새고 말았다.

눈앞이 침침했다. 아침 해가 꼭 붉은빛 도포를 걸친 것 같았다.

정목인이 방으로 들어오며 의충에게 물었다.

— 이번 사건을 조사하고 있는 하종사관을 만나러 가려고 하는데 같이 가시겠습니까? 저는 학보에 필요한 기사거리도 얻을 겸해서 가려고 합니다.

그렇잖아도 이한조의 시신을 확인할 때 받은 충격으로 증거물들을 잘 살펴보지 못해 가봐야겠다고 생각하던 참이었는데 잘됐다 싶었다.

— 지금 가시려고요?

의충이 물었다.

— 그럼 나서시죠.

정목인이 그렇게 말하고 앞서 나갔다.

길에 코를 박고 다가오던 개가 멈추어서며 그들을 멍하니 바라보았다.

— 괜찮아?

사라지는 개의 뒷모습을 쫓다가 의충이 오길 더러 물었다. 그의 얼굴이 어쩐지 부스스해 보였다.

— 여기가 어딘가 싶습니다. 실감이 나지 않아서요.

오길이 부르르 전신을 한 번 떨었다. 삼촌이 잡혀가고 자신이 구타를 당해 길바닥에 팽개쳐진 것이 아직도 잊히지 않는 모양이었다.

의충은 슬며시 웃음이 나왔다.

— 엉뚱한 곳에 와 모기에게 뜯긴 걸 생각하면. 방장 그거 있으나마나예요.

— 나도 잠을 설쳤어.

— 그놈의 모기 때문에 잠이 오지 않으니까 이상한 생각만 들더라고요. 아무리 생각해도 말이 안 돼요. 말도 안 되는 사건을 붙잡고 앉아 진을 뺄 이유가 없다고 생각하니까 더 막막하고. 생각해봐요. 이한조 사예가 누굽니까. 어디 그 양반이 이런 사건에 휘말릴 양반이에요.

— 그러게 말이야. 하지만 사정이 그렇지만은 않으니.

의충이 어설프게 맞장구를 쳤다.

— 한 길 물속은 알아도 사람 속은 모르는 것이라지만 그래도 그렇지요. 자진했을 수도 있잖아요.

자진이라는 말을 듣자 의충은 정신이 번쩍 들었다.

오길이 고개를 홰홰 내저었다.

— 그 양반이 왜 자진을 해? 무슨 근거로 그런 소릴 하는 거야? 단서가 없잖아. 쓸데없는 상상하지 말아.

— 그럴 만한 이유가 있을 수도 있잖아요.

— 뭐가? 그럼 현장에 떨어졌다는 어도는?

— 그러니까 말입니다. 그런 것이야 조작될 수도 있는 거 아닙니까? 말이 안 돼요. 아무리 생각해도……. 자진이 아니라면 이평전이란 자의 소행이 분명한 것 같은데. 만약 그들이 죽었다고 가정한다면 어떻게 됩니까?

— 어떻게 되긴. 당연히 체포해야지.

— 반촌인데도요.

반촌? 되묻다가 아하, 그렇지 하는 생각에 의충은 입맛을 쩝 다셨다. 참 어이없다는 생각이 들었다.

— 에이, 제기랄.

학궁을 위해 존재하는 반촌은 그들의 세상이긴 하다.

예로부터 천자의 나라에 세운 교육기관은 벽옹이라 불렀다. 그리고 제후의 나라에 세운 교육기관을 반궁이라 불렀다. 그게 지금의 학궁이었다. 왜 천자의 나라에서는 벽옹이라 부르고 제후의 나라에서는 반궁이라 불렸는가.

벽옹과 반궁은 물로 둘러싸여 있기 마련이었다. 하지만 그 양태가 완전히 달랐다. 벽옹은 물로 둘러싸서 거의 섬처럼 만들었고, 반궁은 반만 둘러쌌기 때문이었다. 그래서 반궁을 두른 물을 반수라고도 불렸다.

조선은 제후의 나라였다. 형식상 명나라와 청나라의 제후국이라는 말이었다. 그렇기에 천자의 나라에 세운 교육기관인 벽옹이 될 수 없었다. 학궁은 조선의 최고 교육기관이었지만 반궁이라 불렸다. 반궁에는 반궁 주위를 둘러싸고 있는 마을이 있기 마련이었다. 즉 반궁인 학궁 주위를 둘러싸고 있는 마을인데 학교를 위한 마을이라고 하여 반촌이라 불렸다. 그리고 반촌에 사는 사람은 반민 또는 반인이라 불렸다.

그들의 사회적 지위는 형편없었다. 유생들에게 먹을거리와 거처지 등을 마련해주고 있었지만 그들은 어디까지나 유생들에게 빌붙어 사는 노비에 지나지 않았다. 곧 학궁의 잡역을 맡는 일꾼들이었다. 그들은 학궁을 위해서라면 소 잡는 일까지 마다하지 않았다. 한마디로 백정이었다. 그러다 보니 반촌 사람들에게는 한 가지 특권이 생겨나기 시작했다. 반인은 소의 도살을 생업으로 삼는 사람들이었지만 그들이 사는 반촌은 유생들로 인해 치외법권 지대가 되어 있었다. 그들이 유생들을 위해 헌신하는 반면 유생들이 그들을 보살피고 있었던 것이다.

범죄를 저질렀더라도 반촌 사람이라면 건드릴 수 없었다. 타지에서 죄를 지어 반촌에 숨어버리면 포도청에서도 반촌으로 들어가 조사할 수 없었다.

학궁의 방이 모자라 학궁에서 기거하지 못하는 유생은 하는 수 없이 반촌에다 방을 얻어 살았다. 그래서 학궁 내의 생활보다는 반촌 생활이 비교적 자유로운 편이었다. 술이라도 한 잔 걸치면 유생끼리 모여 유학 경전이 아닌 노자사상이라던가, 불교사상 등에 대한 담론도 일삼기가 예사였다.

— 그래 이리저리 맞추어보니 그 이평전이더라? 하긴 전혀 터무니없는 추리는 아닌 것 같긴 해.

— 박필조 사예는 분명 이한조 사예가 그 어함에 은밀히 관련되었다고 했잖아요. 어째 좀 그렇지 않아요? 이한조 사예가 자진하거나 이평전이 아니라면 모함은 아닐까 하는 생각도 들더라고요.

오길의 뜻밖의 반응에 의충이 놀란 음성으로, '모함?' 하고 되물었다.

— 박필조 사예 말입니다. 자신이 그래놓고는 이 사건을 풀기 위해 적극적인 면을 우리들에게까지 보이고 있는 건 아닐까 싶거든요.

— 무슨 소리야, 엉뚱하게.

— 등잔 밑이 어둡다고, 박필조 사예가 이한조 사예를 죽여놓고는 어함을 찾기 위해 우리를 불러들일 수도 있는 거 아닙니까?

— 말이 되는 소리를 해. 그 사람이 왜?

— 서열 싸움일 수도 있잖아요.

의충이 어이가 없어 멍한 표정을 짓자 오길이 그렇지 않느냐는 표정을 지었다.

— 이한조 사예가 앞설 것 같으니까. 누가 아나요. 대사성에게 이한조 사예가 먼저 찍혔을지도. 이한조만 없다면 그 자리가 자기 것인데…….

— 정신 차려. 대사성 갈린 지가 이제 몇 달 됐다고.

— 그 어함을 먼저 찾아내는 이가 서열에서 우세할 수도 있는 거 아닙니까. 그걸 이한조로부터 슬쩍 하려다가 그럴 수도 있지요. 그걸 먼저 갖다 바치면 차기 유림의 우두머리 자리를 노릴 수 있을 테고.

참 엉뚱한 놈이었다. 의충은 오길의 추리가 지나친 비약이라는 생각이 들면서도, 길가에 정신을 잃고 내동댕이쳐진 충격이 얼마나 깊기에 이런 생각까지 했을까 싶어, '아무튼 포청으로 가보자구. 증거물들을 세세히 뒤지다보면 뭐가 나올지도 모르니까' 하고 말했다.

잠시 걸어가다가 뒤를 돌아보았더니 오길이 무슨 생각을 하는지 느릿느릿 걸어오고 있었다. 그 모습을 보면서 의충은 어느 날 아침 앵두나무 가지를 정처 없이 기어 올라가던 달팽이의 느린 몸짓을 기억했다. 그리고 어젯밤 읽은 붉은 눈의 글을 기억했다.

2

지금도 잊을 길이 없다. 왕세자를 처음 봤을 때, 그 모습을.

그는 자신의 국부를 일으키고 남성성을 회복할 수 있는 법이 있다는 사실을 믿지 않으려고 했다. 유가 공부를 착실히 한 세자답게 모든 사고방식이 사대부 사상에 맞추어져 있었다. 점잖았고 체면을 중시했으며 왕세자로서의 품격에 길들여져 있었다.

— 이미 나의 남성성은 회복될 수 없다는 건 만천하가 아는 일이다. 입이 싼 어의들이 주절대고 다녔을 테니 말이다.

— 세자마마의 병환을 심신과 성심을 다해 고쳐보겠나이다.

— 아서라. 이제 짜증이 나는구나. 약을 먹기도 지쳤다. 그리고 무엇보다 작아져가는 내 자신을 돌이키기가 힘들구나.

— 세자마마, 저를 믿으시옵소서.

— 나를 위해 아바마마가 특별히 용파대사에 청하여 너를 보낸 모양인데 그냥 보냈다고 하면 섭섭해하실 게다. 나와 며칠 말이나 나누다 가려무나. 너는 비구니이니 궁녀들처럼 내 몸뚱이를 원하지는 않을 게 아니냐.

— 그리하겠습니다. 그러나 세자마마, 이렇게 왔으니 단 한 번의 기회는 주옵소서.

— 기회라니?

— 세자마마를 진맥할 기회를 한 번만 달라는 말이옵니다.

— 그러면?

— 제가 세자마마의 남성성을 일으켜 세울지 없을지를 간파할 수 있을 것이옵니다.

— 그래, 네가 일으켜 세울 수가 있다고 하자. 나는 그런 이들을 수없이 보았다. 그래서 나를 맡겼어. 그러나 그 누구도 나를 일으켜 세우지 못했다. 그런데 한낱 비구니가 나를 일으켜 세울 수 있겠느냐?

— 약속할 수 있사옵니다.

— 좋다. 맥이야 못 짚어보겠느냐. 이리 가까이 와 맥을 짚으라.

나는 그의 곁으로 다가갔다.

다가가보니 참으로 잘생긴 얼굴이었다. 약간 긴 얼굴에 뭉툭한 눈썹이 잘 어울렸다. 길고 우뚝한 코. 두텁지도 얇지도 않은 붉은 입술. 긴 목덜미의 선. 하얀 피부.

그가 소매를 걷어 내게 내밀었다. 가냘픈 손과 손목을 보는 순간 갑자기 가슴이 쿵하고 소리쳤다.

그의 손목은 비단결처럼 부드러웠다. 맥박이 고르지 않았다. 빠르고 격하다. 이는 마음이 안정되지 않고 불안하다는 증거다. 그로 인해 하초에 문제가 있다는 말이다. 우선 명상으로 마음을 가라앉혀야 한다. 마음을 다스리는 데는 조식호흡만 한 것이 없다. 호흡을 조정함으로써 명상에 들게 할 수 있다.

이 병마를 잡으려면 마음을 가라앉힌 뒤 그를 통어하고 있는 신경을 다스려야 한다. 신경줄이 창날이 되어 솟구쳐 있기 때문이다. 그로 인해 하초가 짓눌려 있다.

면밀히 진맥해본 다음 나는 세자를 우러러보았다.

— 되었사옵니다, 마마.

— 어떠하냐?

— 마음의 병이 몸을 망친 것 같사옵니다.

— 그렇다고 달라지는 것이 있더냐.

세자가 답을 알고 있다는 듯이 물었다.

— 아니옵니다, 마마. 고칠 수 있사옵니다.

— 고칠 수 있다고?

세자가 뜨악하게 나를 내려다보았다.

— 그러하옵니다.

— 허허허, 그렇지. 하나 같이 고칠 수 있다고들 하지. 그러나 지금껏
나는 이러고 있지 않느냐.

— 혼신을 다한다면 건강을 되찾을 수 있을 것이옵니다.

— 싫다. 입에 바른 소리.

— 입에 바른 소리가 아니옵니다.

— 이년.

세자가 갑자기 눈을 부라리고 소리쳤다. 그의 양미간이 형용할 수 없
는 분노로 갑자기 일그러졌다. 나는 그 모양이 참으로 아름답다고 생
각했다.

— 어디서 허언을 할 참이냐?

— 세자마마, 약속할 수 있사옵니다.

— 약속? 무슨 약속?

— 제 약속이 허언이 아님을 말이옵니다.

― 목숨이라도 내놓을 수 있다는 말이냐?

― 그러하옵니다.

세자의 눈이 매섭게 빛났다. 눈 안쪽이 붉다. 마음의 울화가 그리로 몰려 있다.

― 호오, 여자가 제법이구나.

세자가 장난스럽게 실실 웃으며 눈을 내리깔고 무엇을 생각하다가 고개를 들었다.

― 좋다. 얼마나 걸리겠느냐? 무작정은 싫다.

― 제게 한 달만 여유를 주시옵소서. 대신 조건이 있사옵니다. 그 기간 동안 저의 말대로 따라주셔야 한다는 것이옵니다.

그렇게 시작되었다. 나는 그에게 명상법부터 가르쳤다. 먼저 결가부좌하게 하고 눈을 감게 했다.

― 오른발을 왼편 넓적다리에 올려놓고 왼발을 오른편 넓적다리 위로 올려놓으시옵소서. 꽃이 피듯이 말이옵니다. 인간에게 있어 이 좌법만큼 좋은 것은 없사옵니다. 그렇게 앉으니 자연히 아랫배에 힘이 뭉쳐지고 회음부가 긴장하여 척추가 일어나며 정신이 날카로워지고 부동심이 저절로 일어나옵지요?

― 그런 것 같긴 하구나.

― 그래서 그 좌법을 여래좌 또는 항마좌라고 부르옵니다. 좌우의 두 발은 두 양성을 상징하며 서로 교합을 의미해 연꽃좌라고 하옵니다.

세자가 머리를 끄덕였을 때 콧속으로 흘러들어오던 향기. 그 향기를 어떻게 잊을 수 있을까. 그럴 때마다 소리를 내며 스쳐가는 가슴의 진동.

그러나 나는 그때쯤 세자의 마음병은 치료하기가 쉽지 않다는 사실을 깨닫고 있었다. 비로소 그의 마음병이 어디서 온 것인지 알 것 같았기 때문이다. 어머니에게서 오지 않았을까 생각했는데 알고 보니 아니었다. 그의 병은 아버지 숙종으로부터 온 것이었다.

나는 세자의 마음을 어루만지기 위해 잠시 숙종에 대해 알아보았다. 숙종에게는 피할 수 없는 세 여자가 있었다. 정빈 인현왕비, 후궁 희빈 장씨, 숙빈 최씨가 그들이었다. 그 세 여인들 사이에서 부침을 거듭하던 사람이 바로 숙종이었다.

그는 변덕스러울 뿐만 아니라 피도 눈물도 없는 사람이었다. 임금으로 등극한 게 그의 나이 14살. 조정에서 서인들이 크게 득세하던 때였다. 숙종의 첫 부인은 인경왕비 김씨였다. 그녀는 스무 살 젊은 나이에 천연두로 요절하고 말았다. 뒤에 계비로 들인 것이 인현왕비 민씨였다. 이미 그 전에 숙종은 장옥정이란 처자를 알고 있었다. 그녀는 남인 쪽 핏줄이었다.

서인에 밀리던 남인들은 왕실의 윗어른인 자의대비(인조의 계비 장렬왕비)에게 줄을 대어 장옥정을 자의대비전에 입궁시켜 스무 살의 젊은 나이에 홀아비가 된 숙종에게 붙이려 했다. 그러나 인경왕비가 승하하는 바람에 뜻을 이루지 못하였다. 더욱이 호랑이 같은 명성왕비가 남인 출신의 옥정을 내명부에 받아들일 리 없었다.

장옥정이 남인 가문과 인연이 깊은데 반해 명성왕비는 철저하게 서인 쪽 사람이었다. 그렇기에 숙종의 왕비들은 모두 서인 가문 출신에서 간택되었다. 서인 가문 출신의 인현왕비 민씨가 숙종의 계비로 간택되어 입궐한 것도 그래서였다.

명성왕비가 42세의 나이로 승하하고 나서야 장옥정이 궁으로 들었다. 장옥정은 숙종의 성은을 한몸에 입었다. 그렇지 않아도 후사가 없어 고민하던 때였다. 15살에 즉위해 15년 동안 후사가 없었다. 초비 인경왕비가 딸만 셋을 낳고 요절하자 인현왕비 민씨를 맞았으나 그녀에게서는 아예 딸 하나도 얻지 못했다.

숙종의 사랑이 자연히 장씨에게 몰릴 수밖에 없었다. 그러자 위기감을 느낀 무리들이 그녀를 궁에서 추방하라는 상소를 올리기 시작했다. 숙종 재위 12년에 부교리 이징명이 허견의 옥사 때 사사당한 북창군과 장씨 집안의 관계를 들먹이며 장희빈을 내치라 했다.

그간 명성왕비에 의해 서인들의 세력은 비대해질 대로 비대해져 있었다. 그들에게는 장옥정이 눈엣가시일 수밖에 없었다.

그 바람에 남인과 서인의 싸움이 더욱 치열해졌다. 장옥정은 서인이 장악한 정권을 탈환하려는 남인들의 선봉장이나 다름없었다. 또 숙종에게는 서인의 기를 죽이는 데 장옥정만 한 이가 없었다.

숙종은 장옥정을 숙원에 봉했다. 서인은 골머리를 앓았다. 인현왕비가 중전에 책봉된 지 몇 해가 흘러도 후사를 이을 용종을 갖지 못하는데다 남편 숙종의 총애을 받지도 못하고 있으니 낭패였다.

어느 날 생각다 못한 인현왕비는 자신보다 8살이나 많은 장옥정을 불러다 내명부의 기강을 잡는다며 종아리를 쳤다. 독이 오를 대로 오른 인현왕비는 후덕하고 인자하기로 소문난 예전의 그녀가 아니었다.

장옥정이 소의로 진봉되는가 했더니 드디어 회임을 했다는 소문이 퍼졌다. 중전 인현왕비의 낙담은 이만저만이 아니었다.

거기다 왕자가 태어났다. 그가 윤(나중의 경종)이었다. 윤을 생산하자 그녀는 후궁에서 가장 높은 정1품 빈이 되었다. 이제 그녀는 희빈 장 씨였다. 정계의 주도권은 남인들의 것이 되었다.

숙종이 왕자 윤을 훗날 세자가 될 원자에 책봉하겠다고 밝히자 이를 결사반대하던 서인들이 수없이 죽어나갔다. 서인의 영수 송시열 등도 그때 숙청되고 말았다.

송시열이 죽고 정권을 잡은 남인들은 서인들을 공박하기 시작했다. 그동안에 당한 설움을 보복하기 시작한 것이다. 결국 인현왕비가 폐위되어 서인의 신분으로 사가에 내쳐지는 신세가 되었다.

숙종은 인현왕비를 쫓아낸 지 4일 만에 희빈 장씨를 중전으로 올렸다. 그러나 그때 서인 출신 김춘택이란 사람이 인현왕비의 무수리를 내세워 왕권 찬탈을 꾀하고 있는 줄은 모르고 있었다. 장희빈을 향한 숙종의 사랑은 5년 이상 이어지지 않았으니 말이다.

꿈의 잔상 2

    느닷없이 흘러온 검은 구름장이 햇살을 덮는가 했더니 나뭇잎들이 차양 밑의 그늘 같은 빛을 띠고 몸을 흔들어댔다. 샛바람이었다. 검은 구름이 몰고 올 소나기 바람이 틀림없었다.

    잠시 후면 비가 오리라.

    꼽추가 하늘을 올려다보았다. 잘생긴 사내가 칼을 들고 어두운 공간 속으로 나타났다. 그의 몸놀림이 흡사 깃털이 날리는 듯했다.

    — 지금도 가끔 보이오. 임금을 향해 다가가는 당신의 모습이.

    운심이 문득 입을 열었다.

    바람이 불었다. 꼽추가 지난날을 더듬듯 먼 산등성이를 바라보았다.

    검군은 춤을 추며 계속 기회를 노리고 있었다. 잠시 금군들이 눈을 팔기라도 하면 금상을 향해 그대로 방아를 당길 참이었다.

그런 어느 한순간이었다. 대전내관이 바삐 들어오더니 주상의 귀에 대고 무슨 말인가를 했다.

임금이 벌떡 일어났다. 그는 황급히 대전내관을 따라 나갔다.

나중에야 알았다. 사도세자가 평양 유행에서 돌아왔다는 것을. 그 지긋지긋한 사도와 영조의 싸움이 본격적으로 시작된 것이었다.

— 그때 그만두어야 했소.

여인이 아쉬운 듯 말했다.

꼽추가 말없이 웃었다. 그는 웃다가 시퍼렇게 눈을 치떴다.

— 당파 싸움에 수많은 사람이 죽었다. 경상도에서는 이인좌의 난 이후 창궐했던 문둥병이 더욱 기승을 부렸지. 그때 사도세자가 돌아가셨다. 그 후 뒤주 사건이 있었지.

여인의 눈에서 눈물이 흘러내렸다.

꼽추의 말이 이어졌다.

— 백하를 따라 가버린 너도 없는 세상을 뒷골목에서 사람이나 죽이며 그렇게 살았다. 언제나 내 마음속에서는 뒤주 속에서 죽어간 사도세자가 울고 있었고, 아사할 수밖에 없었던 경종 임금의 비가 울고 있었다. 우리들의 아비를 죽였듯이 그놈이 죽인 것이다. 임금의 관을 뺏기 위해 제 형을 죽이고 형수를 죽이고 아들을 죽이고 혈육이나 다름없던 동지들을 죽이고 잔치를 베풀고 있을 놈을 죽이고 싶었다. 그놈이 있는 궁으로 변장을 하고 들어갔다. 검무를 추게 되어 있는 검관을 때려 눕혀 숨기고 그놈 대신 들어간 것이다. 마지막

이라고 생각했다.

　그랬다. 검군은 그때 마지막 기회라고 생각했다. 이제 기회는 다시 오지 않을 것이었다. 쇠탄환을 검 속에 감추고 춤을 추기 시작했다. 임금이 앉은 어좌는 멀었다.

　담을 타고 넘듯이 허공으로 날아올랐다. 그의 몸놀림은 범의 몸놀림처럼 힘찼다. 사람들의 감탄이 터져 나왔다. 그들의 혼을 속 빼놓아야만 했다. 보는 자의 간담을 서늘하게 만들어놓아야만 했다. 그들이 넋이 나가 있을 때 단 한 발의 탄환이 임금의 정수리를 뚫을 것이었다. 그렇다면 누가 주상을 죽였는지 모르리라.

　그는 더 가까이 더 가까이 임금을 향해 다가들었다. 희미하던 임금의 모습이 확연히 보였다. 그러고 보니 수염이 더부룩하다. 언젠가 숙종의 초상을 본 적이 있다. 수염이 없었다. 숙종을 닮지 않았다. 숙종은 언뜻 보기에 작은 살쾡이 같았다. 그런데 이자는 장골이다. 뼈가 크다. 관골이 툭 튀어나오고 이마뼈가 발달한 얼굴이다. 눈이 크고 코가 대를 반쪽 쪼개어 엎어놓은 것 같고 그 생김이 물주머니 같다. 어떻게 숙종 같은 임금의 몸에서 저런 자식이 나올 수 있을까. 비로소 이해가 되는 것 같다. 이인좌, 그가 왜 난을 일으켰는지. 그는 죽어가면서 숙종을 닮지 않았다며 임금에게 연잉군이라 불렀다고 했다.

　임금이 더 가까워졌다. 그는 몸을 놀리며 최대한으로 거리를 좁혔다. 춤이 더욱 격렬해졌다. 보는 이들이 춤을 추고 있다는 착각이 들 때까지 춤사위는 계속되어야 한다. 칼날이 허공에 가득 차 보였다.

부채가 펼쳐지듯 허공에 무늬를 그렸다. 눈이 내렸다. 칼날에서 번쩍이는 빛이 눈처럼 그리는 빛살무늬였다.

사람들이 탄성을 질렀고 임금도 오호, 하며 입을 벌렸다.

이때다!

한 발의 탄환이 칼끝을 통해 임금을 향해 날았다.

혼칩

삼일정 외곽 지대에서 큰 사건이 터지는 바람에 수사관들의 신경이 자연히 그리로 쏠렸다.

사건은 여전히 지지부진이었다. 외곽 지대에서 터진 사건이 얼추 마무리되자 포청관헌들은 사예 이한조가 시해될 때 곁에 있다가 실성했다는 학록 김이상에 초점을 맞추었다.

아마도 피로 쓴 김춘택이란 이름자 때문인 것 같았다. 하지만 여전히 사건을 해결할 만한 결정적 단서를 찾아내지 못하고 있는 모양이었다. 그래도 정목인은 포청을 들락거렸다. 포청관헌들을 따라다니며 사건을 나름대로 풀어보기 위해서였다. 뭔가 잡힐 듯하면서도 잡히지 않는······.

어제 내내 내린 비로 학궁을 싸고 있는 반수는 좀 맑아 보였으나 시퍼런 물이끼는 걸러지지 않았다.

추녀 끝에서 떨어지는 낙수를 보고 있자니 이상스런 상념이 정목인의 의식을 사로잡았다. 대체로 알맹이가 잡히지 않는 어설픈 상념이었다.

그는 낙수 소리를 의식하며 밤새 이상한 꿈에 시달렸다. 집이 보였다. 가시 달린 관목으로 울이 쳐진 집.

뜰 안에 잔디가 깔렸고 파초와 정원수가 가득했다. 나팔꽃과 복숭아도 곱게 피었다. 아아, 그곳은 이곳으로 떠나올 때까지 살던 집이었다. 가냘픈 뼈가 여물고 어린 꿈이 자라던 바로 그 고향집이었다. 아버지는 소 등에 멍에를 지워 논으로 나가고 할머니는 옥수수를 까고 어머니는 참대나무를 갈라 죽제품을 만들었다.

지랄 같은 감상에 젖어 있다가 포청으로 들어가자 마침 부장들이 하종사관을 중심으로 현장에서 떠온 신발 자국의 본을 놓고 말을 나누고 있었다. 사건이 나기 전 스쳐 지나간 소나기가 결정적인 발자국 증거를 남겼던 모양이었다. 계성사로 오르려면 질척한 땅을 밟고 가야 했을 테니.

발자국은 녹피혜 자국이었다.

사슴 가죽으로 만든 신. 신분이 높은 이들이 신는 신발이다. 운두가 낮아 코에서 운두에 이르는 부분이 각이 지는 형태의 신발. 주로 나이 든 양반이 신는 신발이다. 신발 바닥에 박힌 징이 그것을 증명한다. 미끄럼을 방지해 박아놓은 것이다. 징 끝에 별을 새기는 게 이

신발의 특징이다.

그리고 또 하나의 신발 자국. 그 그림이 특이했다. 이 역시 징이 박힌 신발이다. 같은 종류의 신발은 아니었다. 뒤의 것은 사대부들이나 무관들이 주로 사냥할 때 신는 수화자. 목이 길고 물이 들어오지 않게 옻칠한 가죽을 바닥으로 댄 것이었다. 바닥이 특이했다.

신발 바닥에 별 모양만 있는 것이 아니고 달, 해, 구름, 나무의 모습이 다섯 개씩 짝을 지어 박혔다. 최근에 유행하고 있는 신발이 분명하다. 언젠가부터 신발 밑에 우주의 기운을 느낄 수 있도록 만들어지고 있다는 말을 들었다. 더욱 특이한 것은 해골과 칼이 들어가 있다는 것이다.

— 그럼 하나는 이한조 사예 것이고, 하나가 문제겠군요?

정목인이 보고 있다가 종사관을 향해 넘겨짚었다.

정목인의 물음에 종사관이 순순히 고개를 끄덕였다.

— 그럼 범인의 신발은 수화자다?

정목인이 포청에서 종사관과 사건을 풀어나가는 사이 의충은 붉은 눈의 여인을 생각하고 있었다.

아직도 읽어야 할 글이 남았는데, 하는 생각에 수세를 마치기가 무섭게 방으로 들어와 앉은 참이었다. 그나마 오길이 뭐가 그리 바쁜지 보이지 않는다는 게 다행이었다.

어느 날 문득 세자마마가 내게 물었다.

— 그런데 저것은 무엇이냐?

내가 시선을 들었더니 세자의 눈길이 투명한 옹기에 붙박여 있었다.

— 뱀의 집이옵니다.

— 요망하다. 궁에 뱀을 가지고 들어왔다는 말이냐?

— 저 뱀은 바로 우리의 생명력을 상징하기 때문이옵니다.

— 무엇이라?

— 세자마마, 저는 영혼의 꽃을 피우기 위해 여기에 왔사옵니다. 세자마마의 정수리에 성의 원천인 사신이 잠들어 있기 때문이옵니다.

세자가 놀라 눈을 크게 떴다.

— 놀라지 마시옵소서. 그곳이 세자마마의 영혼이 잠들어 있는 대천궁의 자리이옵니다. 이제 잠을 깬 영혼은 국부를 향해 여섯 개의 망을 거칠 것이옵니다. 그리하여 마지막 궁인 국부의 궁 천화의 자리에 이를 것이옵니다.

세자가 고개를 갸웃했다. 뭔가 좀 특별하다는 생각이 드는 모양이었다.

— 저놈이 잠을 깨고 일어나면 그때 보랏빛 연꽃이 피어날 것이옵니다. 그때 세자마마의 영혼은 대자유를 얻어 우주와 하나가 될 것이옵니다. 그러면 육체를 잉태하고 키우는 하단부에 푸른빛의 연꽃이 피어날 때 잠들었던 신성이 깨어날 것이옵니다. 세자마마, 이제 저놈은 중완을 지나 육체의 마지막 궁인 옥문을 향해 나아갈 것이옵니다. 바로 그곳이 반야바라밀다궁이옵니다. 서로의 영혼이 하나가 되어 꽃피는 자리이옵니다. 그때 세자마마는 진정한 사내로 일어설 수 있을 것이옵니다. 결코 서둘러서는 아니 되옵니다. 전신의 기를 모으고 먼저 대천궁에 잠들어 있는 저 뱀을 깨우시옵소서.

세자가 필필 웃었다.

─ 뭐가 그리 복잡한가.

─ 어렵게 생각지 마옵소서. 명상에 들어 깨워야 할 것이 바로 저놈이
란 것만 생각하시옵소서.

─ 그러니까 나의 국부에 저놈이 똬리를 틀고 눈을 감고 있다? 기를
아래로 모아 놈을 깨워라?

─ 그러하옵니다. 그놈의 잠을 깨워야 할 것이옵니다. 숨 한 번을 내
쉼에도 자신의 혼이 어디에 있는지를 자각해야 하옵니다. 그리하여
전신의 기를 반야의 궁으로 모아보소서.

─ 약조를 했으니 그리해보겠다만 이래서야 원.

처음에는 믿어지지 않는지 실없이 생각하더니만 점차 이상한 것이
느껴지는지 열의를 보이기 시작했다.

며칠이나 지났을까.

─ 이상하도다.

세자가 고개를 갸웃거렸다.

─ 왜 그러시옵니까? 세자마마.

─ 명상에 들면 자꾸 무엇인가 보여.

─ 혼침이옵니다. 날개 달린 개도 보이고 부처님도 보이고 소가 보이
기도 하고 말이 보이기도 하옵지요?

─ 그렇구나.

어찌 그리 잘 아느냐는 듯이 세자가 대답했다.

─ 걱정하지 마옵소서. 명상이 제대로 이루어지고 있다는 증거이옵니다.

7주일이 지나가자 머리가 열린다고 하였다. 뚜껑이 날아가는 것처럼 머리 뚜껑이 명상을 할 때마다 날아가는 것 같다고 했다. 비로소 마음 잡을 때가 된 것 같았다.

— 세자마마, 이제 그 마음을 바로잡아 보시옵소서.

— 마음을 잡아?

— 마음이란 마치 물과 같은 것이어서 오래도록 흔들리지 않으면 깨끗하고 맑아져서 그 밑바닥을 훤히 들여다볼 수 있는 것이옵니다.

— 어떻게 말이냐?

— 마음을 잡아 닦는 것이옵니다. 마음을 깨끗하게 한다고 생각하는 것이옵지요.

그렇게 세자를 이끌면서, 그때쯤 알게 된 것이었지만 숙종은 철저한 정치인이었다. 장옥정으로 인해 이제 남인들의 세력은 자신도 감당하기 힘들 정도로 강성해져 있었다. 거기에다 서서히 장옥정이 싫증이 나던 마당이었다. 숙종은 다시금 서인들을 조정으로 불러들였다. 기울어가는 해는 잡을 수 없는 법이다. 숙종은 이제 남인들을 쫓아냈다. 그리고 김익훈, 김석주, 송시열 등 서인들을 복관시켰다. 옛말에 화무십일홍이란 말이 있다. 열흘 붉은 꽃 없다는 말이다. 그 말이 그대로 들어맞았다.

중전 장씨 역시 인현왕비처럼 버려졌다. 고변 사건 이후 십여 일이 지나 사가로 쫓겨났던 인현왕비는 중전의 자리로 돌아왔다. 장씨는 희빈으로 강등되고 말았다. 국모가 애들 소꿉살이 같았다. 마음에 들면 올리고, 마음에 들지 않으면 내리고, 기분이 나쁘면 죽이고, 기분이 좋으면 살리고.

나라의 지존 임금이라 할지라도 상식으로는 설명할 수 없는 세월이

그렇게 흘렀다.

숙종 20년 4월 9일, 숙종은 인현왕비의 무죄를 밝히고 별궁으로 모시

라는 비망기를 내렸다.

숙종은 상궁별감과 중사를 통해 자신의 어찰을 인현왕비에게 전달

하라 하였다. 분노한 인현왕비는 그것을 거부했다. 죄를 지은 아내가

답장을 올릴 수 없다는 것이 그 이유였다.

대궐로 돌아와 임금을 알현할 때도 가마에서 쉽게 내리지 않았던 인

현왕비였다. 죄인이 무슨 낯으로 전하를 뵙겠느냐는 것이었다.

숙종이 친히 가마 문을 열고 주렴을 걷어서야 가마에서 내렸다.

사실을 보고받은 장희빈은 펄펄 뛰었다. 그녀는 죄 없는 세자를 매질

했다. 이씨 종자가 사람을 가지고 논다는 것이었다.

— 내가 그래도 만민의 어미요, 장차 보위를 이을 세자가 있거늘 어찌

너희가 이리 무례하느냐. 내 폐비(인현왕비)의 절을 받고 말리라.

장옥정이 발광을 한다고 하자 숙종이 달려왔다. 장옥정은 먹던 밥상

을 걷어찼다.

— 내 기필코 민씨(인현왕비)의 절을 받고 말 것이오.

장옥정에게 있는 대로 정이 떨어져버린 숙종은 이제 그녀의 남자가

아니었다.

그렇게 되자 희빈 장씨는 인현왕비를 향한 앙심이 더욱 깊어졌다. 인

현왕비를 사악하게 저주하기 시작했다. 오빠인 장희재의 첩 숙정과

작당을 유도한 것은 김춘택의 사주를 받은 숙빈 최씨(최 무수리)였다.

— 왕비의 옷을 지어 거기에다 사람의 해골을 가루로 내어 뿌리세요. 그리고 그것을 왕비의 방에 걸어놓으면 귀신이 왕비를 죽일 것이랍니다.

숙빈 최씨의 사사를 받은 궁인들이 밤낮으로 드나들며 꼬드겼다. 그녀들은 용하다는 무녀에게 그녀를 데리고 갔다.

— 마마, 신당을 차려놓고 밤낮으로 인현왕비를 저주하소서.

— 어떻게 말이냐?

— 인형을 만들어 걸고 활을 쏘십시오. 그럼 머지 않아 그녀가 죽게 될 것이옵니다.

그 말에 장옥정은 밤이나 낮이나 인형에다 화살을 박았다.

그녀의 저주가 독액처럼 인현왕비에 스며든 것일까. 거짓말처럼 인현왕비가 시름시름 앓기 시작했다.

그러자 숙빈 최씨가 얼씨구나 하고 이 사실을 숙종에게 고했다.

숙종이 가보니 사실이었다. 그런데 화살을 쏜 인형이 인현왕비인지 아닌지 알 길이 없다. 그저 소일 삼아 활 연습을 하고 있었다고 했다.

숙종이 보기에도 모호한 상황이었다. 짚으로 둘둘 말린 사람 형상의 인형도 여자인지 남자인지 구별이 되지 않았다.

얼마 후 인현왕비가 숨을 거두었다.

숙빈 최씨가 다시 숙종을 꼬드겼다.

그래도 장옥정에게 한 가닥 미련이 남았던 숙종은 이렇게 말했다.

— 대신들도 희빈 장씨가 실제로 인현왕비를 저주했는지 확실한 증거

가 없는 이상 처벌할 수는 없다고 하오. 그리고 이게 말이 되는 소리요? 저주를 했다고 사람이 죽어? 설령 그녀가 저주를 해 인현왕비가 그리 되었다고 할지라도 어찌 모호한 증거로 세자의 생모를 죽일 수 있겠는가.

— 상감마마, 분명히 인현왕비 마마를 저주한 것이 맞사옵니다. 그렇지 않고 누구이겠습니까.

— 허나 희빈 장씨의 정적인 서인들조차 죽일지 말지 좀처럼 의견 통일을 하지 못하는 마당이오.

— 그렇지 않사옵니다. 살려두셨다가는 그 성질에 어떤 일이 벌어질지 모르옵니다.

숙종은 어마마마를 생각하였다. 어릴 때부터 모질게 자신을 키워왔던 어머니였다. 등극을 하고 난 뒤에도 마음대로 행동할 수가 없었다. 일일이 간섭을 해대었고 마음대로 정권을 장악하였다.

다음 날 숙종은 어전 회의에서 부득불 희빈 장씨를 죽여야겠다고 고집을 부렸다. 인현왕비의 병이 사가로 나가 치렀던 열악한 환경 때문이었는데 숙종은 그 죄를 장옥정에게 덮어씌웠다.

그는 모질게 결정을 내리면서 베갯머리에서 하던 숙빈 최씨의 말을 잊지 않았다.

— 인현왕비께서 시름시름 앓다가 승하하신 것은 희빈 장씨의 저주 때문이옵니다.

— 네년이 저주했기에…….

사약을 내리면서 숙종이 한 말이었다.

장옥정이 순순히 그 사약을 마실 리 없었다.

그러자 숙종은 한술 더 떴다.

— 상판도 보기 싫다. 더러워 약을 보내니 염치가 있다면 상인 줄 알고 삼척지율을 받지 말라.

그래도 사약을 거부하자 직접 와 장옥정 앞에 섰다.

장옥정이 그제야 내 아들을 한 번만 보고 가게 해달라고 애원했다.

애원이 하도 간곡하여 숙종은 아들을 데려오라고 했다.

장옥정이 달려가 아들을 안고 울다가 돌변했다.

— 내 이럴라고 이씨의 손을 본 줄 아느냐!

소리치면서 아들의 하초를 잡아 당겨버렸다.

그 자리에 아들이 엎어지자 화가 난 숙종이 문짝을 뜯어 깔아놓고 강제로 장옥정의 입을 벌려 사약을 들이부었다.

그래도 장옥정은 죽지 않았다.

— 더 독한 것으로 가져오라.

두 번째도 안 되자 더 독한 사약을 세 번째 들이부었다.

그제야 장옥정이 피를 토하고 눈을 뒤집고 바들바들 떨다가 죽었다.

생각해보면 불쌍한 사람들이었다. 권력이 무엇이라고, 부귀영화가 무엇이라고, 국모의 입을 벌려 사약을 퍼먹이지를 않나, 그 어미는 죽어가면서 아들의 하초를 못 쓰게 해버리지 않나. 그런 일을 당하고도 제정신이었다면 그게 거짓일 것이었다.

나는 그렇게 상처 받은 세자의 마음을 지극정성으로 어루만졌다.

— 세자마마, 생각이 떠오르면 그 생각을 그대로 따라가옵소서. 시냇물을 따라가듯이 말이옵니다. 시냇물은 이윽고 강에 이를 것이옵니다. 그 강을 따라 가소서. 그럼 이내 바다에 이를 것이옵니다. 바다에 이르면 생각의 무진장이 거기 있음을 알게 될 것이옵니다. 그 속으로 그대로 침잠하소서. 드디어 그 생각이 마음을 맑고 고요하게 할 것이옵니다. 그러면 나쁜 기는 안에서 흩어질 것이옵니다. 그때 비로소 자연과 하나가 되옵니다.

— 참으로 신기하도다.

나는 이제 세자의 육신을 잡을 때가 되었다고 생각했다.

— 세자마마, 우리는 증명하려는 것이옵니다. 상대의 실체를 내 속으로 끌어들여 이분되기 전 완전체로서의 모습을 말이옵니다. 육신의 중심이 되는 맥관. 영의 중심이 되는 신체의 여러 곳에 있는 정신적 힘의 중심점 가운데 하나인 원을 찾아 그것을 지배하려고 노력하시옵소서. 그렇게 함으로써 보리심이 일어날 것이옵니다. 그 보리심이 활동의 근원이 되는 힘이옵니다. 그 힘을 척추를 통해 여섯 개의 망으로 보내시옵소서. 그 힘이 축적되는 망, 그 망을 거쳐 마지막 옥문 그 국부의 언덕에 영원히 머물게 해야 하옵니다.

— 아아, 그렇구나. 이제야 알겠구나.

세자가 환희에 찬 음성으로 소리쳤다.

꿈의 잔상 3

어둠 속을 걷는 두 사람의 발걸음이 섰었다.

— 이대장이 기다리겠소.

운심이 말했다.

— 지체하지 말고 올 걸 그랬소.

— 기다리라고 하지. 기다리는 법도 배워둬야 할 것이야.

— 누가 대장인지 모르겠소.

— 그까짓 거.

꼽추의 입가에 경멸의 그림자가 스쳤다.

— 그 성질에 살아남았다는 게 용하오.

잠시 걷다가 운심이 말했다. 모퉁이를 돌아서자 바람이 몰아쳤다.

개소리가 들려왔다. 달이 뜬 것인지 그림자가 뒤따랐다. 등의 혹 때문일까. 꼽추의 그림자가 난장이가 큰 봇짐을 진 것처럼 납작하게 옆으로 벌어졌다. 그래서인지 여인의 그림자가 더 가냘프게 보인다.

— 어차피 인생이란 한 번 살다 죽는 것이다.

꼽추가 뇌까렸다.

— 지금도 이해가 되지 않는 것은 어떻게 칼등 속에 그런 장치를 할 수 있었냐는 것이오.

여인의 말에 사내의 입꼬리가 활처럼 휘었다.

이 나라에 자명종을 맨 처음 만들고 연발 대포를 만들었다는 최천약.

어느 날 그가 마을 중앙을 흐르는 개울을 건너왔다. 개울을 사이 하고 윗마을과 아랫마을을 구분 지었는데 아랫마을에서 윗마을로 나무장사 최막돌의 아들 최천약이 건너온 것이다. 그때 최천약의 나이 12살이었다. 꼽추의 이름은 운검이 아니라 남성하였다. 나이가 최천약보다 몇 살 아래였다.

최천약은 천것의 자식이었다. 아랫마을이 그랬다. 천한 사람들이 모여 사는 마을이었다. 거지, 왈패, 각설이, 비렁뱅이……. 그래서 윗마을 사람들은 일손이 필요할 때면 아랫마을 사람들을 데려다 쓰고는 했다. 최막돌은 그 마을에서 나무나 해다 파는 사람이었다. 최천약은 손재주 하나만은 타고난 아이였다. 뭘 만들기를 좋아했고 신기한 것이면 뜯고 고치고 새롭게 변형시키길 좋아하였다.

어느 날 그가 새총을 만들었다. 나무 새총이 아니었다. 대장간으로 가 쇠로 된 새총을 만들었다. 모양은 나무 새총과 비슷했다. 그런데 그 가지 사이가 좁았다. 그 좁은 곳에다 쇠대롱을 중앙에 끼어놓았다. 쇠대롱 중앙에는 탄환이 들어가는 구멍이 있고 쇠대롱 끝에 탄환을 때릴 수 있는 마치가 대롱을 물고 있었다. 그 뒤에는 물푸레나무 가지가 활처럼 달렸다. 탄환대는 이 물푸레나무에 연결되어 있었는데 물푸레나무를 활을 당기듯 힘껏 당겨놓으면 마치가 탄환을 때린다. 그럼 탄환은 대롱을 통과해 정확하게 표적에 맞게 되어 있는 것이었다.

언제나 윗마을로 들어오지 못하고 개울가에서 부러운 얼굴로 눈부시게 바라보기만 하던 상놈의 아들 최천약이 용기를 내어 개울을 건너왔다. 그리고 자신이 만든 새총을 그래도 성질이 사납지 않은 성하에게 보였다. 나무 새총이나 만들어 놀던 성하는 놀라지 않을 수 없었다.

— 이걸 네가 만들었다고? 그럼 어디 시험을 한번 해볼까.

성하는 양반의 자제답게 의젓하게 말했다.

— 새를 잡을 수 있구먼요.

— 그럼 새를 잡으러 가자.

두 아이가 새를 잡는데 나무 새총에 비할 바가 아니었다. 동글동글한 쇠방울을 집어넣고 물푸레나무 방아를 넣어 활처럼 당겼다 놓으면 탄환은 어김없이 표적을 꿰뚫었다.

— 나도 한 번 쏘아보자.

성하는 호기심에 못 이겨 그렇게 말했는데 그게 잘못이었다.

— 그래 저 나뭇가지에 앉은 참새를 쏘아봐요.

성하는 물푸레나무를 힘껏 당겨 방아를 놓았다. 쇠탄환이 순식간에 새의 몸을 뚫었다.

새가 퉁기듯이 허공으로 날아올랐다가 포르르 땅으로 떨어져내렸다.

— 명중이다!

최천약이 소리쳤다.

성하는 눈을 질끈 감았다.

새를 거두어 돌아오는 발걸음이 무거웠다. 그런데 이상한 일이 일어났다. 새 한 마리가 계속해서 성하를 따라오는 것이었다. 허공을 빙빙 돌면서 성하를 향해 짹짹거리는 것이다.

— 저 새 왜 저래?

성하가 이상하게 생각하여 최천약에게 물었다.

— 아마 짝인 모양입니다.

그제야 성하가 놀라 자신의 손에 든 새를 내려다보았다. 피를 흘리며 축 늘어진 새를 보자 비로소 가슴이 섬뜩했다.

계속해서 새가 제 짝을 내놓으라는 듯 주위를 돌며 짹짹거렸다.

성하는 화가 났다.

— 이 새 구워 먹어버리자.

이상하게 오기가 나 성하는 최천약에게 그렇게 말했다.

두 아이는 불을 피워놓고 새를 구워 먹었다. 새를 굽는 사이에도 새는 허공을 미친 듯이 날며 울부짖었다.

최천약이 돌아가고 난 뒤에도 한동안 밖에서 새가 울었다.

— 이상하구나. 새 한 마리가 돌아가질 않고 이 방문을 보고 짖고 있으니.

어머니가 바느질을 하다가 중얼거렸다.

아버지가 대청으로 나갔다. 허공을 날며 계속해서 새가 울어대자 영문을 모른 아버지가 고개를 갸웃대었다.

— 어허, 별일이로고.

그 일이 있고 성하는 검무를 배웠으며 아비를 잃었고 그녀를 잃었다. 그들이 그렇게 죽어나갈 때마다 성하는 짝을 찾아 울부짖던 그날의 새를 잊어본 적이 없었다.

그 순간 순간, 왜 갑자기 그 옛날 새총에 맞아 떨어지던 가녀린 생명이 생각났는지 모를 일이었다. 인생이란 참으로 묘한 것이었다. 정작 쏘아죽여야 할 때는 빗나가는 것이 인생이란 놈이었다. 임금을 향해 겨누었지만 탄환은 빗나가고 말았다.

여파는 엄청났다. 임금을 향해 쏜 쇠탄환은 임금의 익선관을 꿰뚫고 상기둥에 가 박혔다. 임금이 그 여파로 놀라 뒤로 넘어졌다. 위급함을 느낀 금부들이 에워싸고 편전은 삽시간에 아수라장이 되었다.

상기둥에 박힌 쇠탄환을 살펴보던 조사관이 금부의 나졸들을 끌고 들이닥쳤다. 그때까지도 성하는 조사관이 그 옛날의 최천약이라는 걸 모르고 있었다. 국문장으로 끌려가서야 그 사실을 알았다. 그의 앞에 나타난 사람. 낯이 익다는 느낌이었다.

— 너 성하지?

최천약이 물었다.

214

— 누구요?

영문을 모르고 성하가 물었다.

— 나를 모르겠는가? 나 최천약일세.

그제야 눈이 번쩍 뜨였다.

— 금방 알 수 있었지. 쇠탄환을 보는 순간, 바로 그것은 너와 내가 어릴 때 가지고 놀던 쇠방울이었거든. 이 나라 최고의 검군, 그가 너라는 걸 그제야 알았지.

— 많이 변했구나.

그가 흐흐흐, 하고 웃었다.

— 솔직히 나는 이가와 김가의 싸움에 끼어들 마음은 없다. 전하의 명으로 대포를 만들어 올렸지만 말이야.

— 네놈이로구나. 그 포를 만든 놈이.

— 그래, 네놈의 아비가 바로 남가지? 남태중.

— 이놈, 감히 내 아비의 함자를 입에 올리다니.

최천약이 다시 야비하게 흐흐흐, 하고 웃었다.

— 아직 세상이 바뀌었다는 걸 모르는군. 이봐, 남운검! 아, 아니지. 네 이름은 남성하이지? 난 늘 너를 보고 있었다.

— 개소리 치우거라. 세상이 바뀌긴 바뀐 모양이다. 너 같은 상것이 활개를 치는 걸 보니. 너 같은 상것에게 모욕을 당하느니 차라리 죽겠다. 죽여라.

— 너희들이 날 놀렸지. 눈만 감으면 아직도 그 소리가 들려.

— 최막개!

― 이놈! 그렇게 부르지 말아. 내 이름은 최천약이다!

― 불쌍하구나, 최막개. 그래, 언제나 넌 개울 건너에서 우리들을 쳐다보고 있었지? 손재주 하나만은 최고였다. 하지만 언제나 기를 펴지 못하고 신분의 함정에 갇혀 있던 열등쟁이.

최천약이 눈을 뒤집고 다가와 성하의 얼굴에 침을 뱉었다.

― 차라리 죽이거라.

그가 나직이 소리쳤다.

― 너를 죽일 것이다. 아주 주리를 틀어 죽일 것이야. 여봐라, 이놈을 사정 보지 말거라.

다리가 주리에 분질러졌다. 불에 달군 인두에 눈이 멀었다. 어떻게 정신을 차려보면 이글거리는 최천약의 눈길이 다가왔다. 그러다 정신을 차렸을 때 낯선 방에 그의 몸이 옮겨져 있었다. 그를 구한 사람이 그때 검계를 맡고 있던 장대장이었다는 걸 나중에야 알았다.

― 장대장이 잘못되었다는 소식은 들었다.

생각에 잠겨 있다가 꼽추가 말했다.

― 그 양반 당신을 구하고 난 후 조정에서 대대적으로 체포 명령이 내려졌으니 말이오. 이대장 너무 미워하지 마오. 그가 아니었다면 살아 있지도 않을 테니까.

― 그래서 이렇게 살고 있지 않은가.

― 내 죄가 더 크오. 당신을 살리려고 떼를 썼으니까. 형옥을 습격해 당신을 구해내긴 하였지만 최천약이 이 기회에 상조회를 소탕해야 한다고 주청을 했으니 말이오.

꼽추의 눈가에 장대장의 호걸스런 모습이 그려지다가 사라졌다.

— 장대장의 뒤를 이어 이평전이 이곳을 맡았을 때 더 이상 머물 수 없다는 걸 알았소. 바람이 난 거요. 뒤늦게.

어둠을 더듬는 사내의 눈에서 눈물이 흘러내렸다.

— 언젠가는 이곳을 떠나게 되겠지. 그저 흘러갈 뿐. 이제 꿈일랑 버려라. 이가의 세상인들 김가의 세상인들 그게 무슨 소용인가. 내가 이평전을 돕는 것은 김가의 세상을 위해서가 아니라 어떻게 그 영감에게 다가갈 수 있느냐 해서다. 이들 집단이 그에게 다가갔을 때 늙은 호랑이는 내 손에 있을 테니까!

그는 등을 곧추세우고 저주스럽게 다음 말을 내뱉었다.

— 그놈을 처치하기 전에 먼저 처치할 놈이 있다. 그토록 찾아오던 놈이 내 앞에 나타났으니까. 영감을 처치하고 다가가려고 했더니 그놈이 운명처럼 내게로 달려오고 있으니까 말이다.

— 그럼 이의충?

꼽추가 흐흐 웃었다.

— 아직도 그 원심을 버리지 못하였소?

— 그리고 보면 이미 늙은 영감은 의미를 상실했는지도 모르겠구나.

사내의 말을 들으며 여인이 슬픈 얼굴로 머리를 내저었다.

머나먼 그 길

1

학보실로 나간 정목인은 사예 스승의 시중을 든 다음 그동안 밀렸던 기사나 정리해야겠다는 생각에 이것저것 기웃거렸다.

오전 내내 보이지 않던 의충과 오길이 어디선가 돌아온 것은 한참이 지나서였다. 오길이 다가오기가 무섭게 언제 나갈 수 있냐고 물었다. 채근하는 행동이 예사롭지 않았다. 분명히 무슨 낌새를 채고 있는 게 틀림없었다.

— 왜 무슨 일 있었습니까?

— 사형이 안 보이니 어찌나 구박이 심한지 신참이라고 무시하는 것도 아니고……. 대접을 이리해도 되는 것인지. 아주 죽으려고 작정들을 한 것인지 나라님의 명으로 왔다고 하는데도 시큰둥하니.

정목인은 투덜거리는 오길을 보며 대충 무슨 소린지 알 것 같았다. 아마도 오길이 포청에 들렀다가 눈총을 받았던 모양이었다.

— 잘못은 우리들에게 있습니다. 뭐 잘났다고 밤낮으로 쥐방구리 드나들 듯 드나들면서 윽박지르질 않나, 그들도 사람인데.

의충이 정목인에게 오길을 이해하라는 듯이 말했다.

— 근데 왜 오늘따라 먼저 가신 겁니까?

정목인이 의충에게 묻자 오길이 다시 나섰다.

— 이상해서……. 뭔가 나오긴 한 것 같은데 저네들끼리 쉬쉬하는 것 같단 말이에요.

— 나와 봤자 뭐 그런 거겠지요.

정목인이 고개를 내저으며 말했다.

의충이 방으로 들어가다가 멈칫했다. 어제 밤을 새워 읽은 붉은 눈의 글이 생각났기 때문이었다. 붉은 눈의 글을 가져다줄 때가 넘었는데……. 허불이 오금을 저리며 기다리고 있을 터인데…….

오늘도 오길에게 끌려 나갔다 오긴 했지만 붉은 눈의 환영에서 헤어날 수가 없었다. 잘 짜인 이야기를 들은 것 같은 기분이랄까. 아무튼 지랄 같은 기분이 가시지 않았다. 도대체 무엇을 읽었나 싶었다. 성애를 통해 해탈로 간다? 그런 법도 있나 싶은 것이 사실이었다.

성을 통해 궁극에 이르러야 할 비구니가 세자의 병을 낫게 하기 위해 파계를 한다?

오길과 함께 포청으로, 현장으로 돌아다니면서도 의충은 오로지 붉은 눈의 글만 생각했다. 그 후 어떻게 되었는지 그게 궁금해 미칠 지경이었다. 분명히 붉은 눈은 세자에게 약속하지 않았는가. 한 달!
도대체 실패인가 성공인가.

오길이에게 끌려 다니면서도 내내 그것만 생각했는데 그러다 보
니 허불이에게 붉은 눈의 글을 갖다 줄 것도 잊어버렸다.

의충은 방으로 들어가기가 무섭게 글을 읽기 시작했다.

세자의 수련이 막바지에 다다를 무렵이었다.

세자의 모든 것을 알아가면서 내가 김춘택이란 인물을 자세히 알게
된 것도 그 즈음이었다. 모든 비극이 그로부터 시작되었다는 사실을
비로소 알았다.

사실 누구로부터 듣지 않아도 알 수 있는 일이었다. 온 궁 안이 그 소
문으로 들썩이고 있었다.

소문의 진상은 이러했다.

장희빈에 대한 숙종의 사랑이 최고조에 이를 무렵인 을사년(1689년)
의 해에 인현왕비가 감고당으로 쫓겨났다. 김춘택에 의해 궁으로 들
어가게 된 최무수리도 감고당으로 가야 했다.

어느 날 장희빈은 보고를 받았다. 궁내에 궐 밖의 사내가 가끔 숨어
들고 있다는 것이었다. 장희빈은 이내 소문의 진상을 알아보라 일렀
다. 장희빈은 아랫것으로부터 그 사내가 최무수리에게 드나든다는
것을 알았다. 그가 곧 김춘택이란 자였다. 자연히 장희빈이 내명부의
기강을 세우지 않을 수 없었다.

—최무수리? 그년이 죽으려고 환장을 했구나.

220

— 본시 김춘택 집안의 가노였는데 인현왕비가 데리고 있다 합니다.

그녀를 잡아다 치도곤을 놓았다. 하지만 끝내 자백을 받아내지 못했다. 감고당으로 쫓겨난 인현왕비가 아니었으면 목숨이 위태로울 판이었다. 그렇게 혼이 났으면서도 최무수리는 내궁으로 숨어드는 김춘택을 거부하지 못했다.

사실 무수리는 궁에서 거처하며 오직 임금만이 손댈 수 있는, 일반 궁녀와는 다른 신분이었다. 무수리는 궁녀가 아니었다. 그러므로 궁 밖을 자유롭게 왕래할 수 있는 신분이었다. 궁으로 출퇴근을 하며 일할 수 있는 신분이었다. 그렇기에 무수리 중에는 유부녀도 있었고 몸을 파는 여자도 있었다. 그러니 최무수리는 궁 밖을 왕래하며 김춘택과 사통할 수 있었던 것이다.

그러니까 그녀가 궁 밖으로 나가지 않는 날은 김춘택이 궁으로 기어들었다는 말이었다. 그걸 알고 장옥정이 기강을 바로 세우려고 했지만 궁녀도 아니었고 또 인현왕비 때문에 어쩔 수 없이 풀어주고 말았다.

그날도 김춘택과 최무수리는 만나 앞날을 걱정하였다.

— 어찌합니까? 이 몸 이제 죽게 생겼습니다. 배가 불러오면 인현왕비께서 눈치를 채실 터인데…….

김춘택을 만난 최무수리가 말했다.

— 너는 궁녀가 아니니 걱정할 건 없다.

— 인현왕비께서 알아보시옵소서. 절 가만 놔두시겠습니까.

궁녀가 궁 안에서 통정을 하면 바로 사형이다. 그렇기에 내관이 존재하는 것이다. 그러니까 인현왕비가 배신감을 느껴 궁녀보다 더한 벌을 내릴지도 모른다는 말이었다. 더욱이 장옥정이 기강을 바로잡겠다며 손을 대다 말았는데 오죽할 것이냐는 것이었다.

— 방법은 단 하나다. 멀리 도망을 가거나…….

— 도망을 가도 장옥정이 가만 놔두지 않을 것입니다. 궁 안의 남자와 붙었다고 나를 잡아내어 붙게하고도 남을 사람입니다.

— 그러니 너와 내가 살기 위해서는 임금의 후궁이 되는 것이다.

얼토당토않은 말에 최무수리가 깜짝 놀랐다.

— 인현왕비에게는 이미 말해두었다. 인현왕비는 장씨만 제거할 수 있다면 무슨 짓이든 하겠다고 했다. 영빈 김씨를 간택후궁으로 맞은 것도 그 때문이다. 그러나 별 성과가 없는 마당이다. 얼마 후면 인현왕비가 머무는 곳에서 인현왕비 탄신일 잔치가 있을 것이다. 그때 주상이 들 것이니 기회를 보자는 말이다. 그 기회를 놓치면 안 된다. 네가 주상을 맞으라는 말이다.

— 지금 무슨 말씀을 하고 계신 거예요? 제가 임금을 맞으라니요?

— 임금의 눈에 들라는 말이다.

— 어떻게요?

— 그날 임금이 인현왕비를 직접 찾을 것이다. 생신 상을 본 뒤 인현왕비를 내가 불러내버릴 터이니 그사이에 임금의 행차가 있을 것이다. 그럼 임금의 행차를 네가 맞게 될 것이다. 내가 가르친 대로만 그를 맞으면 된다. 특히 주의할 것은 만약 임금이 너를 취했을 때다.

— 그렇게 될까요?

— 너만 한 인물이면 분명하다. 희빈 장씨와 사이가 요즘 들어 그리

좋지 않다고 들었다. 그러니 기회다. 만약 지밀상궁의 접근이 있다고 해도 문제없다. 지밀상궁은 너의 처녀성부터 검사할 것이다. 첫 번째 앵혈 검사, 두 번째 비둘기 알 넣기를 통과해야 한다. 먼저 너의 팔목에 앵무새 피를 떨어뜨려 볼 것이다. 떨어진 앵무새 피가 뭉쳐 떨어지지 않으면 숫처녀로 인정받을 테지만…….

— 그럼 큰일 아닌가요?

김춘택이 입꼬리를 째고 웃었다.

— 그 정도는 통과할 수 있다. 한의에 밝은 내 수하가 일러주었으니까. 얼음 몇 조각이면 된다. 지밀상궁 앞으로 나아가기 전에 얼음을 물수건에 싸 양팔을 차게 하면 된다. 그럼 모공이 수축하게 되고 갑자기 온도가 높은 곳으로 나아가면 팔목의 모공이 열리면서 피는 흘러내리지 않게 된다. 여름에 앵무새 피를 팔목에 떨어뜨려 보았다. 처녀도 흘러내렸다. 어떻게 세 살 먹은 아이의 팔뚝에 묻은 피가 흘러내리겠느냐. 그러나 팔뚝을 차게 했다가 모공이 열리면 피는 흘러내리지 않는다. 그래서 궁녀들이 처녀 검사에서 여름에는 목숨을 더 잃는 것이다.

— 그럼 비둘기 알은요?

— 그 역시 미신이다. 앵무새나 비둘기가 정다우니까 그런 미신이 생겨난 것이다. 세상에 비둘기 알을 질속에 넣어 피가 나오다니. 처녀막은 비둘기 알 정도는 들어가도 파손되지 않는다. 비둘기가 알을 까고 나와 질속을 쪼기라도 한다더냐.

— 그러니까 비둘기 알을 질 속에 넣는단 말이에요? 그럼 피가 묻어

나오지 않는다면 그것으로 끝이잖아요?

— 그래서 지밀상궁 하나를 매수해놓았다. 그가 널 데려갈 것이다. 지밀각에서 형식적으로 너의 질 속에 알을 넣어볼 것이고 너의 신체 한 곳 한 곳을 점검할 것이다. 걷는 자세를 살피고, 옷을 벗긴 후 몸 구석구석을 살필 것이다. 유방에서는 덩어리가 만져지지 않는가, 국부에서 냄새가 나지 않는가, 배꼽의 깊이, 어깨의 넓이, 허리둘레, 피부색, 엉덩이 모양과 탄력, 발바닥까지 그렇게 하나하나 점검해 점수를 매길 것이다.

— 그 모든 것이 형식적이다 그 말이지요?

— 그래. 김씨 상궁이다. 잊지 말아라. 그도 김씨다. 내 사촌누이야. 걱정하지 말고 인현왕비 생신날 임금의 눈에만 들면 된다. 그 뒤는 사촌누이가 알아서 할 것이다.

— 만약 그날 들지 못한다면요?

— 사촌누이가 너를 천거하게 될 것이다.

— 알겠구먼요. 일찍이 그리 말하면 될 것을.

— 그 뒤가 문제다. 사촌누이의 역할은 거기까지다. 너는 이내 대전 지밀상궁에게 넘겨질 것이다. 대전 지밀상궁은 대전과 중궁전의 큰 상궁을 말한다. 그녀는 너를 관상감으로 데려갈 것이다. 관상감은 임금과 너의 사주를 맞추어 합궁이 맞는 날을 점친다.

— 왜요?

— 왜라니. 좋은 날을 택해 아이가 들어서도록 입태일을 고르는 것이지. 그 또한 걱정하지 않아도 된다. 매수를 해놓았으니 말이다. 그들에

의해 합방 날이 잡히게 될 것이다. 그럼 합방 날짜가 내시부에 통보되고. 통보받은 내시부는 다시 살핀다. 나라에 제사가 없는지, 왕족 중에 아픈 사람이 있는지 확인하는 것이다. 그 중에 뭐라도 하나 걸리면 합방은 취소된다.

— 취소요? 정말 그 짓 한 번 하는 것도 백성들과는 다르네요.

— 임금의 몸은 백성의 것이기 때문이다. 임금의 몸은 임금의 몸이 아니다. 백성을 위해 존재하기 때문이다. 그러니 함부로 그 몸을 굴릴 수 없다.

— 그럼 뭐하려고 임금을 해요?

— 말하지 않았느냐. 백성을 위해서라고.

그제야 아 참, 하고 그녀가 푸시시 웃었다.

— 아무튼 그렇게 다행히 합방이 허락되면 최근에 임금이 먹은 음식, 이부자리, 옷 등을 확인한다. 내의원과 상의해서 매일 먹는 탕약, 매화(변)의 상태는 어떠한지 합방을 해도 될지, 그렇게 모든 것이 완벽하다 싶으면 본격적으로 합궁할 장소를 준비한다.

— 비로소 두 사람만 남게 되겠네요?

김춘택이 머리를 내저었다.

— 늙은 상궁이 침실 이곳저곳을 최종적으로 점검할 것이다. 이부자리를 살핀 뒤 다섯 개의 촛불을 하나씩 끈다. 노상궁이 소등을 하고 나오면, 쉰 살 전의 궁녀들은 모두 사라져야 한다. 오직 숙직 상궁 여덟 명만 남는다. 그들이 들 방은 임금이 든 침실을 둘러싼 총 아홉 개의 방이다. 그 방은 임금의 대형 침실로 하나 같이 연결되어 있다. 중

앙의 방에 임금과 여인이 들어가고 미닫이문으로 서로 붙은 여덟 개의 방에 숙직 궁녀가 한 명씩 들어간다.

— 그럼 방 하나가 남잖아요?

— 그곳은 대비가 들 자리다. 임금의 어미 말이다.

— 뭐요? 임금의 어머니가 보는 데서 합궁을 한다 그 말이에요?

— 벌써 잊은 게냐? 임금의 합궁은 쾌락의 산물이 아니라 오로지 왕자의 탄생에 있다는 걸. 그렇게 임금과 잠자리가 끝나도 꼭 잊지 말아야 할 것이 있다. 임금이 너를 취한 것은 왕자 생산이 최우선적 목표였다는 사실이다. 임금과 너의 관계는 처음부터 끝까지 후사의 생산을 위한 것이다 그 말이다.

— 너무하네요. 그러고 보면 이 나라는 임금의 나라만도 아니군요?

— 그렇다. 백성의 나라다. 임금은 그저 낮이나 밤이나 항상 백성을 생각하며 살아야 하기 때문이다.

— 그런데 왜 우리의 자식을 그런 임금을 시키려고 해요?

그녀가 본능적으로 배를 안으며 말했다.

— 그렇게 만들어진 임금이 역사를 관장하기 때문이지. 크게 가지려면 그런 제약은 털끝에 지나지 않는 것이다. 임금은 공식적으로 최고의 권력을 가진 자다. 남자로서의 쾌락은 누리지 못할지라도 세상은 그의 것이기 때문이다. 나는 네 뱃속에 든 새끼에게 그런 큰 삶을 주고 싶다.

그녀의 눈이 촉촉이 젖어왔다.

김춘택이 그녀의 손을 꽉 잡았다.

— 명심해야 한다. 대전상궁들과 합궁날을 정하는 관상감까지 매수해놓았으니 걱정할 거 없다. 합궁 직전 침전으로 가기 전에 피를 넣은 붕어 부레를 밑에다 넣어줄 것이다. 그것이 터지면 피가 나오게 되어 있으니 처녀성 걱정은 안 해도 될 것이다. 그러니 더욱 조심해야 한다. 만약 잘못 되면 내명부 밀실로 끌려가 참혹하게 죽어갈 수도 있으니까. 그곳은 임금도 어쩔 수 없는 곳이다. 의금부보다 더 잔인하고 냉정한 곳이다. 그들의 처결법은 왕법보다 무서우며 임금이라도 관여할 수 없다.

그녀가 김춘택의 손을 마주잡은 채 걱정 말라는 듯 고개를 끄덕였다.

— 이미 당신의 씨가 내 몸속에 있는데 겁날 것이 뭐가 있겠어요. 두고 보세요. 내 자식을 임금으로 만들고 말 테니까.

김춘택이 그녀를 안았다. 긴 입맞춤이 한동안 계속되었다. 서로의 손이 상대를 더듬었다. 두 사람의 옷이 벗겨져 나갔다.

밑도 끝도 없는 소문은 그렇게 내게까지 다가와 날개를 달고 있었는데 어느 날 무슨 생각이었는지 용파 스승이 갑자기 입궁해 세자마마를 찾았다.

세자가 찻상을 마주하고 용파 스승과 말을 나누었다.

용파 스승은 자신이 밀법을 받아들이던 때를 이렇게 들려주고 있었다.

— 제 나이 스물일곱 살이었을 것이옵니다. 신돈 스님이 일찍이 서장으로 가 밀법을 받아왔다기에 큰 발심을 했었지요.

— 그래요? 서장까지 가기로 말입니까?

세자가 물었다.

— 네, 지금도 잊혀지지 않사옵니다. 천축을 거쳐 서장으로 넘어가던 세월이 말이옵니다. 먼 길이었사옵니다. 신라 때 혜초 스님이 가셨던 그 길을 나 또한 가고 있었으니 말이옵니다. 그곳에서 별일 다 겪었 사옵니다. 사실 이런 말을 해서 어떻게 생각하실지 모르겠사오나 그 때까지 저 또한 심각한 병을 앓고 있었기 때문이옵니다.

— 병이라니요?

세자가 물었다. 호기심이 발동한 눈빛이었다.

— 사실 그래서 중이 되었던 것이옵지요. 어릴 때 할머니가 절 키우 셨는데 지금도 생각이 나옵니다. 할머니 등에 업혀 잠이 들고는 하 던 때가 말이옵니다. 어느 날 사흘을 굶었더랬사옵니다. 산적들이 내 려와 양식을 모두 약탈해 가버렸으니 말이옵니다. 다음 날 관에서는 세금을 내지 않았다고 나와서는 부엌살림을 털어가지 않았겠사옵니 까. 그렇게 낮에는 정부에서 나온 관원에게 시달리고 밤에는 산적에 시달려 피죽도 먹기 힘들었는데 사흘을 굶고 나니 눈이 뒤집어진 것 이옵니다. 할머니가 손자를 굶길 수 없으니까 달밤에 살며시 남의 집 부엌으로 날 업고 들어갔사옵니다. 참 어릴 때부터 제 성질머리가 고 약했던가 보옵니다. 한시도 할머니 등에서 내려오려고 하지 않았으 니 말이옵니다. 옆집 부엌으로 들어간 할머니가 고구마 두 톨을 훔쳤 사옵니다. 그런데 그만 집주인에게 발각이 되고 말았지 않았겠사옵 니까. 고구마고 뭐고 도망을 쳤는데 집에 오니 손자의 사타구니가 삼 베 적삼에 긁혀 피가 벌창인 겁니다. 그때부터 저는 불구가 되어버렸

사옵니다. 겨우 소변이나 볼 정도였습지요. 남자 구실을 할 수 없었으니 말이옵니다.

— 허어, 그것 참!

— 그래서 스님이 되어 천축으로 가 밀법을 배우지 않았겠사옵니까. 절 가르친 스님은 그곳 스님이었는데 그 가르침이 제 마음을 매만졌사옵니다. 저는 그 가르침에 따랐고 이곳으로 돌아올 무렵에는 남성을 회복할 수 있었사옵니다. 중놈이 그걸 회복해 무엇 할 것이냐고 사람들은 손가락질이었지만 밀법의 대의를 몰라 그러니 그 또한 어쩌겠사옵니까.

세자가 느껴지는 것이 있는지 고개를 주억거렸다.

— 오늘 이곳으로 와 자목을 만났사옵니다. 그가 세자님의 수양이 정점에 이르렀다고 하기에 이런 말씀을 드리는 것이옵니다.

용파 스승이 침묵을 지키다가 시선을 들었다.

— 세자마마, 이제 때가 된 것 같사옵니다. 지금까지 배우신 밀법의 힘을 한 번 믿어보옵소서.

— 글쎄요, 내가 어떻게 해낼 수 있겠습니까.

— 세자마마, 저도 그랬나이다. 주저하지 마시고 받아들여 보시옵소서. 길잡이는 자목이 충분히 감당할 것이옵니다.

— 길잡이?

— 자목이 이끌 것이옵니다. 자목이 여자의 몫을 다할 것이오니 염려치 마시옵소서.

— 그럼 날더러 자목과 그 짓을 해보라 그 말이오?

말뜻을 알아챈 세자가 물었다.

— 왜 싫으십니까? 자목이는 이 나라 최고의 밀행자입니다. 가르침을 잘 따르셨다고 하니 의심할 이유가 없습니다.

— 내 말은 인간의 성행위 말이오. 솔직히 사랑 없는 육체의 교합이 무슨 소용일까 하는 것이오. 그렇지 않소. 지극하게 사랑하던 두 사람이 진실로 하나가 되었을 때 합일이 이루어지는 것이라고 나는 배웠소. 그런데 사랑하지도 않는 상대와 그 짓을 한다? 그게 짐승과 무엇이 다르겠소?

— 세자마마가 맑고 고운 영혼의 소유자라는 것은 이미 알고 있었사옵니다. 그러나 어렵게 생각하지 마옵소서. 진실한 사랑을 얻기 위해 가는 과정이라고 생각하소서. 서로의 가슴을 먼저 알고 가는 사랑도 있고 서로의 육체를 먼저 알고 가는 사랑도 있나이다. 자목은 충분히 그 몫을 다할 것이옵니다. 문제는 저 심연 깊숙이 똬리를 틀고 자고 있는 생명력을 깨우지 않고 어떻게 제대로 된 사랑을 할 수가 있겠사옵니까.

세자가 말뜻을 나름 알아듣고 고개를 끄덕였다.

나는 그런 세자를 안타깝게 지켜보았다. 어쩐지 그의 얼굴이 어두웠다. 차라리 저잣거리의 법을 버리고 머리를 깎고 비밀행자가 되어 큰 법을 안았으면 하는 바람이 가득한 낯빛이었다.

마침내 존재와 존재의 만남이 시작되었다. 깊은 밤. 야등의 불빛이 소리 없이 타는 밤. 몇 잔의 술과 기름진 음식. 그리고 감미로운 음악소리. 분위기가 한껏 고조되자 나는 세자마마 앞으로 나아가 무릎을 꿇고

절을 올렸다. 그런 다음 춤을 추기 시작했다.

약간의 술로 인해 세자는 좀 들뜬 모습이었다. 나는 춤을 추며 옷을 벗기 시작했다. 그리고 천천히 가슴을 열었다. 검고 얇은 천이 마지막으로 벗겨져 나가자 봉긋한 젖가슴과 분홍빛깔의 젖꼭지가 드러났다. 뒤이어 미끄럽게 흘러내린 아랫배가 나타났다. 쪽 곧은 다리가 드러나고 배꼽으로부터 흘러내리다 멈춘 언덕이 나타나자 완전히 알몸이었다.

나는 느낄 수 있었다. 술에 취한 세자의 숨소리를. 결가부좌 하고 있는 세자 앞으로 다가갔다. 세자의 목을 두 손으로 껴안았다. 가슴에 천둥이 울고 번개가 쳐댔다. 머리에 내 입술을 대자 향긋한 냄새가 코끝을 자극했다. 쿵쾅거리는 심장이 터져버릴 것 같았다. 세자의 그림자가 얼핏 흔들렸다. 천천히 세자의 가슴을 손으로 매만졌다. 빈약하고 볼품없이 쭈그러진 젖가슴과 팥알만 한 유두. 그 곁에 난 두어 개의 터럭. 손이 점차 아래로 내려갔다.

내 파르라니 깎은 머리를 안으며 세자가 신음을 터트렸다.

세자의 신음소리가 내 심장을 울렸다.

일어날 줄 모르는 세자의 국부는 고개를 숙인 채 아직도 처참했다.

내 입이 세자의 귓속으로 파고들었다.

— 세자마마, 숨을 힘껏 내쉰 뒤 횡격막을 써서 복부를 바깥쪽으로 밀어내보시옵소서. 폐를 확대시키시라는 말이옵니다. 확대된 폐에 공기를 넣고 천천히 복부를 움츠리시옵소서. 폐의 상엽부 부분까지 공기를 채워 넣으시옵소서. 뒤이어 배를 움츠리면서 숨결을 내쉬옵소서.

세자가 반복해서 배운 그대로 시행하고 있었다. 이제 생생한 힘이 온

몸에 넘쳐흐르게 될 것이다.

나는 세자의 귀에 대고 속삭였다.

— 이제 금강의 세계로 들어가는 비법을 마지막으로 전하겠나이다. 이 수련법을 거치지 않고는 결코 마음을 진정시킬 수가 없을 것이옵니다. 이를 수행치 않고는 결코 국부를 눈뜨게 할 수 없사옵니다.

그렇게 말하고 나는 손끝으로 세자의 급소를 한 군데 한 군데 짚어 나갔다. 비로소 내 희디흰 손이 세자의 배꼽 근처를 더듬다가 아직도 죽은 듯이 누워 있는 성기를 단단하게 움켜쥐었다.

천천히 그의 입술이 내 입술에 닿았다. 둘의 입술이 합쳐졌다.

세자의 손이 내 육신을 더듬었다. 그는 내 풍만한 가슴을 쓰다듬었다. 그 사이에 내 입술은 세자의 귓바퀴 주위를 맴돌다가 귓속으로 옮겨졌다.

그가 약간 눈을 뜨고 오색등에 빛나는 허리 곡선을 살폈다. 그의 눈이 너무나 눈부시다는 말을 하고 있었다.

세자가 내 휘어진 허리를 더듬었다.

내 입술이 천천히 뜨거운 입김을 퍼부으며 세자의 목 쪽으로 내려왔다. 그 사이에 세자의 손은 내 살을 더듬고 있었다. 시커먼 음모를 헤치는 손끝이 여리디 여린 사람의 손 같지 않다.

이윽고 나는 세자의 젖가슴을 애무하기 시작했다. 그리고 점차 아래로 아래로 내려갔다. 명치끝을 지나고 배꼽을 지나자 내 허리도 더 굽어져 갔다. 흰 나신이 휘황한 등불빛을 받아 눈부시게 빛났다, 드디어 내 입이 세자의 남근에 닿았다. 아직도 남근은 일어설 기미가 없었다. 싸늘한 절망감이 전신을 휩쓸었다. 나는 혀로 정성스럽게 세자의 성기를 애무하기 시작했다.

세자가 고개를 들어 허공 속을 응시하였다.

아아! 아아!

세자가 신음을 터트렸다. 얼굴에 이슬이 일고 있었다. 아니 어쩌면 그것은 그의 눈물일지도 모른다고 생각했다.

나는 숨을 쉴 수가 없었다. 교성을 지르며 허공으로 얼굴을 쳐들었다. 세자의 머리가 내 살에서 흔들릴 때 나는 미친 듯이 세자의 얼굴을 끌어안았다. 출렁이는 젖가슴에 세자의 머리가 파묻히고 그 까칠한 머리 감촉까지도 놓치지 않으려고 나는 몸을 비틀었다.

어느 한 순간 나는 더 참을 수 없어 다리를 벌리고 결가부좌한 세자의 무릎 위로 내려앉았다.

내 살이 완전히 세자의 남근 위로 내려앉았다. 보이지는 않았지만 세자의 남근은 검은 음모에 파묻힌 채 아직도 일어설 생각을 않고 있는 게 분명했다.

나는 손을 뻗쳐 세자의 남근을 잡았다.

일어나다오. 제발, 제발 일어나다오.

나는 세자의 귀에 입술을 대고 속삭였다.

— 마마, 긴장을 푸옵소서. 저는 마마의 반쪽이옵니다.

세자가 취한 듯이 나를 안고 돌았다.

그런 어느 한순간이었다. 세자가 비명을 지르며 나를 밀치고 벌떡 일어났다. 그의 눈에 핏발이 서 붉었다. 정상이 아니었다. 그는 홀랑 벗은 채로 연못으로 뛰었다. 치받은 열기로 숨쉬기조차 힘들었던 모양이었다.

벌거벗은 몸으로 세자가 연못으로 뛰어들자 궁이 벌컥 뒤집어졌다.
드디어 세자가 미쳤다는 사람도 있었다.

나는 각오하고 있었다. 실패하면 목숨을 내놓겠다고 하지 않았는가.

세자가 든 침전의 문은 한동안 열리지 않았다. 수치심과 모멸감에 떨며 나를 증오하고 있을 세자를 생각할 때마다 심장이 떨렸다.

세자의 방문은 사흘 후 열렸다. 그동안 그는 수라를 받지 않았다고 하였다. 물 한 모금도 들이키지 않았다고 하였다. 그 사실을 안 신하들이 어전 앞에 엎드려 수라를 들고 정사를 돌보라고 떼거지로 부복해서야 문이 열린 것이다.

문을 열고 나타난 세자. 흡사 해골에 옷을 입혀놓은 것 같았다. 움푹 꺼진 눈, 사기가 번진 얼굴. 그는 어상에 등을 기대고 비스듬히 앉아 앞을 쏘아보았다.

군졸들에게 끌려 그의 앞으로 나아가 무릎을 꿇자 세자가 무서운 눈길로 나를 쏘아보았다.

— 네 죄를 알겠느냐?

세자의 음성은 지극히 낮고 싸늘했다.

— 죽여주옵소서.

나는 매달려서 될 일이 아니라고 생각했지만 그렇다고 어설픈 주장을 내세울 처지도 아니었다.

— 내게 허언을 했으니 약속대로 너의 목숨을 받아야 하겠지?

나는 더욱 조아렸다.

— 세자마마, 저의 목을 베시옵소서.

— 좋다. 여봐라. 저년을 데리고 나가 목을 베 걸어라. 사이비적 술수로 어전을 더럽혔으니 죽여 마땅하다!

군졸들이 달려들어 나를 끌고 나갔다. 나는 어전을 나서면서 세자를 향해 소리쳤다.

— 세자마마, 이 한 몸 사라지는 건 무섭지 않나이다. 마지막으로 세자마마의 수라상을 보고 가게 해주옵소서.

세자가 잠시 생각하다가 손을 들었다.

— 네가 수라상을 보겠다고 했느냐?

— 그렇사옵니다. 이게 마지막 수업이 될 것이옵니다.

— 흐흐흐, 수업이라? 좋다. 아직 끝나지 않았다는 말이구나. 약속은 약속이니 허락하마. 저년을 수라간으로 데려가라.

수라간으로 들어가자 수라간 상궁들이 살기어린 눈빛으로 나를 지켜보았다. 나는 사흘 동안 수라를 들지 않은 세자를 위해 부드러운 음식으로 준비하기 시작했다. 수라상궁들이 고슴도치처럼 눈을 세우고 나를 지켜보았다.

— 비켜나시오.

그녀들이 비켜났다. 그들은 수라간을 나가지 않았다.

— 어전수라만 남고 나머지는 나가시오.

그들이 어전수라를 바라보았다.

어전수라가 잠시 생각하다가 그들을 내보냈다.

나는 어전수라가 지켜보는 가운데 수라간을 대충 눈으로 익힌 다음 쇠고기와 사슴고기를 다져 그 국물에다 쌀을 붓고 죽을 끓였다. 녹용

삶은 물에다 된장을 풀어 파를 다져넣고 무청을 데쳐 넣어 끓였다.
그런 다음 수라상궁들을 데리고 궁으로 나가 비수리라는 풀을 뜯어
왔다. 들이나 산에 지천으로 피어 있는 풀이었다. 비수리는 열매가
열리기 전 꽃이 만개할 때 그 힘이 가장 좋아 꽃 중의 꽃으로 친다. 그
래서 그때 수확하는 것이다. 바로 오늘이 비수리가 꽃망울을 열 날이
기에 지금까지 기다렸다. 그것을 꼭 짜 독한 술에 풀었다. 딱 한 잔.
수라상궁에 의해 어의가 나타났다. 비수리풀에다 술을 섞었다고 하
자 고개를 갸웃하다가 맛을 보고는 괜찮다며 그냥 올리라 했다.

드디어 내가 본 수라가 세자의 침전으로 옮겨졌다.

─ 죽이 아닌가?

수라상을 내려다보던 세자가 물었다.

─ 그러하옵니다.

─ 난 죽은 싫다.

─ 그러나 드시옵소서. 사흘간 속을 비웠기에 죽으로 올렸사옵니다.
이제 고기는 몸속으로 들어가 또 다른 생명력으로 살아날 것이옵니다.

─ 역시 네년의 언변은 당할 길이 없구나. 너의 온갖 노력으로도 안
된 나의 남성력이 이깟 한 끼 음식 따위로 나을 수 있겠느냐. 그래 내
가 이 음식을 들고 얼마나 있어야 알 수 있겠느냐?

─ 딱 한 식경이옵니다.

세자가 깊숙이 나를 바라보았다.

─ 다행이구나. 목숨을 보전하기 위해 며칠은 달라고 할 줄 알았는데.
알았다. 한 식경? 잘 먹으마. 여봐라. 저년의 말대로 한 식경 후 참하라.

나는 끌려 나가면서 한 번 돌아보고 싶었으나 밝은 햇살을 올려다보았다.

아, 이렇게 끝나는구나.

세자는 모두 물러가라 이르고 비로소 수라를 들었다.

내가 갇혀 있는 사이 단두대가 준비되었다.

단두대가 마련되었고 나는 그곳으로 끌려 나갔다. 목을 베는 망나니가 시퍼런 칼을 들고 내 주위를 돌며 칼날에 물을 뿜어댔다.

수라를 끝낸 세자는 곧바로 식곤증을 못 이기고 잠이 들었다.

강가였다. 갈새들의 울음소리가 갈대밭 저쪽에서 들려오고 있었다. 하늘에는 뭉게구름이 펼쳐졌고 강 위를 쓸어온 결 좋은 바람이 두 나신을 감싸 안았다. 분명히 세자는 그녀를 안고 있었다. 머리카락이 없었다. 머리 밑이 파르라니 했다. 분명히 그 비구니였다.

비구니의 입술이 점액질처럼 끈적거리며 입술에 달라붙었다. 그녀의 입술이 점차 목으로 가슴으로 배꼽으로 내려갔다.

세자는 눈을 떠 하늘을 보았다. 석양이 눈부셨다. 새털구름 사이로 이제 막 터져 나오는 햇살에 빛기둥들이 강심으로 내리꽂혔다. 웅장했다. 거대했다. 힘차 보였다.

비구니의 입술이 국부에 닿았을 때 세자는 자신도 모르게 그 빛기둥이 자신의 사타구니 사이에 들어와 박히는 느낌을 받았다. 자신도 모르게 고개를 들고 국부를 내려다보았을 때 세자는 보았다. 거대하게 일어나 벌떡거리고 있는 하초를.

한순간 잠에서 깨어나 하초를 잡아보던 세자는 소스라치게 놀랐다.

그는 두 손으로 벌떡거리고 있는 하초를 움켜쥐고 어찌할 바를 모르다가 밖을 향해 소리쳤다.

— 여봐라, 참형을 멈추라.

2

그 후 세자는 나를 곁에 두었다. 그의 곁에서 점차 나는 현재 세자가 처해 있는 상황을 더 깊이 이해할 수 있었다.

인현왕비 탄신일이 되었다. 상을 차려놓고 인현왕비는 일부러 자리를 피했다. 김춘택의 말대로 임금이 납시었다. 그를 맞은 것은 최무수리였다.

궁녀 하나가 등을 들고 밖으로 나오는데 보니 천하절색이다. 그녀의 자태를 확인하는 임금의 눈빛이 떨렸다. 담장 밑으로 걸어 나오는 모습이 너무나 아름다웠기 때문이다.

— 전하, 어서 오시옵소서.

임금이 아무리 봐도 그 인물이 천하절색이다.

하기야 천하의 바람둥이 김춘택이 점찍고 건드린 계집이니 두말할 나위가 없었다.

그 길로 돌아간 임금은 잠에 들지 못했다. 요염하게 반기던 최무수리의 얼굴이 떠올랐기 때문이었다.

임금은 그녀를 불러들였다.

바로 그 시각.

김춘택이 마련한 밀실에 장숙빈의 오라비 장희재의 처와 김춘택이 한 몸이 되어 있었다. 정사가 끝났어도 김춘택의 정력은 끝이 없다. 그녀의 몸 위로 그가 다시 올라가자 여인이 눈을 휘둥그레 떴다.

— 또?

— 내 이 세상에 당신 같은 사람은 처음 만났다.

— 거짓말? 그런 말에 얼마나 많은 처자들이 속을 끓였을까?

— 비린내 나는 것들이지. 나는 당신 같이 농염한 여자가 좋아. 모가 없고 넉넉하고, 튼실하고…….

남편하고는 다른 사람이었다. 잘생기고 여유 있고 능력 있고……. 첩이라고 해서 무시하지도 않는다.

이런 사람을 위해 무엇이 두려우리.

비록 남편의 정적이긴 하였지만 젊고 강한 김춘택의 남성미에 끌려 그녀는 그 밤 내내 허우적거렸다. 그리고 자신이 알고 있는 장희빈에 대한 모든 정보를 흘렸다.

다음 날 김춘택은 자신이 매수해놓은 궁녀들을 불렀다.

— 장희빈이 인현왕비를 저주하고 있다고 소문을 내라. 너는 이것을 숙빈이 거처하는 궁궐 내 장독대에 묻어라. 그리고 너는 이것을 땅에 묻고, 너는 인근 강으로 나가 강가의 바위 밑에 묻어놓아라. 무녀가 그것을 찾아낼 것이다. 너희들은 장희빈이 시켜 한 짓이라고 하면 된다. 무엇인지 모르고 묻었다고만 하면 된다. 임금이라고 해도 모르고 한 짓이니 결코 벌할 수 없을 것이다.

최무수리가 애를 낳은 것은 숙종과 잠자리를 가진 지 7개월 후였다. 숙종은 아무래도 이상하여 어의를 불렀다. 임신부가 몸이 허약하면 7개월 만에 애를 낳을 수도 있다는 말을 들었기 때문이다.

─ 전하, 그럴 수가 있나이다. 생명은 하늘이 정하는 것이옵기에 어찌 인간의 힘으로 다스릴 수 있겠나이까. 비록 7개월 만에 태어났으나 숙빈마마나 왕자마마는 아주 건강하나이다.

─ 건강하다?

건강한 사람이 아들을 7개월 만에 낳는다? 그때 장희빈의 저주스런 말이 뇌리를 스쳤다. 중전으로서 내명부의 기강을 잡기 위해 조사해본즉 최숙빈이 무수리로 있을 때부터 김춘택이란 자가 은밀히 드나들고 있었다는 말이 떠오른 것이다.

그러나 의심할 여지가 없었다. 임신한 몸으로 어떻게 주상의 침실까지 올 수 있단 말인가. 그럴 수도 없지만 만약 그렇다면 엄청난 세력이 개입하지 않고서는 결코 있을 수 없는 일이었다. 대전의 모든 내관과 상궁이 한통속이 되지 않고는 그럴 리 없다. 그리고 자신이 신임하는 신하들까지 한통속이 되었다는 말이 된다.

그럼 무엇인가?

숙종의 의심은 갈수록 심해졌다. 그래서인지 태어난 영수 왕자에게 이상하게 정이 가지 않았다. 영수의 모습을 찬찬히 뚫어보기 시작했는데 자신의 모습과 닮지 않았다.

이상도 하지.

정을 주지 않아서인지 영수는 두 달 만에 죽고 말았다.

숙종은 순간 하늘이 노했다고 생각했다. 꿈자리까지 이상했다. 최숙빈을 다른 사내가 능욕하는 꿈이었다.

숙종은 자신도 모르게 최숙빈을 의심하기 시작했다. 숙종은 영수 왕자의 시신을 한쪽으로 밀어버렸다.

생각 같아서는 장례식을 치르지 않고 싶었지만 그래도 공식적으로 임금의 용종이었다. 형식적으로 예장을 치를 수밖에 없었다.

그런데 숙종은 두 달 후 청천벽력 같은 소리를 들었다.

— 전하, 감축하나이다. 태기가 비치나이다.

이 무슨 해괴한 소리인가. 몸이 좋지 않다 하여 어의를 보냈더니 태기가 비친다고 했다.

용종이 다시 들어서다니?

말도 안 되는 소리였다. 예장 기간에는 잠자리를 할 수 없었다. 그런데 아이가 들어섰다?

숙종은 어이가 없어 소리쳤다.

— 그대가 뭘 잘못 판단하고 있는 것이 아닌가? 용종이라니?

— 분명하옵니다.

— 어허, 이 사람아. 지금 무슨 말을 하고 있는 것이야?

숙종은 손가락을 꼽아보았다. 그녀에게 용종이 들어섰다면 7개월 만에 태어나 죽은 영수를 묻고 그녀를 찾았다는 말인데 이게 말이 되는 소린가.

분명 삼 개월 후 그녀를 찾았을 것이다. 분명히 잠자리를 하기 위해 찾은 것이 아니었다. 이제 예장을 치른 지 얼마 지나지 않았다. 합방을 할 시기가 아니었다. 설령 합방이 이루어진다 하더라도 아들을 얻고자 한다면 월경 후 1, 3, 5일 가운데 날을 골라야 한다. 더욱이 합방이 이루어진다 하더라도 한밤중이 지난 다음에 사정해야 한다. 딸이 태어난다는 월경 후 2, 4, 6일의 교합은 어림도 없는 일이다. 그리고 6일이 지난 뒤에는 교합하는 것이 좋지 않다고 하여 6일 이후에는 합방이 허락되지 않는다.

— 어허, 이런 낭패가!

숙종의 시름이 깊어 가는데 숙빈이 출산을 했다. 건강한 사내아이였다. 숙종이 가서 보니 자신을 닮지 않았다. 어느 날 뜰을 거닐다가 궁인들의 말을 우연히 들었다. 아이가 임금을 닮지 않고 김춘택을 닮았다고 수군거리고 있었다.

그 바람에 숙빈 최씨와 김춘택의 소문이 불 같이 번졌다.

숙종은 속이 탔지만 속사정을 모를 일이고 보면 자신이 임금이라고 하여 어떻게 해볼 수가 없었다.

김춘택은 김춘택대로 숙빈이 낳은 첫 아이가 두 달 만에 죽었다고 하자 절망이 컸다. 이내 숙빈 최씨에게서 연락이 왔다. 지금은 예장 중이라 감시의 눈길이 없으니 잠시 왔다 가라고 했던 것이다. 숙빈 최씨로서는 임금에 대한 서운한 감정이 앞서 있던 참이기도 했다. 자신의 새끼가 아니라며 아이를 낳기가 무섭게 냉정히 밀어버렸던 사람. 그 아이가 죽고 나서도 말만 예장이었지 항아리 속에 넣어 묻으라 했던 사람이었다.

아이가 죽으면 그 혼이 천방지축으로 날뛴다고 하여 가시넝쿨에 묶

어 묻거나 항아리 속에 넣어 묻기도 했다. 항아리도 모자라 가시넝쿨
에 묶어 항아리에 넣어 묻는 풍습은 무지렁이 백성들에게나 전해오
는 매장풍습이다. 그래도 궁중이요, 왕자다. 그런데도 예장이 제대로
치러지지 않는 모습을 보면서 숙빈 최씨는 이를 악물었다.
숙종은 숙종대로 참고 있었다. 어디다 하소연도 할 수 없는 상황이었다.
이내 이상한 노래가 저잣거리에 흘러 다니기 시작했다.

장다리는 한철이요
미나리는 사철일세
철을 잊은 호랑나비 오락가락 노닐더니
제철 가면 어이 놀까
제철 가면 어이 놀까

숙종이 그 근원을 알아보라 일렀다. 미나리는 희빈 장씨를, 장다리꽃
은 무나 배추의 꽃을 받기 위한 줄기이니 인현왕비를 뜻하는 노래라
고 한다.
숙종은 미복을 하고 은밀하게 궐 밖으로 나갔다.
숙빈 최씨의 뒤에 김춘택이 있다는 소문은 헛소문이 아니었다. 그는
감히 임금으로서도 건드릴 수 없는 명문가의 자제였다. 예학의 태두
김장생의 직계 후손으로 서인 노론의 중심 가문 출신이었다. 정비 인
경왕비의 조카이며 노론의 맹장 김만중의 증손자요, 장인인 광성부
원군 김만기의 손자였다. 더욱이 서인의 중심인물이 아닌가. 그 노래

가 김춘택에 의해 지어져 숙빈 최씨의 입에서 퍼져 나왔다는 말을 듣자 기가 막혀 말이 나오지 않았다. 제왕의 체면도 체면이지만 무엇보다 확실한 증거가 없고 보면.

숙종의 고뇌는 더욱 깊어졌다. 이미 엎질러진 물이었다. 어떻게 지금에 와 내 자식이 아니라고 할 것인가. 만약 그렇다면 용상을 걸어야 할지도 모를 일이었다.

더욱이 숙빈을 중전에 올리기 위해 그들의 세력들이 총력을 기울이는 마당이었다. 장희빈의 음모가 속속 드러나고 있고 그것이 누구의 음해이든 임금이라고 할지라도 어떻게 해볼 수 없이 밀고 들어오는 마당이었다.

벌써 연잉군의 나이 다섯 살이 되었다. 희빈을 죽이려는 무리들은 턱밑까지 몰려와 혀를 날름거리고 있었다. 장희빈을 후궁으로 강등시킨 지가 언제인가. 인현왕비를 복위시켰는데 죽은 지가 언제인가. 그녀 또한 박복한 사람이었다.

— 죽이라. 죽이라. 죽이라.

숙종은 덫에 걸린 짐승처럼 소리쳤다.

희빈을 죽였다. 그들이 보라는 듯이 독약을 세 사발이나 직접 먹여 죽였다. 그때 결심했다. 너희들도 모두 죽이고 말리라. 소론을 등에 업고 김춘택을 잡아들여 차마 죽이지는 못하고 제주목으로 유배를 보냈다. 그가 서인이 정권을 잡는 데 결정적 역할을 한 중심인물이고 보면 그럴 수밖에 없었다. 숙빈과 연잉군을 사가로 내쫓았다.

그리고 세자를 앞세웠다. 그러자 세자를 제거하기 위해 노론 영수 좌의정 이이명이 본격적으로 마각을 드러냈다. 이이명이 정유독대를 통해 세자 교체(숙종 43년)를 시도한 것이다. 7월 9일 폭우로 인해 수해가 발생했는데 날이 그래서인지 숙종은 안질에 걸렸다.

그는 푸념했다.

— 아아, 이제 나이가 들어가니 글 읽기조차 힘들구나. 이러다가는 장님이 될지도 모르겠구나. 이를 변통시키는 방도가 있어야겠다.

그런데 곁에 있던 이이명이 이렇게 말했다.

— 전하, 눈이 밝고 발음이 분명한 이에게 문서를 읽게 하시면 어떻겠사옵니까?

숙종이 그를 향해 시선을 들었다.

— 왕세자를 곁에 두심이 어떠하올지? 정무를 익히게 할 기회이지 않습니까.

숙종은 뜨악하게 그를 내려다보았다. 의외였기 때문이었다. 그는 노론의 수장이다. 노론에 의해 왕세자의 어미 희빈 장씨도 희생되었다. 자신들이 지지하는 숙빈 최씨의 아들 연잉군을 희빈 장씨의 소생 이윤(경종)과 교체하려 한다는 건 이미 알려진 비밀이었다.

숙종은 의아해하면서도 그의 심중을 떠보기 위해 이렇게 물었다.

— 하기야 당나라 태종도 그랬지. 말년에 병이 위중해 변통시킨 일이 있었지 아마?

— 전하, 대국의 예를 들 것도 없이 국조에서도 그런 예가 있지 않사옵니까. 세종대왕께서 미령하실 때 문종대왕께서 별전에 출어하셔서 대신들과 국정을 결단했사옵니다.

역시 생각했던 대로 왕세자 이윤을 죽이기 위한 수작이었다. 그를 대리청정케 하고 꼬투리를 잡아 연잉군으로 갈아치우기 위해서였다.

— 그대의 말대로 그러기로 합시다.

이이명의 주장대로 왕세자가 대리청정을 하게 되었다고 하자 노론의 속내를 알아본 소론이 벌컥 뒤집어졌다.

— 노론에서 세자의 실수를 기다려 연잉군으로 교체하려 한다.

사헌부 장령 조명겸이 소리쳤다.

소론 영수 영중추부사 윤지완이 병중인데도 관을 들고 상경했다. 독대를 격렬하게 비난한 것이다.

숙종의 판단은 현명했다. 그리고 왕세자는 우매하지 않았다. 노론이 아무리 그의 잘못을 찾으려고 했으나 찾을 길이 없었다.

사람들은 노론의 수장 이이명과 임금이 짜고 왕세자를 연잉군으로 교체하기 위해 대리청정이라는 수를 썼다고 하지만 아니었다. 숙종은 죽는 순간까지 왕세자의 직위를 박탈하지 않았다. 자신의 보위를 그대로 물려주었기 때문이다. 대리청정하던 세자는 드디어 금상의 자리에 올랐다.

그러자 예상했던 대로 노론은 비상이 걸렸다.

연잉군. 그들은 연잉군을 내세우고 있었다. 어느 날 경종이 내게 말했다.

— 연잉군에 대리청정을 시키려 할 것이다. 짐의 힘을 무력화시켜 연잉군을 즉위시키려 할 것이다. 그도 안 되면 어떻게 나올까?

역시 생각대로였다. 고자라고 얕보았던 임금이 점차 남성을 회복해 가면서 혹시 후손을 본다면?

그들은 분명 그렇게 생각하고 있었다. 숙종의 부탁도 있고 한데 이건 보통 문제가 아니었다.

노론의 지시를 받은 사간원 정언 이정소를 시작으로 밀고 당기는 질기고 질긴 싸움이 시작되었다.

결국 노론은 연잉군을 정사에 참여시키는 데 성공했다.

하지만 경종은 그들을 비웃었다. 그는 기억하고 있었다. 어느 날 병석의 숙종이 불러 그가 들어갔다. 아바마마의 배가 더 불러진 것 같았다. 복수가 더 심해졌다는 걸 그는 직감적으로 알았다.

— 내가 오래 살지 못할 것 같구나.

숙종이 한숨처럼 말했다.

— 세자, 정신을 바짝 차려야 할 것이다. 방금 좌의정 이이명이 다녀갔다. 이렇게 아뢰었느니라. 일시적인 병의 치료 방도도 중요하지만 반드시 국세를 지탱해야 할 것이라고. 이 나라의 군주로서 만백성을 보안하는 것임을 유념해야 할 것이라고 말이다. 이 말이 무슨 말이겠느냐? 그래 짐이 물었느니라. 무슨 말이냐고. 그가 말했느니라. 정신이 조금 있으실 때 대신들을 불러 국사를 생각해 하교하라고. 그자의 마각이 드디어 드러난 것이다. 내가 세자를 연잉군으로 교체하라고 했다지만 단연코 아니다.

약속대로 숙종은 노론의 압력에도 불구하고 세자 교체에 관한 유언을 남기지 않고 세상을 떠났다. 그러자 세자 교체에 실패한 노론은 이제 경종을 끌어내기 위해 음모술수를 서슴지 않았다. 노론 전체가 나서서 왕권찬탈에 당력을 걸었다.

그들은 성균관 유생 윤지술을 시켜 다음과 같이 주장하게 했다.

— 신사년 희빈 장씨의 처분은 선왕에서 국가 만세를 염려한 데서 나온 것이옵니다. 전후 장주(상소)의 비답에 성의를 보이신 것이옵니다. 해와 달같이 밝은 업적이오니 전하에서 감히 마음에 다른 뜻을 품어서는 안 될 것이오며 그것이 도리에도 당연한 일이옵니다.

경종은 당장 그를 죽여야 한다고 생각했으나 그러지 않았다. 자신의 생모를 죽인 선왕의 업적이 해와 달과 같다?

경종은 어이없어 하다가 겨우 윤지술의 유배를 명했다.

그러자 성균관의 노론계 유생들이 가만있을 리 없었다. 노론계 수장들이 그들을 부추긴 것이다.

유생들이 권당에 들자 노론의 영의정 김창집이 나섰다. 그는 사기를 꺾는 것이 옳지 않다고 동조했다.

경종은 이를 갈았다.

부왕을 죽인 것이 선왕의 업적이라는 주장 정도는 해야 진정한 선비라고 추앙 받는 세상.

그런 마당에 노론은 사사된 후궁의 아들이 임금으로 있으니 어찌 이 나라가 위태롭지 않겠느냐고 백성들을 선동했다.

포도대장 이홍술이 결국 일을 냈다. 술사 육현을 곤장으로 때려죽인 것이다. 경종을 모해하려는 김창집의 음사였다. 그렇게 노론은 경종을 압박했다. 이이명이 청나라에 가서 뇌물 6만량을 써 청나라가 연잉군을 지지하는 것처럼 일을 꾸몄다.

그렇게 노론이 경종을 압박하자 충청도의 유학 이몽인이 상소문을 들고 올라와 대궐문에 엎드리다가 안 되자 도끼를 들고 월문으로 난입했다. 그의 상소문은 희빈 장씨를 죽인 것이 선왕의 큰 업적이라고 주장한 윤지술과 거금 6만량을 뇌물로 써 청나라 사신을 매수한 김창집을 비판하는 내용이었다.

경종은 눈물을 머금고 이몽인과 심득우, 조형 등에게 곤장을 치라 명하고 변방으로 유배를 보냈다.

경종은 그때 어미를 죽인 아버지 숙종을 비로소 이해할 수 있을 것 같았다. 독약을 세 사발이나 먹이고 죽일 수밖에 없었던.

그렇게 경종은 할 수 없이 노론의 뜻에 따르고 있었지만 내심으로는 두고 보라고 눈을 붉히고 있었다.

상황은 급박하게 돌아갔다. 노론은 끈질기게 임금의 나이를 문제 삼기 시작했다. 서른이 넘었는데 아들이 없으니 어떡할 것이냐는 것이었다. 거기다 늘 병치레를 하니 종사를 위해서도 후계자를 지정해야 한다는 것이었다. 국왕의 후계자가 없을 때는 왕위 계승을 위해 가까운 종실의 자제를 골라 보위를 물려받게 하는 것이 건저다. 그러나 국상 중이다. 국상이 끝나지도 않았는데 노론은 건저 문제를 들고 나선 것이다. 임금이 없다면 몰라도 엄연히 금상을 지키고 있는데 무슨 소리냐며 소론은 3년 후에나 보자고 했지만 연잉군을 점찍고 있었던 노론은 물러서지 않았다.

노론의 주장이 거세지자 경종비 선의왕비는 밀풍군을 마음에 두었다. 그 문제로 경종은 계모 인현왕비를 찾았다. 그러나 그녀도 노론 편이었다. 연잉군을 찍었던 것이다.

경종이 미적거리자 노론은 한밤의 기습 날치기로 연잉군을 왕세제로 만들었다. 노론의 맹장인 김만중의 손자 김복택과 연잉군의 처조카 서덕수가 연잉군에게 달려가 그 사실을 알렸다. 그때까지도 연잉군은 궁 밖 사저에 머물고 있었다. 제 어미 숙빈 최씨와 함께 십여 년 야인생활을 하고 있었기 때문이었다.

소론은 그럴 수가 있느냐며 통분했고 경종은 참았다. 비로소 사가에 있던 연잉군이 11년의 야인생활을 접고 궁으로 들어왔다. 선왕 숙종 임금이 있을 때는 들어올 꿈도 꾸지 못하다가 노론을 업고 입궁한 것이다.

형제의 싸움이 본격화되는 마당이었다.

여기까지가 그때 궁 안에 돌아다니던 김춘택에 대한 소문이었다. 세자 때도 그렇게 마음고생이 심하더니 금상에 앉고도 그는 노론과 소론 사이에서 병들어 신음하고 있었다.

그는 알고 있었다. 자신의 손길을 뿌리친 노론이 자신을 제거하기 위해 호시탐탐 기회를 노리고 있다는 것을. 자신을 지지하고 있는 미약하기만 한 소론. 하기야 총융사 병권을 쥐고 있던 외삼촌(장희재)도, 국모였던 어머니(장옥정)도 보호해주지 못한 소론이었다.

그는 괜히 소론을 지지하고 나설 수 없다는 것을 간파하고 마음을 다잡았다. 노론을 잘못 건드렸다가는 그들의 역습에 걸려들기 십상인 상황이었다. 그들을 제거하기 위해서는 참고 기다려야 했다, 아직은 때가 아니었다.

그는 그렇게 신중하게 세상을 건너가고 있었다. 누구도 그의 깊은 속내를 알 수 없었다. 침묵 속의 증오. 그는 오로지 나와의 관계 속에 그것을 숨기고 있었다. 증오가 일면 나를 안았다. 그리하여 남자임을 느꼈다.

남성력을 회복한 그는 이제 심신이 유약했던 어제의 사내가 아니었다. 그 사실이 그를 제거하려는 자들에게는 크나큰 위협이 되고 있었다. 어린 나이에 목도한 생모의 비참한 죽음, 어머니 장희빈을 죽인 아버지, 처절한 당쟁…….

다함정

1

갑자기 글이 끊어졌다. 의충은 후딱 갈피를 넘겼다. 없었다. 마지막이었다.

이런.

한 번 더 갈피를 넘겨보았지만 글이 보이지 않았다.

에이.

멍하니 천장을 올려다보았다. 방금 읽은 글의 내용이 뒤엉켜 터져 나왔다. 꼭 무엇에 홀린 것 같았다.

그저 생소하다는 생각만 들었는데 갑자기 허불이 생각났다. 뒤가 궁금해서라도 그녀를 빨리 만나야 할 것 같았다.

글을 들고 일어나려다가 혹시 하는 생각에 도로 주저앉았다.

의충은 생각하다가 화선지를 찾았다. 부지런히 화선지를 잘랐다. 자른 것을 끈을 찾아내 송곳으로 구멍을 뚫고 서책처럼 묶었다. 그런 다음 벼루와 붓을 내놓고 먹을 갈기 시작했다.

의충은 오길이 수세를 마치고 돌아오기가 무섭게 그를 잡았다.

— 피곤하겠지만 이 일 좀 해야겠다.

— 뭐요? 아니, 이거 허불이가 준 것 아니오.

— 그래, 돌려주기 전에 아무래도 필사를 해놓아야 할 것 같아.

— 그래요? 근데요?

— 네가 좀 해야 할 것 같아서.

— 예?

— 내가 하려고 했는데 난 정목인을 좀 만나봐야겠다.

— 저도 피곤해요.

— 야, 이놈아. 어차피 너도 읽어야 할 것 아니냐. 읽는 셈치고 필사하면서 읽어라. 내가 놀면서 너에게 맡기는 것이 아니잖아.

그렇게 오길이에게 맡겨놓고 정목인에게 가니 글을 읽고 있었다.

— 어쩐 일이십니까?

— 차나 한잔할까 해서요.

두 사람이 차를 마시며 이런 저런 이야기를 했다.

말을 나누다 방으로 돌아가니 오길이 필사를 하다가 코를 골고 있었다.

혀를 쯧쯧 차며 마저 필사를 하려 했지만 양이 너무 많아 안 될 것 같았다. 무슨 일이 있어도 오늘은 가져다줘야 할 터인데 이걸 언제 필사한단 말인가.

밖을 내다보았더니 시각이 꽤 된 것 같았다. 벌써 어둠이 세상을 덮었다.

안 되겠다는 생각에 붉은 눈의 서책을 허리춤에 꽂고 허불이 있는 곳으로 가기 위해 밖으로 나섰다.

바람이 쌩하게 전신을 감았다. 섬뜩한 기운이 훅 달라붙었다.

정문을 나서기가 무섭게 검은 과라립을 깊이 쓴 사내 셋이 갑자기 앞을 막아섰다.

— 누구냐?

의충이 엉겁결에 물었다. 주위가 썰렁했다. 사내들의 인상이 예사롭지 않았다.

— 그대가 이의충이오?

키가 훌쩍하고 눈매가 고약한 사내가 물었다.

— 그렇소만.

— 누가 좀 보자고 하오.

사내의 음성이 칼날처럼 찼다.

— 누가 말이오?

— 가보면 알겠지.

순간 사내의 칼등이 뒷머리를 둔중하게 찍었다. 그대로 꼬꾸라졌는데 뒤의 한 사내가 잡았다. 뒤이어 한 사내가 자루를 의충의 머리로부터 내리덮었다. 삽시간에 의충은 자루 속으로 들어갔고 그들은 입구를 밧줄로 묶은 다음 말 등에 태우고 달리기 시작했다.

2

바로 그 시각 다함정. 허불이의 눈앞에 붉은 눈의 주인여자가 쪼그리고 앉아 칼날 같은 눈을 치뜨고 있었다. 곰방대를 물고 치마를 아무렇게나 걷어 올리고 앉은 자세가 오히려 색기스러웠다.

— 기가 차서 그런다. 한 번 더 물어보자. 그래 그것을 훔쳐내어 이 의충이란 자에게 주었다?

곰방대를 깊숙이 빨고 연기를 내뿜으며 붉은 눈이 확인하듯 허불이에게 물었다.

— 그렇게 됐구먼요.

허불이 기어 들어가는 소리로 대답했다.

— 허허, 참 기가 막히네. 그러니까 주홍이 장례 치르는 동안 그것을 훔쳐냈다 이 말이지? 네년이 간이 배 밖으로 나온 것이 아닌가. 모를 것 같았더냐, 이 집에 너 혼자 두고 나갔는데 그걸 손대면?

— 잘못했구먼요.

붉은 눈의 여자가 돌에다가 곰방대를 탁탁 두들겼다.

— 아니 왜 오지 않는 것인지 모르겠구나.

그때 말 등에 자루를 실은 사내 셋이 들어섰다.

돌아보던 허불이 후들후들 떨었다. 붉은 눈의 여자가 일어섰다.

— 그놈이냐?

— 이보시오. 이보시오.

의충이 포대 안에서 꿈틀거리며 소리쳤다.

― 저놈을 내려라.

사내 셋이 말 등의 자루를 함부로 잡아당겼다.

자루가 말 등에서 땅바닥으로 아무렇게나 떨어졌다.

― 아이고!

의충이 자루 속에서 비명을 질렀다.

사내들이 달려들어 자루를 벗겨냈다.

영문을 모르고 사방을 두리번거리던 의충이 사지가 묶여 허공에 매달린 허불을 보고 흠칫 놀랐다. 뒤이어 붉은 눈의 여인과 눈이 딱 마주쳤다.

― 무슨 일이오?

의충이 하대할 엄두도 못내고 떨리는 음성으로 물었다.

그때 허불이에게 돌려주려고 허리춤에 꽂아놓았던 붉은 눈의 서책이 툭 하고 바닥으로 떨어졌다. 의충이 그것을 멀거니 내려다보다가 집으려고 하자 붉은 눈이 사내들 더러 눈짓을 했다.

사내 하나가 발길로 의충을 내질렀다.

의충이 앞으로 꼬꾸라지자 사내가 서책을 집어 붉은 눈에게 가져갔다.

붉은 눈이 뒤져보고는 일어나 퍼질러 앉은 의충에게 다가왔다.

그제야 사태를 짐작한 의충이 몸을 떨었다. 이틀 정도면 글을 다 읽으리라 생각했는데 그놈의 사건을 풀어보겠다고 나대는 바람에 빨리 돌려주지 못한 것이 화근이었다.

― 네놈과 저년이 한동네에서 살았다고?

붉은 눈이 의충에게 물었다.

— 그렇소.

— 그래 여기서 만났다? 보통 인연이 아닌 것 같은데 그래도 그렇
지. 내 뒷조사를 하기 위해 도둑질까지 시키셨다?

— 미안하게 됐소이다.

— 이놈, 도대체 내 뒷조사를 해서 뭐하겠다는 게냐? 누구의 사주
를 받은 것이야?

붉은 눈의 얼굴에 주름 같은 쌍심지가 꿈틀거렸다.

— 사주를 받은 바 없소.

— 그런데 웬 뒷조사질이야?

— 전에 말하지 않았소. 학궁에 살인사건이 나 조사를 하고 있다
고. 조사를 하다 보니 이한조 사례와 관련이 있었고 그래 이곳으로
온 것뿐이오.

— 그럼 내가 아니라고 했으니 조용히 물러날 일이지 도둑질을 왜
시켜? 이 글을 다 읽었겠다? 그래 이제 시원하냐?

— 미안하오이다.

— 그러고도 살기를 바랐더냐! 이렇게 된 마당에 너를 살려둘 수
있을 것 같으냐! 경종 임금과 나 사이를 네놈이 알아버렸으니 말이
다. 한때 영조 임금께서 날 찾으셨지. 죽이려고 말이다. 왜 나를 죽
이려 했겠느냐. 필시 경종 임금께서 속을 털어놓았을지도 모른다고
생각했기 때문이다. 그럼 어떻게 될까? 그래서 술장사만 수십 년을
했다. 이제 보위를 그자의 손주가 이으려고 한다? 그런데 이제 와

나를 조사한다? 그럼 내가 어떡해야 하겠느냐? 네놈을 살려두고서
야 어찌 내 생명이 온전할 수 있겠느냐?

— 그런 일 없을 것이외다.

— 이놈도 달아매라.

말이 떨어지기 무섭게 사내들이 달려들어 의충을 달아매기 시작
했다.

허불이 오라버니, 하고 울며 허공에서 버둥거렸다.

높은 서까래에 오랏줄이 걸쳐지고 꽁꽁 묶인 의충이 허공에 매달
렸다. 의충은 허불이를 바라보았다.

— 미안하구나, 허불아.

— 아이고, 지금 그런 소리가 나와요.

허불이 눈물을 흘렸다.

이렇게 죽는 것인가.

의충은 안 된다는 생각이 들었다. 나로 인해 허불이 모든 것을 잃
었는데 또 이렇게 죽일 수는 없다.

부러진 가시

  멀리 산등성이 위로 흡사 노를 젓듯 새 한 마리가 큰 날갯짓을 하며 날아갔다.

  이평전은 담배 생각이 간절했으나 꾹 참고 꼽추 앞으로 가 앉았다.

  — 그러니까 세손의 명을 받고 조사를 하는 놈들도 뭐가 없더라?

  — 그렇습니다.

  힐끗 눈치를 보며 꼽추가 대답했다.

  — 무슨 근거가 있을 터인데 말이야. 그런 것이 없다?

  — 정말 세손이 모를 수도 있지 않겠습니까. 놈은 목에 칼을 들이대도 모르고 있었습니다.

  — 그놈에게 네놈은 개인적 원한이 있다고 하지 않았나?

— 그렇습니다.

— 그런데 왜 그때 죽이지 않았나?

— 지금 죽인다고 해서 득이 될 게 뭐가 있겠느냐는 생각에.

— 살려놓고 아주 진을 빼 죽이겠다?

— 사지를 찢어 씹어 먹을 것입니다.

— 그럴 만도 하지. 그놈 이름이 이의충이라고 했지?

— 그렇습니다.

— 나도 알고 있지. 세손이 총애할 정도니 예사 놈은 아니야. 오히려 역공을 당할 수도 있고.

— 그놈이 멍충이라는 건 내가 압니다.

— 하하하, 그놈이 죽기 전에 내게도 기회를 주시게나. 나도 갚을 것이 있으니.

— 그러겠습니다.

꼽추가 오른쪽 턱관절을 어깨에 붙이고 살라를 나갔다.

흐흐흐, 하고 이평전이 웃으며 대자리에 몸을 눕혔다.

살라를 나오면서 꼽추는 하늘을 올려다보았다. 하늘이 모처럼 푸르다. 뭉게구름인가, 새털구름인가. 푸른 하늘과 흰구름. 대조적이다. 참으로 선명하다.

한 집안의 단란한 모습이 그려졌다. 그러다 그 모습은 매운바람이 되어 이내 그의 눈가에서 사라져버렸다.

저벅저벅.

발걸음 소리가 가까워온다.

핏덩이가 허우적거렸다.

문이 열렸다. 오십대의 남자가 방안으로 불쑥 들어섰다.

그는 시퍼렇게 눈을 치뜨고 산모와 핏덩이를 내려다보았다.

— 네가 이러고도 살기를 바랐더냐?

애를 낳느라 채 밑도 가리지 못한 여인을 향해 사내가 말했다. 그 목소리는 은밀했지만 얼음장처럼 차디찼다.

— 아버님!

여인이 가늘게 부르짖었다.

— 지금 네년이 무슨 짓을 하고 있는지 아느냐. 어찌 성은을 입고 용종을 밴 몸으로 내 아들을 넘볼 수 있단 말이냐. 그게 죽음의 길이라는 걸 모르느냐!

— 아버님, 용서해주세요.

— 네년의 가문과 내 가문이 달린 문제다. 네 아비가 네년으로 인해 역적의 누명을 쓰고 죽었는데도 이 용종을 낳고 싶더냐. 이러고도 내 아들을 넘보고 싶더냐! 성은을 입은 너는 이제 사람이 아니다. 너는 어디에도 없는 사람이야.

— 아버님.

— 나를 아비라 부르지 마라. 내 딸도 그놈으로 인해 그리 죽었다. 그것이면 되었다. 내가 두 번 이 꼴을 볼 것 같으냐.

사내의 발길이 용종의 목을 사정없이 짓밟고 넘어갔다.

핏덩이가 목을 짓밟혀 캑캑거리다가 그대로 사지를 늘어뜨렸다.

여인이 달려들어 사내의 다리를 물어뜯었다.

사내의 발길이 그녀를 걷어찼다.

여인이 비명을 지르며 일어났다.

여기가 어딘가.

문이 열렸다. 스르르 여인의 시선이 문가로 향했다. 거기 꼽추가 들어서고 있었다.

운심이 멍하니 꼽추를 바라보았다.

— 깼군.

꼽추가 쳐다보지도 않고 말했다.

— 어디 갔다 오시오?

여인이 멍하니 물었다.

— 본채에.

— 꿈을 꾸었소. 아버님을 보았소.

또 핏덩이를 밟아 죽이는 꿈을 꾸었다는 말이 여인의 입가에 맴돌다 목으로 넘어갔다. 그 대신 눈물 한 줄기가 볼을 타고 흘러내렸다.

꼽추가 그제야 다가가 운심을 안았다.

— 원망 말거라. 이미 이 세상 사람이 아니지 않느냐. 나를 원망하거라.

— 원망해본 적 없소. 원수의 씨앗을 낳은 내가 원망스러울 뿐.

꼽추의 눈이 봉창 너머 산등성이로 다가갔다. 검은 구름장이 산그늘을 이루며 빠르게 산등성이를 넘어갔다. 꼽추의 눈에 눈물이 어렸다.

— 어느 날 아버지의 눈물을 본 적 있다. 아마 네 핏덩이를 밟고 오던 날이었을 것이다. 내 아비에게는 천하를 주고도 바꿀 수 없는 네 아비가 아니더냐. 그래 칼을 갈았을 것이다. 그런데 네가 그놈의 핏덩이를 낳았으니. 그러고도 젊은 것들이 그 사랑을 끊어내지 못하고 있었으니 말이다. 그러나 이제 내 아비도 이승 사람이 아니지 않느냐. 내 아비가 용서하지 못했듯 나 역시 그 핏덩이의 아비를 용서할 수가 없구나. 이것이 우리들의 숙명이다.

— 나도 가겠소. 내 자식의 아비임에 분명하나 구천에서 통곡하는 내 아비의 원을 어찌 갚지 않을 수 있겠소. 나를 데려가시오.

꼽추가 어금니를 씹었다.

— 내달 초사흘이다. 이미 칼은 갈아두었어.

— 그자를 죽일 수만 있다면 무엇이 두렵겠소.

— 이 세상에서 가장 높은 담이다. 죽음을 각오해야 할 것이야.

— 당신이 있지 않소. 지옥이라도 둘이 있다면 그 길을 갈 것이오.

꼽추가 운심을 안은 손에 힘을 주었다.

검과 꽃

$\int$

붉은 눈의 다함정을 염탐하라고 보낸 부하가 살라에 들렀다가 꼽추가 없자 움막으로 달려 내려왔다.

— 꼽추 형님!

— 누구냐?

눈이 날카롭게 찢어지고 세모꼴인 부하의 얼굴이 나타났다.

— 붉은 눈이 기어이 허불이를 잡았소. 아마 무슨 낌새를 느낀 것 같소.

— 가자.

꼽추가 그대로 마방으로 내달렸다. 부하들이 그 뒤를 따랐다. 세 필의 말이 다함정을 향해 달렸다.

— 어서 가자, 어서.

— 달아매는 것을 보았을 뿐입니다.

그에게 보고하던 부하가 말머리를 맞추며 말했다.

— 손끝만 대어보아라. 아주 사지를 찢어 죽일 테다.

꼽추가 저주스럽게 씹어 뱉었다.

다함정에 이르자 꼽추가 먼저 말에서 뛰어내렸다.

이미 그가 온다는 사실을 안 붉은 눈이 사내들과 함께 다함정 앞에 나와 그를 맞았다.

— 자목!

꼽추가 소리쳤다.

— 오셨군. 올 줄 알았지.

— 무슨 짓이냐?

— 몰라서 묻는 것 같지 않은데.

붉은 눈 뒤에 서 있던 사내들이 칼을 빼들고 나섰다. 꼽추의 부하들이 칼을 뽑았으나 숫자상 이미 전의를 상실한 뒤였다.

붉은 눈이 빙글빙글 웃었다.

— 겨우 셋? 날 뭘로 보셨는가?

— 정말 죽고 싶으냐?

꼽추가 소리쳤다.

— 그건 내가 할 말이지. 검계? 옛날에나 이곳을 관리했지 지금이 어느 때라고. 쳐라.

붉은 눈의 부하들이 꼽추를 향해 달려들었다. 꼽추의 부하들은 붉은 눈의 상대가 되지 않았다. 밀고 들어가고 물러서고 일합 이합 진행되던 그들의 싸움은 붉은 눈의 제압으로 싱겁게 끝났다. 두 부하가 피를 흘리며 널브러졌고 사내들의 칼에 꼽추가 포위당했다.

붉은 눈이 꼽추 앞으로 나섰다.

— 내가 기방을 하면서 어떻게 버텼는지 아느냐? 이제는 늙었다만 너희들 위에 있었기 때문이다. 검계의 대검들이 내 사내들이었다. 그렇기에 이 나라의 금상이 나를 그렇게 찾았어도 살아남을 수 있었던 것이다. 너를 죽이지는 않겠다. 네놈에게 감정은 없으니까. 돌아가 이 평전에게 일러라. 장대장의 뒤를 이은 모양인데 아직도 멀었다고. 계속 이러면 네놈의 살라마저 불 태워버릴 것이라고. 놔줘라.

부하들이 그제야 포위를 풀고 꼽추를 걷어찼다.

걷어 채인 꼽추의 입에서 피가 터졌다.

그들이 기방의 문을 닫아걸고 사라져버리자 꼽추가 땅을 치며 끅 끅 울음을 물었다.

2

— 이상하네. 도대체 어딜 간 것이야? 종일 보이지 않으니.

포청에서 돌아온 오길이 이곳저곳 의충을 찾아다니다가 정목인이 들으라는 듯이 중얼거렸다.

— 같이 나가지 않으셨소?

정목인이 물었다.

— 어제 저녁부터 보이지 않는다니까요. 행여 집에 갔다 오려나 했는데 아직까지 소식이 없으니, 필시 무슨 일이 난 것이 아닐까 싶기도 하고.

— 조금 더 기다려보다가 우리끼리라도 포청으로 들어가지요.

그 길로 오길은 정목인과 함께 하종사관을 만나러 갔다. 가면서도 오길은 자꾸 이상하다는 생각이 들었다. 도대체 어딜 간 것일까.

비 온 뒤여서인지 햇살은 맑고 공기는 청량했다.

이내 목덜미로 땀이 뱄다. 비 온 뒤의 햇살이 더 따갑다더니 그 말이 맞는 것 같다고 생각하며 오길은 막 네거리를 건넜다.

생사의 길목

광문이 열렸다.

공중에 매달려 있던 허불이 재갈이 물린 채 몸을 버둥거리며 울어
댔다. 그제야 의충은 눈을 떴다. 잠시 자신도 모르게 의식을 놓았던 모
양이었다.

그사이 생각지도 않았던 헛것을 본 것 같았다. 분명히 이곳이었다.
붉은 눈의 여인이 포승을 풀어주면서 이제 돌아가라고 했다.

허불이 눈치만 보고 있자 붉은 눈이 말했다.

— 허불이도 데려가시오.

의충이 놀라 돌아서자 붉은 눈이 미소 지으며 말했다.

— 가슴에 멍이 든 아이는 나도 필요 없소이다. 이곳에 어디 가슴

에 멍이 안 든 아이가 있겠소만 그 멍을 치료해줄 사람이 있는데 왜 내가 가로막고 나서겠소. 그 가슴을 치료해줄 양반은 그대밖에 없을 것이니 데려가시오.

― 지금 무슨 말을 하는 게요?

― 보았소이다. 그대가 다녀가고 난 그날, 저것이 헛소리를 합디다. 자신이 기다리던 사람의 이름을 부르더란 말이오. 그 이름이 이 의충이었소. 그래도 부인하시겠소.

이렇게 죽어갈 수도 있는 것이구나 하는 생각이 들자 그렇지 않아도 허불이가 나로 인해 저렇게 되었는데 그녀를 죽게 놔둘 수 없다는 생각에 의충은 갑자기 역정이 버럭 났다. 죽는다는 공포가 사라지면서 에라 모르겠다 싶었다.

― 이보시오. 이러는 법이 어디 있소?

의충의 말에 붉은 눈이 어이가 없는지 시선을 들어 올려다보았다.

― 저놈이 뭐라고 그래?

분명히 들었을 텐데 곁에 있는 사내에게 물었다.

― 이러는 법이 어디 있냐고 합니다.

― 저놈이 아직 주둥이가 살아 있지 않은가. 혼이 덜난 모양이다. 야, 이놈아, 여기 있지 않느냐?

― 그래도 그렇소. 사람을 이렇게 매달다니. 당신이 데리고 있는 사람에게 부탁을 한 것은 미안하오만 당신이 나라고 해도 그 방법밖에 더 있었겠소?

붉은 눈의 여인이 히물히물 웃었다.

— 그렇지. 틀린 말은 아니구나. 나라도 그랬을 테지.

— 죽기 전에 하나만 묻읍시다.

그녀가 의충을 올려다보았다.

— 당신이 쓴 글을 읽었는데 궁금해서 말이오?

— 미쳤군!

— 맞소. 내가 미치지 않고서야 당신의 글을 빼내게 했겠소. 하오만 글을 읽어보니 기가 막혀서 말이오. 당신이 비밀법으로 경종 임금의 불구를 고치려고 한 모양인데 그거 고친 거요, 아닌 거요? 고쳤다면 왜 후손이 없고 고치지 못했다면 당신과 어떻게 관계를 가질 수 있었소?

그녀가 갑자기 호호호, 하고 웃었다.

— 이놈이 터진 입이라고!

— 못 고친 모양이네. 그런 것 같았소. 그런데 어찌 살아남았소? 분명히 목숨을 바치겠다고 하지 않았소?

— 흐흐흐, 네놈이 제법이구나. 죽인다는데도 아주 엉큼을 떠는 걸 보니. 저것들을 내려 목을 베 사기골에다 버리거라. 살려두면 골치가 아플 것 같으니.

붉은 눈이 의충의 넋두리가 듣기 싫다는 듯이 사내들에게 말했다.

— 알겠습니다.

사내들이 기둥에 묶은 밧줄을 풀고 두 사람을 내렸다. 이미 허불이는 사색이 되어 오줌을 지린 마당이었다.

사내들이 널브러진 두 사람을 일으켜 앉혔다. 봉두난발의 사내 하나가 관운장이 쓴다는 청룡도를 가지고 왔다.

― 아이고, 오라버니. 정말 우리 이리 죽는갑소.

허불이 의충을 바라보며 울부짖었다.

― 그러게 말이다. 하지만 다행이다. 저승길 동무가 있으니.

의충은 죽을 때 죽더라도 비굴하게 굴지는 말자고 생각했다.

― 끝으로 할 말은 없느냐?

붉은 눈이 의충에게 물었다.

― 죽어갈 텐데 말하면 뭐하겠소.

― 그럼 그냥 죽든지.

그녀가 툭 내던지듯 말했다.

― 그래도 너무 하오. 꼭 이렇게 해야 하겠소?

뭐가, 하는 표정으로 여인이 돌아보았다.

― 그까짓 글 훔쳐냈다고 죽이다니요? 나는 그래도 세자마마의 명을 받아 여기까지 왔소. 내 동료들이 가만있겠소?

― 뭐라고? 그까짓 글?

사내들이 두 사람을 개 끌듯이 끌었다. 청룡도의 날선 칼날이 번쩍였다.

아! 이렇게 죽는구나.

사내들이 더 사납게 그들을 끌고 문가로 다가갔다.

― 목을 잘라 대창에 끼워 걸어라.

붉은 눈의 여인이 냉랭한 어조로 명령했다.

사내 둘이 날카롭게 끝이 깎인 대창을 가지고 뒤를 따랐다.

붉은 눈의 여인이 그들을 무섭게 노려보았다.

부정의 언덕

1

— 도대체 어딜 간 것이야?

의충이 계속해서 돌아오지 않자 오길이 불안해 어쩔 바를 모르며 궁시렁거렸다.

— 집으로 다시 가보았소?

정목인의 물음에 오길이 고개를 끄덕였다. 고개를 갸웃하며 묻는 걸 보니 그 역시 불안한 기색이 역력하다.

— 이상하긴 이상하네. 필시 무슨 변고가 없고서야……

정목인의 말에 오길이 겁에 질려 눈을 크게 떴다.

— 필시 누군가에게 당한 것이 분명합니다.

오길이 말했다.

— 안 되겠소. 다시 찾아봅시다.

— 이거 원 어디서부터 시작해야 할지…….

바람이 불어와 그들의 도포자락을 흔들었다.

2

사내들이 의충과 허불이를 끌고 막 밖으로 나서려던 순간이었다.

— 잠깐!

의충이 미친 듯이 버둥거리며 소리쳤다.

붉은 눈이 지켜보고 있다가 돌아서버렸다.

— 이보시오. 우릴 죽인다고 모든 것이 끝난다고 생각하면 큰 오산일 거요.

붉은 눈이 호호 웃었다.

— 저 자식 뭐라고 그러는 거야?

— 아주 오줌을 질질 쌉니다. 아이고, 이 냄새. 아예 밑에 것이 터진 모양입니다.

아랫것이 코를 싸잡자 붉은 눈이 지그시 눈을 감으며 중얼거렸다.

— 더 살면 뭐해. 일찍 가는 것도 복이지.

그때 의충이 다시 소리쳤다.

— 이보시오. 내 마지막 경고요. 내 이럴 줄 알고 당신 글을 가지고 나올 때 내 소식이 없다면 이곳을 즉시 수색하라 일러두었소. 이미

필사도 해두었고.

그제야 그녀가 돌아섰다. 갑자기 붉은 눈의 표정이 굳어졌다.

— 필사를 해두었다고?

— 그렇소. 전하께서 그대를 찾고 있었다면 당신도 성치 못할 거요.

붉은 눈이 그제야 완전히 돌아섰다. 당황하는 것이 분명했다.

— 그 글만큼 정확한 증거가 어디 있겠소.

의충이 틈을 놓치지 않고 엇질렀다.

— 멈춰라!

붉은 눈이 소리쳤다.

사내들이 멈춰 서자 붉은 눈이 다가왔다.

— 그 필사본 어디 있느냐?

그녀의 물음에 의충이 부대를 덮어쓰고 웃었다.

— 당신 같으면 순순히 내주겠소? 내게서 연락이 없으면 즉시 세자에게 갖다 바치라고 했소. 그럼 그 글이 어디로 가겠소. 전하께 갈 거요.

— 이런! 이놈의 부대를 벗겨라.

부대가 벗겨졌다. 의충이 그제야 크게 숨을 들이쉬었다.

허불이는 이미 실신을 한 뒤였다.

— 나는 학궁의 이한조 사예가 어떻게 죽었는지 그것만 밝히면 되는 사람이오. 보아하니 전하께서 그대를 잡으려는 것은 뭔가 구려서 그런 것이 아니겠소. 나도 내 아버지를 그로 인해 잃었소.

의충이 말했다.

— 뭐라고?

— 내 아비를 그로 인해 잃었단 말이오.

거짓말이었다. 그러나 이 위험한 상황을 벗어나려면 거짓말이라도 해야겠다는 생각이 들자 입에서 술술 거짓말이 나왔다.

— 네 아버지가 그로 인해 죽었다니?

의충은 에라 모르겠다 싶었다.

— 전하가 김씨의 씨라고 주장하다가 목숨을 잃었단 말이오. 그러니 그대와 전하의 사이 같은 것은 알고 싶지 않소. 내 목이 열 개라도 된다면 몰라도 섣불리 달려들다가는 성치 못할 것 같기 때문이오.

— 하지만 이한조 사예의 죽음을 파헤치기 위해선 그 뚜껑을 열어야만 한다면 어쩌겠느냐?

— 그게 무슨 말이오?

— 이한조 사예의 죽음이 바로 그 때문이라는 생각이 드는 탓이다.

그렇게 말하고 그녀가 가까이 다가왔다.

— 네 아버지가 어떻게 죽었다고?

의충은 문득 이인좌의 난이 생각났다. 그 난은 분명 영조가 이씨의 씨가 아니라 김씨라고 해 일어난 난이다.

— 이인좌의 난에 가담했다가 그만.

여인이 충격을 받은 듯 눈을 감았다. 여인이 잠시 생각하다가 돌아섰다.

— 이인좌의 난에 아비를 잃었는데 어떻게 세자의 개가 되었느냐?

— 내 아비가 그들 손에 죽었는데 무슨 짓인들 못하겠소.

— 그래서 세자의 개가 되었다?

— 내 아비가 이인좌의 오른팔이었소. 평안병사 이사예.

역시 거짓말이었다. 이인좌의 난을 살펴보다가 입수한 정보였다.

— 네놈이 이사예의 아들이라고?

— 그렇소. 내 형님도 아버지와 함께 죽었고 어머니가 치마폭에 싸 나를 살렸소.

순간 그녀의 입가에 느닷없이 묘한 미소가 맴돌았다. 그녀가 그 미소를 물고 눈을 감고 있다가 번쩍했다.

— 고향이 어디냐?

의충은 잠시 기억을 더듬었다. 이사예가 이인좌와 합류한 곳이 정병일 것이다.

— 정병이요.

— 어째 경상도 어투가 아니지 않느냐?

— 내가 경상도 어투를 아직까지 쓰고 있다고 생각해보시오.

그렇게 말하면서 의충은 자신도 모르게 허불을 쳐다보았다. 울고 있던 허불이 멍하니 자신을 마주보고 있었다. 그 눈빛을 보자 가슴이 쿵 내려앉았다.

저 애가 모든 걸 알고 있는 게 아닐까? 제 오라비를 배신하고 검계를 배신해버린 나를. 그러나 허불이의 아버지가 역모로 몰려 죽고 허불이가 양반네 종으로 끌려가고 난 뒤의 일이다. 제 오라비가 운심과 검계 장대장의 도움을 받아 목숨을 구했다는 것도 모르고 있을 것이다.

의충이 그런 생각을 하는 사이 붉은 눈이 잠깐 생각하다가 사내들을 돌아보았다.

— 내가 실수를 한 것 같다.

— 예?

앞장 선 사내가 말을 되받았다. 그는 분명히 무슨 말이냐고 묻고 있었다.

— 저놈이 평안병사 이사예의 아들이라면.

— 아닐 수도 있습니다.

— 이사예와 이인좌가 만난 곳이 정병이 맞다. 그 양반 맏아들과 출전했었어. 맞아. 저 두 사람의 포승을 풀어라.

사내들이 무슨 소리냐는 표정을 짓다가 두 사람의 포승을 풀었다.

포승이 풀리자 붉은 눈이 돌아섰다.

— 따라오너라.

붉은 눈이 앞장을 서 걸었다.

의충과 허불이 뒤를 따랐다.

그들이 들어간 곳은 이상한 그림이 그려진 붉은 눈의 방이었다.

— 앉으시오. 이사예 장군과 특별한 인연은 없었소만 맏아들과 함께 전장에 나온 모습을 멀리서 바라본 적이 있소. 얼마 후 소식을 들으니 부자가 함께 전사했다고 했소. 어미가 아들 하나를 데리고 어디론가 사라졌다고 하던데 바로 그 아들이었다니. 그럼 어머니는 어떻게 되었소?

— 돌아가셨소.

역시 거짓말이었다.

그녀가 츱 하고 혀를 찼다.

— 안됐구려. 노환이었소?

의충은 거짓말을 이렇게 해도 되는 것일까 생각하며 고개를 내저었다.

— 아버지의 아내라는 걸 알아본 관군에게 참살되었소. 내가 자리를 비운 사이였는데 그 후 다리 밑 각설이패에 붙었다가 이를 갈고 글을 배웠소. 돈을 모아 양반 문서를 사고 세자의 개가 된 거요.

— 복수를 위해?

— 영조 가까이 다가서기 위해서 말이오. 그러나 기회가 없었소. 그리고 이미 죽을 날을 앞두고 있지 않소. 그러다 이번 일이 일어난 거요. 세자는 그 일을 내게 맡겼고.

그녀가 무릎을 세우고 그 위에 손을 놓았다. 그렇다는 표정이었다.

— 어디 그런 사람이 한둘이겠는가.

붉은 눈이 혼잣말처럼 말하고 눈을 감았다. 그러다가 모든 것을 놓아버리는 어투로 중얼거렸다.

— 가시오.

의충이 슬며시 일어나자 허불이 위기감을 느끼고 따라 일어났다. 그때 붉은 눈의 음성이 떨어졌다.

— 허불이는 그대로 앉아라.

허불이 눈을 뎅그라니 떴다.

— 나도 오라비 따라 갈라요.

붉은 눈이 눈을 치뜨고 허불이를 노려보았다.

허불이 그 기세에 짓눌려 슬며시 주저앉았다.

의충은 붉은 눈의 속내를 짐작할 수 있을 것 같았다. 언제 마음이 변할지 모른다고 생각한 것이 분명했다. 허불이 수중에 있다면 의충이 자신을 잡으러 돌아오지는 못하겠지 하는 계산을 하고 있었다. 만약 그런 일이 있다면 허불이를 빼돌리고 죽여버릴 것이었다.

3

― 뭐? 자목이 그들을 풀어주었다고?

― 네, 방금 풀어주었답니다.

꼽추의 물음에 부하가 대답했다.

― 좀 더 상세히 말해봐라.

부하가 자초지종을 말하자 그제야 이해가 된 꼽추가 혼자 중얼거렸다.

― 이의충 그놈 역시 간악한 놈이다. 제 버릇 개 못 준다더니 살기 위해 또 꼼수를 부렸구나.

― 어떡하든 살지 않았습니까?

꼽추는 그 말에 대꾸하지 않고 부하들에게 명령했다.

― 어쨌든 잘됐다. 자목에게 당했다는 말을 이대장에게 하지도 못했는데……. 잠깐 기다려라.

그렇게 말하고 꼽추는 이평전의 방으로 향했다.

완전무장을 하고 붉은 눈의 다함정으로 출발하려던 부하들의 시선이 맞부딪쳤다.

문을 열어보던 꼽추가 슬며시 문을 닫았다. 거기 이평전의 모습이 보이지 않았기 때문이었다.

4

— 벌건 대낮에 암살이라도 난 거야?

오길이 신경질을 부렸다. 의충을 기다리다가 지쳐 신경이 곤두설 대로 섰다. 그가 기대고 있는 돌담 한쪽으로 터를 내놓은 곳에 심어진 선인장이 낯설었다. 가시를 뻗은 꼴이 잔뜩 웅크린 고슴도치 같다.

이상한 느낌이 들어 정목인이 앞을 바라보았다. 죽을상을 하고 터 덜터덜 걸어오고 있는 사람은 분명 의충이었다.

— 어디 갔다 와요?

때마침 오길도 그를 보고 소리쳤다. 오길이 이상해 마주 다가갔 다. 의충의 상을 보니 꼴이 형편없다.

— 무슨 일 있었소?

— 일은 무슨…….

— 영 낯이 좋지 않은데 왜 그러십니까?

그제야 정인목이 다가가며 묻자, '좀 피곤해서 그런 모양이오' 하고 의충이 대답했다.

— 어디 갔다 오십니까?

정목인이 다시 물었다.

의충이 묻는 말에는 대답하지 않고, '어디 가시게요?' 하고 되려 물었다.

— 포도청 하종사관이 사건현장에 있다고 해서요. 한 번 만나보는 게 좋은 듯해 나선 참입니다.

— 그럼 잠시 기다리시지요. 곧 올라가 채비하고 올 테니.

— 그러십시오. 말이나 챙겨 나올 테니.

의충이 록청으로 올라갔다.

그의 뒷모습을 속절없이 바라보던 두 사람은 마방으로 가 두 필의 말을 끌어내었다.

이런 저런 말을 나누고 있는데 의충이 왔다. 의충과 오길이 말 한 필을 쓰기로 하고 정목인 홀로 한 필을 썼다. 오길이 말 탈 줄 몰랐기 때문이다.

정목인이 이끄는 대로 가다가 오길이 불쑥, '지금 어디로 가는 겁니까?' 하고 물었다. 그러고 보니 길이 설다. 의충이 정목인을 바라보며 대답을 기다렸다.

— 하종사관이 현장에 있다고 하지 않았습니까. 포청으로 가 기다리기도 뭐하고 보면 아무래도 그곳으로 가야 할 것 같아서요. 저번에도 뭘 숨기는 게 있는 것 같은데 그게 뭔지 모르겠습니다.

그들이 숨기는 게 무엇일까.

그런 생각이 들었지만 그 생각도 잠시였다. 붉은 눈에게 꼭 허불이를 맡겨놓은 것 같아 머릿속이 복잡했다. 본시 그곳에 살던 아이니 그러려니 해보지만 그때와는 입장이 다르지 않은가. 일단 거짓말을 해 위기를 모면했지만 언제 어느 때 들통이 나 허불이가 위기에 처할지 모르는 일이었다.

세손에게 솔직히 고해 쓸어버릴까 하는 생각이 들지 않는 건 아니었다. 하지만 무슨 억하심정으로 그렇게까지 하랴 싶었다. 그렇지 않아도 어머니를 살리려고 동지들을 배신해 지금껏 고통 속에서 살아왔다. 이제 또 그런 짓을 한다면 사람도 아니란 생각이었다.

— 학정인가 하는 직책은 과거시험을 관장하는 직일 터인데 언제부터 판각원 일을 하셨어요?

말등에 앉아 흔들리던 오길이 무료한지 정목인에게 말을 걸었다.

정목인이 뒤를 돌아보았다. 그가 희미하게 웃었다.

— 학궁을 졸업하고 한동안 지방을 떠돌았지요. 처음 들어간 곳이 간경소였습니다. 경을 찍어내는 곳이었지요. 그곳의 원주가 어떻게 보았는지 판각원 탁본실로 데려온 것입니다.

— 이곳 탁본실이 바로 학보실인가요?

오길이 산 위의 띄엄띄엄한 구름더미 사이의 푸른 하늘을 바라보다가 물었다.

— 그렇습니다. 이곳에서는 학궁 학보를 그렇게 부릅니다.

— 학보? 학궁의 일을 보도한다 뭐 그런 뜻인가요?

— 맞습니다. 벌써 삼 년 가까이 되었군요.

— 지금 있는 사예 나리는 그때 만나셨군요?

— 나를 학보실로 불러올린 분이 그분이었는데 와보니 학궁 학보를 책임지고 계시더군요.

— 어떻게 생각하세요?

— 무엇을?

— 향도계를 이끈다는 이평전의 무리들이 이한조 사예를 죽였다고 생각하세요? 현재의 사예 추측대로 숨겨진 어함을 찾으려고?

오길의 직선적인 물음에 정목인이 잠시 생각하다, 글쎄요?, 하고 대답했다.

— 거 김춘택이란 자 말입니다.

의충이 그들 사이에 끼어들었다.

— 네?

갑작스럽게 김춘택의 말이 의충의 입에서 나오자 정목인이 뜨악한 표정으로 돌아보았다.

— 아무래도 이번 사건의 중심에 그자가 있다는 생각이 들기 시작하거든요. 그래 좀 알아보았더니 김춘택의 사십대 이후 행적이 묘연하더군요?

— 그렇지요. 그렇잖아도 나도 이상해 그 사람에 대해 알아보았는데 그는 삼십대 중반부터 사십대에 이르기까지 귀양지를 전전했더군요.

— 김춘택이 전하의 아버지가 아니냐는 소문 때문이겠지요?

의충의 물음에 정목인이, '그렇겠지요. 그는 장희빈을 죽이는 데 앞장섰던 인물이었지만 숙종에게는 증오의 대상이었을 테니까 말입니다' 하고 말했다.

— 그런데 이상하군요? 왜 숙종 임금이 그를 죽이지 않았을까요? 아무리 명문자제라 하더라도……. 숙빈 최씨와 연잉군은 사가로 내

쫓으면서?

— 노론 세력의 영향력이 그만큼 컸던 거겠지요.

— 그래도 전하께서 집권하면서 그를 역적의 수괴로 몬 기록이 있던데요?

— 그렇지요. 임인년(1722년)에 임인옥사가 일어나자 김춘택의 동생들마저 전하가 숙종의 자식이 아니라 김춘택의 자식이라고 주장하다가 줄줄이 잡혀 모진 고문을 당했지요. 결국 동생 일곱 명이 요절했거나 유배되거나 참살 당했지요. 그 형제들 중에서 김복택이란 이가 가장 오래 살아남았는데 심문 중에 죽었다는 말이 있습니다. 전하의 출생 비밀을 유포하고 다니자 전하께서 모질게 고신을 가해 죽였다는 겁니다. 죽이기 전에 그와 전하 사이에 형신이 반복되었는데 김복택이 죽을 걸 각오하고 물었다고 해요. 사관들이 귀를 기울일 수밖에 없었지요. 하기야 그들도 얼마나 궁금했겠습니까. 전하가 김춘택의 아들이라는 것 때문에 반란이 일어나 전국이 술렁거리고 거리마다 시체가 넘쳐나는데 두 사람이 마주 앉아 바로 그 문제를 놓고 형신하고 있었으니 말입니다. 소문에는 김복택이 이렇게 물었다고 합니다. 상감마마, 마지막으로 묻겠습니다. 이제 죽을 몸인데 숨길 게 뭐 있겠습니까. 그러니 대답해주시옵소서. 모후께서 친부가 누구라는 걸 말하지 않으셨는지요? 상감마마는 아실 것 아니옵니까? 전하께서 물끄러미 김복택을 바라보았다고 합니다. 그의 눈에 서서히 핏발이 섰다고 해요. 사관들이 귀를 세우고 그들의 동태를 지켜보지 않았겠습니까. 전하께서는 사관을 의식하고는 김복

택을 향해 붓을 들어 언문으로 딱 두 자를 썼다고 합니다. 그 글자를 본 김복택이 입을 벌렸는데 잠시 후 그의 눈이 촉촉이 젖어왔다고 해요. 그러자 또 전하께서 한문으로 불불(不不)이라고 썼답니다. 하지만 가만히 생각해 보면 불을 두자 썼다면 아니란 뜻이 더 강하지 않습니까? 아니다. 아니다. 그렇게요.

— 그러니까 강한 부정은 강한 긍정일 수 있다 그 말인가요?

— 그렇지요.

— 두 자를 쓸 이유가 없다?

— 그렇잖습니까. 자신이 그래 놓고 시치미를 뗄 때 펄쩍 뛰듯 부정하듯이요.

의충이 생각에 잠겼는데 정목인이 말을 이었다.

— 그런데 그 뒤가 문젭니다. 어리둥절하던 김복택이 나중에야 미소를 띠자 전하의 표정이 순식간에 표독스럽게 변했다고 합니다. 그제야 전하께서도 이성을 차린 것이지요. 그는 고신을 가해 김복택을 곤장으로 패 죽였다고 하더군요.

— 그럼 아니다가 아니다? 김복택이 그렇게 생각했다?

— 그렇지 않고서야 곤장으로 장살할 이유가 없었다는 겁니다.

— 그런데 또 다른 소문이 있습니다. 임금이 한자로 불(不)자를 쓸 때 먼저 한 자를 쓰고 뒷자는 김복택에게만 보여주었다고 해요.

— 사관들이 불불이라고 썼다는 소문이 있다면서요?

— 김복택이 장살될 때 그의 친척뻘 되는 사람이 옥으로 찾아가 물었다고 해요. 그때 김복택이 본 글자는 불이 아니라 위(韋)자였다는 겁니다.

— 그러니까 임금이 하도 사초를 뒤지는지라 사관들은 뒷글자를 보지 못하고 그냥 불불이라고 썼다? 그렇다면 그때 사관들은 임금이 마지막으로 쓴 글자의 뜻을 알아채 뒤가 무서워 그리하였다는 말인데 글쎄 그럴까 싶은데요, 제 모가지가 날아가도 사실에 기인하는 것이 사관인데…….

— 그게 역사의 함정인지도 모르지요.

— 만약 그 소문이 사실이라면 불위? 여불위?

의충이 짚이는 게 있어 그렇게 되뇌자 정목인이 고개를 끄덕였다.

— 맞습니다. 그래서 그때 전하께서 중국 진시황 아비 이름을 쓴 것이 아니냐, 그렇게 생각했다는 겁니다.

의충이 느껴지는 게 있어 침묵하자 정목인이, '그러고 보면 여불위와 진시황, 숙종과 전하, 어딘가 닮은 데가 있긴 합니다' 하고 말했다.

— 그러니까 전하께서 김복택에게 불자와 위자를 써 자신이 진시황과 다를 바 없음을 시인했다 그 말인가요?

의충이 잠시 생각에 잠겼다가 확인하듯 물었다.

— 마지막 가는 피붙이에 대한 회오와 연민이었을지도 모르지요.

— 그럴 수도 있겠군요. 하지만 억지 같은데요. 불위라는 글자를 썼다는 것도 그렇고.

말은 그렇게 했지만 갑자기 갈증이 솟았다. 그는 팔짱을 풀고 말등을 찼다.

햇살이 따갑게 그들의 머리 위로 쏟아졌다.

— 그런데 또 이상한 건…….

왜요, 하는 낯빛으로 의충이 말머리를 맞추었다.

— 그러니까, 이평전이란 자가 이 사건의 전면에 부상하면서 요즘 들어 이상한 소문이 돌고 있는 것 같아서요.

— 이상한 소문? 무슨 소립니까?

정목인의 말에 의충이 놀라며 물었다.

— 김춘택과 이평전이 무슨 관련이 있는 것 같다는 겁니다. 이평전의 성이 본시 이씨가 아니라 김씨 성을 가진 사람이었다는 말이 있어서. 그것도 김춘택의…….

정목인이 말을 끊었으므로 의충이, '예?' 하고 물었다.

— 김춘택의 손자라는 말이 있습니다.

— 손자?

— 김춘택이라는 인물이 도망 다니다가 뒤늦게 본 자식에게서 난 게 그라는 말도 있습니다. 모르지요. 그가 성을 바꾼 것은 김춘택을 아끼던 사람이 그를 양자로 들여 성을 바꾸어주었다는 말도 있고 보면. 그 사람이 이씨였다는 말도 있는데 글쎄요, 암튼 그래서 제 할아비의 염원대로 음으로 양으로 전하를 돕고 있다는 겁니다.

의충이 흐흠, 하며 팔짱을 꼈다.

— 그래서 그들이 어함을 찾으려고 하는 것이다?

오길이 뇌까렸다.

— 맞습니다. 그들도 그 속에 모든 비밀의 답이 있다고 생각하는지도 모르지요. 그것이 노론의 손에 먼저 들어간다고 생각해보십시오. 아마 세자를 반대하는 그들에 의해 이 나라는 종묘사직이 바뀌

고 말 것입니다.

　— 비로소 이해가 되는군요.

　의충이 말했다.

　— 그렇습니다. 전하께서 남겼다는 그 어함을 먼저 찾아냄으로써 노론을 잠재우고 김씨의 나라를 공고히 해보겠다는 심보겠지요. 그럼 어떻게 되겠습니까? 노론이고 소론이고 모두 제거될 것입니다. 이 땅에 그들 김씨의 세계를 열기 위해서 말입니다.

　— 그러고 보면 이평전이란 자가 정말 보통이 아닌 것 같네요. 소문에는 그가 학궁 출신이란 말이 있던데?

　의충은 물으면서 어디선가 우는 수탉의 울음소리를 들었다.

　— 본시 검계의 일원이었다는 말이 있더군요.

　대화는 더 이상 이어지지 않았다. 의충은 이상스런 한기에 자신도 모르게 눈을 감았다.

　닭똥 냄새가 코를 찔렀다. 재채기가 나올 것 같아 의충은 코를 문질렀다. 토담 밑으로 고랑이 나 있었다. 오물이 토담 아래로 쏟아져 고랑을 타고 흘렀다. 바람의 진로가 바뀌자 닭똥 냄새가 사라져버렸다. 이내 산기슭이 나타났다.

　서편 하늘에 솔개 한 마리가 떴다. 산토끼라도 발견한 것일까. 곧바로 일직선으로 내려앉는 모습이 심상치 않았다.

2부

바람의 꿈

현장1

한참을 나아가자 길 입구에 주막이 하나 보였다. 세 사람은 목이나 축이고 가자며 주막으로 들어갔다.

막걸리 두어 되박을 시키고 안주 하나를 시켜 셋이 둘러앉았다. 오길이 재빨리 술잔을 채웠다.

한잔씩 걸치고 주막을 나와 언덕을 올라채자, 허물어져가는 암자 한 채가 보였다.

그 뒤로는 백색의 거대한 나무가 우거진 녹지대였다.

울참나무 숲이 나타나면서 어째 으슬으슬 한기가 들고 을씨년스러웠다.

의충은 말에서 내려 풀숲에 걸리는 옷자락을 여며 쥐고 걸었다.

벌레 먹은 관목 숲에서 개미들이 금세라도 머리 위로 떨어져 내릴 것 같았다. 어디선가 뱀이 입을 벌리고 달려들 것만 같아 발걸음이 편칠 않았다.

암자로 다가들었다. 안을 기웃거려 보자 돌담을 의지하고 말을 나누는 사람들의 모습이 보였다.

정목인이 그들을 향해 다가갔다.

의충이 뒤따르며 정목인에게 나지막이, '누굽니까?' 하고 물었다.

— 바로 찾아온 것 같습니다.

— 그럼 포청 관원들?

— 맞습니다.

두 사람이 소리를 죽여 그렇게 말을 주고 받는데 인기척을 느낀 포청 관원들이 고개를 돌렸다.

정목인은 한눈에 그들을 알아볼 수 있었다. 학보 일로 사건이 나면 현장에서 자주 만나던 사람들이었다.

관헌 하나가 정목인을 발견하고는 만면에 웃음을 띠며 마주 돌아섰다. 수염이 더부룩한 걸 보니 하종사관이었다.

그의 어깨너머로 무성한 무화과 나뭇가지가 쭉 뻗어 있는 모습이 보였다. 그 뱀 같은 반점과 넓은 잎사귀가 마주 다가오는 종사관의 모습과 대조적으로 을씨년스러워 보였다. 다가온 종사관이 헛웃음부터 터트렸다.

— 허허허, 학보 나리 아니시오? 어인 일로 여기까지? 아주 개코가 따로 없다니까.

— 그러니까 이렇게 온 것 아니겠습니까.

— 넉살은 여전하시네.

— 무슨 사건입니까?

종사관이 웃었다. 담뱃진이 배어 이가 치자물을 들인 듯했다.

— 모르고 온 것 같진 않은데?

종사관이 정목인을 흘끗 쳐다보며 말했다.

— 또 누가 죽은 건가요?

알고 와놓고는 웬 능청이냐는 얼굴로 종사관이 고개를 끄덕였다.

— 이상해. 왜 이렇게 요즘 들어 사건이 계속 일어나는지…….

그는 영 성가시다는 투로 말하면서 멀찍이 떨어져 지켜보는 의충과 오길에게 뒤늦게 목례를 보내었다.

— 개자식, 이제야 본 척하네.

오길이 씹었다.

— 말 좀 순화해라.

얼굴은 종사관을 향해 웃고 있으면서 의충은 엄한 어조로 오길을 나무랐다.

뒤늦게 다가온 노중근 부장이 정목인의 눈치를 흘끔거리다가 의충과 오길에게 목례를 보냈다. 의충이 좀 떨어진 거리에서 보기에도 그는 정목인이 신경이 쓰이는 것 같아 보였다. 아니나 다를까, 노부장이 종사관의 옷자락을 끌었다.

— 현장부터 자세히 한 번 더 살펴봐야 할 것 같은데요.

— 이미 둘러봤는데 왜 그래?

종사관이 성가시다는 어투로 말했다.

— 오늘 왜 그러세요? 제발 건성으로 그러지 마시고 자세히 좀 살펴보시라니까요. 뭐가 나와도 나올 거 아닙니까. 증거물 하나 수거하지도 않았잖아요.

— 제기랄.

종사관이 투덜거리면서 돌아섰다.

의충은 그럴 줄 알았다는 듯이 시선을 내리깔았다. 이 사건이 학보에 의해 잘못 보도되거나 먼저 풀어내기라도 하면 그들의 무능을 질책하는 불방망이가 당장에 떨어질 것이다.

의충이 본능적으로 주위를 둘러보는데 관원들의 말소리가 들려왔다.

— 탐문을 해보니 이곳에 살던 사람은 밀법 공부를 하는 사람이었답니다. 이름은 휴밀. 범행에 이용한 살해도구는 확보한 상태입니다. 그런데 이상해요. 바로 이거요.

— 뭔데?

— 서찰인데 그 임자가 학궁인 성균관의 사예 이한조예요.

의충의 눈이 번쩍했다. 자신도 모르게 종사관을 흘끔 돌아보았는데 그는 무슨 생각을 하는지 고개를 숙이고 서 있었다.

오길이 덩달아 돌아섰다.

의충이 자신도 모르게 그들을 향해 다가갔다. 다가오는 의충을 종사관이 돌아보았다.

— 방금 이한조라고 하셨소?

의충이 서찰을 든 노중근 부장에게 물었다.

─ 들었나 보네.

─ 이리 줘보시오.

노부장이 어쩔 수 없이 손에 든 서찰을 내밀었다.

받아보니 이한조의 서찰이 맞았다. 그가 휴밀이라는 사람에게 보낸 것이었다. '휴밀?' 하고 되뇌다가 의충은 서찰을 준 노중근을 쳐다보았다.

─ 방금 사건의 임자가 휴밀이라고 하지 않았소?

─ 맞습니다. 시해된 사람의 성함이 휴밀입니다.

의충은 피봉에서 서찰을 꺼내보았다.

……어제 정약용 참지 영감을 뵙고 선생님의 말을 했습니다. 매우 궁금해하시더군요. 우리들이 찾아야 할 어함에 대해서도 많은 말을 나누었습니다. 깊은 관심을 나타내시더이다. 이평전의 무리들이 눈치를 챈 것 같다고 했더니 조심해야 할 것이라고 당부하셨습니다. 일간 들르겠습니다.

정월 초사흘 이한조

정월 초사흘이라면 몇 개월 전에 보낸 서찰이다.

─ 현장이 어디요?

─ 안방입니다.

노부장의 대답에 정목인이 먼저 방으로 들어가는 걸 보면서 의충은 오길을 찾았다. 오길은 머뭇거리며 딴전을 피우고 있었다. 여기까지 따라오긴 하였어도 시체가 있을 현장으로 들어가고 싶은 생각은 없다는 표정이었다.

강화도에 있을 때부터 오작인 생활을 하느라 시신을 주무르던 그였지만 그동안 손을 놓다시피 해서인지 거부감을 내보이는 것 같았다. 목구멍이 포도청이라 시체를 가까이 했지만 한동안 쉬다 보니 그라고 시체 보기가 쉬울까 싶었다. 어떻게 이 사건에 대처해야 할지 감도 잘 잡히지 않을 것이었다.

자신도 날이 갈수록 이해가 안 되는 것이 이번 사건이다. 세손을 알현하려면 사건의 개요를 정확히 짚어내어야 할 것 같은데 이한조 사예가 자신에게 그런 피리를 왜 남겼는지, 왜 그가 죽어갔는지, 또 무슨 이유로 살인이 난 것인지 그리고 무엇보다 영조의 어함은 어디에 있는 것인지 여전히 알 듯 말 듯했다.

읍! 방으로 들어서면서 의충은 자신도 모르게 손으로 코와 입을 막았다. 뒤따르던 오길이 손가락으로 콧구멍을 막았다.

― 으아, 지독하군요.

앞서 들어간 누군가가 소리쳤다.

부엌 쪽으로 봉창이 하나 나 있는 전형적인 토방이었다. 구들목 맞은편 벽을 따라 횃대가 쳐졌고 이불이 쌓여 있었다. 그 아래 메주 몇 덩이가 걸렸다.

시체는 아랫목이 아니라 바로 그 메주덩이 밑에 누워 있었다. 주름진 얼굴을 벽 쪽으로 돌리고 있었는데 옷차림으로 봐 자다가 당한 것 같았다. 머리가 하얗다. 봉두난발이었고 쪼글쪼글한 가슴이 드러날 정도로 베잠방 앞섶이 열려 있었다. 중위말 역시 풀어져 있었다.

여든이나 되었을까. 보통 키였고 등판이 둥글 넙적 비만했다.

얼굴을 살펴보니 전형적인 곰상인데 이목구비가 큼직큼직하다. 두툼한 입술이 찢어졌고 헤 벌어진 입술 사이로 혀가 문드러져 늘어졌다. 입안이 검고 손톱이 은수저에 낀 곰팡이처럼 서슬 퍼랬다.

— 독살된 것이 분명하다고 합니다.

정목인이 말했다. 의충이 고개를 주억거리며 사체의 입속을 들여다보았다. 분명 검시관이 성질 급하게 은비녀를 사체 인후 깊숙이 넣어보았을 것이다. 독이 퍼진 시퍼런 은비녀가 눈앞을 스쳤다.

— 독은 독이되 예사 독이 아닙니다.

의충이 입안을 살피다가 말했다.

— 예?

정목인이 되물었다.

— 그렇다고 하더군요.

뜻밖에 오길이 나섰다. 의충이 그를 돌아보았다.

— 무슨 말을 들었던 게냐?

— 검험이 하는 말을 들으니 벌레 독에…….

의충이 피식 웃었다. 왜 웃느냐는 듯이 오길이 시선을 들었다.

— 벌레 독은 아닌 것 같아. 그리 죽은 경우가 아니야. 벌레 독에 이리 될 정도라면 전신이 짙은 푸른색으로 변해 있어야 할 터인데. 배가 부풀어 오르고 입안에서 피를 토하거나 항문에서 피를 쏟아내는 게 일반적 현상이야. 그런데 멀쩡하지 않느냐.

— 그럼?

정목인이 물었다.

— 글쎄, 과일에 중독되거나 약에 중독된 것 같지도 않은데…….
이 시체 언제 죽은 것이라고 하더냐?

혹 검원에게 들었을지 몰라 의충이 오길에게 물었다.

— 오늘요.

오길이 대답하면서도 이상한지 의충을 건너다보았다.

— 아직 하루가 지나지 않긴 했다만…….

— 왜 이상합니까?

정목인이 물었다.

— 쥐풀에 중독되었다면 아홉 구멍에서 혈즙이 흘러나오거든요.
그런데 그런 기미도 보이지 않습니다.

— 그럼?

오길이 뇌까렸다. 겁이 없어진 행동거지였다.

— 비상도 아니다. 그런 독에 중독되었다면 온몸에 작은 포진이
일어났을 것이다.

— 그럼 대체 뭐란 말입니까?

오길이 물었다.

의충은 시신 앞으로 가 돌아가며 얼굴색을 살폈으나 도저히 모르
겠다. 그때 하종사관과 그 무리들이 주위를 살피며 들어왔다.

방을 나온 의충은 주위를 샅샅이 살펴보았지만 뭐 이렇다 할 증거가
발견되지 않았다. 천상 초검과 복검의 결과를 기다려봐야 할 것 같았다.

허나 그들이라고 알까 싶었다. 더욱이 검원은 초짜가 아니던가.

금강

1

정목인이 손에 쥔 종이를 의충에게 내밀었다.

― 하종사관이 주더군요. 직접 드리겠다는 걸 내가 가지고 왔습니다. 초초는 아니고 사건 보고서 같은 겁니다.

의충은 그제야 정신이 번쩍 드는 느낌이었다. 궁에서 세손이 특별히 내보냈다니까 역시 그들이 의식하고 있다는 사실.

의충이 후딱 그것을 받았다. 재빨리 보고서를 올리는 것으로 보아 하종사관은 사예 이한조의 사건과 이 암자의 사건이 밀접한 관련이 있다고 보는 게 분명했다.

― 빨리도 썼네요.

대충 읽어보니 별것도 아니었다. 사건이 났다. 이제 수사해보겠다. 뭐 그 정도 선이었다.

그럼 그렇지 하고 종이를 접는데,

— 하여튼 대충대충, 못 말린다니까!

오길이 곁에서 내용을 보고 있었던지 한마디 했다.

— 어쩌시렵니까? 포청으로 가시렵니까?

정목인이 물었다.

— 포청으로 가지요. 증거물들을 다시 살펴봐야 할 것 같으니.

오길이 의충에게 말했다.

포청 관원들이 걷어온 증거물들을 살펴보았으나 별 이상한 점은 발견되지 않았다.

포청을 나서는데 하종사관이 잡았다.

— 뭡니까?

정목인은 의충이 듣기에도 시건방지게 하종사관이 내미는 걸 내려다보며 물었다.

성균관 학정이라면 종사관보다 그 품계가 낮다. 그런데도 학정이 포도청의 종사관에게 당당한 것은 학보의 특질 때문이다. 사회의 온갖 비밀들을 보고 듣는 대로 기록하는 이들이 홍문관 사람들이다. 춘추기사관에 버금갈 만한 특권이 주어진 인물이다. 그렇기에 종사관이라고 해도 성균관 학정을 무시하지 못한다.

더욱이 사관은 국왕의 언동이나, 시정의 득실, 인물의 현, 불초를 살피는 사람이다. 그들 비밀에 관한 사실 등을 견문한 바대로 직필하는 사람들이다. 후세에 권계하기 위해 존재하는 자들인 만큼 더욱 그랬다. 더욱이 의충의 경우 세손의 명을 받았으니 더 말할 나위 없다.

그래서인지 볼멘소리가 하종사관의 입에서 터져 나올 만도 한데 군말 없이, '갱초요' 하고 말했다.

정목인이 받아 의충에게 내밀었다.

이한조 사례의 복검안이었다. 검시 책임자인 하종사관의 도장이 찍혀 있었다.

복검안은 대충 살펴보아도 자신이 얼핏 살펴보았던 이한조 사례의 상태를 비교적 상세히 기록해놓은 것 같았다.

의충은 종사관과 함께 걸었다. 오길이 재빨리 뒤를 따랐다.

종사관이 데리고 온 관헌들과 말을 나누고 있다가 돌아보았다. 포청으로 돌아가지 못하고 의충을 기다리고 있었던 것이 분명했다.

— 복검안을 읽어보았습니다. 검험안을 올릴 때 사건기록과 신문 기록도 함께 들어 있을 줄 알았는데 그게 보이지 않더군요.

의충의 말에 종사관의 그림자가 잠깐 흔들렸다.

— 세자마마의 명으로 특별히 이 사건을 조사하신다기에 형식적으로 검안서를 올린 것입니다. 본검안서는 자세히 올리도록 하겠습니다.

— 섭섭하군요. 제가 이곳의 책임자로 명 받지는 못했으나 알기로는 검험은 시장과 함께 사건 관련자들에게서 받은 신문 기록도 들어 있어야 한다고 생각하는데요?

— 그렇지 않아도 신문한 기록이나 탐문한 기록을 쓰던 중에 사건이 나는 바람에 그렇게 되었습니다.

그래서 집으로 돌아가지 않고 의충의 반응을 기다리고 있었다는 듯이 말했다. 그 역시 자신이 쓰긴 하였지만 갱초의 미진함을 알고 있다는 투였다. 그러니 대충 넘어가자 뭐 그런 말 같았다. 그는 사이를 두지 않고 다음 말을 내뱉었다.

— 사건이 일어난 경위에 관해 들은 대로 썼지만 아직은 뚜렷한 증거가 없는 상황이기도 합니다. 추후 수사해 나가면서 작성하겠습니다.

— 그렇군요. 여름이라 가매장도 염두에 두어야 할 텐데요?

— 물론입니다.

— 어느 때 의혹이 제기되어 파묘가 있을지 모르니 특히 해충이나 구더기가 쓸지 않도록 해야 할 것입니다.

— 알겠습니다.

그렇게 대답하면서 종사관이 힐끗 의충을 쳐다보았다.

의충이 눈치를 채고는, '왜요?' 하고 물었다.

— 아, 아닙니다.

그러면서도 그는 고개를 갸웃했다.

— 할 말이 있는 것 같은데요?

종사관이 희미하게 웃었다.

— 사실 궁에서 나왔다고 해서 왜 세손이 갑자기…….

그제야 의충은 종사관이 자신을 약간은 무시하고 있었을지 모른다는 생각을 했다. 자신이 지방에서 검원 노릇 했다는 걸 알 리 없을 테니까. 사관이 뭘 알랴 했을 수도 있었다. 특별히 세손이 보냈다고 했으니 어쩔 수 없지만 제까짓 게 하는 그런 생각.

그런데 계절을 감안해 시체가 쉬 상하기 쉬우니 가매장 운운하는 의충이 만만치 않아 보였던 모양이었다. 그의 다음 말이 그 느낌을 증명하고 있었다.

— 포도청 밥만 벌써 이십 년입니다. 웬만한 포청 관헌들은 알고 있습지요.

의충이 말뜻을 알아듣고 웃었다.

— 사실 지금은 사관으로 있지만 지방에 있을 때 검시 생활을 좀 했습지요.

그래요, 하는 낯빛으로 종사관이 시선을 들었다.

그때 오길이 곁에 있다가 한마디 했다.

— 이상하시네. 세손이 내보낼 정도라면 포청에서 모를 리 없을 텐데…….

그제야 종사관의 얼굴이 하얗게 질렸다.

2

포청에 들렀다가 다시 독살 현장으로 돌아온 의충은 주위를 샅샅이 살펴보았다. 역시 별다른 건 발견할 수 없었다.

탐문을 시작하자 뭔가 이상했다. 이곳저곳 오길이 부지런히 뛰는 것 같았는데 잠시 보이지 않았다. 어딘가 들렀다가 돌아오더니 이런 말을 했다.

― 포도군관의 말이 맞는 것 같아요. 그들의 말대로 피살자가 밀교의 사이비였답니다. 그런데 뭔가 납득이 안 돼요.

― 뭐가?

― 포청에서 우리들이 도착하기 전에 증거물을 하나 입수해 숨겼답니다.

― 그게 뭔데?

― 무슨 종이였답니다. 하종사관이나 그 웃전이 알지 아무도 모른다고 해요.

― 가자.

― 어디로요?

― 포도청.

두 사람은 창경궁이 바라다 보이는 고갯길을 돌아내렸다.

포도대장이 있다는 내실 앞에서 의충은 오길에게 잠시 기다리라 하고 안으로 들어갔다.

육순의 포도대장이 의충을 맞았다.

수인사가 끝나고 의충의 말을 듣고 난 포도대장이 한숨부터 쉬었다. 그의 말인즉 증거물이 하도 기이하여 바로 웃전으로 올리지 못하고 있었던 것은 사실이라고 했다. 그러다 미룰 수만은 없어 올렸는데 또 거기서도 세손께 올려야 하느니 어쩌느니 말이 많았다고 하였다.

― 도대체 뭔데 그러십니까?

포도대장이 난감하다는 표정을 지으며 수염을 쓱 쓸었다.

― 세자마마가 조사해보라 특별히 명하신 것도 그 때문인 것 같으

니 말입니다. 보지 않는 것이 좋을 것 같은데. 그래도 보겠다면 나로서도 어쩔 수 있겠소만…….

— 궁금해서라도 봐야겠습니다. 그런데 이미 세손께 올려졌다면서요?

— 이상해서 말이오. 세손께 올리기 전에 아랫것들을 시켜 한 부 베껴 놓지 않았겠소. 으레 그러는 것이지만. 그나저나 보시기 전에 알아둘 것이 있소. 왜냐면 좀 뜨악하기 때문이오.

— 뜨악해요?

— 이상하게 왜 이제야 발견되었는지 해서요. 숙종 임금 때나 터질 일이었으니 말이외다. 희빈 장씨로 인해 경종 임금의 하초가 잘못되었다는 건 알고 있지요?

갑자기 웬 경종 임금의 하초일까 하면서 의충은, '물론입니다' 하고 대답했다. 그 바람에 밖에서 기다리고 있을 오길의 생각이 완전히 멀어져버렸다.

— 그래서 말입니다.

포도대장이 말했다.

— 희빈 장씨가 경종의 하초를 훑어버렸으니 숙종 임금의 상심이 오죽했겠습니까. 그래 은밀히 의지하고 있던 용파대사를 부른 모양이신데, 용파대사에 대해 알고 있지요?

— 대단한 스님이었다고 하던데…….

— 맞아요. 정말 대단한 스님이었던가 봅니다.

이 양반이 끝까지 무슨 말을 하려고 이러나 생각하면서 의충이 그의 다음 말을 기다렸다.

— 숙종 임금이 하초를 못 쓰는 아들을 사내로 만들 수 없겠느냐는 말에 용파대사는 그 당시 유명한 밀승을 소개해주었던 모양입니다.

— 방금 밀승이라고 했나요?

역시 알고 있는 말이었지만 그를 떠보기 위해 속을 숨기고 그렇게 물었다.

— 아마 그때부터 밀승이 궁을 드나들었던 모양이오. 궁 한편에 밀실을 만들고 거기서 경종에게 밀법을 가르쳤다는 것이 이 사건으로 밝혀지고 있으니 말이오. 경종 임금의 환취궁이 그곳이지오.

— 환취궁?

— 경종 임금이 마지막 은거하다가 돌아가신 궁 말이오.

— 아, 그랬지요. 창덕궁에 계시다가 별궁 창경궁으로 옮겼지요. 그런데 그곳은 또 다른 이름으로 불렸다고 기억되는데요?

— 맞습니다. 그곳이 밀법의 전당이 되면서 환취궁으로 불렸지요.

— 그럼 그곳 환취궁이 경종 임금이 심취했던 밀법의 처소였다는 말입니까?

— 본시 밀법을 불교에서는 환희불교라 하더군요. 그런데 이제야 피살자 곁에서 그 증거물이 발견되었으니······.

— 그게 뭔데요?

— 누구 글인지 모르겠는데 아마 경종 임금의 것이 아닐까 해서······.

그렇게 말하고 포도대장이 일어나더니 시랑에서 종이 하나를 꺼냈다.

의충이 받아보았더니 누가 썼는지 달필이었다. 의충은 읽어나가

다가 속으로 소리쳤다.

　그렇다. 붉은 눈!

　그렇게 소리치며 포도대장이 준 글을 읽었다. 세필이었는데 아주 가늘고 글 끝이 칼날 같았다.

　나는 처음 자목의 말을 이해할 수 없었다. 그녀는 언제나 물었다.

　우주의 참모습은 어디 있는가.

　그녀는 그렇게 물으면서 부처가 금강명비의 자궁 속으로 들어가는 법을 내게 가르쳤다.

　나는 그녀의 가르침 속에서 미묘한 정신작용의 한 단례를 실제적으로 볼 수 있었다. 그녀는 그 상황을 묘삼마지라고 표현했다. 둘이 있으나 하나요, 인간 본래의 모습이라고 가르쳤다. 그러기에 우리는 존재의 근간으로 갈 수가 있다는 것이다. 이를 활용함으로써만이 우리는 육신성불의 길로 나아갈 수가 있다는 것이다. 그녀는 오로지 서로를 안고 서로를 탐험하라고 가르쳤다. 타인은 분명 자기 자신이며 그것이 곧 본질의 문이라고 가르쳤다. 그때 대환희가 올 것이라고 말했다. 결코 그 환희를 놓쳐서는 안 된다고 말하고 있었다.

　나는 오늘도 그녀가 시키는 대로 결가부좌한다. 먼저 오른발을 왼편 넓적다리에 올려놓고 왼발을 오른편 넓적다리 위로 올려놓는다. 자연히 아랫배엔 힘이 뭉쳐지고 회음부가 긴장하여 척추가 일어난다. 정신이 날카로워지고 부동심이 저절로 일어난다.

3

글은 거기서 끝나고 있었다. 짧은 글이었다.

— 조사를 해보니 용파대사의 필체와 똑같아요.

— 용파대사? 경종 임금이 아니고?

의충은 고개를 갸웃하며 물었다.

그럼 용파대사가 경종이 머물던 환취궁에서 경종의 일거수일투족을 지켜보고 있다가 그렇게 썼다. 그럴 리가! 왜?

— 그런데 용파대사의 필체라는 걸 어떻게 아셨습니까?

— 하종사관이 비교 검토했다오. 경종 임금의 필체와 용파대사의 필체까지도. 세손의 도움이 컸지요. 하기야 전 불교에 문외한이 되어 놔서…… 허허허.

— 당황스럽군요. 경종 임금은 이미 돌아가시지 않았습니까. 그런데 왜 이제 와서 이런 글이…….

— 조사를 해봐야 알겠지만 바로 그런 글을 지니고 있었다는 이유로 살해된 게 아니겠소?

— 이런 글을 지니고 있었다는 이유 때문에? 경종 임금이 밀법을 알아가는 과정이 죽을 정도로 위험한 것이라고는 생각되지 않는데요.

— 글쎄 문제는 그게 아니지 싶은데…….

포도대장이 무슨 말을 하려다가 의충의 눈치를 흘끔 살피고 입을 닫아버렸다.

— 아무튼 더 말 못 하겠소.

— 왜 그러십니까?

— 아무튼. 그 대답을 들으려면 목을 걸어야 할 것이외다. 자, 그만합시다. 나도 나가봐야 하니…….

그렇게 말하고 포도대장이 일어났다.

포도대장의 사택을 나오면서 의충은 고개를 갸웃거렸다.

— 도대체 왜 그러는 걸까? 그 대답을 들으려면 목을 걸어야 한다니.

— 뭐가요?

밖에서 기다리고 있다가 화가 난 오길이 영문을 모르고 물었다.

— 그럼 이 사건과 그 글이 예사롭지 않다는 말이 아닌가?

계속 혼이 빠진 듯 혼자 중얼거리는 의충을 오길이 ‘삼촌, 정말 이상하네. 왜 그래요?’ 하면서 따라붙었다.

— 세손에게 증거물이 오를 정도라면 사건이 곧 의금부로 송치될지도 모르겠네.

— 무슨 소리냐고요? 뭐가요?

— 역모 사건도 아니고 그럴 리가!

의충은 멍하니 오길을 바라보았다. 좀 전에 포도대장실에서 읽은 글을 보여주기도 그렇고 그렇다고 일일이 설명하기도 그렇고. 어떻게 말해야 되나 생각하다가 그만 의충은 말의 등을 차고 말았다.

금잠

허불의 몸 위로 시커먼 채찍이 휘감겼다. 붉은 눈의 여인이 무섭게 다가들었다.

— 네 오라비가 뭐가 어쨌다고? 평안병사의 아들? 이 거짓말쟁이들!

검은 채찍이 다시 허불이의 몸에 휘감겼다.

이상했다. 거기 어머니가 있었다. 어머니가 대신 채찍을 맞겠다는 듯이 허불이 앞을 막아섰다.

— 어머니.

부르며 의충이 달려 나가자 이번에는 채찍이 의충을 향해 날아왔다. 어머니가 의충을 감싸 안았다.

어머니의 비명소리를 들으며 의충은 눈을 떴다.

꿈이었구나. 벌떡 일어나 앉았다.

순간 허불이의 모습이 눈앞으로 달려들었다. 그녀와 앉았던 그 산등성이. 철없던 시절. 그의 아비에게 글을 배우던 그 시절.

그게 사랑이었을까. 그래, 풋감처럼 풋풋하던 감정들이 사랑이었다고 하자. 그 계집아이는 아직도 기억하고 있을까. 산등성에 앉아서 목도리를 둘러줄 때 볼을 스치던 입맞춤의 기억. 그 날카롭고 설레던 기억을. 제 아비에게 매를 맞아 생긴 상처를 쓰다듬어주며 울던 그날의 계집아이.

그날의 계집아이가 나로 인해 또 울고 있다. 오라비를 잃고 기녀가 되는 것도 모자라 하찮은 사내로 인해 또 고통 받고 있다. 그래서 어머니는 꿈속에 나타나 울고 있는 것일까.

그때 아버지는 듣고 있었을지 모른다. 산등성이에서 돌아오던 아이들의 기척을. 대문 열리는 소리. 살금살금 대청 밟는 소리.

두 아이가 돌아오고 있는 발소리를 듣고 있었을지 모른다. 그것으로 끝이었다면 얼마나 좋았으랴. 거대한 역사의 포말 앞에서 힘없이 무너져가던 사람들.

생각하기에도 벅차 의충은 고개를 내저었다. 문이 드륵 열리더니 오길이 들어왔다.

— 피곤했던가 봐요?

이상한 기미를 느꼈는지 오길이 수건을 목에 두르며 의충의 표정을 살폈다.

— 아니, 꿈자리가 흉흉해서. 허불이가 있는 곳으로 한 번 가봐야

될랑가 봐.

— 거기 다시는 못 간다고 했잖아요?

— 그러게. 거짓말을 해 살아나긴 했는데 허불이가 당하고 있는 것 같아.

— 그럼 뒷조사를 했다는 말인데, 설마요. 그게 언제 일인데…….

— 급한 일 좀 처리해놓고 저녁에라도 가보자. 아무래도 안 좋아.

종사관에게서 독살 현장의 초초가 올라왔으므로 그를 불러, '일전에 경종 임금이 머물던 환취궁에서 발견된 기록물 말이오. 그거 경종 임금이 아니라 용파대사가 썼다고 포도대장이 그러던데 사실이오?' 하고 물었다.

— 글씨체를 대조해보니 그렇더군요.

— 그거 올리기 전에 제게도 좀 보여주었으면 좋았을 것을. 그런데 이상합니다. 그걸 왜 용파대사가 썼는지. 필체가 틀림없었소? 내용은 경종 임금의 것이어야 맞지 않소?

설마 그가 붉은 눈의 글을 보았을까 하며 그렇게 물었다.

— 경종 임금이 하초를 쓰지 못해 용파대사의 도움을 받았다는 것은 사실인 것 같습니다. 그리고 그 양반이 보낸 여승이 궁으로 들어왔다는 증거도 있구요.

— 그런데 그걸 왜 죽은 휴밀이 가지고 있었다는 거요? 그는 왜 독살 당했으며?

— 그걸 어찌 알겠습니까. 제 생각엔 사실 그 글 휴밀이 썼지 않나

312

싶어요. 용파대사와 필체가 비슷했을지도 모르지요. 그렇지 않고서야 그 글이 휴밀에게서 나올 이유가 없지 않습니까.

— 그럼 더 말이 안 되는 것 같은데……. 그런데 왜 포도대장님은 용파대사의 필체라고?

— 제가 그럴 수 있지 않겠느냐고 말씀 드렸더니…….

— 그래서 비교해보았다?

— 물론입니다. 경종 임금의 필체가 아니었습니다. 용파대사의 필체와 비슷했거든요.

— 그런데 휴밀의 필체일 수도 있다?

여우같은 늙은이. 그러니까 포도대장이 한 술 더 떠 세손의 명을 받은 사관을 가지고 놀았다는 말이었다. 결국 죽은 휴밀은 그 글을 지니고 있다 죽었다 그 말이었다.

— 문제는, 만약 그가 썼다면 왜 그런 글을 썼느냐 하는 것입니다.

종사관의 이마에 내천자가 그려졌다. 심히 언짢다는 표정이었다.

정목인이나 오길에게 그 말은 하지도 못하고 가득한 의문을 안고 하루가 지났다.

갱초가 올라올 줄 알았으나 시퍼렇게 독이 퍼져 썩어가는 시신을 놓고 계속 싸우고만 있는지 연락이 없었다. 이대로 있다가는 단서도 못 잡고 가매장에 들어갈 것 같아 오길을 불렀다.

가서 독살된 시체의 가매장 여부를 알아보고 오라고 했더니 갔다 와서 하는 말이 아직 가매장은 하지 않았다고 했다.

— 그렇겠지.

오길을 데리고 현장으로 나가려고 하는데 하종사관이 갱초를 가지고 올라왔다. 다급하게 기록한 것 같았다. 단서를 못 잡아 허둥거린 곳이 얼룩처럼 보여 궁색하고 번잡하다.

— 시일이 지났는데 별 진척이 없군요.

의충의 말에 종사관이 겸연쩍게 웃었다.

— 자상의 흔적이 없다고 되어 있는데 면밀히 살핀 것인지 모르겠소?

종사관이 뒷머리를 벅벅 긁었다.

— 보았다시피 붉은 상흔이 없으니 구타의 흔적도 없었습니다.

그날 의충이 보기에도 자상의 흔적 같은 것도 없었다. 흔히 목을 매거나 구타가 있었을 때 목이나 몸에 적색을 띄는 경우가 많은데 자상의 경우라도 선홍색의 자상흔이 남기 마련이다.

— 여기 보니 여색을 탐한 흔적도 확인할 수 없었다, 그렇게 기록되어 있는데 이게 무슨 말이오?

종사관은 또 뒷머리를 벅벅 긁었다.

그렇잖아도 그 점에 초점을 맞추어 수사를 해나갔다고 했다. 탐문 수사 결과 사건이 나기 전에 여인네의 발걸음이 있었단다.

그래 수사망을 좁혔고 잡고 보니 이제 열여덟 살 난 처자더란다. 그녀의 어머니가 쑥을 캐와 떡을 하자 딸이 피살자에게 가져다주고 왔다는 것이었다.

그런데 종사관이 보니 아무래도 처자가 이상했다. 눈에 흐르는 색기 하며 탱탱 부어오른 젖가슴하며 펑퍼짐한 엉덩이 하며 필시 살해된 자와 붙어먹었다는 생각이 들었다. 그래서 처자를 족쳤다.

아무리 엄포를 놓아도 처자는 아니라고만 했고 안 되겠다는 생각에 다모를 불러 처자의 생식기를 검사하라고 명령했다.

— 그래서요?

— 그래서는요. 검사를 했는데…….

의충의 물음에 하종사관이 그렇게 대답하고 입에 담기도 뭐한지 입을 다물었다.

— 처녀더라니까요.

의충은 헛헛 웃음이 나왔다. 고개를 끄덕이며 갱초를 좀 더 살피다가, '시체의 위치를 더 상세히 기록해야 할 것 같은데요. 머리를 어느 방향으로 했는지 얼굴을 위로 하고 있는지 엎어졌는지 옆으로 누웠는지 말입니다. 그냥 누워 있었다? 너무 막연한 것 같은데…….우리야 가서 보았으니 그렇지만 시체가 그냥 푸른빛을 띠고 있더라도 그렇고……' 하고 말했다.

종사관의 얼굴에 낭패한 기운이 스치고 지나갔다. 잠시 후 그는 변명처럼 뇌까렸다.

— 초검관이 초초를 그렇게 긁어오는 바람에…….

— 시체 주변 상황도 좀 더 자세히 기록해야 할 것 같습니다. 동서남북 사방을 모두 말입니다. 문이나 창문, 벽과 담장, 그것으로부터의 거리가 몇 보 혹은 몇 촌인지. 시체의 나이도 너무 불분명해요.

— 이상하게 아는 사람이 없어서…….

종사관은 말이 안 되는 소리를 하고 있었다. 어지간하면 그냥 좀 넘어갑시다 하는 것 같았지만 그럴 수 없다는 걸 모를 리 없다. 초초와 갱초가 일치하지 않으면 일치할 때까지 삼초, 사초를 실시해야 한다. 그리고 그와 같은 절차가 끝나야 그것을 근거로 상급관서의 처분을 요청하는 결사를 적어 문서를 완성할 수 있다.

종사관이 그걸 모를 리 없고 보면 일찍이 다잡아 두어야 할 것 같아 어투에 날을 세웠다.

— 검시를 좀 더 확실히 했다면 나이 정도는 알아낼 수 있었을 것 같은데요. 그리고 신장이 몇 척 몇 촌인지 얼굴과 몸의 살빛, 지육 상태도 상세히 기록해야 할 것 같습니다. 그러니까 지육이 꺼졌는지 부어올랐는지를 말입니다. 이대로 보고하다가는 성치 못해요.

그제야 종사관이 정신이 든 듯 갑자기 공손하게, '알겠습니다' 하고 대답했다.

— 그리고 양손과 다리는 어떤 형태로 놓여 있다는 것도 말입니다. 그냥 누워 있었다? 이거 우리는 이해가 되는데 시체를 보지 않은 상부에서는 말이 안 될 것 같거든요. 그리고 긴 머리라니요? 설령 긴 머리를 하고 있었다고 해도 왜 그랬는지 추리가 가능하게 기록해야 이해가 빠를 것 같은데요. 그리고 그 머리를 묶은 줄은 어떤 형태로 되어 있는지, 무슨 색이었는지도 말입니다. 타물 즉 살이나 칼 등 단단한 것으로 타살된 시신은 아니었다고만 되어 있는데 사실 따지고 보면 타물은 칼이나 다른 도구를 이용하여 사람을 상해하는 것으로 인식되어 있지만 그렇지 않다는 걸 알고 있지 않습니까. 짚신이나 가죽신 등으로 차서 상해를 입힌 경우에는 단단한 것이 아니므로 타물로 간주하기는 어렵지만, 이마나 팔꿈치 무릎 등으로 받아 사

망한 겨우는 타물로 상해 받은 것이라 간주할 수 있거든요. 형통부에도 수족이 아니라면 나머지는 모두 타물이 된다고 하였으니 머리로 받는 것도 타물이 된다고 할 수 있습니다.

— 저도 그 정도는 알고 있습니다.

— 그런데 왜 이렇게?

— 알겠습니다. 다시 쓰지요.

— 시신의 몸이 부어올라 피부가 벗겨질 정도로 범인과 몸싸움을 한 흔적이 없다고 해서 그것이 사망 원인이 아니라는 단정은 매우 위험한 발상처럼 보이는군요. 그리고 시신의 여러 곳을 세세히 살핀 다음 마지막으로 은비녀를 시신의 인후 깊숙이 넣어 혹 독약에 의해 타살된 흔적이 있는가 하고 조사했다는 기록도 어딘가 상투적인 냄새가 너무 납니다. 그냥 성의 없이 쓴 갱초에 지나지 않는단 말이지요. 은비녀는 이럴 때를 대비하여 색과 품질이 좋은 은을 사용한 것을 썼다든지, 포청 검시관이 아니면 손도 댈 수 없는 것이었다고 덧붙이면 한결 나을 것 같은데요.

종사관이 뒷머리를 긁적이다가, '앞으로 많이 배워야 되겠습니다' 하고 말했다. 확실히 꼬리를 내린 모습이었다.

— 친지나 피붙이가 없다고 하니 그대로 가매장을 해야 할 텐데?

의충의 말에, '그건 아전들 몫이라' 하고 종사관이 기어 들어가는 소리로 말했다.

— 조사 끝나는 대로 빨리 가매장을 하지요.

의충은 종사관에게 그렇게 말하고 현장을 나섰다.

갱초를 받은 지 겨우 하루였다. 꿈에 허불이가 또 보여 아무래도 그녀에게 가본다고 하면서도 짬을 낼 수 없었다. 예상했던 대로 하종사관이 헐떡거리며 달려왔다.

— 상부에서 시비를 걸었습니다.

그럴 줄 알고 당부를 했는데도 역시 시원찮았던 모양이었다. 그래도 그가 무안할까 타박하지 않고, '왜요?' 하고 물었다.

— 그놈의 갱초가…….

종사관이 뒷머리를 벅벅 긁으며 말을 잇지 못했다.

— 오늘 상부에서 검시관을 내보내 삼검을 하겠답니다.

— 어쩔 수 없지요.

그래 내 뭐라 했느냐, 갱초를 잘 쓰라고 하지 않았느냐는 말이 입에 매달렸지만 군소리 같아 의충은 입을 다물었다.

점심 지나 상부에서 장금사(상부 검시관)가 나왔다고 연락이 왔다.

장금사라면 형조판서 이하 3당상의 지휘를 받는 낭청이다. 즉 정랑. 종사관이 정6품이라면 정5품의 관직이다.

장금사는 세손의 명으로 의충이 나와 있다는 걸 이미 알고 있었다. 갱초가 올라간 지 이틀도 안 되어 삼검을 결정하고 장금사를 내보냈다면 갱초에 중대한 결함이 있다는 말이었다. 사건의 중대성을 감안하여 정부에서 장금사를 내보내 빠르게 대처하고 있는 것 같았다.

지위고하를 막론하고 조사하라는 세손의 명을 받아 나왔다고 하니까 일부러 찾아와 인사까지 하더니 어느새 장금사는 냉랭한 모습으로 돌아가 있었다. 세손의 특명을 받았지만 두고 봐라 하는 표정 같았다.

그냥 지켜보기로 했다. 이제 와 나선다고 될 문제도 아니었다.

여름이라 시신은 빠르게 부패하고 있었다. 겨우내 강바닥에서 조각 내 목도해 온 석빙고의 얼음도 소용없었다. 가마니 밖으로 물이 줄줄 흘러내렸다.

중앙에서 나온 장금사는 초검관이나 복검의와는 뭔가 달라 보였다. 장금사는 거침없이 삼검을 지시해 나갔다.

— 어휴, 냄새가 정말 고약한데요.

무료부장이 코를 막으며 거들었다.

— 가매장을 서둘러야 할 것 같소.

— 날이 갈수록 더위가 기승을 부리니 원.

— 조사해보면 뭐든지 나올 테지요.

장금사가 현장으로 다가들며 중얼거렸다.

의충 역시 시체 썩는 냄새에 수건으로 코를 막았다.

— 독으로 죽은 것은 분명한 것 같은데…….

무료부장이 중얼거리자 장금사가 나아가다가 그를 돌아보았다.

— 금잠이오.

장금사가 사이를 두지 않고 내질렀다. 막 대할 줄 알았는데 그래도 천성이 어질어서인지 그러지 않았다.

— 금잠이라면 금지렁이?

하종사관이 그 말을 듣고 일어나 다가가며 물었다.

장금사가 고개를 내저었다.

— 금지렁이가 아니라 누에입니다. 황금누에.

의충은 고개를 갸웃했다. 처음 듣는 소리였다. 그럼 황금누에 독이라는 말인데…….

─ 왜 그렇게 보시는지?

─ 금잠의 독을 맞으면 특이한 현상을 보입니다. 비만한 자가 그 독에 맞으면 끓는 물에 덴 것처럼 포진이 일어나고 살이 빠져 나갑니다. 썩는 게 아니라 수분이 증발하는 거지요. 나중에는 뼈만 남게 되고 그럼 독충도 침범하지 않습니다. 금잠의 독 때문이지요. 시신은 황백색을 띠고 있습니다. 눈동자가 함몰되고 입과 치아가 드러났습니다. 상하의 입술이 오그라들었고 복부가 부풀어 오른 게 아니라 말라붙었지요. 자 어디 한 번 시험을 해볼까요.

그렇게 말하고 장금사는 우선 아랫것에게 은비녀를 가져오게 했다. 독에 의해 타살되면 먼저 시험하는 도구가 은비녀다. 가장 흔한 법물인데 그는 시신의 입속으로 은비녀를 넣으며 말했다.

─ 이 시신이 금잠의 독을 맞았다면 이 비녀는 누런색으로 변할 것입니다.

푸른색이 아니고? 의충은 그런 생각을 하다가 왜 황금누에를 금잠이라고 했는지 알 것 같다는 생각을 문득 했다.

장금사의 말은 정확했다. 시신의 입에서 빼낸 은비녀를 보았더니 그것은 황금빛으로 변해 있었다. 그는 그것을 조각수로 씻어내었다. 그러나 황금색으로 변한 은비녀는 씻기지 않았다. 조각수는 쥐엄나무를 끓여서 우려낸 물이다. 그 맛이 시고 짜다. 중풍이나 편두통, 마비, 살충에 주로 쓴다.

— 분명합니다. 금잠의 독이 맞아요. 이제 독을 밝혔으니 어떻게 썼는지를 확인해야 되겠지요. 그래야 수사에 도움이 될 테니.

장금사는 그렇게 말하고 아전을 불렀다.

— 가서 찹쌀과 수수를 좀 구해오게.

— 찹쌀과 수수요?

— 군말 말고 가져와.

찹쌀과 수수를 구해오자 그가 일렀다.

— 수수는 내놓고 찹쌀만 주방에 가져다줘 밥을 지으라고 해. 얼른!

아전이 찰밥을 지어왔다. 장금사는 수수 한 대를 찰밥에 섞었다. 그러고는 베보자기에 싸 찌라고 했다. 그리고 또 이상한 주문을 했다.

— 내가 깜빡했구먼. 가는 길에 구해오라고 할 것을. 가서 오리알을 좀 구해와.

아전이 오리알을 구해오자, 그는 오리알을 찰수수밥에다 깨 넣고 주물렀다. 다시 그것을 오리알만 하게 만들었다.

의충이 저걸 어디에 쓰려고 저러나 하고 보는데 찰수수밥을 모두 오리알만 하게 만들어서는 오작인에게 명령했다.

— 재빨리 이것으로 시체의 구멍구멍을 막아야 할 것이야.

검원을 도와 시체를 주무르는 게 오작인이 할 일이지만 장금사가 그렇게 말하자 눈을 크게 떴다. 썩어가는 시신을 돌려 눕히는 것만 해도 힘든데 그것으로 구멍구멍을 막으라고 한다.

장금사가 그런 그를 달래듯 명령했다.

— 시신을 일으켜 앉혀.

오작인이 시신을 끙끙거리며 일으켜 앉혔다.

그러자 장금사가 순식간에 달려들어 시신의 귓구멍을 막았다. 그러면서 소리쳤다.

— 막아. 먼저 코!

오작인이 코를 막았다.

— 입!

입을 막자 그가 다시 소리쳤다.

— 눕혀!

오작인이 사체를 눕혔다.

— 항문!

오작인이 항문을 막자 헝겊으로 시체를 꽁꽁 묶었다.

비로소 숨을 돌리고 잠시 기다렸다.

장금사는 한식경을 기다린 후 헝겊으로 묶은 곳을 풀고 밀어 넣었던 밥을 파내었다.

의충은 깜짝 놀랐다. 의충만 놀란 것이 아니었다. 그를 바라보고 있던 사람들이 탄성을 내질렀다. 참으로 신묘했다. 입과 코에서 나온 수수밥은 멀쩡했다. 그런데 귀에서 나온 수수밥이 악즙에 젖어 냄새가 고약했다. 그 빛깔도 새까맸다.

— 귀로 독을 넣었군요. 아마 자고 있을 때 넣은 것 같습니다. 계획적인 살인입니다. 평소에 척을 졌던 인물의 소행일 것입니다.

하나 같이 할 말을 잃었다.

장금사는 모든 사실을 기록한 다음 비로소 가매장을 허락했다.

풍광의 덫

삼검이 끝나는 대로 허불이에게 가기 위해 의충은 허둥거렸다.

이리저리 살펴보았지만 오길이 보이지 않았다. 에라 모르겠다 싶었다. 허불이 혹 잘못되었으면 어떡하나 하는 생각에 혼자라도 가봐야 할 것 같았다. 막 마방에서 말을 몰고 나오는데 그제야 헐떡거리며 오길이 들어섰다.

— 어디서 오는 거야?

— 이곳저곳이요.

— 이곳저곳이라니? 뭐야?

— 왜 이러세요? 나름 열심히 탐문을 하고 다녔구만.

— 탐문? 용하네. 그런데?

— 탐문을 하다 보니 김택조란 사람이 떠올라서요. 김복택의 자손이래요.

— 김복택? 그가 누군데?

— 김춘택의 동생이라고 하더군요. 무슨 이유에선지 김복택이란 사람이 전하에게 신문 중 맞아 죽었다고 해요. 그 아들이 그게 원이져 헛소리를 하고 다니다 관에 잡혀가 두 팔이 잘렸대요.

— 팔이 잘려? 입이라면 몰라도?

— 그러게요. 어가를 향해 손으로 엿 먹으라고 욕질을 하다가 그리 되었다 하더군요. 그 후로 이송현에서는 소문난 왈패가 되었답니다. 술만 취하면 제정신이 아닌 모양이에요.

— 그런데?

— 그자가 이송현 주막에 나타났다고요. 그래 이리 바삐 오는 겁니다. 그 사람 만나기가 하늘의 별따기랍니다. 워낙 마당발이라.

— 그래서 지금 가자?

— 가면서 이야기합시다. 빨리 그 사람부터 만나고 허불이에게 가도 될 테니까.

의충은 잠시 생각하다가 고개를 끄덕였다.

오걸이 말 등에 올랐다.

— 읊어봐, 김택조에 대해서.

— 아주 막나가는 놈인 모양이에요. 아내를 의심하는 의처증까지 있는 놈이라고 하니까요. 술을 사러 가 조금만 늦어도 주먹질 하는 놈이랍니다. 그런데 그 아내가 천하절색이라는 거지요. 신임사또가

부임하자마자 길에서 그의 아내를 보고 눈독을 들였답니다. 이방이 알아채고 일단 남편부터 감옥에 엮어넣고는 그의 아내를 회유해 남편을 석방시키려면 사또의 수청을 들라고 했대요.

아내는 남편을 살리기 위해 사또의 수청을 들고 말았다. 그제야 남편이 풀려났고 그때부터 남편은 정부 욕만 하고 다녔다. 막연히 정부 욕만 하는 게 아니었다. 그는 영조가 가장 싫어하는 친자 문제를 들먹이며 근본을 속이는 놈이 나라를 다스리니 이 모양 이 꼴이라고 해대었다. 그놈은 제 형님을 죽여 왕위를 뺏고 제 형수도 죽였으며 그것도 모자라 제 자식을 뒤주 속에 넣어 죽였다고 겁도 없이 주절대며 다녔다.

사람들은 그가 미쳤다고 했다.

— 그러니까 뭐야, 그가 그렇게 욕을 하고 다니는 데는 무슨 이유가 있을 것이다?

— 맞습니다. 근거 없이 정부 그것도 임금 욕을 하고 다녔겠어요. 김춘택의 조카라는 점도 그렇고요.

의충과 오길이 주막으로 갔을 때 그는 이미 술이 취해 있었다. 임금 욕을 하도 해대니 곁에 사람이 붙지 않는다고 주모가 말해주었다. 경을 칠까 그렇다는 것이다.

그의 술 마시는 자세가 특이했다. 양 팔이 없다 보니 두 발이 손이었다. 용하게 상체를 세웠는데 두 발이 문어다리처럼 상위로 올라가 술병을 잡았다. 그러고는 넘어지지 않고 잔에다 술을 따랐다. 이번에는 양 엄지발가락으로 술잔을 들어 올려 입으로 가져갔다.

어라, 하는 사이에 이번에는 시레기국이 안주가 되어 입으로 넘어 갔다.

희한한 광경을 보며 의충이 슬며시 그의 옆으로 붙었다.

— 왜 그렇게 임금 욕을 하오?

의충이 웃으며 물었다.

넌 뭐야 하는 표정으로 의충을 건너다보던 그가 상체를 건들거리 며 툭 내뱉었다.

— 그 자식 김가야. 김춘택이의 사랑. 몰라?

의충이 그를 안심시키듯 웃었다.

— 김춘택이의 사랑이라. 그 이야기 좀 들읍시다. 정말 재미있을 것 같은데.

— 맨입에?

— 하하하, 그럴 수야 없지요. 어이, 오형 이리로 와. 술 몇 대 더 시키고. 안주도 하나 시키고.

의충이 갑자기 오형이라고 하자 오길이 눈을 크게 떴다.

그제야 김택조의 표정이 좀 풀어졌다.

— 주모, 여기 술 두 대와 안주 하나!

오길이 건너오며 부엌을 향해 소리쳤다.

의충이 김택조의 빈 잔에 술을 따랐다.

— 설을 풀려면 먼저 영조란 놈부터 해부를 해야지. 그 새끼 살기 위해 제 형까지 죽이고 형수까지 죽인 놈이거든. 그뿐이야, 제 아들 까지 뒤주에 넣어 죽였지. 그게 다 김춘택이 때문이야.

— 왜 그렇게 생각하오?

이번에는 오길이 물었다.

— 뭐긴. 위기감을 느끼고 있어서였겠지. 제 아비 숙종이 경종의 아랫도리를 고치기 위해 밀승을 붙였으니까 말이야. 왕위에 올랐다고 해서 밀법을 멀리하지 않았다면 누가 제일 당황했겠어?

그렇게 말하고 그가 두 발로 술잔을 들어올려 벌컥벌컥 들이켰다.

주모가 막걸리 두 대를 가지고 오자 스스로 한 잔 따라 마시고는, ‘당신들 어디서 나왔다고 했지?’ 하고 물었다.

— 포청에서요.

오길이 대답하고 아차 했지만 이미 늦었다는 생각이 들었는지 입마구리를 쓱 씰었다.

그는 아랑곳하지 않았다. 오히려 가소롭다는 듯이 걀걀걀 웃었다.

— 포청? 웃기고 자빠졌네. 내 이래 봬도 포청 좀 알지. 나도 그 청밥 좀 먹었으니까. 그러다 요 모양 요 꼴이 되었지만. 그럼 내가 떨 줄 아는 모양인데 천만의 말씀.

오길이 의충의 주루먹 속에서 엽전 꾸러미를 빼내들더니 그대로 사내를 향해 던졌다.

— 일체 비밀에 부치겠으니 정보나 좀 주시구려.

잠시 후 그는 엽전을 물끄러미 내려다보다가 오길을 향해 눈을 치떴다.

— 씨발, 사람을 뭘로 보고. 내가 몇 푼에 목을 걸 것 같아?

— 지금 가진 것이 그것밖에 없어서 그러오.

오길이 말했다.

그가 고개를 숙이고 히물히물 웃다가 다시 눈을 치떴다.

— 그 이야길 하려면 연산군 타령부터 먼저 해야 해.

— 연산군?

오길이 생뚱하다는 표정을 지으며 되물었다.

의충이 생각해봐도 그는 거의 2백 년 전 사람이다.

— 갑자사화 말이야. 그때의 연산과 경종의 처지가 뭐가 달랐냐 그 말이야. 연산의 어미도 그렇게 죽었고, 경종의 어미도 그렇게 죽지 않았느냐 그 말이야. 그 후 어떻게 됐어. 피바람이 불었지? 그런데도 숙종이 왜 경종을 고집했겠어. 노론이나 소론의 알력 때문에? 그래서 대리청정을 시켰다? 그렇지. 노론 쪽에서는 대리청정을 하다 보면 하자가 나올 것이고 그럼 축출할 이유가 생길 테니까. 그러나 숙종은 아니었어. 그는 경종이 임금이 되었을 때 복수하리라는 걸 알고 있었거든. 그래서 정유독대, 맞지? 노론의 영수 이이명을 불러 독대한 것이야. 연잉군은 내 새끼가 아니지만 왕가의 체면을 위해 제발 왕자로 살게 해 달라고 말이야. 그때 영조의 이름이 연잉군이었지? 생각해봐. 제 새끼가 맞다면 그럼 세자를 갈아 치우면 될 거 아니야. 연산의 예가 있다고 난리를 치는데도 왜 경종이 어미의 복수를 할 줄 알면서도 그에게 왕위를 넘기려고 했겠어? 심약한 것도 모자라 말더듬이에다 눈치나 살피는 덜떨어진 자에게 말이야. 그건 연잉군이 제 새끼가 아니었기 때문이야. 결국 고양이 사건이 났지.

고양이? 이건 또 무슨 말인가 하고 오길이 되물었다.

— 눈이 하나 달린 고양이. 그 고양이 이름이 금손이었어.

— 금손? 눈이 하나가 아니라 머리가 두 개 아니오?

의충이 물었다.

— 씨발, 몰라. 머리가 두 개든 눈이 하나든 무슨 상관이야.

— 그래서요?

의충이 알았다는 듯 다급하게 물었다.

— 숙종의 약을 핥아먹고 함께 간 것이야.

— 가다니요?

오길이 침을 꼴깍 삼키며 물었다.

— 황천!

사내가 짧게 대답했다.

— 그럼 독약이?

오길이 눈을 빛내며 묻자 그가, '물론이지' 하고는 두 발로 술을 홀랑 입속으로 털어 넣었다.

— 그럼 숙종이 독살되었다 그 말이오?

의충이 놀란 음성으로 묻자, '씨발, 그럼 멀쩡한 고양이 금손이 왜 지랄을 떨다 죽어?' 그러고는 두 엄지발가락으로 고깃살을 집어 입속으로 처넣듯이 넣어 우걱우걱 씹었다.

— 그게 사실이오?

의충이 어이가 없어 그렇게 물었다.

— 지금도 그 고양이 숙종 릉 옆에 묻혀 있잖아. 누가 죽였겠어? 뻔하지. 숙종이 죽고 난 뒤 노론은 어떻게 했어? 그걸 경종이 모를

리 없고 보면 경종이 자신들을 죽일 것 같으니까 왕세제 책봉을 서두른 거 아냐. 왕세제가 뭐야? 임금의 동생을 후사로 삼는 거 아니야. 세상에 그런 법이 어딨어? 그렇지, 이방원의 경우가 있긴 하지. 하지만 경종은 복수하지 않았어. 왜? 어미가 죽을 때 중위 가랑이를 붙들고 우리 어머니를 살려달라고 울며 매달릴 때 뿌리쳤던 신하들 말이야. 그들을 경종이 왜 살려두었을까? 이제는 떼로 몰려와 왕손이 없으니 빨리 후사를 정하라고 윽박지른다. 여느 임금들 같았다면 하나 같이 삼족을 멸할 일이었지. 그러나 경종은 좋다 하고 연잉군을 왕세제로 삼았어. 어머니를 죽인 원수도 받아들였고 새끼를 못 낳으니 동생을 후사로 삼으라는 그 청도 받아들였어. 양자를 삼으면 그만일 텐데 말이야. 그래서 소론이 세상에 이런 법이 어디 있냐며 들고 일어난 거 아니야. 세자 책봉이 어떤 일인데 한밤중에 밀실에서 저희들끼리 야합했다며. 문제는 연잉군이지. 노론이 임금을 만들어주겠다니까 얼씨구나 기다리고 있다가 받아들인 건 세상이 다 아는 일이야. 한마디로 야욕을 드러낸 것이지. 그게 또 다른 비극의 시작이지 뭐야. 문제는 경종이 그걸 알면서도 눈 감았다는 사실이야. 왜 원수도 사랑하고 연잉군의 야욕도 눈 감았을까. 그것은 바로 그가 믿던 밀법의 힘이었어. 아니, 아버지의 죽음. 고양이의 죽음. 그걸 밝히려 했던 것이었는지도 몰라. 그런데 연잉군이 그 모든 사실을 알고 있는 경종을 가만 놔둘 수 있을까? 그런 그를 죽이려는 연잉군의 야욕은 하늘을 찌른다. 연잉군은 그 후 정사에 참여하게 되었고 경종은 한술 더 떠 몸이 좋지 않다며 정무를 연잉군에게 맡겨버린다. 어떻게 보면 노론의 허를 찌르는 일이었어. 너희들의 임금은 바로 연잉군이 아니냐 그 말이거든. 그를 떠받드는 꼴을 보인다면 죽이겠다는 경고거든. 다시 말해 소론의 경각심을 불러일으키는 일이기도 했어. 그때부터 다시 노론 소론이 피 터지게 싸웠으니까 말이야. 그러고 보면 그들을 가지고 논 사람은 경종이었던 것이야. 그 속에서 어리석은 종자들이 자신의 심중을 드러내고 있었으니까 말이야. 어느 날 김씨 성을 가진 궁녀 하나가 죽는다. 왜? 영조의 친부인 김춘택의 첩자질을 하다가 걸렸거든.

— 김춘택은 그대의 삼촌이 아니오?

의충이 듣고 있다가 물었다.

— 맞아. 영조가 내 조카이듯. 세상이 다 아는 걸. 그 다음 날 영조는 박상검을 따르던 환관 여섯 명을 다 죽여버린다. 왜 죽였겠어?

— 네?

오길이 놀라 화들짝 되물었다.

— 박상검이 누구야? 경종의 심복 아닌가. 경종에게 충성하던 환관들을 모두 죽인 것이야. 그게 바로 신축년(1721년) 12월에 있었던 영조의 여우사냥의 전말이야.

비록 술이 취하긴 하였으나 사내의 정신은 말짱해 보였다. 그는 다시 이렇게 말하고 있었다.

— 궁내에 여우들이 살고 있다는 것이었지. 밤이 되면 여우가 흰 족두리를 쓰고 돌아다닌다는 것이야. 희빈 장씨. 억울하게 김춘택의 술수에 걸려 죽은 장희빈. 그가 낳은 경종. 어리석고 심약한 말더

듬이. 그러나 그때는 아니었지. 밀법을 통해 강건한 사내로 태어나 있었으니까. 경종의 수하 박상검이 그가 있는 동궁의 처소를 그물로 칠 정도였으니까 말이야. 연잉군. 독 안에 든 쥐였지. 경종은 그를 죽일 수 있었어. 그러나 이상하게 형제애가 발동해 죽이지 못한 거야. 김춘택의 핏줄들이 그 틈을 타 김씨 성을 가진 상궁을 보내 연잉군을 탈출시켰지. 그녀가 처소의 담을 넘게 하여 도망시킨 거야. 그러고 보면 김춘택이 제 자식 하나는 제대로 챙긴 셈이지. 그 바람에 김상궁은 경종에게 죽었지. 그때부터 두 형제의 피 터지는 싸움이 시작된 것이야. 형은 동생을 죽이려 하고 동생은 형을 죽이려 하고. 그러나 경종은 이상하게 정이 많은 사람이었어. 그는 금상에 있었고 동생을 죽일 수 있었는데도 고양이가 쥐를 가지고 놀듯이 죽이지 않았거든. 더욱이 그때쯤 지관 목호룡이란 자의 고변서가 올라왔지 뭐야. 자세하기가 이루 말할 수 없었어. 경종을 세 단계로 죽이려 한다고 했으니까. 그래서 그에 관련된 인물들이 잡혀와 죽으면서 이제 연잉군은 완전히 쥐덫에 갇힌 꼴이 되고 말았지. 그때부터지. 경종에 의해 놀아나던 노론은 완전히 궁지에 몰렸고, 연잉군은 살아남기 위해 광분하기 시작했으니까. 그때 그를 적극적으로 도운 이들이 바로 김춘택의 동생들이었어. 그들이 독극물을 옮겼으니까. 나는 지금도 기억해, 그날의 광경을……. 사람들은 우리 아버지가 맞아 죽었다고 하면 다 거짓말이라고 해. 어떻게 임금이 몽둥이로 피붙이를 패 죽일 수 있냐는 거야. 그렇잖아. 그래도 김춘택이나 내 아버지는 이 나라 제일가는 가문의 종자들이야. 그리고 왕가의 피붙이고. 경종이 오랫동안 병으로 몸이 편치 않으니 제때에 세제를 세움으로써 종사를 위한 대계를 세우지 않을 수 없다고 주장한 사람이 바로 내 아버지였다 그 말이야. 그런데 그 개자식 목숨 걸고 보위에 앉혀놓으니 생뚱하게 이씨인 척하고만 있는 것이야. 그러니 화가 날 수밖에. 평소에도 술 좋아하는 양반인데, 무옥에 죽은 신하들의 원통함을 언급하지 않을 수 있어? 하기야 그래서 영조의 속이 더 뒤집어진 것인지도 몰라. 언젠가는 처치해야 되겠다고 생각하고 있는데 다시 옥사가 일어나고 말았지. 영조는 잘 됐다 하고 내 아버지의 형제들을 엮어 넣은 거야. 울 아버지와 용택이 삼촌도 그때 들어가 죽었어. 영조는 그들로 인해 임인년의 옥사가 일어난 양 몰아간 거야. 그들을 제거해 해결의 실마리를 잡으려고 했는데 내 아버지가 인정을 하지 않고 오히려 김가가 아니냐고 물었거든. 그래 영조는 찔리는 게 있어 내 아버지의 얼굴을 바로 쳐다보지도 못하고 언문으로 두 자 쓴 거야. 불불 하고 말이야. 불불이 뭐야? 사관들이 어떤 대답을 하나 하고 보았더니 영조가 두 자를 언문으로 썼다 이거야. 불. 아니다? 그럼 한 자는 무엇일까? 아버지가 곤장을 맞고 죽을 때 친척 하나가 아버지를 옥에서 만났지. 그래 물었다고 해. 마지막 글자를 보았소? 보았지. 무슨 자였소? 위자였다. 위? 불위? 어이, 잘 배운 사람들. 뭐 포청에 있다고? 그럼 엄청 배웠겠네. 불위가 뭐야? 그 길로 요장이 났지. 암. 요장이 났다 이거야. 곤장을 맞다가 결국 옥사했으니까.

불현듯 정목인이 말하던 불위라는 말이 떠올랐다.

— 씨발, 왜 사람들은 그게 사실인데도 인정하지 않으려고 하는지 모르겠어. 너 같이 무식해서 그런 것인가? 아니, 그렇게 넘어가고 만 것이야.

— 들어보니 그렇긴 한데…… 불위가 뭐요?

— 몰라 나도.

오길이 묻자 그가 갑자기 돌아앉아 버렸다.

오길이 뻘쭘해서 그의 뒷모습을 멍하니 보다가,

— 영조 임금 참 알다가도 모를 사람이네. 햐, 그러고 보니 그 어함 속이 더 궁금해지네. 과연 어떤 해답이 들어 있을까 해서.

하며 사내의 눈치를 살폈다.

어떻게 돌아왔는지 몰랐다. 정목인이 말하던 불위라는 말이 자꾸 맴돌았는데 돌아오면서 투덜거렸다.

— 망할 자식, 성깔머리만 살아서…….

이상했다. 사내는 그때 오길에게 그렇게 말하고 술 한 잔을 발로 다시 마셨는데 한 잔 술에 간다더니 정말 그랬다. 그때부터 횡설수설이었다. 그러다가도 적의를 드러낼 때는 멀쩡한 어조로 자기 의사를 분명히 했다. 그는 분명 돈 때문에 영조의 비행을 말하고 있는 것 같지 않았다. 맺힌 것이 많지 않고는 그럴 수가 없을 것이다. 그는 맨 마지막에 가서도 자신의 본심을 정확한 어조로 드러내었다.

— 김춘택은 내 삼촌이었고 김복택은 내 아버지였지만 네미, 누가 알았겠어. 그렇게 임금을 만들어놓았더니 제 아비를 귀양 보내 죽였

고 내 아버지인 제 삼촌을 장폐시켰으니 말이야. 더구나 김씨 상궁, 그 상궁이 내 누이였어. 네미, 연잉군 아니, 영조를 그렇게 살렸는데 원통하게 죽었지 뭐야.

그는 그렇게 씹어뱉고 벌떡 일어나 오길이를 노려보다가 덜렁대는 빈 소매로 얼굴을 한 대 갈겼다.

— 넌 개새끼야, 인간부터 되어야 되것다. 이 호로자식아.

그러고는 오길이 던진 엽전 뭉치 위로 침을 탁 내뱉고는 사라져버렸다.

담판

1

검은 그림자가 다함정의 화초담을 소리 없이 넘었다. 꼽추였다. 등에 칼까지 차 더욱 기괴한 모습이었다.

꼽추는 소리 없이 붉은 눈의 방으로 숨어들었다.

전혀 의식하지 못한 채 잠에 빠진 붉은 눈.

시이익.

투명한 항아리 속의 살모사가 침입자를 알아채고 꿈틀거리며 머리를 흔들었다.

스르릉.

꼽추가 등에서 칼을 뽑았다. 붉은 눈이 눈을 떴다. 그 순간 칼날이 그녀의 목덜미에 닿았다.

― 자목!

꼽추가 낮게 부르짖었다.

붉은 눈이 눈을 뜨고 꼽추를 올려다보았다.

― 왔구나!

― 세상모르는군. 난 빚지고는 살지 못하는 몸이야.

― 베지 그러느냐.

붉은 눈의 여자는 흔들리지 않았다.

― 이년, 아직도 큰소리냐!

― 네놈이 날 죽일 수 있을 것 같으냐? 너는 결코 나를 죽이지 못한다. 내게는 허불이가 있으니까.

― 허불이?

― 그년이 내 방패막이거든. 내 목이 떨어지는 순간, 그년의 목도 잘릴 것이니까. 넌 그년의 목부터 먼저 구해야 했다.

꼽추가 부들부들 떨었다.

― 이제 치워라, 이 칼.

꼽추가 칼을 던지고 털버덕 주저앉았다.

붉은 눈이 일어나 앉았다. 새하얀 모시적삼. 그 위로 흘러내리는 은발. 섬뜩했다. 그녀는 날카롭게 꼽추를 쏘아보다가 머리를 매만지고 그를 노려보았다.

― 너의 한을 모르는 게 아니다. 그러나 너는 그 누구도 죽일 수 없어.

꼽추가 무서운 눈길로 붉은 눈을 쏘아보았다.

― 나는 보았다. 허불이가 누구를 사랑하고 있다는 걸 말이다.

— 무슨 말이냐?

— 이의충! 이의충을 모른다고는 안 하겠지?

붉은 눈의 입가에 미소가 떠돌았다.

— 그 사람을 사랑하고 있더군.

— 안 돼!

꼽추가 비명처럼 소리쳤다.

— 그게 인생살이지.

그렇게 말하고 붉은 눈이 아랫사람을 불렀다.

아랫사람이 꼽추를 발견하고 깜짝 놀라는데 붉은 눈이, '허불이를 불러라' 하고 명령했다.

2

골목을 돌아서자 청등과 홍등이 사이를 두고 걸린 기방의 대문이 보였다. 아직 날이 저물지 않아서인지 빈 등만 바람에 흔들렸다. 풋감을 주렁주렁 단 감나무가 담 밖으로 머릴 내밀고 있었다.

— 감이 엄청 달렸네요.

오길이 잎이 무성한 감나무를 바라보며 말했다.

— 단감이지?

— 저건 익으면 맛이 없어요. 곶감 만들기도 신통찮고.

— 그래서 인생살이가 묘하다는 거다. 젊을 때 잘 나가다가 익으

면 별 볼일 없으니 말이다. 그래서 인생은 후반전이지. 젊어 딸기보다는 늙어 곶감이 되어 달아야지.

— 참 병입니다. 말 한번 고상하게 하시네요. 인생살이 별것 있냐 그러면 될 것을.

막상 기방으로 들어가려고 하자 의충은 흐르르 떨렸다. 꿈에 본 허불이의 모습이 자꾸 눈앞을 가렸다.

— 불러볼까요?

오길이 의충의 심중을 간파한 듯이 돌아보며 물었다.

— 그래.

이왕 이렇게 온 거 부딪쳐보자 싶었다.

그때였다. 아랫것을 데리고 어딜 갔다 오는지 담을 돌아 대문가로 다가오던 여인이 화들짝 놀랐다.

— 오매, 오라버니!

허불이었다. 허불이 멀쩡한 모습으로 달려왔다.

— 어쩐 일이요?

의충이 그녀를 살펴보니 멀쩡하다. 어디를 다녀오는지 전모를 쓰고 있다.

— 괜찮냐?

눈치를 챈 허불이 웃었다.

— 오매, 우리 오라버니 나 잘못되었을까 노심초사 했나 부다. 어쩐지. 그런 오라버니가 아닐 텐데. 들어가요.

의충이 그녀를 눈부신 듯 쳐다보았다.

애는 정말 뭘 모르고 있구나.

— 괜찮냐니까?

이미 그녀가 괜찮다는 판단이 섰지만 의충이 다시 물었다.

— 괜찮으니까 이렇게 멀쩡하잖아요. 어서 들어가요. 화심아, 대문 따라. 얼른.

대문이 열렸다.

넷이 들어서자 섬돌 가에 나와 선 붉은 눈이 보였다. 의충과 오길이 들어서다가 흠칫 놀라 서자 붉은 눈의 입가에 웃음이 물렸다.

— 어서 오시오.

— 그동안 안녕하셨소?

의충이 정중하게 인사를 하자 그녀가 섬돌 옆으로 비켜섰다.

— 오르시오. 그렇지 않아도 기다렸다오.

그들이 들어가 앉은 방은 안방 건넛방이었다. 별 장식이 없는 걸로 봐 기녀들의 지대방 같아 보였다.

이내 찻상이 들어왔다.

의충이 찻상을 보다가 들어와 앉는 허불이를 보며, '술상이나 보아라' 하고 말했다.

— 허따, 오라버니 오늘 돈깨나 가져오신 모양이네.

— 그래, 술 한 상 못 사겠느냐. 그런데 너 어떻게 되었느냐? 나 살자고 거짓부렁을 했는데 어찌 무사한 게냐?

허불이 웃었다.

— 어찌 오라버니만 살자고 거짓말한 거유. 나와 함께 살자고 그

런 거 아니오.

— 뭐?

— 어머머, 오라버니 놀라는 것 좀 봐. 내가 살자고 하면 금방이라도 도망갈 표정이네.

— 농담 말고 왕언니라는 사람 들어오기 전에 말해봐라.

— 글쎄 괜찮으니 걱정 놓우. 우리 왕언니 그렇게 속 좁은 사람 아니라오.

— 그럼 알긴 안다는 게냐?

허불이 소리 내어 웃었다.

— 그 말에 속을 사람이 어딨소. 세 살 먹은 어린아이도 안 속겠습디다.

허불이 그렇게 말하고 또 웃었다.

— 무슨 소리야? 그래서 살아났는데.

막 묻는데 밖에서 음식을 만들어 들이는 찬방기녀의 목소리가 들려왔다.

— 언니, 술상 들어가요.

— 그래, 들여라.

문이 열렸다.

한 상 잘 차려진 술상이 들어왔다. 기녀 하나가 들어와 다소곳이 절을 하고 오길이 곁으로 가 달라붙었다. 오길이 눈 둘 바를 몰라했다. 그 모습을 보며 허불이 놀렸다.

— 하이고, 저 순둥이 침 흘리는 거 봐라.

뭣이, 하는 표정으로 오길이 허불을 건너다보았다. 말까지 놓아버리니 기분이 묘한 모양이었다.

— 침이나 닦아라, 순딩아.

어느 사이에 두 사람 사이가 내 너가 되어 있었다. 이게, 하는 표정으로 오길이 허불을 쏘아보았다.

그때 문이 열리고 붉은 눈의 여인이 들어섰다. 허불이 곁의 기녀가 후다닥 일어나 방석을 가져와 상머리에 놓았다.

붉은 눈의 여인이 목례를 보내고 상머리에 앉았다. 의충이 가까이서 보니 분을 발랐으나 주름이 자글자글하다.

— 다시 찾아주셔서 고맙소이다.

— 진작 온다는 게 그만.

— 이리 오지 않았소.

— 그게 아니라 사과할 것도 있고 해서, 솔직히 허불이 그렇게 내팽개치듯 놓고 간 것도 걸리고. 사실 그때 살자고 거짓을 놓았소. 이해하시구려.

의충의 솔직한 말에 붉은 눈의 여인이 눈을 내리 깔았다. 그녀가 잠시 후 고개를 들었다.

— 알고 있었다오. 그대가 들먹였던 평안병사 내가 잘 아는 사람이었다오.

의충은 눈을 크게 떴다.

— 내가 뭘 많이 오해하고 있다는 생각을 그때 했다오.

— 그래서 살리셨다 그 말입니까?

— 내 반대편에 서지 않았는데 내가 왜. 이제 잊어버립시다.

— 미안합니다. 그렇게 간 분들을 팔았으니.

— 어디 죽으려고 한 소리겠소. 알고 있었다오. 이인좌의 난이 언제 일어난 것이오. 무신년에 났었소. 지금이 을미년 아니오. 그럼 그대의 나이를 계산해보오. 말이 안 되지 않소. 내가 그대의 나이를 잘못 알고 있는지 모르겠소만······.

의충이 그제야 정신이 번쩍 들어 계산해보다가 멋쩍어 뒷머리를 긁었다.

그런 의충을 가만히 보고 있다가 붉은 눈이 입을 열었다.

— 보다시피 난 이렇게 늙어버렸다오. 허불이는 걱정 마오. 이왕이 길로 들어섰으니 내가 책임져야지 누가 책임지겠소. 허불이 걱정일랑 안 해도 될게요.

갑자기 허불이 울기 시작했다. 그러다가 앙탈을 부렸다.

— 언니는 꼭 잘 나가다가 사람 속을 뒤집는다니까. 야, 선화야. 술 한 잔 따러라.

— 어허, 무례하구나.

붉은 눈이 허불이를 쏘아보며 소리쳤다.

허불이가 찔끔 놀라 고개를 숙였다.

붉은 눈이 조용히 일어났다.

— 그럼 쉬었다 가시오.

— 정말 고맙습니다.

의충이 일어나 마주 허리를 접었다.

붉은 눈이 나가자 오길이 곁의 기녀가 허불이를 향해 종알대었다.

― 언니 이제 큰났다. 왕언니 표정이 장난이 아니던데. 설교 듣느라 잠 다 잤네.

허불이 히잉, 하고 웃었다.

― 걱정 없다. 쫓겨나믄 오라버니가 있는데 뭐. 오라버니 밑으로 가 다모라도 해야지. 별 수 있니.

― 네가 다모를 해?

오길이 듣고 있다가 한마디 했다.

― 왜? 내가 못할까 봐.

― 아주 칼 차고 검계로 나서지 않는다고 해 다행이다.

의충은 두 사람을 보고 있다가 스르르 눈을 감았다.

사랑이란 도대체 무엇일까. 자격? 살기 위해 그들을 배신했다. 그 배신이 사랑과 무슨 관계가 있는 것일까? 그녀가 세상 물정 모를 때 둘의 만남이 사랑이라고 생각했다. 그러나 세월이 그걸 용서하지 않았다.

그런 생각을 하다가 의충은 눈을 떴다. 검무를 추던 여자를 사랑하던 사내의 얼굴이 허불이의 얼굴과 겹쳐지다가 멀어져갔다.

그 사내가 이 아이의 오라비였지 아마.

도대체 이 아이는 왜 이렇게 변해버린 것일까. 혹시 그날의 배신을 알고 있기에?

설마 싶었다. 검계의 무리들이 허불이의 오라비를 구해 가긴 했지만 그때의 상황으로는 이미 죽어 있었던 것이 분명했다. 살아도 고문에 의해 산 모습이 아니었기 때문이다.

가슴이 창살을 맞은 듯 아파왔다.

어머니가 눈물을 흘리며 고개를 모로 내저었다.

의충은 이를 악물었다. 또다시 자신을 위로할 수밖에 없는 기운이 가슴 밑바닥으로부터 기어올랐다.

의충은 멀거니 그들을 건너다보았다. 그래도 젊음이란 것이 무엇인지 저들끼리는 어쩐지 통하는 모양이었다. 그래서 감정은 변하는 것이고 사랑 또한 옮겨가는 것이라고 했던가.

꿈의 정원

　방으로 돌아온 운심이 꼽추를 내려다보았다. 이내 방안에 땀 냄새
가 돌았다. 검무를 한바탕 추고 돌아온 참이었다.

　한참을 내려다보고 섰던 그녀가 꼽추 곁으로 파고들었다.

　꼽추는 여인이 파고드는 걸 아는지 모르는지 여인의 목에 팔을 내
맡긴 채 눈을 감고 있었다. 점차 거칠던 꼽추의 숨소리가 고르게 사
위어갔다.

　그녀는 생각하고 있었다. 마을 앞으로 흐르는 긴 강줄기. 수면에
부서지는 달빛.

　병풍처럼 쳐진 마을 뒷산에서 뻐꾸기가 울었다. 시오리도 넘는 당
초서당에서 아이들이 돌아오고 있었다. 아이들은 어느새 하나가 되

어 콩밭으로 들어가 콩서리를 해먹고 가재를 잡으며 물장구를 쳤다.

외할머니 댁에 맡겨놓고 가는 아버지의 발걸음이 설었다.

― 가는 길에 성하 집에 들러야 쓰것다.

― 아버지, 또 성하 아버지와 약주 하실라고요? 엄니가 기다리실 것인디.

― 가실골에 오기가 어디 쉬워야지.

― 나 언제 데려갈 거예요?

― 곧 한양으로 옮겨갈 것이니 한 달만 참아라. 좋은 일이 있을 것이다.

― 성하네도 한양으로 가남요?

― 글쎄, 어떻게 되려는지. 일만 잘 되믄.

그땐 몰랐다. 아버지가 허불이 아버지와 무슨 수작을 꾸미고 있었는지. 그들 위에 제 형을 죽이고 임금이 된 이 나라의 금상이 있었는지도.

아무튼 아버지는 가실골로 딸을 데려와 외할머니에게 맡겼고 허불이와 성하와 의충이와 그렇게 어울렸다. 의충이도 그때 허불이 아버지가 천동골에서 데려와 공부를 시키던 참이었다.

성하의 동생 허불이와 의충이는 그때 나이가 어려 비교적 잘 따르는 아이들이었다.

― 오늘 여그서 잘지 모르겠다. 의충이 아비도 온다고 했으니. 외할머니 말씀 잘 들어야 해.

성하의 집으로 가보면 세 사람의 아버지가 술에 녹초가 되어 있었다. 그 중에서 의충의 아버지가 나이가 제일 적었고 벼슬도 낮았다.

아버지의 말대로 그 후 세 집은 정말 한양으로 이사를 했다. 이인좌의 난이 일어나기 직전까지 아버지의 벼슬은 겨우 병조의 낭청에 지나지 않았다고 했다. 그러나 이인좌의 난이 진압되고 승승장구 그 벼슬이 병조참판에 이르렀다. 무서울 게 없던 시절이었다. 허불이의 오라비 성하의 아버지는 포도대장, 이의충의 아버지는 이조좌랑이었다.

그때 어떻게 알았을까. 세 사람이 하나 같이 역적으로 몰려 그 자식들마저 이런 모습이 될 줄.

성하가 한양에서 이덕무 선생 밑으로 검무를 배우러 들어갔을 때 그의 아버지는 말리지 않았다. 사내자식이 무슨 검무냐고 했지만 성하는 검군총사가 되기 위해 검무를 배운다고 했기 때문이었다. 하지만 운심은 그런 성하의 춤이 눈부셔 막무가내로 이덕무 선생을 찾아 검무를 배웠다.

아버지는 제 딸이 성하를 따라 검무를 배우자 어이가 없어 하늘만 올려다보았다.

— 계집아이가 검무를 배워서 뭐할 거이냐. 그거 기녀나 추는 것이여. 네가 기녀가 될 것이냐?

— 두고 보셔유. 나는 이 나라 최고의 검녀가 될 것이구먼요.

참으로 어이없는 일이었다. 그렇게 어이없게 세상을 살았다. 검군총사를 꿈꾸는 사내를 마음에 담고 임금의 후궁이 되어야 했고, 서예가 백하의 첩실이 되어야 했고, 이제 꼽추의 안사람이 되어야 했다. 성하는 꼽추가 되어 세상을 살고, 그 옛날의 운심은 검무를 추는 기녀가 되었다.

　그녀는 눈을 떠 꼽추의 얼굴을 더듬었다.

　인연이라는 것이 무엇일까.

　그녀는 이 사내의 미소를 알고 있었다.

　어릴 때부터 팔자가 사나우려고 그랬는지 무조건 그에게 끌렸다. 그가 좋았다. 그와 검무를 배우면서 그가 희미하게 웃을 때면 자신이 지금까지 기다리고 있던 사람이 이 사람이 분명하다고 생각하며 춤을 추었다.

　그는 재미없는 사람이었다. 술을 한잔 마셔도 마시는 동안 일체의 농도 없었다. 상스런 짓거릴 아예 하는 법이 없었다. 여느 남자가 그랬다면 속으로 비웃어라도 주었을 테지만 도저히 그런 생각이 들지 않았다. 그런 그가 은근히 유혹해주기를 기대해보았지만 그는 유혹마저도 할 줄 모르는 사람이었다.

　어느 날 술에 취해 방안에 쓰러져 자고 간 적이 있었다.

　그때 그녀는 기다리기나 했다는 듯이 그의 곁으로 파고들었다. 그의 옷을 벗기고 그의 사람이 되기 위해 미친 듯이 몸부림쳤다. 왜 그랬는지 몰랐다. 아침에 일어나면 어떻게 대할까 싶었지만 이해해줄 것 같았다. 안아 일으켜줄 것 같았다.

　그건 사실이었다. 그녀가 눈을 떴을 때 가만히 내려다보고 있던 사내의 눈길. 희미한 미소가 사내의 입가에 흘러가는 걸 보며 그때 처음으로 부끄러움이란 것을 알았다.

　손에 잡힐 듯이 다가오던 그 부드러운 미소, 그러나 거기엔 이상스런 슬픔이 드리워져 있었다.

　내가 나를 팽개치듯 백하를 따라 나서지만 않았던들 이 사람이 이렇게 되었을까.

　그녀는 와락 꼽추의 얼굴을 끌어안았다.

　— 내가 잘못했소. 내가 잘못했소.

　꼽추는 눈을 감은 채 여전히 말이 없었다.

동삼문

— 일어나, 이놈아. 지금이 어느 때라고. 어젯밤 잠 안 자고 뭐했어? 얼른 못 일어나.

오길이를 깨워 서성거리고 있는데 정목인이 다가왔다.

— 안 나가고 계셨군요. 사예께서 불러 갔더니 무슨 말을 들었는지 명륜당으로 내려가 보라고 해요. 문과초시를 볼 유생들을 가르치는 서모정이라는 교수가 있답니다.

— 제가 잘못 알고 있는지 모르겠습니다만 문과초시는 옛날에 없어진……. 아닌가요?

의충은 고개를 들며 낮게 물었다. 그가 알기에 문과초시는 오래전에 없어진 것이었다.

정목인이 빙그레 웃었다.

— 분제제도가 다 없어졌다고 알고 계실지 모르지만 아닙니다. 한때 없애기는 했지만 이 시대에 와 조금 달라졌다고 할까요. 그러니까 시대에 따라서 적당한 방법으로 조율되었다고 할까요. 과거의 시험 과목과 방법이 시대에 따라 달라서라고 할까요.

— 서모정 교수라고 했습니까?

오길이 웬 잔소리냐는 듯이 성질 급하게 물었다.

— 네, 이곳에서는 괴짜로 소문난 사람입니다. 학궁 주위 반촌에서 기숙을 하며 교수직을 맡고 있는데 본시 백정의 아들이라는 말이 있습니다.

— 백정의 아들이 어떻게? 제가 알기에 반인의 후손이라면 벼슬하기가……

의충의 말에 정목인이 고개를 끄덕였다.

— 물론 소문일지도 모릅니다. 아무튼 반촌의 한 사내가 자식에게만은 소를 잡는 천역을 물려줄 수 없다는 생각에 모진 마음을 먹고 아들을 타지에 내보냈다고 합니다. 자식은 제 아비가 반촌의 백정인 줄 모르고 자랐지요. 아들이 커 학궁에 들어왔는데 반촌에다 방을 얻었어요. 자신의 친아버지 집이었지요. 아이를 데려다 키운 아비가 들락거렸답니다. 그러다 보니 자연히 알게 되었지요. 집주인이 자신의 친아버지라는 것을. 그는 나중 학궁 박사가 되었습니다. 이한조 사예는 그의 후원자였어요. 평소 이한조 사예와는 친분이 두터웠으니 말입니다. 그는 이한조 사예가 죽자 박사를 그만두고 반촌으

로 들어갔다고 해요. 비로소 친아버지 품으로 간 거지요. 그걸 아는
이는 몇 되지 않겠지만 아무튼 그런 소문이 있습니다. 그래서 아마
만나 보라고 하는 것일 겝니다.

— 무슨 말씀인지 알겠는데 대단하네요. 그의 신분이 공론화되면
성치 않을 텐데요?

— 그래서 쉬쉬 하고 있지만······.

— 그럼 반촌으로 그를 만나러 간다는 것도······. 더욱이 그곳에
들어갔다면 관원들도 손을 댈 수가 없고 보면······.

— 그래서 그곳으로 들어가 버렸다는 말도 있습니다. 사예께서는
그 사람을 만나보라고 했지만 그렇기에 더욱 조심해야 할 것입니다.
만약 만날 수만 있다면 혹시 이한조 사예와 공유하던 정보를 얻을
수 있을지도 모르지요. 지금은 성우정육이란 곳에 머물고 있다는
말이 있습니다.

— 성우정육이라면 쇠고기를 파는?

— 맞습니다.

오길과 말을 타고 나서자 정목인이 손가락으로 동삼문 쪽을 가리
키며 말했다.

— 우선 동삼문 방향으로 돌담을 돌아나가세요.

동삼문은 임금이 문묘에 출입할 때 드나드는 문이다. 평상시에는
사용할 수 없는 문이다. 임금의 행차 때만 사용할 수 있는 문이라 어
삼문이라고 한다.

— 어삼문 방향으로 곧장 나가야 합니다. 나가다 보면 성교리라고

음각된 큰 입석이 보일 겁니다. 마을 입구에 있습니다. 허름한 간판이 붙어 있으니까 찾을 수 있을 겁니다.

두 사람은 학궁을 빠져나와 어삼문 방향으로 말을 몰았다.

어삼문이 한참 멀어지고 계속 나아가도 입석은 보이지 않았다.

— 찾을 수 있을까. 정목인을 데려올 걸.

— 말이 두 필이라, 제가 빠질 걸 그랬어요. 이상하게 오늘은 정목인이 따라붙질 않아 하는 것 같아서.

— 이제 제법이구나. 말 타는 솜씨가.

— 누군 뭐 말 타는 재주를 뱃속에서 배워 나온답디까.

한참을 가다가 오길이 말고삐를 잡아챘다.

마을 입구에 들어서자 생각했던 것과는 많이 달랐다. 소를 잡는 백정들이 사는 곳이라고 해서 피비린내가 진동할 줄 알았는데 의외로 마을은 평온했으며 정겹고 깨끗했다. 제법 육중한 건물들도 보였다. 정육점이었는데 창호지 문이 여럿 있는 것으로 보아 유생들에게 하숙을 치는 집이 아닐까 싶었다.

관야의 대필

숲속에서 나온 다람쥐가 재빨리 길을 가로지르는 게 보였다.

지열 때문인지 말이 굽을 차며 길게 한 번 울었다.

잠시 후 문이 열렸다. 대로변을 끼고 제법 크게 지은 기와 건물이었다. 상기둥에 붉은 글씨로 쓴 성우정육이란 입간판이 붙어 있었다.

열댓 살의 계집아이에게 주인을 만나러 왔다고 했더니 안으로 들어가기가 무섭게 삼십대의 사내가 나왔다.

—학궁에서 나오셨습니까?

—그렇습니다.

두 사람은 그의 인도를 받으며 정육점 안으로 들어섰다. 그제야 비린내가 진동했다. 저쪽 구석으로 껍질이 벗겨진 소 두 마리가 매달린 것이 보였다.

그들은 그곳을 지나쳤다. 절구통처럼 생긴 둥근 나무 도마를 앞에 하고 이십대로 보이는 총각이 고기를 썰고 있는 곳이 나타났다. 칼을 놀리는 솜씨가 예사롭지 않았다.

여러 개의 방을 지나 들어선 곳은 아늑한 기운이 감도는 방이었다.

안으로 들어서자 백발의 노인네가 일어나 다가왔다.

— 제가 서모정입니다만, 무슨 일로?

선입관 때문일까. 백정의 아들로 태어나 학궁의 박사에 오른 인물. 그래서인지 그의 눈에서 풍기는 안광이 예사롭지 않아 보였다.

수인사가 끝나고 의충은 본격적으로 자신의 입장을 밝혔다. 그러자 서모정 교수는 의충이 묻는 말에는 대답하지 않고, '학궁에 일이 일어났다는 말은 들었지만⋯⋯' 하고 말을 흐렸다.

의충은 자초지종을 말하고 도움을 구했다.

그는 뜻밖에도 한숨을 쉬었다.

— 언젠가 이런 날이 올 것을 알고 있었습니다만⋯⋯.

— 무슨 말씀이신지?

— 이한조 사예가 시해 당하기 전 어느 날 나를 찾더군요.

그렇게 시작된 그의 말은 간단했다.

이한조 사예가 죽기 얼마 전이었다. 학궁으로 들어갔더니 영조의 어함인가 뭔가를 찾아야 한다는 말을 했다. 그게 뭐냐고 묻자 이한조 사예는 그 어함에 얽힌 말을 대충 하고는 그것을 꼭 찾아야 한다고 하였다.

대화는 그 정도에서 끝났다. 의충이나 오길이 의문 나는 점을 계속 물었으나 그는 할 말을 다했다는 듯 더 말이 없었다.

두 사람이 학궁으로 돌아와 보니 정목인이 이상한 쪽지 하나를 들고 기다리고 있었다. 방금 전에 만나고 온 서모정 교수에게서 온 것이라고 했다.

— 사노가 가지고 와서는 전해 달라며 놓고 가던데요.

학궁으로 돌아오는 사이 지체를 좀 했더니 그동안에 사람을 시켜 쪽지를 전한 모양이었다.

펼쳐보았더니 이런 글이었다.

돌아가시고 나니까 생각이 나 몇 자 적습니다. 참고가 될지 모르겠습니다만 이한조 사예께서 살아 계실 때 언뜻 들었던 것 같습니다.

학궁 내에 작업실을 마련해두었다며 그리로 가고는 하셨습니다. 학궁내 어딘가에 공부자 동상이 있는데, 그 이름이 판야라고 했습니다. 판야라는 말이 무슨 말인지 모르겠으나 '판야의 대필을 든 공부자' 그 공부자 동상 주위 어딘가에 아주 귀중한 성물이 묻혀 있다고 말입니다. 그때는 지나가는 여담인 줄 알았는데, 혹시 그곳 어딘가를 사예께서 찾고 있을지도 모르겠다는 생각이 지금에야 드는군요.

그럼 이만 총총.

— 대필을 든 공부자?

공부자라면 바로 공자다. 큰 붓을 든 공자?

― 여기 공부자 상이 어디 있습니까?

의충이 정목인에게 물었다.

이미 쪽지를 읽어본 정목인도 고개만 갸웃거렸다. 얼른 생각이 나지 않는 모양이었다.

― 판야라는 말은 들어본 것 같긴 한데요. 뭐 천축 말이라고 하던가, 서장말이라고 하던가, 하여튼 반야를 그렇게 말하는 것 같더라고요. 왜 절에 가면 염불중에 반야바라밀다란 말이 있지 않습니까. 그런데 그 말의 어원이 그렇다는 겁니다. 천축인가, 서장인가 하는 먼 나라에서는 반야를 판야라 한답니다.

― 그럼 판야의 대필은 또 뭡니까? 판야의 대필을 든 공부자?

의충의 물음에 정목인이 또 어떻게 말해야 되나 하고 머뭇거리다가 말을 이었다.

― 이상하군요. 왜 하필이면 공자인지 모르겠네요? 절에서는 반야가 모든 사물의 본래의 모습, 아니 그것을 파악하는 지성의 작용, 뭐 그런 뜻으로 쓰이는 말인데…….

― 이런 게 아닐까요?

오길이 나섰다. 이럴 때 머리 잘 돌리기로는 소문난 놈이 이놈이다.

― 반야의 대필을 든 공부자? 그럼 진리의 대필을 든 공부자? 그런 말 아닐까요?

― 진리의 대필을 든 공부자?

오길의 말을 의충이 되뇌었다.

― 진리든 거짓이든 대필을 든 공부자 자체가 없다고 하지 않는가.

말은 오길이에게 하면서도 의충의 눈은 정목인에게 가 있었다.

이상하군. 이곳을 면경 들여다보듯 하는 정목인도 모르겠다니. 만약 서모정 교수의 말이 사실이라면 이한조 사예가 찾던 어함이 학궁 어디엔가 있을지도 모른다는 말이었다.

정목인이 손으로 턱 밑의 땀을 쓸었다. 그러면서 의혹에 찬 시선으로 주위를 두리번거리며 중얼거렸다.

— 이곳이 넓은 곳이긴 하지만 내 눈길이 미치지 않는 곳이 없는데.

— 그래도 한번 찾아볼까요?

그들은 밖으로 나왔다. 불덩이 같은 햇볕이 내려 쪼였다.

관리실로 갔지만 책임자는 출타하고 없었다.

그들은 너무 무모하다는 생각을 어쩌지 못하면서도 직접 찾아보기로 했다. 어쩌면 쉽게 찾을 수도 있을지 모른다는 생각에 공자의 위패가 모셔진 대성전부터 먼저 뒤져보자고 했다.

— 혹시 모르지 않습니까. 기록에는 없지만 그 옛날 공부자의 위패가 모셔진 곳에 위패 대신 공부자의 상이 세워져 있었을지도.

대성전의 문은 열려 있었다. 안으로 들어서면서 정목인이 중얼거렸다.

— 믿어지지는 않지만 고맙긴 한데요. 일부러 사람을 시켜 연락해 준 걸 보면…….

— 이한조 사예 나리와의 교분 때문에 그런 게 아닐까요. 어떤 쪽으로든 사건이 해결되었으면 하고.

의충이 낡은 기둥의 결을 손으로 만져보며 말했다.

천천히 그들은 대성전 안을 살펴 나갔다. 의충은 감회가 새로웠다. 이곳에 적을 두었을 때 살펴볼 때와는 또 다른 느낌을 주었다.

남향으로 모두 스무 칸. 남북으로는 네 개, 동서로는 다섯 개의 기둥. 높은 장대석기단을 쌓고 초석을 놓은 것도 그대로였다.

긴 회랑으로 들어서자 서쪽에서 동쪽으로 지나가는 중심축의 양쪽으로 대칭적인 요소들이 반복되어 나타났다. 우측면의 첫 번째 축 한가운데에서 정확히 연결되는 두 번째 축은 산 형태의 탑이었다. 1층 회랑의 벽에는 양각된 부조가 새겨져 있었는데 부조의 길이는 가늠할 수 없었다. 길고 다양했다.

그들은 그 부조들을 살피며 나아갔다. 부조는 하나 같이 선녀가 하늘에서 내려와 춤추고 있는 형상이었다.

한동안 대성전을 뒤졌지만 대필을 든 공자상은 보이지 않았다.

깊어가는 강

1

록청에 들렀다가 이한조 사예와 함께 어울렸다는 정진수 직강을 만났다. 그의 말대로 이동녕이라는 사람을 찾아가 보기로 했다. 이한조와 정진수, 이동녕이 평소 잘 어울리는 사이였다는 것이다.

정진수는 품계가 이한조 사예보다 한 품 낮았다. 하지만 개의치 않고 만나던 처지라고 하였다. 그럴 만도 했다. 사성이 정3품이라면 사예는 정4품, 직강은 정5품이다.

지푸라기라도 잡는 심정으로 정진수 직강이 가르쳐준 대로 오길과 함께 이동녕이란 사람을 찾아갔다.

그의 집은 경기도 변두리에 자리 잡고 있었다. 경기도라고 했지만 한양서 가까운 송현이란 곳이었다. 의충은 오길과 말을 타고 송현으로 갔다.

이동녕이란 사람은 의외로 나이가 많은 사람이었다. 이한조 사예보다 나이가 더 들어 보였다. 그래서 좀 편했는데 자초지종을 듣고 난 그가 고개부터 내저었다. 정진수에게 사연을 듣고 왔다고 해서야 속을 털어놓았다. 알고 보니 그는 일전에 만난 김복택의 아들 김택조보다 더한 한을 안고 있었다. 그가 아비와 팔을 잃었다면 이동녕은 아비를 잃은 과거를 가진 불행한 사람이었다.

그는 자신의 아버지를 이렇게 소개했다.

— 벼슬에 뜻을 두지 않고 학문에만 몰두하는 분이었습니다. 퇴계 선생님이 펼치신 이기사상에 대한 사변적 분석을 지양하던 분이었지요.

— 일전에 김복택의 아들 되는 사람을 만났는데, 그의 부친도 그랬다고 하더군요.

— 그래서 그와 한때 어울렸지요. 그런데 원체 망나니 기질이 있어, 에이.

— 부친의 성함이 어떻게 되십니까?

그의 아버지가 누군가 했는데 이름을 듣고서야 정신이 번쩍 들었다. 의충이 스승 같이 모신 적이 있던 이일구 스승의 아버지였다.

이일구 선생이 사도세자 사건에 휘말려 명을 다한 것을 알고 있었지만 그의 부친이 눈앞에 나타나자 믿어지지 않았다. 의충이 그분을 스승처럼 모시던 분이었다고 해서야 그의 눈에 눈물이 어렸다.

자초지종을 말하자 이동녕은 고개를 내저었다.

— 전하께서 재위한 지 6년쯤 되었을 게요. 4월 15일인가? 대궐에 괴한이 침입해 전하를 죽이려 한 일이 있었소. 범인을 잡고 취조해 보니, 전에 화덕옹주가 독살의 위기에서 벗어난 적이 있고, 효장세자의 죽음이 자연사가 아니라 독살이라는 사실이 드러난 게요.

— 효장세자라면 후궁 정빈이씨에게서 본 경의군 아닙니까?

의충이 물었다.

— 맞소. 그는 전하와 정빈 이씨 사이에 태어난 맏아들이지요.

— 난리가 났었겠군요.

— 말해 무엇하겠소. 길길이 뛰던 전하는 닥치는 대로 사람을 죽였소. 심문이 계속되었고 독살의 주범이 밝혀지기 시작했소.

그가 말을 끊었으므로 의충은 멍하니 밖을 내다보았다. 밖을 내다보고 있었지만 그의 말 때문에 주위 풍경이 느껴지지 않았다.

오길이 눈을 껌벅이며 다음 말을 기다렸다.

— 그 배후에 선의왕비가 있었던 게요.

의충은 입을 딱 벌렸다. 선의왕비는 경종의 비, 즉 영조의 형수다. 문신 어유구의 딸로 태어나 세자빈에 책봉된 사람이다. 그리고 경종이 즉위하면서 왕비가 되었는데, 매사에 조심스럽고 온유한 성품을 지녔다고 소문난 여자였다.

그런데 영조를 시해하려 했고 그러다 맏아들 효장세자마저 독살했다고? 그럼 그 소문이 사실이란 말인가?

본시부터 영조와 선의왕비의 사이가 좋지 않다는 말은 들었다. 경종이 승하하고 영조가 즉위했을 때 그녀는 스무 살쯤 되었을 것이다. 스무 살 나이에 왕대비가 된 사람이라고 알고 있다.

잠시 생각에 잠겼는데 이동녕이 말을 이었다.

— 그때 아마 전하께서 왕위에 오른 지 두 해쯤 되었을 것이오. 대비전을 두고 그녀는 창경궁 저승전에 머물다 어조당으로 유폐되는 신세가 되고 말았소. 저승전은 남편의 어머니 희빈 장씨가 머물던 처소가 아니오. 사실상 보복을 당해 유폐된 것이오. 그러니 그 원심이 오죽 깊었겠소. 더욱이 그녀는 전하께서 자신의 남편을 독살했다고 믿고 있었으니 말이오. 선의왕비는 전하를 위한 예식에는 일체 참석하지 않았소. 전하 또한 그녀에게 보내지는 물품을 삭감해버렸소. 그 후 꼭 2년. 2년 후 더 참을 수 없었던 선의왕비는 효장세자와 화덕옹주를 독살하고 만 것이오.

— 그런데 왜 그 사실이 숨겨지고 있었을까요?

— 그 사실을 사관들도 기록하고 있으면서도 너무 겁이 나 발설하지 못했던 거요. 두 자식이 연이어 죽자 전하는 선의왕비의 짓이라는 걸 알고 그녀를 찾았을 때는 제정신이 아니었으니까 말이오.

오길이 질린 얼굴로 고개를 숙였고 의충은 햇살이 너무 눈부시다는 생각을 했다.

눈을 뜰 때쯤 이동녕의 음성이 들려왔다.

— 전하께서 그녀를 찾았을 때 그녀는 이미 굶어 죽어가고 있었소. 노골적으로 수사망을 좁혀오자 그녀는 이인좌에게 금상의 씨가 바뀌었다며 바로 잡으라 밀령하고 문을 닫아걸어 버린 거요.

— 그럼 굶어 죽었다는 말입니까?

오길이 고개를 들며 불쑥 물었다.

— 굶어 죽기로 작정한 것이었소. 그녀를 죽이러 간 전하, 이미 굶어 죽어가고 있는 선의왕비. 그렇게 전하와 선의왕비의 한판이 시작된 것이오.

오길이 꿀꺽 침을 삼켰다. 그 소리가 의충의 귀에까지 들렸다. 어지간히 긴장하고 있는 모양이었다.

— 볼 만했겠습니다?

오길이 마음을 다잡고 이동녕의 눈치를 살피며 물었다.

— 말하면 잔소리지요. 호랑이와 백 년 묵은 여우의 싸움도 그렇게 사납지는 않았을 게요. 전하께서는 어떻게 그 어린것들을 독살할 수 있느냐고 했고 선의왕비는 지어미가 지아비의 원한을 갚는 것이 어찌 잘못 되었다고만 하겠는가, 하고 맞붙었소. 그러다 보니 과거사가 자연히 들추어졌는데 선의왕비가 길길이 뛰었소. 그게 뭐겠소. 네놈이 김춘택의 씨임을 알고 있다. 그래서 출생 어찰을 받아놓은 거 아니냐. 왜 멀쩡한 고양이가 약그릇을 핥고 죽었느냐. 한때 사랑하던 장희빈도 너희 어미가 숙종을 꼬드겨 그렇게 잔인하게 죽이지 않았느냐. 그럼 자신들이라고 그렇게 숙종이 죽이지 않으리라는 보장이 없으니 숙종을 독살하지 않았느냐. 그리고 김씨의 씨가 아님을 숨기기 위해, 그래서 부왕을 죽인 것을 숨기기 위해 내 남편까지 독살했고, 이제 나까지 죽이려는 게 아니냐. 그렇게 길길이 뛰자 전하는 그녀의 머리채를 잡아 쥐고 내팽개쳤소. 선의왕비는 죽기 직전까지 몸을 떨며 통곡했소. 더 두었다가는 안 되겠다고 생각

한 전하께서 그곳으로 달려가 독을 먹인 것이오. 그때의 상황이 그것을 증명하고 있소. 그래서 사람들이 하나 같이 손가락질을 해댔던 것이오. 그를 후원하는 노론마저 혀를 차댔으니 말이오. 그 길로 돌아온 전하는 국상 중인데도 후궁 숙의 이씨를 빈으로 봉하고 아랑곳하지 않고 큰 잔치를 베풀었소. 그 바람에 경종 독살설이 다시 제기되었던 것이오.

거기까지 말하고 난 이동녕이 눈 밑을 쓸었다.

— 나도 그 말은 들은 것 같은데 일이 그렇게 되었군요.

의충이 말하자 이동녕이 말을 이었다.

— 나도 처음에는 믿지 않았소. 그러나 엄연한 사실이었고 결국 사초를 훔쳐내고 말았소. 그놈의 담을 넘어. 오직 사관이 그런 날들을 어떻게 기록했을까 하고. 그러나 사관들도 아니었소. 그놈의 영감이 시키는 대로 적고 있었으니 말이오. 그러나 그때의 윤곽은 잡을 수가 있었소. 자, 보시오. 이게 그 사초요.

그렇게 말하고 이동녕이 일어나 벽장 구석을 뒤지더니 몇 장의 종이 뭉치를 꺼냈다.

— 바로 이것이오. 밤새도록 숨어서 사관의 글을 필사한 것.

의충이 그 종이를 받았다. 오길이 고개를 들이밀었다.

경술 영조 6년(1730년) 3월 9일(정축) 세자와 옹주를 매흉한 궁인들을 인정문에서 친국하다.

임금이 흐느끼며 일렀다.

말을 하고 싶으나 마음속이 먼저 나빠지니 마땅히 진정시키고 말하겠다. 이는 바깥의 일과 다른 것이니, 사관은 상세히 듣고 상세히 기록하도록 하라.

잠저에 있을 때부터 순정이란 이름의 한 궁인이 있었는데, 성미가 불량하여 늘 세자 및 세자의 사친에게 불순한 짓을 하는 일이 많았기 때문에 내쳐버렸다.

신축년에 건저한 뒤 궁인이 갖추어지지 않았기 때문에 도로 들어오도록 했는데, 마음을 고쳤으리라고 생각했다. 갑진년에 사복한 뒤에는 세자 및 두 옹주를 보양하게 하다가 세자 책봉 뒤에 그를 옹주방에 소속시켰으므로 동궁의 나인이 되지 못한 것 때문에 항시 마음속으로 앙앙불락하였으니, 이른바 기심이 있는 자였던 것이다.

대개 신축년 겨울의 일이 한밤중에 일어났는데, 궐녀에게 의심스러운 단서가 없지는 않았지만, 나는 의심스러운 것을 가지고 남을 죄주고자 하지 않았으므로 그냥 두고 묻지 않았다. 그 뒤 행약한 한 가지 일이 나온 뒤로 궐녀가 매번 이 일에 관해 들을 적마다 안색이 바뀌는 일이 없지 않았으니, 마치 춘치자명과 같은 격이었다.

재작년 원량(효장세자)의 병이 증세가 자못 이상하게 되었을 적에 도승지 또한 '의원도 증세를 잡을 수가 없다고 합니다'라고 하지 않았던가. 내가 진실로 의심했지만 일찍이 입에 꺼내지 않았고, 지난 번 화순옹주가 홍진을 겪은 뒤에 하혈하는 증세가 있었기 때문에 매우 마음에 괴이하게 여기며 의아해하다가, 이제 와서야 비로소 독약을 넣어 그렇게 된 것임을 알게 되었다.

그가 이미 세자의 사친에게 독기를 부렸기 때문에 세자가 점점 장성하는 것을 좋게 여기지 아니하여 또 다시 흉악한 짓을 하였고, 강보에 있는 아이인 4왕녀에게도 또한 모두 독약을 썼다. 나의 혈속을 반드시 남김없이 모두 제거하려 했으니, 어찌 흉악하고 참혹하지 아니한가? 정명으로 죽어도 오히려 애통하기 짝이 없거늘, 하물며 비명에 죽는다면 부모가 된 사람의 마음이 또한 마땅히 어떠하겠는가?

신축년의 일은 내가 제기해 말하고 싶지 않으나, 무신년부터 흉악한 짓을 하기 시작하여 이미 원량을 해쳤으니, 그가 아무리 지극히 흉악한 사람이라 해도 또한 그만두어야 할 것인데, 반드시 4왕녀를 모두 독살하고야 말려 했으니, 어찌 너무나도 음흉한 사람이 아니겠는가. 만일 원량에게 독약을 쓴 일이 없었다면 금내에서 다만 마땅히 장살하고 말았을 뿐이겠지만, 동궁에게 흉악한 짓을 한 정상이 이번에 이미 탄로 났고 금내에서 구문하자 그가 또한 지만으로 납초하였으니, 만일 이런 일이 명백하여 의심 없는 것이 아니라면 어찌 국청을 설치하는 일이 있기까지 하겠는가.

3월 17일(을유) 역적의 공초에서 나온 죄인 순혜를 먼 지역으로 정배하다. 순혜는 동조(대비)를 공봉하던 김상궁이라고 일컫던 사람으로, 이름이 역적의 공초에 나왔다.

홍상인이 아뢰기를,

죄인이 공술한 초사는 이번에 매흉하고 약을 쓴 일에 불과합니다. 그 흉악한 짓을 한 정절이 반드시 이에 그치지 않을 것입니다. 또 지난해 김성 궁인의 사건이 생긴 뒤에 통탄스럽게 여기지 않는 사람이 없었는데, 끝내 죄인을 잡지 못했습니다. 이번에 듣건대, 성이 김가인 궁인이 역적의 공초에 나왔으니, 만약 지금 이에 따라 끝까지 사핵한다면 반드시 알 만한 단서가 있을 것입니다.

하니, 임금이 이르기를,

그런 말을 제기하여 동조께 근심을 끼치지 말라. 이번의 나의 처분에 서덕수를 제기하지 않은 것은 또한 뜻이 있는 것이다. 순혜를 국문하니 그의 발명하는 말이 근거가 있었다, 하였다.

임금이 대신들에게 묻기를,

순혜가 본사에 있어 범죄하지 않았음은 마치 풍마우 불상급과 같은 일이니, 어찌 의심스럽다 하여 사람을 죽일 수 있겠는가? 지난날 김성 궁인의 일이 있자, 역적 김일경의 무리가 동조의 나인이라 했고, 그때 의금부 도사 이시발이 차비문에서 소란을 피웠음은 지금까지도 절통한 일이다. 그런데 이번에 김상궁을 들먹이는 말을 들으니, 더욱 통탄스럽다.

하니, 대신 홍치중, 이태좌가 같이 아뢰기를,

의심스럽다고 사람을 죽이는 일을 하지 않아야 상천을 감동시킬 수 있는 것입니다,

하였다. 이에 이런 명이 있었던 것이다.

3월 17일(을유) 사간원에서 죄인 순혜를 다시 사핵하도록 아뢰다.

사간원에서 전계를 거듭 아뢰었으나, 윤허하지 않았다.

사초를 읽고 난 의충은 멍하니 이동녕을 건너다보았다. 뒤이어 글을 마저 읽은 오길이 죄 지은 사람처럼 이동녕을 흘끗거렸다.

─ 내 아버지 이일구는 선의왕후의 외사촌 동생이었소.

그렇지 않아도 마음이 숙연한데 그런 말이 이동녕의 입에서 나오자 의충과 오길의 눈이 서로 맞부딪쳤다.

이동녕이 상관하지 않고 말을 이었다.

─ 외사촌 동생이긴 하였지만 정이 깊었지요. 가문에서 왕비가 났다 하여 바람 잘 날도 없었고.

이동녕은 말을 끊고 부엌으로 나가 벌컥벌컥 물을 마시고 돌아와 털버덕 주저앉았다.

─ 어이, 이제야 가슴이 좀 시원하군.

그렇게 말하고 그가 말을 이었다.

─ 사초에는 그렇게 전하가 성인군자처럼 그려져 있으나 전하에게 선의왕비가 비참하게 죽자 가문의 영광도 끝났지 뭐겠소. 권력이란 것이 그런 것이오만. 비극이 거기서 끝났으면 얼마나 좋았겠소. 이상한 것은 노론의 실세들이 한 달 사이로 죽었다는 것이오. 삼정승 자결 사건 말입니다. 법 없어도 살 수 있는 사람들이었소. 영중추부사, 좌의정, 우의정. 이들이 왜 죽었겠소? 알고 있소, 그 사실을? 왜 그들이 차례로 죽었는지. 그리고 세자는 뒤주 속으로 들어갔소.

8일 동안 물 한 모금 마시지 못하고 죽어간 거요. 노론의 실세들이 세자에게 돌아서자 그를 죽였던 거요. 거기다 혜빈 홍씨가 한몫했소. 세자가 미쳐서 아비(영조)를 죽이겠다고 칼을 들고 청계의 물길을 따라 갔다고 시어미의 등을 떠민 것이오. 이 미련한 시어미가 남편에게 가 아들을 죽여 성궁을 보호하고 종사를 편안케 하라고 하였으니……

거기까지 말하고 이동녕이 의충을 향해 똑바로 돌아앉았다.

— 내가 말한 이것이 그대는 진실이라고 생각하시오? 지금까지의 내 말이 사실처럼 들렸느냐는 말이오?

— 그야…….

— 맞소. 우리가 지금까지 알고 있던 일반적인 이야기였소. 그러나 그것이 진실은 아니었소.

— 무슨 말씀이신지?

— 진실은 그 너머에 있기 때문이오.

— 이해하기가 쉽지 않군요.

그가 고개를 주억거렸다.

— 그럴 것이오. 내 고민이 거기 있으니까 말이오.

그가 말을 하고 사이를 두었다가 다시 말을 이었다.

— 칼날 같은 진실이 그 위에 있을 것 같긴 한데 그것을 확실히 모르고 있단 말이오. 같은 서인이지만 노론과 소론으로 분리된 두 붕당. 그것은 숙종 대의 산물이 아니고 무엇이오. 서인과 남인의 대립 말이오. 그 결과 서인이 승리하였고, 수십 년 아니 백 년을 넘게 권

력을 틀어쥐고 몸집을 불려오다가 끝내 송시열의 노론으로, 윤증의 소론으로 갈라선 것 아니오. 그리고 이제는 옷마저 같이 입지 않소. 옷차림조차 틀리니 이보다 기가 막힐 일이 어디 있겠소. 숙종 45년 그리고 영조의 세월, 그 영광스럽고 치욕스런 세월 속에서 강력한 왕권을 행사할 수 있었던 것도 그 당쟁을 업고 일어났던 거 아니오. 내 아버지는 어느 쪽에도 적을 두지 않았다고 하여 전하에게 죽임을 당하셨소. 세자를 뒤주 속에 넣어 죽이고 어느 날 심야에 내 아비를 불렀소. 그러고는 이렇게 물었던 게요. 경은 어떻게 생각하오? 내 아들 말이오. 내 아비는 너무 고지식했소. 그 물음에 이렇게 대답했기 때문이오. 왜 죽이셨습니까? 전하의 대답은 기다린 듯했소. 종묘사직을 위해서가 아닌가. 정말 종묘사직 때문이었겠소? 그건 아니었소. 사도세자가 죽은 후 전하 스스로가 그 대답을 하고 있으니 말이오. 사도세자를 묻고 전하는 모두 다섯 장의 자기를 묻었소. 거기 한 곳에 이렇게 손수 적었소. 강서원다일상수자하 위종사야, 위사민야. 사지급차……. 이게 무슨 말이오. 홍봉한이는 이 글을 이렇게 언문으로 발표했소. '강서원에서 그 여러 날 너를 지킨 이유는 무엇 때문이었겠느냐. 종묘사직을 위한 것이다. 이 나라 백성들을 위한 것이다. 생각이 그리 들자 아무것도 듣고 싶지 않았다……' 그런데 내 아비는 보았던 것이오. 그 원문을 말이오. 조금만 똑똑하다면 그 문장이 아주 간악하게 변질되었다는 걸 알 게요. 제대로 해석하면 이렇게 되기 때문이오. '강서원에서 여러 날 뒤주를 지키게 한 것은 어찌 종묘와 사직을 위한 것이겠느냐, 백성을 위한 것이겠느냐 그 말 아니오. 앞의 말은 너를 8일 동안이나 뒤주에 가두어둔 것은 종묘사직을 위해 아들을 하는 수 없이 죽였다는 말이 되고 뒷말은 결코 종묘사직 때문이 아니다. 너를 멀쩡한 정신으로 죽인다 그 말 아니오. 홍봉한이가 슬쩍 앞 문장에 걸리는 의문사인 '하'를 뒷 문장인 '위종사야'에 걸리는 것으로 오역해 전하의 심정을 숨긴 것이다 그 말이오. 하지만 문제는 왜 전하께서 아들을 그렇게 죽였느냐 하는 것이오. 정말 세자에게 정신병이 있었다면, 폐세자를 시키거나 사약을 내리거나 귀향을 보낼 수도 있었지 않소. 그래 내 아비는 이렇게 물었던 게요. '그러지 못한 이유가 노론 벽파의 압박 때문이었다고 하나 어찌 아비가 아들을, 한 끼만 굶어도 밤잠을 설치는 게 부모이거늘⋯⋯. 그리고 왜 하필이면 뒤주여야 했사옵니까. 뒤주 속에 넣어 죽여야 했느냐는 말이옵니다' 그 말 한마디에 전하는 내 아비의 사지를 찢어 죽였소. 그날 내 아버지가 물었던 물음. 사도세자 말이오. 왜? 왜? 왜 그렇게 죽였냐는 것이오. 왜 하필이면 뒤주 속에 넣어 죽였느냐는 것이오. 거기에 이 이야기의 진실이 있을 것 같긴 한데, 그것을 모르겠다 그 말이오. 미친 것은 사도세자가 아니라 그 아비였다고 생각하고 말까? 권력을 위해 자신의 새끼마저도 죽일 수 있는 짐승들이라고?

　— 저도 학궁 사예를 만나 그 말을 들었는데 이상은 하더군요. 왜 하필이면 아들을 뒤주 속에 넣어 죽였는지.

　의충이 듣고 있다가 말했다.

　— 한 가지 장담할 수는 있소. 바로 전하의 성씨 문제요. 김춘택이

말이오. 그 문제가 그 속에도 꿈틀대고 있을 것 같기 때문이오.

— 아들을 뒤주 속에 넣어 죽인 것과 김춘택의 씨라는 사실이 상관이 있다는 말인가요?

— 말이 있소. 경종이 살던 곳에서 자랐던 사도세자는 경종을 지극히 흠모했었다고. 그렇다면 사도세자는 뭔가를 알고 있었지 않았겠소?

— 뭘 말입니까?

의충의 물음에 그가 고개를 내저었다.

— 글쎄 그걸 모르겠으니 말이오.

— 아들을 뒤주 속에 넣어 죽였다고 하지만 세자가 그렇게 죽고 난 후 사도라는 시호를 내리지 않았습니까.

— 역시 아비라는 말인데 그렇게 죽이고 난 뒤 시호가 무슨 소용인가.

그가 처연한 어조로 중얼거렸다.

— 그래도 사도세자의 아들 세손과의 의리를 지키고 있지 않습니까. 전하께서는 노론의 지지로 왕위에 오른 사람입니다. 그는 탕평 정치를 펼쳤어요. 그런데 세자가 소론을 지지하고 있는 겁니다. 그러니 다시 노론의 공격이 시작되었을 수밖에요. 전하께서는 정쟁이 심해지는 것에 대해 매우 우려했을 것입니다.

의충이 그의 심중을 떠보듯 그렇게 말하자 그가 발끈했다.

— 그렇다고 아들을 죽인단 말이오?

— 노론도 세자를 견제하고 있다는 걸 알기에 보인 것일지도 모르지

않습니까. 눈물을 머금고 아들을 죽일 수밖에 없는 임금의 경고를.

— 그래 내가 아들을 죽이는데 너희들이라고 못 죽일 것 같으냐, 그렇게 엄포를 놓고 있었다 그 말이오?

— 엄포가 아니라 경고였겠지요.

그의 정수리에 주름이 더 크게 잡혔다.

— 이보시오, 아들을 죽이면서 경고하는 아비가 이 세상에 어디 있겠소. 짐승도 새끼를 향해 맹수가 달려들면 그 자식을 보호하는데 심지어 인간이? 사람들은 세손을 살리기 위한 전하의 어쩔 수 없는 선택이었을 것이라고 하는데 천만의 말씀이외다. 왜 꼭 자식이오? 천년 사직을 위해 어쩔 수 없었기에? 하기야 평소에 네놈이 죽어야 이 나라가 산다고 했으니까. 그러나 아니었어. 그는 천성적으로 살생을 즐기는 사람이었어. 생각해보면 그렇지 않은가. 그는 죽어라고 변명하고 있지만 아들의 행동거지와 눈에서 보았던 거지.

— 보다니요?

— 김씨의 눈. 김씨일 수밖에 없는 이씨의 눈. 그 눈을 가리기 위한 암투. 그 암투를 바라보는 사도세자. 치부를 보인 아비로서의 자괴감. 그 자괴감은 바로 증오였을지도 모르니까. 더욱이 아들이 그렇게 아비를 바라보고 있었다면.

의충은 하기야 싶었다. 자식이 아비를 그렇게 보고 있었다면.

— 그 바람에 얼마나 많은 사람이 죽었는가. 임금이 되지 않고는 살아남을 수가 없었던 거지. 어찌 이씨의 굴 속에서 김씨의 새끼가 살아남을 수 있었겠는가. 세자가 쳐다보면 언제나 외쳤을지도 모르

지. 그런 눈으로 보지 말라! 그런 눈으로 짐을 보지 말라!

— 결국 살기 위해 이씨의 옷을 입고 경종을 죽이고 그 아내를 죽이고 아들마저 죽였다는 말이군요?

— 그렇지 않고서야 어떻게 그럴 수가 있나. 이복형을 독살하고도 엄청난 사람이 죽었어. 그의 장남이나 옹주도 그 자신이 죽인 것이 아니고 무엇이야. 그래도 독살 당했다며 형수마저 죽였어. 이어 아들을 죽였지. 살인광의 마지막 수는 자신의 새끼를 물어 죽이는 것에서 정점을 이루었어. 정말 그 수밖에 없었을까? 아들을 물어 죽이는 심정으로 찾은 탈출구. 정말 그 수밖에 없었을까? 없었다면 그가 맞는 것이고 있었다면 짐승보다 못한 살인마일 뿐이지.

— 제가 알기로는 전하께서 고변한 나경언을 죽였다고 알고 있는데요. 그럼 왜 고변을 한 나경언을 죽였을까요?

— 으하하, 차라리 그게 경고라고 하는 것이 맞겠구려.

— 경고?

— 그게 지혜일지도 모르겠단 말이오. 가보시오. 더 할 말이 없으니…….

2

— 이게 말이 돼요?

말 등으로 오르며 오길이 중얼거리듯 물었다.

376

― 오사리 판이라도 이런 오사리 판이 없어요. 뭐 제대로 하나 선 사람이 없으니 말이에요. 전하가 김춘택이란 자의 새끼라고 하고, 그 것을 숨기기 위해 아비를 독살했다는 말이 나오질 않나. 형제가 형제 를 죽이고 그것도 모자라 형수가 조카를 둘씩이나 죽이려고 하지 않 나, 그 형수를 독살하지 않나, 며느리에게 등을 떠밀려 어미가 아들 을 죽여 종사를 바로잡으라 하고 그러자 제 아들을 뒤주에 넣어 죽이 지 않나. 화아, 정신이 하나도 없네. 무슨 이런 일이 있는지. 정말 이 런 사실이 지금 우리가 찾고 있는 어함 속에 들어 있단 말이오?

― 그야 모르지.

― 암튼 캐도 캐도 모를 것이 임금이라는 사람 같아요. 출생의 비밀 때문에 그리 되었다고 합시다. 그래도 그렇지. 그럼 왜 죽었을까요?

오길의 밑도 끝도 없이 물음에 의충도 어이가 없어 시선을 돌려버 렸다.

― 삼정승 말입니다. 세자의 뒤를 잘 봐주던 사람들이 갑자기 죽 었다니 그때는 나라를 생각하는 마음이 지나쳐 죽은 것이다 뭐 그렇 게 생각하고 말았는데……. 너무 쉽게 생각했던 것이 아닌가 싶기도 하고. 무슨 이유가 있을 거 아니냐는 말이 새삼 예사스럽지 않더라 고요. 왜 그 생각을 못 했는지 몰라.

― 왕세자가 거병의 의사를 보이니까 그걸 말리다가 그랬던 거 아 니었어?

대답을 않으려고 하다가 그렇게 말하자 오길이 고개를 홰홰 내저 었다.

― 그런데 지금 생각해보니 그것도 말이 안 돼요. 거병한 것도 아니고, 그렇다고 하더라도 세 사람이 하나 같이 줄줄이 왜 죽습니까? 필시 무슨 곡절이 있지 않고서야 그럴 리가 없잖아요?

― 그럼 누군가 그들을 죽였다?

자신도 모르게 튀어나온 의충의 물음에 오길의 눈이 반짝 빛났다.

― 그야 모를 일이지요. 죽이고 자살로 위장했을 수도.

― 그렇다면 노론이? 말이 안 돼. 바로 그들이 노론의 핵심 인물들 아니야.

― 그것도 그러네요.

― 그럼 홍봉한 무리와 전하께서?

― 에이 그럴 리가요.

늪 속으로 빠져들어 오는 상대를 즐기듯이 오길의 음성에 신이 붙었다. 꼭 즐기는 듯한 말투였다.

그걸 의식하면서도 의충은 그만 맞장구를 치고 말았다.

― 삼정승과 하나가 된 세자. 그럼 역모를? 그래서 삼정승을 죽이고 아들을 뒤주 속에 넣어 죽인 것이다?

― 아이고, 모르겠다. 이 사건 왜 이러지요. 파면 팔수록 머리만 아프니. 원 언제나 끝나려는지…….

오길이 사건을 저 혼자 다 풀어온 듯이 뇌까리며 앞서 나갔다.

그때 의충은 알지 못했다. 꼽추가 담 밖에서 고개를 꼬고 그들의 동태를 살피고 있다는 것을.

명암의 그늘

1

별 소득 없는 나날이 흘러가고 있었다. 이것이다 싶으면 아니고 저것이다 싶으면 그도 아니었다. 그래서인지 꿈자리조차 이상했다. 그동안 생각지도 않았는데 갑자기 검녀 운심이 보였다. 허불일까 했으나 검은 옷을 입고 검무를 추고 있었다. 비가 오고 있었으나 빗소리는 들리지 않았다. 그래서인지 주위가 삭막했다. 피가 그녀 주위를 물들였다. 꼭 석양 같았다. 빛기둥들이 그녀 옆에 서 있었다.

점심을 먹고 그늘진 곳에 나앉았는데 정목인이 오더니 가자고 했다.

— 어제 본 사초 이야기가 하도 마음에 걸려서요.

그리고 보니 오길이 줄곧 어제부터 정목인에게 이동녕 이야기를 하는 것 같았다. 아마 그때 사초 얘기를 했을 것이었다.

— 그때 당시의 사관 하나가 하마현에 산다고 해서요.

— 하마가 어딥니까?

— 경기 가평 어디인 모양이에요.

의충의 물음에 정목인이 대답했다.

— 가평이라믄 가깝지도 않군요.

— 어렵게 알아낸 정봅니다. 경종 말기 그리고 영조 초기에 사관으로 있었던 사람이 거기 한 명 살고 있답니다. 그곳에서 사공질을 하고 있다고 해요. 그 사람을 만나 보면 그때 상황을 좀 더 알 수 있지 않을까 하더군요.

— 사공이라면 배로 강을 건네주는?

그래도 예전에 사관이나 했던 사람이 사공일까 싶어 의충이 되물었다.

— 그렇다네요. 입 잘못 놀리다가 그리 되었다고 하더군요.

사관은 첫째, 귀와 눈이 생명이다. 눈과 귀가 보고 들은 대로 기록한다. 섣부른 판단도 필요 없고 정보를 재단할 수도 없다. 오로지 기계적으로 기록할 뿐이다. 그리고 영원히 함구해야 한다. 입을 잘못 놀렸다가는 언제 칼날이 입속으로 들어올지 모른다. 임금이라고 해도 사초를 볼 수 없을 정도라면 막중한 직책임에 분명하다.

그날의 사관이 뱃사공이 되어 있다는 게 호기심을 자극했다. 필시 권력의 중심에서 벗어나지 않고서야 그럴 리 없다. 정말 입 잘못 놀렸다가 철퇴를 맞았을지 모른다. 그렇다면 그가 가진 정보도 만만치는 않으리라.

말로 달렸는데도 가평에 이르자 어느새 해가 졌다. 물어물어 찾아 들어가니 강 언덕 장다리밭에 초가가 한 채 앉아 있었다. 이삼수가 이 동네에 산다고 해서 찾는다고 했더니 그곳을 가리켜주었다.

— 이 마을에 이삼수란 이름을 가진 분이 그분밖에 없나요?

행여나 해서 정목인이 그렇게 물었다.

길을 알려주는 사람이 그렇다고 했다.

마을을 등지고 강으로 난 둑길로 말을 몰았다. 산기슭에 앉은 집이 삼십여 채가 될까. 강가에 이르자 강 건너 마을이 아스라이 보였다. 갈대밭이 장관이었다. 강 언덕 초가 주위에 장다리가 무더기무더기 피었다.

갈새들의 울음소리가 정겹다. 장다리밭을 지나 초가로 다가들었다. 초가의 사립은 옆으로 젖혀져 있었다. 강심에 배가 보이지 않는 것으로 보아 뱃사공이 집에 있을 것 같았다.

정목인이 오길에게 말고삐를 맡기고 초가의 사립으로 다가들었다.

오길과 의충이 바라보고 섰는데 정목인의 음성이 들려왔다.

— 계시오?

안에서는 기척이 없었다. 정목인이 음성을 좀 더 높여 주인을 불렀다.

여전히 반응이 없었다.

정목인이 초가로 들어갔다 잠시 후 나왔다.

— 아무도 없는데요.

오길이 나루터를 내려다보다가, '배는 저기 있는데……' 하고 말했다.

— 어디 갔지?

정목인이 그렇게 말하는데 수건을 머리에 쓴 할머니 한 분이 불쑥 강 언덕으로 올라섰다. 아마 강가에서 빨래를 하다가 올라온 모양이었다.

— 거 사공은 왜 찾소? 물 건너시게?

— 아닙니다. 사공을 좀 만나려고요.

— 에이고, 오는 날이 장날이네. 그 사람, 오늘내일 한다오.

— 그게 무슨 말씀입니까?

— 새벽에 언덕에서 굴렀어. 이상도 하지. 노 메고 나선 지가 벌써 30년인데 그걸 메고 언덕에서 굴렀다니까. 늘 다니던 길인데 발을 헛디뎠대나 어쨌대나.

— 그럼 죽었단 말입니까?

정목인이 물었다.

— 그 집 아들이 의원으로 업어갔어. 큰 데로 가보라니까 읍내로 나갔다는데 모르지.

— 그럼 죽지는 않았나 보네요?

— 정신이 없대. 오락가락한대.

셋은 멀거니 멀어져가는 할머니를 바라보았다.

— 참 뭐에 홀린 거 같네. 오는 날이 장날이라더니.

오길이 투덜거렸다.

저만큼서 사내 하나가 헐레벌떡 달려왔다. 키가 작달막하고 수염이 성성했다. 사내는 그들을 지나쳐 뱃사공의 집으로 들어갔다.

— 아들인가 봅니다.

뒤돌아보던 정목인이 말했다.

셋은 초가집을 향해 되돌아갔다.

좀 전의 사내가 주섬주섬 옷가지를 보따리에 싸고 있었다.

머뭇대며 초가로 다가가자 문틈으로 내다보던 사내가 밖을 내다
보았다.

— 배 못 건너줍니다. 아버지가 아파서요.

— 저 그게 아니라…….

정목인이 나섰다.

아니라니요, 하는 표정으로 사내가 쳐다보았다.

— 한양에서 온 사람들입니다.

무슨 일이냐는 표정을 지으며 그가 눈을 크게 떴다.

— 나쁜 사람들 아닙니다.

— 그러니까 왜요?

— 이곳 주인이 다쳤다고 하시던데?

— 그렇습니다. 객손님 배 건너 주려다가……. 그런데 왜 우리 아
버지를?

— 사실은 홍문관에서 사초를 정리하는 사관들입니다.

— 사초?

되뇌는 사내의 미간이 떨렸다.

— 그렇습니다. 다른 연간은 거의 정리가 되었는데 경종 연간과

현 임금 초기의 사초가 정리가 안 된 상황이어서 말입니다.

의충이 놀란 얼굴로 그렇게 말하는 정목인을 쳐다보았다. 역시 머리가 비상한 사람이었다. 임기응변이 보통이 아니었다.

아들이 고개를 홰홰 내저었다.

─ 내 아버지가 어떻게 사관이었다는 걸 알게 되었는지 모르겠으나 그게 언제 일이오. 그리고 하필 이 마당에…….

─ 그렇군요. 우리도 그래서 돌아가려던 참이었습니다.

─ 그럼 돌아들 가세요. 나도 곧 의원에 가봐야 하니.

그때 열다섯쯤으로 보이는 계집아이가 초가로 달려왔다.

─ 오라버니, 오라버니.

아마도 사내의 여동생인 모양이었다.

─ 아버지 깨어났어요. 엄마가 오라버니 올 필요 없이 나루터 비우지 말라고…….

─ 뭐?

─ 아버지가 그랬어. 눈 뜨자마자 나루터 누가 지키고 있냐고. 나그네 발길 끊어놓으면 어쩌냐고. 엄마가 나보고 옷가지 가져오래.

아들이 잠시 생각하다가 보자기를 들고 그대로 둑길로 달렸다. 그는 달리며 고함쳤다.

─ 네가 배를 띄워라.

─ 오라버니!

─ 너도 이제 노를 저을 때가 되었다. 배운 대로 해.

─ 갑시다.

정목인이 소리쳤다.

오길이 그를 잡았다.

— 어디로요?

— 저자를 따라가야지요.

— 정학보!

의충이 그를 잡았다.

— 상황이 좋지 않아요. 그리고 여기까지 왔지만 이렇게 목멜 이
유도 없고……. 돌아갑시다.

그래도 정목인이 고집을 꺾지 않았다.

— 그럼 사공이 있는 의원이나 알아놓고 갑시다. 경종이 정말 독살
되었는지 선의왕비 역시 독살되었는지 알려면 또 와야 할지 모르니.

셋이 사내의 뒤를 따랐다.

2

분명히 자신이 앉아 있던 곳은 장다리가 피는 그 강 언덕이었다.
어제 본 뱃사공의 딸이 장다리꽃을 꺾고 있었다.

— 배 건너라. 배 건너라.

강 맞은편에서 사람들이 장다리꽃을 꺾고 있는 처자를 향해 손을
흔들며 소리치는 모습이 보였다. 뱃사공의 딸이 장다리꽃을 놓고
나루터로 달렸다. 검정치마가 돛폭처럼 휘날렸다.

꿈자리를 생각하다가 수세를 하고 조반을 먹는 자리에서 정목인이, '밤새 생각할수록 아쉬워요' 하고 말했다.

― 이번 사건의 본질이 거기 있을 것 같아서……. 그렇지 않습니까, 바로 그 시대의 사관이라고 하니 분명히 무엇인가 있을 것 같지 않아요?

― 그래서 그곳으로 다시 가자?

오길이 끼어들었다.

― 안 가신다면 저 혼자라도 가려고 합니다.

조반을 끝내고 결국 셋이 가평으로 말을 몰았다.

가평에 도착해 어제의 의원 앞으로 갔다. 그곳에서 시전이 멀지 않는데 사람들이 북적거렸다.

셋은 의원 안으로 들어가지는 못하고 서성거렸다.

어제 그 계집아이가 쪼르르 의원 안에서 달려 나오다가 의충 일행을 발견하고는 잽싸게 몸을 돌려 달려 들어갔다. 그의 오라비가 나와 잠시 바라보다가 안으로 들어갔다.

그렇게 얼마나 지났을까. 좀 전에 들어갔던 아들이 나왔다.

정목인이 그를 잡았다.

― 아버님 어떠시오?

― 도대체 왜들 그러시오? 지금 불난 데 부채질 하는 것이오.

아들의 음성에 역정이 가득했다.

― 우리도 걱정이 되어 이러는 것이오.

― 그럼 가시오.

— 가라면 가겠소만…… 미안하게 되었소이다. 그저 역사를 바로 잡아야 한다는 생각에……. 미안하오이다.

— 역사?

아들이 갑자기 소리치면서 킬킬킬 웃었다.

— 무슨 썩어 문드러질 역사! 당신들 사관이라고 했지? 그럼 잘 알겠네?

— 뭘 말이오?

— 사관의 자세. 정론! 직필! 정직! 무슨 개소리야. 내 아버지가 그렇게 당해 놓고도 당신들 말을 하니까 보자고 하오.

정목인이 놀라 의충을 돌아보았다.

— 당신들을 보자 한다고!

그렇게 말하고 아들이 앞으로 나갔다.

— 갑시다. 안으로 들어가 내 아버지를 만나 보란 말이오.

아들이 앞장 서서 의원을 향해 걸어갔다.

의원은 밖에서 보기와는 달리 그리 크지 않았다.

아들이 걸음을 멈춘 곳은 복도 양쪽으로 나 있는 끝방이었다. 방안에 환자 대여섯 명이 드러누웠는데 벽 쪽으로 노인네 하나가 누워 있었다. 노인네 앞에 어제의 그 계집아이와 늙은 여인이 걱정스럽게 앉아 있었다.

— 왔구먼요.

아들이 노인네에게 말했다.

의충이 다가가 보니 칠순이나 되었을까. 머리가 하얗다. 수염이 성성하고 눈이 깊은데 골 깊은 주름살이 연륜을 말해주고 있었다. 코에 살이 없고 입술이 얇아서인지 꽤 날카로워 보이는 인상이었다.

노인이 세 사람을 살펴보다가 일어나려고 하자 늙은 여인이 말렸다.

— 그냥 누워 계시우. 이해들 허세요. 몸이 좋지 않아서.

— 그럼요. 그냥 누워 계십시오.

정목인이 말하자 그제야 노인네가 그대로 누웠다.

— 홍문관 사람들이라고?

노인네가 정목인에게 물었다.

음성이 쉰 듯했으나 나이답지 않게 카랑카랑했다.

— 그렇습니다.

— 어쩐 일로 날 찾는 게요?

— 이번에 사초 정리가 있어 누락된 부분을 찾아내어 보충할 것은 해야 한다는 명이 떨어져…….

노인네가 고개를 갸웃했다.

— 지나간 일들을 말이오?

— 지나간 일들이라고 해서 역사가 아니겠습니까.

— 그렇긴 하오만.

— 그래서 그때의 사관들을 찾아다니면서 기록하고 있는 중입니다.

노인네의 얼굴에 그제야 웃음기가 떠돌았다.

— 살다 보니 이럴 때도 있구려. 나도 살 만큼 살아 이제는 개의치 않소만 세상이 변하기는 변했구려.

노인네가 그렇게 말하고 일행을 일별하다가 의충에게서 시선을 멈추었다.

— 그래 어느 연대를 찾으시오? 그것도 맞아야 할 것이 아닌가. 그냥 무턱대고 날 찾아오지는 않은 것 같은데?

— 그렇습니다. 경종 연간과 영조 초라고 하기에…….

노인네가 고개를 끄덕였다.

— 그렇다면 제대로 찾아들 오셨구만. 이해가 되지는 않지만 정히 그렇다면 지금이라도 다행한 일이 아닌가. 그런데 말이오. 아직도 사관을 박대하는 시대인데 사초를 정리하겠다니?

— 세상이 바뀌었습니다. 세손이 이제 대리청정을 하고 있기 때문입니다.

의충의 말에 노인네가 고개를 끄덕였다.

— 알고 있소. 세손이 나라 살림을 맡았다는 건. 허나 임금도 사초는 볼 수 없을 터인데?

— 물론입니다. 하지만 노론이 경종을 살해하려 했다는 것이 임인옥사의 주요 내용이라는 것을 세손은 알고 계신 것입니다. 전하께서 그것을 불태우라 명하신 것도. 그래서 그 사초가 없어졌지요. 그에 반발한 사관들이 일어나자 세 명 중 한 명은 그때 죽고 두 명이 몸을 숨겼다고 하더군요. 그래 찾아 나선 것입니다. 홍문관의 춘추기사관들이 차출되어서 말입니다. 불타 버린 부분을 찾아내어 복원해보자는 취지 아래…….

— 흐흠.

노인네 생각하는 모습을 보면서 의충은 사실을 알기 위해 어쩔 수 없다고 생각하고 있었다. 그렇게 못된 짓이나 하며 살아온 것 같지 않은데 왜 이렇게 입만 열면 거짓말이 술술 나오는 것일까.

— 허나 쉽지가 않을 것이외다. 왜냐면 먼저 임인옥사를 기록함에 있어 확실히 해둘 것이 있기 때문이오.

— 그게 무엇이신지?

정목인이 물었다.

— 신축옥사요.

— 신축옥사?

되묻는 의충의 음성이 뛰었다.

— 그렇소. 그것을 모르고서는 임인옥사를 넘볼 수 없기 때문이오. 내 기억에는 아마 그것이 경종 1년일 게요. 왕제 연잉군(영조)이 그 해에 왕세제로 책봉되었소. 나아가 노론 4대신이 경종의 병을 이유로 왕세제의 대리청정까지 주장했던 거요. 경종은 이를 승인했지만, 소론파의 조태구, 유봉휘 등이 부당성을 상소하여 대리청정은 취소되고 말았소. 소론은 이 문제를 경종에 대한 불충으로 몰아붙여 노론을 탄핵했는데 이후 목호룡의 고변사건이 터진 것이오. 그로 인해 왕세제의 대리청정을 주장한 노론의 4대신 이이명, 김창집, 이건명, 조태채 등이 차례로 사형을 당했던 거요.

노인네는 몸을 다친 사람 같지 않았다. 비록 나이는 들었으나 기억력이 멀쩡해 보였다.

— 그 후 경종 2년 3월에 소론의 김일경, 목호룡 등이 임금을 죽이려는 역적이 있다고 고해 바쳤을 게요. 임금은 즉시 정국을 열었

고 목호룡이 역적이라고 지적한 인물들이 체포되었소. 정인중, 김용택 등 60여 명이 체포된 것이오. 백망이 심문을 당하면서 이렇게 주장한 것을 지금도 똑똑히 기억하고 있소. 이것은 세력을 잃은 소론의 조작이외다. 왕세제 연잉군을 모함하려고 말이오. 그러나 심문을 담당하고 있던 소론은 이를 묵살할 수밖에 없었소. 이리하여 이천기, 이희지 등이 죽임을 당했소. 바로 그것이 임인옥사요, 옥안이오. 우리들은 그것을 그대로 기록했는데 얼마 후 불똥이 떨어졌소. 왕조가 바뀌니까 그것을 불사르라 한 것이오. 그러니 사관이 배겨날 수 있었겠소. 한 사람은 그 자리에서 죽고 두 사람이 도망쳐 겨우 목숨을 구했던 거요.

노인이 그렇게 말하고 가만히 눈을 감고 있더니 갑자기 눈을 떠 아들을 찾았다.

— 얘, 매수야. 내 이런 세상이 올 줄 알았다. 이분들 모시고 가거라. 집으로 가 너와 내가 정리하던 것 내어드리거라.

일고의 의심도 없다고 생각한 노인네가 그렇게 말했다.

— 알겠습니다, 아버지.

아들 또한 그렇게 생각했는지 대답이 시원했다. 아들이 몸을 돌려 의원을 나갔다.

— 가보시오.

— 네, 어르신. 감사합니다. 정확히 반영해보도록 하겠습니다.

의충이 말하자 노인네가 희미하게 미소를 머금었다.

— 이제 정말 세상이 바뀌려나 보오. 오래 살다 보니 이런 세상도

오는구만. 세손이 나라를 맡게 되었으니.

정목인이 앞서 나가다가 갑자기 돌아섰다. 그 바람에 의충과 오길도 돌아섰다.

— 저, 어르신. 한 가지 더 여쭐 것이 있습니다.

노인네가 시선을 들었다.

— 혹 함께 몸을 숨겼다는 사관의 이름을 아십니까? 제가 조사하기로는 이훈선이라고 알고 있는데요?

곧바로 노인네의 대답이 달려왔다.

— 이훈선이 맞소. 하지만 헤어진 지가 오래되어 생사여부조차 모른다오.

정목인이 그럴 줄 알았다는 듯이 목례를 보내고 돌아섰다.

— 아니, 이훈선이라니요?

오길이 의원을 나서면서 나직이 정목인을 향해 물었다.

— 저도 몰랐는데 임인옥안을 조사하다가 그때 사관 둘이 사라졌다는 기록을 보게 됐어요.

— 그래요? 그런데 왜 지금까지 아무 말도?

— 지금 말하고 있지 않소.

오길이 정목인을 멍하니 쳐다보았다. 못 믿겠다는 표정이 역력했다.

— 왜 그렇게 보십니까?

— 이제 보니 순…….

뒤따라가던 의충이 오길의 옆구리를 쿡 찔렀다.

그걸 정목인이 눈치채지 못할 리 없었다.

— 날 의심하시는 모양인데, 그게 아닙니다. 나도 어제 비로소 알았고 확실하지도 않은 것을 말 앞세우는 게 아닌가 싶어. 그리고 솔직히 너무 충격적이기도 했고 말이오.

— 충격적? 그게 뭔데요?

— 아, 아닙니다. 말이 그렇다는 것이지요.

— 어쩐지 이상하다 했습니다. 술술 풀어나가는 게. 어떻게 저렇게 잘 꾸며댈까 했는데 밤새 그것만 생각한 것 아닙니까?

— 그럼 어쩝니까. 뾰족한 수라도 있습니까?

두 사람의 말을 들으며 의충은 앞서 걸어가는 아들을 바라보았다.

— 오길이 입 닫아. 이러다 저 사람 눈치챌지 몰라.

의충의 말에 오길이 무슨 말인지 알아듣고는 더 말이 없었다.

초가에 도착해 사내가 방안으로 들어가더니 종이뭉치를 들고 나왔다.

— 자, 여기 있소이다. 가져가시오.

셋은 멍하니 사내와 종이뭉치를 번갈아 보았다.

사내가 어금니를 지그시 물었다가 말을 내뱉었다.

— 내 아버지가 직접 쓴 것은 아니오. 수십 년간 숨어 살며 사초와는 거리가 멀었으니 말이오. 죽어라 노만 젓다 보니 손이 굳고 수전증이 온 것이오. 나이가 들고 세월이 머니까 언제 갈지 모르는 몸. 아버지는 우리들을 위해 한 번도 남에게 자신이 사관이었다는 말을 해본 적이 없는 사람이오.

— 안심하십시오.

의충이 말했다.

─ 아버지야 스스로 다 산 사람이라고 생각하고 계실 테니 그렇겠지만 아마 눈치는 채고 있었을 거요. 그래 지난날을 더 자세히 되돌아보았는데 그걸 내가 들었다가 그렇게나마 기록했소. 그렇기에 형식상 사초 냄새가 그리 나지 않을 것이오. 하지만 딴에는 정직하게 쓴 것이오. 내 아버지, 생각해보면 이날을 기다리며 산 것이 아닌가 싶소. 아버지는 늘 말했소. 여기에 진실이 있다고.

그렇게 말하고 사내는 방으로 들어가 버렸다.

그날의 사초 1

1

사초는 아들이 말한 대로 그 아비가 구술한 것을 아들이 듣고 기록한 것 같았다. 그대로 기록하기가 뭐하니까 현대식 언문으로 바꿔 놓았는데 사초 냄새가 나지 않아서인지 비교적 읽기가 쉬웠다. 하지만 문장력이 없어 읽는 사람이 그 문장을 나름 바꿔가며 읽을 수밖에 없었다. 정리를 해보자면 이런 내용이었다.

무술년(1718년) 3월
연잉군의 모 숙빈 최씨가 사가에서 사망했다. 정유년(1717년) 4월 서인의 거두 김춘택이 유배지에서 사망했다는 소식이 전해진 후 이상하게 슬금슬금 앓다가 피를 토하고 죽은 것이다.

숙종 임금이 그 소식을 접하고 어의를 향해 금침을 내던졌다.

— 물러가라. 고약하구나.

김춘택이 죽고 숙빈 최씨가 죽어간다고 하는데도 숙종 임금은 그렇게 화를 내었을 뿐 아무런 조치도 취하지 않았다.

숙종 임금은 참으로 냉정했다. 상가에 나타나지도, 보이지도 않았다. 물론 묘산도 정해주지 않았다. 묻힐 곳마저 잡아주지 않은 것이다. 후궁이나 본궁이 죽으면 보통 장례 기간이 3개월에서 5개월이다. 희빈 장씨도 사약을 받았지만 5개월을 치렀다. 그런데 5일이었다. 5일. 사가의 사대부도 7일장을 하는 마당에 5일장이었다.

내관 장후재가 광주의 경내에 숙빈 최씨의 묘후를 정해 올렸다. 웬일인지 숙종은 불 같이 화를 냈다. 그곳이 어디인데 묏자리를 잡았느냐는 것이다. 그곳은 명혜옹주와 명신옹주가 잠든 곳이라는 것이다. 그러면서 허락하지 않았다 내관이 방해가 될 것 같지 않다고 하자 숙종은 그 자리에서 내관을 파직시켜버렸다.

숙빈 최씨에게 얼마나 원이 깊었으면 궁에서 쫓아내고, 그래도 화가 풀리지 않아 왕조의 능 곁에는 결코 묻지 못하게 하였다. 죽어 묻힐 자리마저 얻지 못하게 한 것이다.

희빈 장씨와 비교해보면 참으로 이상한 일이었다. 물론 장희빈은 중전의 자리까지 오른 사람이다. 하지만 엄밀히 말해 두 사람 다 후궁이다. 두 사람 다 왕자를 생산한 사람들이다. 그런데도 그녀의 장례식은 희빈 장씨와 판이하게 달랐다.

결국 연잉군이 목호룡을 데리고 나서서 어떻게 장지를 구해 어머니

숙빈 최씨를 물었다.

연잉군의 눈에서 핏물 같은 눈물이 터졌다. 그 모습을 말없이 지켜보는 여자. 바로 경종의 비 선의왕비였다. 연잉군의 속셈은 선의왕비가 먼저 알고 있었다. 그때쯤 선의왕비는 밀풍군을 후손으로 지목하고 있었다. 그녀도 잘못하면 왕조의 씨가 바뀔지도 모른다는 것을 그때 이미 직감하고 있었기 때문이다. 언제나 시아버지를 동정했던 그녀였다.

경자년(1720년) 12월 15일.

경종이 금상에 오른 것은 경자년이다. 등극하기가 무섭게 노론을 등에 업은 연잉군은 경종을 독살하기 위해 중국에서 독약을 사와 궁녀에게 시험해 먹여보니 죽지 않았다는 말이 돌았다. 그는 더 강한 약을 사오려고 은을 모금하고 있다고 하였다.

12월 15일. 경종 임금은 거의 한 되나 되는 황수를 토했다. 그날 영의정 조태구와 함께 입시한 사람이 있었다. 약방제조 한배하였다. 그가 임금에게 물었다.

─ 상감마마, 수라를 진어하신 뒤에 즉시 구토하셨습니까?

─ 그렇다.

이내 음식에 독약이 들었다는 것이 확인됐다. 독극물에 관련된 김성절이 뜻밖의 자백을 했다.

─ 진짜 범인은 역관 홍순택이오. 지난해 이이명의 집 뒷방에서 이희지와 역관 홍순택이 나누는 말을 들었소이다.

─ 뭐라 했는가?

— 홍순택이 이렇게 말했소. 약값이 부족해서 내가 자비로 많이 보태었다고.

— 그런데?

— 이희지가 일만 성사되면 자비로 낸 돈을 보상받을 것이라고 했소.

— 일?

— 독 말이오. 독을 구해주는 사람들이 지방마다 깔렸소.

— 그들이 누구인가?

— 점조직으로 되어 있어 알 수가 없소. 이름 없이 행동하기 때문이오.

신축년. 경종 1년(1721년) 10월 10일

경종은 소론의 강경파를 앞세우고 노론과 정면 승부를 결심하고 있었다. 김일경 외 소론 강경파 7인이 상소를 올렸다. 노론의 조성복 외 4대신인 김창집, 이이명, 이건명, 조태채를 사흉으로 지목하면서 그들을 법으로 처단할 것을 상소했던 것이다.

노론은 즉각 그들을 성토하고 나섰다.

소론은 소론대로 그때부터 연잉군이 김춘택의 아들일지 모른다는 사실을 들먹이면서 끈질기게 물고 늘어졌다.

경종은 무릎을 쳤다. 그는 기다리고 있었다. 경종은 노론의 주청을 무시하고 김일경을 이조참판에 임명했다. 그뿐만이 아니었다. 소론 강경파들을 대거 등용했다.

그리고 노론 4대신과 50여 명의 노론 수뇌부 인사들을 위리안치, 유배, 파직시켰다.

임금은 그렇게 친정시대를 열고 회심의 미소를 지었다. 임금이 내관에게 일렀다.

— 목호룡을 부르라.

목호룡은 연잉군을 위해 숙빈 최씨의 장지를 봐준 인물이다. 원래 남인가의 서자로 종친 청릉군의 가노였다. 감여술(풍수지리)에 능해 연잉군 사친의 장지를 정해준 대가로 속신돼 왕실 소유의 장토를 관리하는 궁차사까지 오른 입지전적인 인물이다. 그랬으니 연잉군은 목호룡이 돌아서리라 꿈에도 생각지 않고 있었다. 하지만 세자가 등극하자 목호룡은 그에게서 돌아서버렸다. 그는 연잉군과 노론이 경종 임금을 시해하기 위해 어떻게 준비하고 있는가를 상세히 알고 있었다.

신축년(1721년) 12월 6일.

소론 강경파들이 연잉군이 있는 동궁을 포위했다. 연잉군만 잡아들이면 이제 모든 일은 끝날 것이었다. 그런데 경종은 무슨 이유에선지 침묵하고 있었다. 그들은 연잉군을 체포해 들이라는 경종의 명이 떨어지기를 목이 타게 기다리고 있었다.

그에 앞장선 이가 김일경이었는데 그는 숙종의 눈에 들어 벼슬을 얻은 사람이었다. 숙종은 오랫동안 그에게 동부승지라는 중책을 맡겼는데 노론이 득세하자 실향하여 초야에 묻혔다가 경종이 정권을 잡자 정계로 나온 것이다.

경종이 그를 찾은 것은 그가 김춘택과 가까운 사이기 때문이었다. 물론 김춘택은 노론이었다. 그렇기에 노선을 달리하는 사이였다. 그런데도 서로는 서로의 인품을 아끼는 사이였다.

둘이 밤이 새도록 술타령을 하며 인생을 이야기하고 시를 이야기하고 그러다 보니 서로 허물이 없어져갔다. 마침내 서로의 비밀을 털어놓는 사이가 되었고 김춘택이 그에게 자신이 연잉군의 친부임을 밝혔다.

김일경은 큰 충격을 받았다. 숙종에게 인간적인 우애을 느끼고 있던 김일경은 그때부터 연잉군을 멀리하기 시작했다. 김춘택은 믿거라 하고 한 고백이었는데 김일경이 소화하기에는 역부족이었다. 김일경은 그 길로 돌아서버렸고 오히려 김춘택을 버러지 보듯 했다.

경종이 보위에 오르자 뒤도 돌아보지 않고 그의 밑으로 들어가 노골적으로 연잉군을 적대시했다. 연잉군이 점차 본색을 드러낸다고 판단하자 저 사람은 숙종의 친자가 아니라는 말을 공공연히 하고 다녔다.

김일경은 연잉군을 제거하자고 경종을 졸랐다. 그렇게 연잉군을 사지로 몰았다. 그 바람에 연잉군은 완전히 포위되었다.

드디어 경종의 명령이 떨어졌다.

— 연잉군을 체포하라.

창경궁 동궁에 유폐된 연잉군이 벌벌 떨다가 평소 가지고 다니던 비상을 꺼내었다. 차라리 죽자고 생각한 것이다. 경종을 죽이기 위해 독극물을 시험하다가 방금 상궁 하나를 죽인 마당이었다.

김일경을 앞세우고 경종이 들이친다면 백일하에 모든 것이 드러날 마당이었다.

연잉군의 자살을 눈치챈 상궁들이 연잉군을 잡고 늘어졌다. 상궁 셋이 연잉군에게 달려들어 비상을 빼앗았다.

— 이제 모든 것은 끝났다. 왜들 이러느냐?

상궁들은 김춘택의 동생들이 들여보낸 사람들이었다.

김일경의 무리들이 서서히 다가왔다.

— 어서 피하소서. 후일을 도모해야 할 것이 아닙니까.

상궁들이 달려들어 연잉군을 담 너머로 탈출시켰다.

그런 뒤 상궁 석렬은 제 집으로 도망가 몸을 떨다가 시험하던 독극물을 마시고 자살하고 말았다. 그 자리에 있던 박상검, 상궁 필정, 문유도가 체포됐다. 그들은 곧 옥으로 이송되었고 상궁 필정은 옥에서 가지고 있던 독극물로 자살하고 문유는 매를 맞고 현장에서 즉사했다. 박상검은 다음 날 사형당했다.

사태는 더욱 급박하게 돌아갔다. 김일경의 무리들이 연잉군의 잔당들을 체포했고.

임인년(1722년) 4월 20일.

체포된 연잉군 잔당들의 치국이 시작됐다.

실토하라, 모른다. 실랑이는 얼마 가지 않았다. 불에 달아오른 벌건 인두가 살을 지지기 시작하자 고통을 참지 못한 자들이 줄줄이 불기 시작했다. 연잉군을 도와 독약을 주관한 사람이 속속 밝혀졌다. 서덕수, 이정식, 김창도. 독약의 약호를 시험한 곳도 밝혀졌다. 연잉군 동궁 별실.

— 너희들이 했느냐?

치국관이 물었다.

— 서덕수와 심상길이 저의 집으로 왔었소.

김창도가 대답했다.

— 모의 사실을 그대로 이실직고하라.

— 서덕수가 심상길에게 물었소.

— 뭐라고?

— 연잉군 동궁 별실에서 사람이 죽어나간 소문을 들었는가 하고.

— 사람이 죽어나갔다니, 그가 누군가?

— 연잉군이 별실로 끌어들인 궁녀였소. 그 궁녀에게 독약 시험을 했는데 그만 그 궁녀가 죽은 것이오.

— 그 궁녀가 누구인가?

— 모르겠소.

치국관이 서덕수를 향해 다가갔다.

— 서덕수 네놈은 연잉군의 처조카지?

— 그렇소.

— 그럼 네놈은 독약을 쓰는 역모에 가담치 않았단 말이냐? 네놈과 행동을 함께한 장세상이 불었으니 거짓말할 생각일랑 아예 말거라.

— 참여했소이다.

서덕수가 역모에 참여했음을 인정했다.

— 그게 언제였느냐?

치국관이 물었다.

— 신축년(1721년) 5월이었소.

임인년(1722년) 5월 4일.

연잉군을 싸고돌던 이들에게 사약이 내려지기 시작했다. 능지처참형이 내려질 것이라고 예상했는데 왜 예우를 해주는지 모르겠다는 대신들도 있었다.

연잉군은 이제 죽을 때만 기다리며 생을 체념하고 있다는 말이 돌았다. 경종에 의해 그가 능지처참을 당할 것이라고 입을 모았다. 비로소 경종의 심사가 드러나고 있었다. 그래서 이대로 더 두고 보다가는 안 되겠다고 생각한 노론이 본격적으로 움직인다는 얘기가 사관들 사이에 돌았다. 그 소문이 구체성을 띠기 시작한 것은 장세상의 심복 정구관이란 자에 의해서였다. 그가 이렇게 실토했기 때문이다.

— 대비전에서 훈련대장 윤취상과 심익창이 모의한 것이오. 환관 장세상과 수라간을 책임지던 김상궁의 수양딸 석렬을 시켜 대국 남방에 사는 올빼미처럼 생긴 새를 사오게 한 것이오.

— 새는 왜?

— 연잉군을 제거하려고. 독조인 짐독이란 새를 사온 것이오.

— 독조로 어떻게 사람을 죽인단 말이냐?

— 그 독조에게 쪼이면 그 자리에서 절명한다오.

대비전에서 연잉군을 제거하기 위해 짐독이란 새를 샀다? 소론에서 생각할 때 말이 안 되는 소리였지만 노론은 맞불을 놓지 않고서는 피할 방법이 없었으므로 계속 그렇게 밀고 나가는 것이라고 소론 측은 짐작하고 있었다.

이어 노론은 연잉군과 자신들이 살아남기 위해 훈련대장 윤취상까지도 잘라내야 하는 고육지책을 택한다는 소문이 돌았다. 아니나 다를까 경종이 윤취상을 체포하라 명령했다.

윤취상이 지휘권을 빼앗기고 감옥에 갇히기가 무섭게 경종은 김상궁의 수양딸 석렬까지 잡아오라 명했다.

금부가 잡으러 갔으나 석렬은 이미 자살을 한 뒤였다. 독약을 얼마나 마셨는지 방 가득 피가 흥건했다.

윤취상과 함께 체포된 정우관을 족치니 거짓 고변으로 드러났다. 이로써 연잉군의 개입이 확실히 드러났다. 연잉군은 이제 더 피할 곳이 없었다.

그런데 이상했다. 이제 체포하면 될 터인데 경종은 또 그를 체포하지 않았다. 체포는커녕 갑자기 수사를 중단하라 일렀다.

— 이유가 무엇이옵니까?

금군대장이 따졌다.

경종은 대답이 없었다. 사람들은 경종이 직접 연잉군을 체포하기 위해 그런 명령을 내렸을 것이라 생각했다. 연잉군 또한 자신을 체포하려고 다가오는 경종을 의식하며 몸을 떨고 있었다.

임인년(1722년) 8월 18일.

경종이 이상하게 연잉군의 체포를 미루자 금군대장이 다시 따졌다.

경종의 대답은 이랬다.

— 죄인 중에 이씨가 너무 많다.

수사가 중단되자 비로소 연잉군의 숨통이 트였다는 말이 돌았다. 그가 이대로 있다가 당하겠다는 생각에 노론을 들쑤시면서 기회를 노릴 것이라는 말도 나돌았다.

그러나 그때까지도 경종이 연잉군을 즉각 체포하지 않는 것은 딴뜻이 있을 것이라고 하나 같이 믿고 있었다.

영의정 조태구의 상소가 올라왔다. 불에 기름을 붓는 격이었다.

— 상감마마, 김성질의 초사를 보면 경자년(1720)에 전하에서 갑자기 혈토를 하시었다고 기록되어 있사온데, 이는 필시 역모의 무리가 독살을 기도한 기미가 분명하옵니다. 그러하오니 그날의 수라간 나인을 조사하여 당장에 제거하심이 옳을 줄 아옵니다.

경종이 내관에게 의약청 일기를 가져오라 일렀다.

의약청 일기를 조사해보니 그날 수라를 본 이는 김씨 성을 가진 궁녀였다.

조태구와 함께 입시한 한배하가 경종에게 아뢰었다.

— 당장에 잡아들여 진상을 밝혀야 할 것이옵니다.

경종이 무엇을 생각하는지 고개를 내저었다.

— 아니다. 그냥 두라.

사람들은 하나 같이 임금의 속을 몰라 고개를 갸웃거렸다.

임인년(1722년) 9월 21일.

임금의 수라에 독을 탄 수라간 김씨 궁녀를 체포해야 한다는 상소가 다시 올라왔다. 주상의 윤허가 없자 김일경이 김상궁을 체포해 조사하고 있다는 소문이 돌았다. 독을 가져다준 이는 역관 장세상이며 김상궁은 그것을 시험했다고 하였다.

이상하게 그 사실을 안 임금이 김일경을 불러 수사를 중단하라 일렀다. 참으로 이상한 일이었다. 경종이 연잉군의 무리들을 일시에 타진하기 위해서라고 수군대기 시작했다. 그래서 정국은 더 얼어붙었다. 폭풍전야의 긴장감이 언제나 떠돌았다. 변덕스런 경종이 언제 칼을 빼들지 모를 일이었다.

〈2권에서 계속〉

연도	인물	사건
1659. 9. 19	장옥정(희빈 장씨)	출생
1661. 8. 15	숙종	출생
1667. 4. 23	인현왕비	출생
1670 – 1670. 11. 6	김춘택— 숙빈 최씨	출생— 출생(전라 태인)
1680. 10. 26	숙종의 초비 인경왕비	졸 후. 숙종, 장옥정 총애
1688. 10. 27	경종	출생
1690. 9. 16	장옥정 2남	성수 생후 10일 만에 졸. 예장(숙종실록 22권)(왕실족보:신원계보기략)
1690. 10. 22	장옥정	왕비로 책봉(숙종실록 22권)
1693. 4. 23 – 1693. 4. 26	숙종, 최무수리(숙빈 최씨)	숙종과 최초 합방. 숙원으로 봉해짐(숙종실록 25권)
1693. 10. 6	영수	최숙원 장남 출생(숙종실록 25권)(신원계보기략)
1693. 12. 13	영수	졸(숙종실록 25권) (신원계보기략)
1694. 9. 13	연잉군 (영조: 숙빈 최씨 소생)	영조태지석(英祖胎誌石)에 (康熙三十年九月十三日寅時) 영조의 출생일을 9월 13일로 기록하고 있으나 조선왕조실록에는 숙종이 20일에 탄생했다고 기록하고 있다(숙종실록 27권)

1699. 6. 13	이윤(경종 12세) 이금(영조 6세) 이헌(연령군 출생)	(숙종실록 29권 7월15일)자 기사를 보면 명빈 박씨 소생 연령군을 제이왕자로 기록하고 있다. 연령군을 제이왕자로 인정함으로서 연잉군(영조)을 사실상 숙종의 자식으로 인정하지 않음을 알 수 있다
1720. 6. 8	숙종	졸. 연잉군 관련(숙종실록65)
1721. 6. 13.– 1724. 8. 25	경종	등극─ 졸
1724. 10. 16	영조	등극
1728. 3. 15. 3. 26	이인좌	이인좌의 난 발발. 졸
1730. 6. 29	선의왕비	졸
1735. 1. 21	사도세자	출생
1740. 11. 5	김복택	졸. 장살 이유(영조실록 52권)
1762. (윤)5. 21	사도세자	졸
1776. 3. 5	영조(52년)	경희궁 집경당에서 졸하기 전 태령전의 어함(궤)을 찾아 만세후(사후) 재궁(왕의 관)에 넣어 묻으라 유교(영조실록 127권)